W0031486

LE RETOUR

Robert Goddard est né en 1954 en Angleterre. Journaliste, enseignant puis proviseur pendant plusieurs années, il décide de se consacrer entièrement à l'écriture au milieu des années 1980. Longtemps souterraine, son œuvre vient d'être redécouverte en Angleterre et aux États-Unis, où elle connaît un succès sans précédent. Il est l'auteur, entre autres, d'*Heather Mallender a disparu* et du *Secret d'Edwin Strafford*.

Paru dans Le Livre de Poche :

HEATHER MALLENDER A DISPARU

PAR UN MATIN D'AUTOMNE

LE SECRET D'EDWIN STRAFFORD

LE TEMPS D'UN AUTRE

ROBERT GODDARD

Le Retour

TRADUIT DE L'ANGLAIS PAR ÉLODIE LEPLAT

SONATINE ÉDITIONS

Titre original :

BEYOND RECALL

Publié par Bantam Press, an imprint of Transworld

ISBN : 978-2-253-19456-9

En tendre souvenir de Terry Green,
ami, collègue et compagnon de virée
qui nous a quittés beaucoup trop tôt.

Aujourd'hui

Ici, l'air est différent, plus pur en quelque sorte. La lumière du jour est plus aveuglante, la forme des feuilles et la silhouette des bâtiments sont aussi nettes que mes souvenirs. L'éternelle clarté de cet endroit qu'on dit natal m'invite tout entier à la réminiscence. J'ouvre la fenêtre à guillotine sur la fraîcheur du soir qu'une pluie de fin d'après-midi a agréablement purifié. Je caresse le bois et teste la résistance de la peinture avec mon pouce. J'observe un lapin qui s'éloigne à petits bonds entre les arbres, dérangé par le grincement du châssis sans en être apeuré. La direction de sa retraite nonchalante attire mon regard sur la colline de St Clement, où je distingue les toits de l'école de Truro et, juste au nord, des points blancs qui, n'était la régularité de leur espacement, pourraient être des moutons dans un pré, des moutons qui paissent tranquillement, et non les pierres tombales des morts qui reposent à jamais sur ce flanc de colline familier.

Je n'ai pas demandé une chambre orientée à l'est. Je n'ai pas mentionné mes liens avec Tredower House lors de la réservation. Je n'ai pas non plus déguisé mon nom. De toute façon, la réceptionniste était trop jeune pour se souvenir, et même sûrement trop jeune pour en avoir cure. C'est donc un pur hasard si je me retrouve ici, dans la chambre même où mon grand-oncle entreposait son grand divan usé, tout son bric-à-brac d'orpailleur ainsi que ses malles et ses valises en cuir élimé, disposées comme dans l'attente d'un voyage imminent. Peut-être s'était-il reposé ici en écoutant le roucoulement des colombes et en humant l'air estival avant de sortir cette fameuse dernière fois, il y a près de cinquante ans. Là-haut, à huit cents mètres tout au plus, ses os sont poussière sous une dalle de granit des Cornouailles. Je m'y tenais il y a quelques heures, attendant d'y être rejoint ; attendant, mais aussi souhaitant qu'on m'oblige à me souvenir. À la lecture de l'inscription, lapidaire et circonspecte, énonçant le minimum exigé par les convenances, j'ai songé à la façon méticuleuse dont ma grand-mère avait dû choisir la formulation. « Brièveté et bienséance », avait-elle dû dire au marbrier. « Son nom. » *Joshua George Carnoweth.* « Ses dates. » *1873-1947.* « L'expression habituelle. » *Repose en paix.* « Voilà qui devrait suffire, je pense. »

Et tu devais vraiment le penser, hein, Grand-mère ? Tu devais être tellement confiante, même lorsque vingt-cinq ans plus tard la vie a osé te quitter. Pour toi, évidemment, pas de tombe froide au sommet d'une colline venteuse, non, une crémation, la méthode hygiénique. Oui, mais voilà, il y a des choses qu'on ne peut pas brûler, ni même enterrer. Tu devais croire que si. Tu avais tort. Seulement tu n'es pas là pour le voir, n'est-ce pas ? Moi, si.

J'étais en avance à mon rendez-vous au cimetière. De peu, mais suffisamment pour reprendre mon souffle après la côte et recouvrer mon calme à la vue du paysage. Le vent s'était levé, annonçant la pluie. Les nuages qui défilaient déplaçaient la lumière du soleil sur la ville à mes pieds, éclairant d'abord l'unique flèche en cuivre de la cathédrale, puis sa tour centrale, plus haute, ensuite la longue ligne pâle du viaduc et au-delà les prés vert vif, et enfin, plus près, un vol d'oiseaux au-dessus de la chapelle du cimetière, jetés dans la brise telle une poignée de galets sur une plage fouettée par la tempête, éclairés, aperçus et aussitôt perdus.

Depuis l'enterrement d'Oncle Joshua, les maisons avaient progressivement envahi les pentes autour du cimetière, discrètement, pareilles à un ennemi avant l'assaut nocturne, invisible jusqu'à sa soudaine apparition. Ce sentiment m'a frappé au moment même où je l'ai vue gravir le sentier à pas rapides et déterminés, vêtue de façon banale, plus mince, plus hâve et plus vieille que la dernière fois que nous nous étions vus.

Elle s'est arrêtée à quelques pas de moi et m'a dévisagé, le souffle régulier. Toute hostilité, s'il y en avait, était habilement camouflée. Mais à quoi d'autre aurais-je pu m'attendre ? Elle avait toujours porté un masque. Seulement je ne l'avais pas toujours su.

« Tu as bien vieilli, a-t-elle déclaré d'un ton neutre. Toujours pas une goutte d'alcool ?

— Toujours pas, non.

— Ça doit être ça, alors. À moins que ce ne soient les effets du mariage et de la paternité.

— Comment l'as-tu appris ?

— J'ai mes sources. Où sont-ils – ta femme et ton fils ?

— En Suisse.

— Pratique pour les banques, non ?

— Alors, c'est de ça qu'il est question : d'argent ?

— Quoi d'autre ? Je suis à sec.

— Tes fameux mémoires bourrés d'affabulations ne t'ont pas rapporté assez ?

— Pas assez pour maintenir indéfiniment le train de vie auquel je suis habituée.

— Tu as tout dépensé, quoi.

— En quelque sorte.

— Ma foi, pas de chance. Tu n'obtiendras rien de moi.

— J'obtiendrai toujours ce dont j'ai besoin. Par ton intermédiaire – ou celui du plus offrant. Et m'est avis que l'histoire que j'ai à raconter fera grimper les enchères. Tu ne crois pas ?

— Peut-être.

— Si la vérité éclate, il y a un tas de gens qui ne vont pas avoir l'air malin.

— Pire que ça dans ton cas.

— C'est pour ça que je suis toute disposée à me taire. À un certain prix.

— Lequel ?

— La moitié de ce que je m'apprêtais à empocher la dernière fois. Tu peux te le permettre. Rien que la moitié. C'est honnête, non ?

— Non, pas le moins du monde.

— Je te donne vingt-quatre heures pour y réfléchir. Retrouve-moi ici à la même heure demain avec ta réponse.

— Pourquoi ici ?

— Parce que c'est la tombe dont je connais l'emplacement exact. »

Elle a presque souri à ces mots. Sourire vraiment eût été admettre qu'il y avait autre chose en jeu que la cupidité et la jalousie.

« Je ne crois pas que tu aies le courage de tout déballer au grand jour maintenant.

— Je n'ai pas besoin de courage, juste d'un manque d'alternatives. J'ai dû vivoter à crédit ces derniers temps, mener le genre d'existence morne et abrutissante que je m'étais juré de ne jamais supporter. Eh bien, j'ai eu ma dose, et c'est la seule façon que j'ai d'y échapper.

— N'est-ce pas mieux que la prison ?

— Oh, je n'ai aucune intention de retourner derrière les barreaux. Avec ce que les journaux me verseront pour connaître la vérité, je pourrai quitter le pays et devenir quelqu'un d'autre. Tu sais bien comme j'excelle en la matière.

— En effet, oui.

— Mais pour toi, ce n'est pas une option, n'est-ce pas ? Tu es un père de famille dévoué, maintenant. Réfléchis. On a déjà passé un marché une fois. On peut recommencer. C'est très simple.

— Si tu crois vraiment...

— Je crois que tout ce que tu pourrais dire maintenant risque de te sembler très idiot quand tu réaliseras plus tard que tu avais l'opportunité de prendre la bonne décision. Fais-moi confiance. Ça fait un moment que je pèse le pour et le contre.

— Et moi j'ai vingt-quatre heures pour faire de même ?

— Exactement. Vu les circonstances, c'est généreux. »

Elle a soutenu un moment mon regard. Ressentait-elle comme moi cette étrange complicité ? Je n'avais aucun moyen de le savoir et j'aurais eu bien trop peur de la réponse. Nous nous étions préparés à cette éventualité bien des années plus tôt en acceptant – quand bien même à contrecœur – de partager et de dissimuler la vérité. Qu'est-ce qu'un secret sans confiance sinon un pacte qui ne demande qu'à être rompu ?

« À demain ? » a-t-elle ajouté.

J'ai hoché la tête.

« À demain. »

Ainsi donc, la voilà. La menace avec laquelle j'ai vécu depuis le jour où nous avons conclu notre marché. Le dilemme que je préférais feindre de ne pas anticiper. Ma foi, si cela doit arriver, que cela arrive. Ici et maintenant. Il n'y a pas de lieu ni de moment plus propice. Et j'ai jusqu'à demain pour prendre une décision. C'est amplement suffisant.

Par la fenêtre, je contemple les pelouses en pente douce et j'écoute le grondement des voitures qui accélèrent au sommet de la colline. Je me rappelle une époque où elles étaient si rares qu'on arrivait à en entendre une seule traverser Boscawen Bridge et monter péniblement la côte en direction de Isolation Hospital. Je me rappelle aussi le temps où j'ignorais la vérité sur la mort d'Oncle Joshua, hormis le peu que savait n'importe quel lecteur du journal dans l'omnibus de Clapham. Pendant plus de trente ans, enfant puis adulte, j'avais vécu dans cette joyeuse incertitude. Et puis en septembre 1981, tôt un dimanche matin, dans l'allée en contrebas non loin des rhododendrons où mon regard s'attarde à présent, j'avais aperçu pour la première fois, à demi camouflé par la végétation, ce qui avait mis un terme aussi brutal qu'effrayant à cette phase de ma vie. Et qui avait déclenché la suivante. Laquelle m'a mené jusqu'à aujourd'hui. Et à demain.

Je baisse la fenêtre et me coupe du bruit extérieur. Mais pas de mes souvenirs. Ils affluent et m'entourent tandis que je traverse lentement la chambre et vais me coucher sur le lit où je ferme les yeux afin de mieux les affronter. Je ne vais nulle part. Je ne m'enfuis pas. J'ai jusqu'à demain pour les revivre tous. Il le faut. Avant de prendre une décision.

Hier

1

En septembre 1981, le choc regrettable occasionné par le meurtre de mon grand-oncle, Joshua Carnoweth, avait cessé d'ébranler l'image paisible que la ville de Truro se faisait d'elle-même. Les trente-quatre ans écoulés avaient transformé cet homicide en une note de bas de page désuète de l'histoire municipale. À peu près tout ce qui avait été dit et écrit sur le sujet à l'époque avait été oublié et toutes les passions exacerbées s'étaient dissipées. Est-ce à dire que personne ne s'en souvenait ? Non, seulement personne ne se donnait la peine de se remémorer les événements. Trois décennies de la société d'abondance avaient relégué dans une antiquité relative les plaisirs rationnés et les grandes douleurs de 1947, et avec eux le souvenir de ceux qui n'avaient pas survécu à cette année-là.

Au sein même de ma famille, dont le vieux Joshua avait été un membre parallèle, son nom était rarement mentionné. Certains d'entre nous habitaient sa maison. Tous – à des degrés divers – prospéraient grâce à la fortune que ma grand-mère avait héritée de lui. Pourtant la plupart d'entre nous étions entraînés à faire comme s'il n'avait pas vraiment joué de rôle dans la transformation des Napier, qui d'humbles commerçants étaient devenus P-DG d'entreprise et hôteliers à domicile. Il n'avait pas eu l'intention d'en jouer un, après tout. Il n'avait pas voulu nous faire profiter de sa richesse. Il aurait sûrement été outré de savoir que son meurtre avait eu une telle conséquence. En ce sens, notre dédain de sa mémoire était peut-être justifié. Autre chose que l'indifférence collective aurait peut-être été comme danser sur sa tombe. C'est ainsi que j'aurais défendu notre attitude si j'avais eu à le faire. Mais à l'époque je faisais partie des bénéficiaires les moins avertis de mon oncle. Je croyais connaître toute l'histoire, or je n'en savais pas la moitié. Ce qui était censé être le souvenir des moindres détails n'était qu'une fiction savamment tissée et qui s'était dangereusement effilochée sans que personne s'en rende compte. Et, en septembre 1981, le moment de la déchirure était venu.

Le samedi 5 septembre était le jour où ma nièce, Tabitha Rutherford, devait épouser Dominic Beale, un jeune banquier d'affaires séduisant hautement recommandable. C'était aussi, par un arrangement avec le calendrier, le jour des noces d'or de mes parents. C'est pourquoi une vaste fête de famille avait été organisée. La cérémonie devait se dérouler à l'église méthodiste St Mary Clement, dans le centre de Truro, suivie d'une réception à Tredower House.

Depuis la mort de ma grand-mère, la maison familiale avait été convertie en hôtel et centre de conférences, le plus prestigieux des Cornouailles (d'après la brochure), dirigé par mon beau-frère, Trevor Rutherford. Cela avait été la solution de mon père au problème Trevor après la vente de la chaîne des six grands magasins Napier qu'il avait établis dans les années 1950 grâce à l'héritage qu'avait reçu ma grand-mère de l'Oncle Joshua. Mon père avait vendu dès que la mort de Grand-mère avait neutralisé son veto sur ce choix de prudence et avait pris sa retraite à Jersey avec ma mère. Quelques années plus tard, prenant conscience de leur attachement aux Cornouailles, ils étaient retournés dans ce qui doit encore être la plus belle résidence de l'estuaire d'Helford. Entre-temps, Tredower House avait commencé à se hisser à la hauteur de sa réputation, bien plus grâce aux capacités d'organisation de ma sœur Pam qu'à l'excellence managériale de Trevor.

L'hôtel fut fermé pour le week-end de façon à ce que les innombrables amis, proches et associés d'affaires pussent jouir de notre hospitalité. Et le samedi matin, répondant à contrecœur aux sommations de Pam, je descendis de Pangbourne en voiture me joindre aux réjouissances. J'avais révisé le moteur de ma Stag en vue du trajet, que j'effectuai en quatre heures pile, ce qui à l'époque n'était pas loin de constituer un record. Pam aurait voulu que j'arrive le vendredi, mais j'avais déclaré qu'un contre-la-montre en décapotable était exactement ce qu'il me fallait pour m'éclaircir les idées après une semaine de travail.

Simple excuse, bien sûr, ce dont elle avait certainement conscience. Si je ne pouvais pas boycotter un événement de cette ampleur, je pouvais au moins minimiser mon exposition. Une arrivée à la dernière minute et un départ rapide le lendemain après-midi : j'avais tout prévu. Je serais là, mais avec un peu de chance, j'aurais l'impression de ne pas y avoir été.

Mon père et moi nous étions brouillés de manière somme toute assez banale. Cela remontait à vingt ans, quand j'avais tourné le dos à une formation managériale au magasin de Plymouth ainsi qu'à la généreuse dotation paternelle qui aurait récompensé mon obéissance filiale. Je gagnais désormais ma vie, et même plutôt bien, mais il y avait eu des périodes, dangereusement nombreuses, où ça n'avait pas été le cas. À aucun moment je n'avais demandé de l'aide et mon père ne m'en avait jamais proposé. Des deux côtés, la fierté se mettait en travers du chemin. Il voulait que je reconnaisse mes erreurs sans reconnaître aucune des siennes, et il pensait sûrement que j'attendais la même chose de lui. Nous vivions donc une trêve armée. Ce qui me conférait un statut unique au sein des générations récentes de ma famille : celui d'un self-made-man, ou presque. Self-remade aurait été plus conforme à la réalité, étant donné mes tentatives répétées de me noyer dans l'alcool à la fin des années 1960. Mais le résultat était le même. Je n'étais ni dedans, ni en dehors. J'étais un des leurs, mais ni eux ni moi n'en avions vraiment le sentiment.

La relation que j'entretenais avec ma ville natale était marquée par une ambiguïté similaire. Truro est à la fois ce qu'on attend et ce qu'on n'attend pas d'un évêché situé à la pointe reculée et humide de la péninsule du sud-ouest de l'Angleterre. C'est une ville faite de hautes collines aux pentes raides et sinueuses, de lumière vive tombant sur des pierres lavées par la pluie, d'élégance géorgienne jouxtant des entrepôts de malt et des quais boueux, de pauvreté et de privations côtoyant le tourisme, le charme celtique et cet étrange sentiment persistant d'importance. Aucune des constructions que je parviens le plus facilement à me représenter – la cathédrale démesurée, le viaduc qui fuse au-dessus de Victoria Park, mon ancienne école perchée au sud sur sa colline, la maison de Crescent Road où je suis né, et même Tredower House –, aucune n'avait guère plus de cent ans à l'époque. Et pourtant, ce qu'il me reste de Truro, aussi impossible à oublier qu'à visualiser, me paraît plus ancien et plus fort. Nous, les Napier, ne sommes pas tous originaires d'ici. Du point de vue de ma grand-mère, l'un des principaux attraits de Grand-père Napier était justement qu'il n'était pas natif des Cornouailles. Les Carnoweth, en revanche, sont aussi cornouaillais que le gâteau au safran. Leurs racines d'habitants de Truro sont profondes et, peu importe l'éloignement ou la durée de mes errances, elles continuent d'avoir prise sur moi.

Tout cela faisait de mes visites à Tredower House des incursions en terrain connu mais néanmoins agité. La maison se dressait sous la tonnelle des arbres presque au sommet de la colline sur la route de St Austell, manoir gothique qui lors de sa construction dans les années 1870 pour Sir Reginald Pencavel, le magnat de la porcelaine, devait sembler austère et hideux. Mais l'aménagement des jardins et l'érosion du grès lui avaient conféré un petit air familier inaltérable, à l'instar d'une vieille connaissance dont on se rend soudain compte qu'elle est devenue amie.

Le dernier des Pencavel avait été tué lors de la bataille de la Somme. Quand sa veuve s'était remariée en 1920, elle avait mis la maison en vente. Son acquéreur était un fils prodigue de la ville, mon grand-oncle Joshua Carnoweth, tout juste rentré d'un long exil qu'il s'était lui-même imposé dans les mines d'or d'Amérique du Nord, rapportant une fortune plus grande que quiconque l'aurait cru capable d'amasser. L'achat de Tredower House avait constitué à la fois un reproche adressé à ses contemporains dubitatifs et l'affirmation du terme de ses pérégrinations. Il avait 47 ans, trop jeune, selon moi, pour la vie tranquille de propriétaire terrien. Mais il avait toutes les raisons de le faire et aucun moyen de savoir que ce seraient ces raisons mêmes qui concourraient un jour à sa perte.

D'un certain côté, j'étais content que cette maison fût devenue un lieu plus animé, moins révérencieux depuis qu'elle avait cessé d'être chez moi. Une salle de conférences moderne à l'arrière, un parking à la place de l'ancien verger et toute une série de panneaux et de lumières de sécurité proclamaient son identité commerciale d'une façon qui atténuait encore d'autres souvenirs personnels sans toutefois jamais les effacer complètement. Même les mariages étaient devenus une activité récurrente de l'hôtel, bien qu'aucune des réceptions organisées pour les clients n'eût jamais exigé marquise plus grande, plus rose et plus enrubannée d'or que celle que j'aperçus ce matin-là entre les arbres, en passant à toute vitesse avec ma Stag sur le chemin de l'église.

La cérémonie se déroula sans le moindre accroc, il n'y eut pas même un bégaiement, et fut suivie par un transfert massif à Tredower House. Entre la foule de gens désireux de féliciter la jeune mariée et ses grands-parents, Pam accaparée par ses responsabilités d'hôtesse et Trevor qui, pour une fois, avait une bonne raison de m'ignorer, je pus me retrancher sans trop de mal en marge de l'événement. Au moins une heure de champagne et de canapés s'annonçait. Pour un alcoolique repenti en délicatesse avec ses proches, l'interlude promettait d'être abominable. Ainsi donc me retirai-je, aussi discrètement que possible, dans un coin ombragé de la pelouse et, appuyé contre le banc de croquet qui avait été mis hors de portée sous le hêtre, j'observais la fête. Dans l'air encore estival, les rires dissonaient avec les mélodies langoureuses du groupe de jazz. Les tenues colorées virevoltaient sous le soleil voilé comme dans un kaléidoscope en rotation lente. Les rayons étincelaient sur les flûtes à champagne. Joie, plaisir et satisfaction se mêlaient. M'efforçant désespérément de ne pas me sentir rabat-joie, je portai un toast collectif avec mon jus d'orange.

Mes parents ainsi que les jeunes mariés étaient hors de vue sous la marquise. Ils devaient encore être occupés à accueillir les invités, tâche qu'ils accomplissaient sans nul doute avec un aplomb inébranlable. Grand-mère avait bien éduqué mon père quant aux obligations sociales qui allaient de pair avec le statut qu'elle lui avait taillé de toutes pièces. Elle lui avait appris à projeter une image franche et joviale de lui-même, qui lui avait ouvert les portes de grandes entreprises et de la vie politique locale. Image que la vieillesse n'avait fait que renforcer, manifestement. Il fallait avoir été proche de lui pour connaître l'homme au naturel.

Cependant ma mère avait été plus proche de lui que n'importe qui durant ces cinquante dernières années, et je savais son dévouement totalement sincère, il devait donc bien y avoir chez lui plus d'authenticité que je n'étais prêt à l'admettre. Je soupçonnais Grand-mère d'avoir arrangé leur mariage. Elle ne s'en serait pas remise au hasard pour que son fils trouve une femme et la future mère de ses petits-enfants, aucun doute là-dessus. Mais, si elle s'en était mêlée, ses manigances avaient porté leurs fruits, comme d'habitude. Rien ne m'a jamais fait douter de l'amour mutuel de mes parents. Pour moi, la seule question qui se posait était de savoir s'ils m'aimaient sincèrement.

Pam aurait trouvé cette interrogation stupide, non sans raison. Son éducation avait fait d'elle une femme affectueuse dotée d'un fort sens pratique, et sa fille lui faisait honneur. Tabitha avait la perspicacité et la clairvoyance de sa mère, ainsi que ses traits fins et son port gracieux.

C'est alors que j'aperçus le père de la mariée qui se frayait lestement un passage parmi la foule. L'âge mûr avait amélioré Trevor, atténuant la gaucherie et la frilosité qui m'avaient marqué la première fois que Pam me l'avait présenté. Il n'avait pas son pareil dans la gestion des relations publiques de l'hôtel. De toute évidence, c'était quelque chose qui lui allait bien. Il buvait beaucoup sans qu'il y paraisse rien, ce dont je lui en voulais au plus haut point, naturellement, tout en le considérant au fond comme un crétin, opinion qu'il devait sûrement partager à mon égard. Et que nous aurions tous deux pu corroborer par des preuves tangibles.

Je ne crois pas avoir entendu quoi que ce soit qui m'ait incité à tourner la tête à ce moment-là. Peut-être avais-je eu l'impression de ne pas être le seul à observer la scène, qu'un changement s'était produit, qu'une maille avait sauté dans le tricot de la journée. Je ne sais pas trop. Peu importe, de toute façon. Le fait est que je tournai la tête et vis un homme sous les longues branches du vieux marronnier qui dominait le coin nord-est du jardin. D'environ ma taille, il était plus mince et arborait une barbe et des cheveux grisonnants en bataille. Ses vêtements étaient déchirés et poussiéreux : un jean usé jusqu'à la trame et une chemise à carreaux au col ouvert sous un vieil imperméable. C'est ce détail qui me fit penser à un clochard. Qui d'autre aurait porté un imperméable par une journée si ensoleillée ? Et puis il tremblait, ce qu'on ne pouvait pas mettre sur le compte du froid. Bien que son visage fût dans l'ombre, il me sembla que c'était bien moi qu'il regardait et non les convives éparpillés sur la pelouse.

Je me redressai et contournai le banc. Il approcha en même temps d'un pas, ce qui le conduisit dans une tache de lumière. Pour la première fois, je vis distinctement son visage. S'il s'agissait d'un clochard, ça ne faisait pas longtemps qu'il était sur les routes. Son regard n'était pas assez éteint, sa peau encore trop lisse. D'instinct, je sus que je le connaissais, mais je ne me fiai pas à cette intuition. Sa bouche se tordit. Un sourire ou une grimace, difficile à dire. Il marmonna quelque chose. Même sans la rumeur de la fête, cela aurait été malaisé à comprendre. Et pourtant je compris. « Chris. » Mon nom. Prononcé par quelqu'un que je ne pouvais plus désormais prendre pour un inconnu.

« On se connaît ? » demandai-je, perplexe.

Et là il sourit, un sourire de guingois familier. Il jeta un œil à la grosse branche du marronnier au-dessus de sa tête, leva lentement les bras vers elle et les balança d'avant en arrière, mimant les gestes de quelqu'un qui se propulse sur une balançoire. Je sentis ma bouche s'ouvrir toute seule en me souvenant comment, enfant, je me balançais à cette même branche, comment mon ami d'enfance Nicky Lanyon et moi avions...

« Nicky ? »

J'aurais dû le savoir tout de suite. Entre l'âge de 7 et 11 ans, nous avions passé plus de temps ensemble qu'avec n'importe qui d'autre. Durant ces quatre années à cheval sur la fin de la guerre, nous avions été inséparables. Chris et Nicky ; Nicky et Chris. Mais tout ça avait pris fin l'été 1947. Tout ça et bien plus encore.

« C'est toi ? »

Cela faisait trente-quatre ans que je ne l'avais pas vu. Je m'étais efforcé de l'oublier. Mais l'oubli, réalisai-je en le regardant, n'était qu'un faux-semblant. Je me souvenais de lui comme si cette quarantaine miséreuse n'était qu'un simple déguisement qu'il pouvait ôter à tout moment, comme si le garçon de 11 ans qu'il avait jadis été pouvait surgir brusquement, les cheveux tondus, les yeux étincelants, le visage bronzé par l'été cornouaillais, la chemise zébrée par je ne sais quelle escapade en forêt, le pantalon taché d'herbe, les genoux boueux, les chaussettes en tire-bouchon, les chaussures éraflées, comme si tous les fragments d'une amitié perdue pouvaient être miraculeusement réunis et assemblés. Il y eut un instant – une seconde éphémère – où je fus heureux, mais vraiment très heureux de le voir. Puis la culpabilité, la prudence et quelque chose de l'ordre du mépris accoururent pour justifier ma participation à son ostracisme. Je sentis mon corps se raidir et reculai. Puis je le vis tressaillir, comme si lui aussi avait vu la herse s'abattre entre nous.

« Qu'est-ce que tu fais ici ? »

Mon ton s'était altéré malgré moi. Ma voix avait dû sembler froide, guindée, sévère.

« Suis venu... »

Il parlait lentement, en mâchant ses mots. Son regard s'attarda sur moi avec un étrange soupçon de curiosité.

« Suis venu... te voir.

— Moi ?

— J'ai lu... un article. »

Il sortit de la poche de son imperméable ce qui ressemblait à un morceau de journal et me le tendit. Je le pris pour une coupure de la feuille locale, devinant que Trevor y avait publié une annonce au sujet du mariage. Mais en quoi cela intéressait-il Nicky ? Il ne vivait même pas dans la région. Si ?

« Savais... que tu serais là.

— Tu... m'attendais ?

— Maman est morte.

— Ta mère ? Je suis désolé. Je...

— Ma sœur aussi. »

La petite sœur de Nicky, Freda, était morte de la coqueluche pendant la guerre. Mentionner sa mort, dont il savait bien que j'étais au courant, semblait inutile, sinon pervers, mais je me dis que cela devait revêtir un sens que lui seul pouvait comprendre.

« Qu'est-ce que tu veux, Nicky ?

— Maman et Papa... ensemble.

— Ils le sont peut-être à présent.

— Pas avec moi.

— Quand ta mère est-elle morte ?

— Il y a... six mois. »

Il refourra le morceau de papier dans sa poche.

« Cancer.

— Je suis navré de l'apprendre. »

Son regard se durcit.

« Et pourquoi donc ?

— Parce que je l'aimais bien.

— Menteur.

— C'est vrai.

— Menteur ! »

Cette fois-ci il cria, le visage empourpré par une vague de colère.

« *Menteur !*

— Calme-toi, bon sang.

— Et... pourquoi ?

— C'est le mariage de ma nièce. Nous ne voulons pas de... désagréments. »

Je regrettai ces mots aussitôt prononcés. Il avait connu bien assez de désagréments pour toute une vie et nul doute qu'au départ il n'en voulait pas non plus.

« Qu'est-ce que tu... fais en ce moment ?

— Je cherche.

— Quoi ?

— La réponse.

— À quoi ?

— Tu le sais.

— Non. Pas du tout.

— Mais est-ce que tu... connais la réponse ? Dis-moi, Chris ?

— La réponse à quoi ?

— Qui a tué mon père ? »

Cette question était tellement étrange et pourtant si visiblement sincère que je me contentai de le dévisager, essayant de déchiffrer dans son regard désespéré les épreuves qu'il avait traversées depuis cet été 1947.

« Qui ?

— Qu'est-ce qui se passe, bon Dieu ? »

La voix de Trevor, tonnante et péremptoire, déchira la solitude de notre conversation. Je fis volte-face et le vis se diriger vers nous à grands pas, la mine assombrie par l'alcool et la désapprobation.

« C'est quoi, ces cris ?

— Rien. Tout va bien. Inutile de...

— Qui c'est ? »

Trevor fusilla Nicky du regard.

« On dirait un clodo.

— Pas du tout. Je peux...

— C'est une fête privée, me coupa Trevor. Foutez le camp d'ici.

— Attends, Trevor. Tu ne comprends pas. »

Mais l'incompréhension n'avait jamais freiné mon beau-frère. Il fonça sur Nicky en agitant un bras vers la route. Nicky chancela, les mains levées, la tête basse, soumis. Chagrin et culpabilité me transpercèrent devant le spectacle de sa faiblesse. Je criai son nom, trop tard. Il tourna les talons et se mit à courir courbé sous les branches en direction de la portion du mur que nous avions souvent escaladée ensemble étant petits, Trevor à ses trousses pour faire bonne mesure. Mais il n'y avait pas photo. Nicky, détalant comme un renard pourchassé par une meute, disparut dans l'ombre plus dense des arbres. Je l'imaginais grimper en s'appuyant sur les prises familières, sauter de l'autre côté, dévaler le talus jusqu'au trottoir et s'éloigner à petites foulées le long de la route.

« Il s'est barré, ce salaud, haleta Trevor quand il me rejoignit près du banc. Il m'a semé.

— J'ai vu.

— Tu aurais dû l'envoyer bouler toi-même. Les alcoolos et les pouilleux, on peut pas se permettre de les encourager.

— Il était aussi sobre que moi et pas pouilleux pour deux sous.

— À t'entendre on dirait que c'est un ami à toi des Alcooliques anonymes.

— Un ami ? Oui. En effet, il se trouve que c'en est un. »

Je soupirai.

« Du moins, c'en était un.

— Un ami à toi ? Alors je suis censé le connaître ?

— En un sens, oui.

— Vraiment ? Il s'appelle comment ?

— Nicky Lanyon.

— *Lanyon ?*

— Oui. Le fils de Michael Lanyon.

— Quoi ? L'homme qui...

— C'est ça. L'homme qu'on a pendu pour le meurtre d'Oncle Joshua. »

« L'homme qu'on a pendu pour le meurtre d'Oncle Joshua. » Cette phrase se logea dans mon esprit, et des réminiscences s'y accrochèrent comme des toiles d'araignées sur un vieux panneau moisi. En 1947, Trevor ne nous connaissait pas, il ne vivait même pas en Cornouailles. À ses yeux, les Lanyon n'étaient qu'un fragment sans importance d'une histoire mineure. Mais malgré tout il ne voulait pas que leur nom soit mentionné le jour dédié à la célébration de notre famille. Il était conscient que les Lanyon ne représentaient rien d'aussi substantiel qu'une menace, plutôt quelque chose d'insatisfaisant, d'irrésolu et de vaguement dérangeant. La présence de Nicky à Truro ne l'inquiétait pas, mais il aurait préféré qu'il fût ailleurs. N'importe où ailleurs, en fait.

« Gardons ça pour nous, hein, Chris ? dit-il alors que nous traversions la pelouse en sens inverse. C'est bien la dernière chose dont Melvyn et Una ont envie d'entendre parler le jour de leur anniversaire de mariage. »

Cette référence à mes parents faisait explicitement appel à mon sens des responsabilités familiales. Toutefois je devinais que ce n'était pas vraiment pour eux qu'il se faisait du souci, comme il l'admit aussitôt indirectement.

« Et je ne veux pas qu'il y ait quoi que ce soit qui vienne gâcher la journée de Tabs.

— Reconnaîtrait-elle seulement ce nom ?

— Probablement pas. Mais j'aimerais qu'il en reste ainsi.

— Et Dominic ? Est-il au courant de la manière dont nous avons hérité cette maison ? »

Trevor s'arrêta net. Je l'imitai et me tournai vers lui. Son expression trahissait qu'il s'efforçait au calme.

« D'ici quelques heures, ma fille et mon beau-fils partiront en lune de miel sur l'île Maurice. Est-ce trop te demander de faire de ton mieux pour t'assurer qu'ils partent en voyage l'esprit léger ?

— Non, pas du tout. »

Je lui adressai un sourire de masculine camaraderie.

« Oublions Nicky. Je pense que c'était la dernière fois qu'on le voyait. »

Je ne m'en sortis pas trop mal, si je puis m'envoyer des fleurs. Je découvris le secret pour dérider la mère de Dominic, fus à deux doigts de vendre à son père la Bentley Continental qui trônait en bonne place dans ma salle d'exposition à Pangbourne, improvisai un discours mêlant astucieusement le rôle de fils reconnaissant et d'oncle réjoui, et plus généralement pris part avec enthousiasme aux festivités. Je vis au moins une fois ma mère et mon père échanger un regard agréablement surpris devant ma contribution, heureux qu'ils n'eussent pas la moindre idée de ce que cela cachait. Je me démenais en réalité comme un beau diable pour me défaire de la culpabilité et de la honte qui me collaient à la peau depuis la soudaine apparition de Nicky. Pour m'en débarrasser avant même d'avoir le temps de me demander pourquoi j'en étais la proie.

Une fois la soirée bien entamée, j'y étais presque parvenu. Tabitha et Dominic étaient partis pour l'île Maurice et le groupe qui jouait pour leurs amis avait commencé à baisser le volume. La fatigue avait gagné ma mère, mais mon père semblant encore s'amuser, je proposai une partie de billard avant qu'ils rentrent chez eux, connaissant la jubilation que lui procurait la victoire sur un adversaire plus jeune. Il releva le défi et nous nous dirigeâmes vers la salle de jeu, Dieu merci loin des basses de la musique.

La pièce, réservée aux hôtes, avait conservé son état d'origine, ou presque, avec une grande table, des sièges en cuir d'époque et des reproductions de chasse décolorées sur tous les murs. Ce décor me faisait penser à Oncle Joshua, malgré son mépris pour tout ce qui avait trait à la chasse. Cependant, ce fut le tour nostalgique que prirent les propos de mon père alors qu'il contournait lourdement la table pour le coup suivant qui sapèrent ma résistance aux souvenirs de Nicky Lanyon – et de son père.

« Ce fut une belle journée. Vraiment. Ta mère a passé un excellent moment. Moi aussi. Rien à voir avec *notre* mariage, c'est moi qui te le dis. Ah non. *Très* différent.

— Dans quel sens ?

— Eh bien, à l'époque, on était en pleine Dépression, vois-tu ? Nous vivions dans Carclew Street. On ne s'est installé à Crescent Road qu'à la naissance de Pam. Et le magasin vivotait, tout juste. On n'avait pas d'argent à gaspiller pour une lune de miel de l'autre côté du globe. Ta mère et moi, on a passé trois jours à Penzance. *Trois jours*. Tu te rends compte ? »

Je gloussai.

« Je crois, oui.

— Quant à la réception, c'était dans une salle des fêtes du Royal. On n'a pas eu droit à une marquise sur la pelouse, nous.

— Mais Oncle Joshua était présent. Je l'ai vu sur les photos.

— Oh, pour sûr, il était là à nous regarder de haut, ta mère et moi.

— Ça n'a jamais été le genre à...

— Qu'est-ce que tu en sais ? »

Mon père, qui visait une bille avec sa canne, se redressa pour me regarder.

« Tu n'as jamais vu son côté dur. Il aurait pu faire davantage pour nous que de se contenter de venir à notre mariage, tu ne crois pas ? Il avait de l'argent à ne plus savoir qu'en faire et une maison où il aurait pu se perdre. Mais a-t-il jamais proposé de nous aider ? Tu parles !

— Au bout du compte, il l'a quand même fait, non ? Sans le vouloir, je veux dire. Il s'est fait assassiner par l'homme qui devait hériter de tout. L'argent *et* la maison.

— Oui. »

Le regard de mon père se perdit dans le lointain.

« C'est vrai.

— Michael Lanyon.

— Je connais son nom, mon garçon. Je le connais bien.

— C'est drôle, non ? »

Pourquoi n'y avais-je pas songé plus tôt ? C'est ça qu'avait dû penser Nicky en regardant ces gens éminents et riches s'admirer les uns les autres sur la pelouse : qu'ils auraient pu être *ses* amis, invités à une fête dans *sa* maison, en train de manger *sa* nourriture, de boire *son* champagne. Si seulement son père n'avait pas été condamné pour le meurtre de Joshua Carnoweth. Car la loi ne permet pas à un meurtrier de profiter de son crime en héritant les biens de sa victime. En revanche, elle permet que son fils soit chassé – sans scrupule – de ce qui autrement aurait été sa propriété.

« Qu'est-ce qui est drôle ?

— La façon dont tournent les choses. »

Après ça, les coups de maître de mon père se raréfièrent, mais les miens aussi, et il savoura donc malgré tout une victoire confortable. Nous retournâmes dans le salon, où ma mère s'était endormie, et Trevor fut vite désigné volontaire pour reconduire mes parents chez eux. Après leur départ, j'avais l'intention de trouver rapidement refuge dans mon lit, mais Pam tint à ce que je prenne un café avec elle, et bizarrement, j'étais sûr que ce n'était pas pour le plaisir d'échanger nos impressions sur la tenue de voyage de Tabitha.

« Trevor m'a raconté cette histoire avec Nicky.

— Ah, c'est vrai ?

— Que fait-il à Truro ?

— Aucune idée.

— C'était ton ami.

— Ma parole, on dirait une accusation.

— Désolée. Ce n'était pas mon intention. Je suis fatiguée et... je ne voudrais pas qu'il y ait quoi que ce soit qui gâche cette journée.

— Rien ne l'a gâchée.

— Non, mais... Tu crois que c'était une coïncidence ? Qu'il se soit pointé ici cet après-midi.

— Je ne sais pas trop. Il m'a dit qu'il avait appris l'événement dans le journal. »

Elle fronça les sourcils.

« Ça devait être l'article paru dans le *West Briton* la semaine dernière. Les noces d'or de Papa et Maman nous permettaient de faire de la pub gratuite pour les salons de réception. Trevor pensait que c'était une bonne idée.

— Et pas toi ?

— C'est qu'à ce moment-là ils n'avaient pas encore arrêté la date, tu vois ? Et puis Tabs et Dominic... Je me disais juste qu'on aurait peut-être mieux fait d'attendre après la fête. »

Elle soupira.

« Je n'aime pas tenter le diable.

— Ne t'inquiète pas. On dirait bien que le diable a résisté à la tentation.

— Espérons-le. »

Elle me jeta un regard plein de commisération fraternelle.

« Ça t'a fait un choc de le revoir après toutes ces années ?

— Évidemment.

— Il était comment ?

— Usé.

— Et il *semblait* comment ?

— Confus. Désorienté. Affligé.

— D'après Trevor, il a un petit grain.

— Peut-être bien.

— Où habite-t-il maintenant ?

— Il ne me l'a pas dit.

— Ni la raison de son retour ?

— Non, mentis-je d'un ton grave. Pas un mot. »

Cette nuit-là, je ne rêvai pas de Nicky, ce qui fut une victoire en soi. Je dormis profondément dans la chambre que j'occupais lorsque nous avions emménagé à Tredower House début 1948. C'était un geste sentimental de la part de Pam de me l'avoir attribuée. Elle ne pouvait pas savoir que j'aurais préféré une chambre moins ancrée dans le passé.

Réveillé tôt par le chant des oiseaux et le silence sans voitures caractéristique du dimanche matin, je me surpris à me remémorer le jour où nous avions quitté Crescent Road. Grand-mère avait organisé le déménagement comme une campagne militaire et s'était sans nul doute félicitée de l'absence d'accroc. Évidemment, elle avait eu largement le temps de mettre au point ses plans. Elle avait toujours su que nous finirions par vivre ici depuis la mort d'Oncle Joshua au mois d'août précédent. En supposant que l'homme auquel il avait légué sa maison serait reconnu coupable du meurtre, comme il le fut effectivement.

Il s'était déjà écoulé près de six mois depuis que j'avais vu Nicky pour la dernière fois. Six mois qui s'étaient ensuite étirés à travers notre adolescence et notre vie d'adulte en trente-quatre ans bien tassés. Déjà à l'époque, je le considérais comme perdu. Et ça m'allait. Cela signifiait que je pouvais faire ce que tout le monde attendait de moi : l'oublier.

À la réflexion, je pouvais me pardonner cette attitude. Un meurtre aurait intimidé n'importe quel gamin de 11 ans, et mon ami était assimilé à ce meurtre par ricochet. D'autant que ma famille et la moitié de Truro semblaient ravies d'étendre par association la culpabilité à *tous* les Lanyon, quel que fût leur âge. Mais cette excuse ne tenait plus. Je n'étais plus un enfant. J'avais eu toute ma vie d'adulte pour retrouver Nicky afin de savoir si je pouvais l'aider à vivre avec le fait d'avoir pour père un meurtrier. Mais je ne l'avais pas fait. En lieu et place, c'est lui qui m'avait retrouvé.

Je pris une douche, m'habillai et sortis me balader dans les jardins, persuadé que personne d'autre ne serait d'attaque de si bon matin. La marquise était toujours là. La pelouse était jonchée de serviettes en papier, de piques à cocktail, de mégots de cigarettes, de bouchons de champagne et de confettis que le vent avait chassés de l'allée durant la nuit. Les traiteurs reviendraient plus tard mettre de l'ordre, mais en attendant, tout était immobile, désolé, et pourtant étrangement paisible.

Je me surpris à souhaiter que Nicky arrivât à cet instant, maintenant que j'étais prêt à sa venue et libre de lui parler à loisir, maintenant que personne ne s'y opposerait ni ne s'en mêlerait. Je suivis le sentier qui faisait le grand tour de la pelouse afin de me rendre à l'endroit où je l'avais vu l'après-midi précédent, dans l'espoir qu'il était revenu et qu'il m'attendait pour me donner une seconde chance. Ce n'était pas tant un espoir qu'un fantasme, en réalité. La vie est avare de secondes chances. Je le savais. C'est pourquoi je sursautai en apercevant sa silhouette sous le marronnier.

Je levai la main et pressai le pas, le sourire hésitant. Mais il n'y eut pas de réponse, et alors que j'approchais le sommet de la côte qui nous séparait, je commençais à distinguer pourquoi. Et ce de plus en plus clairement à mesure que j'allongeais le pas. Il y avait bien quelqu'un là-bas, vêtu comme Nicky. Il n'était pas debout, il ne se balançait pas non plus. Il pendait au bout d'une corde attachée à la branche vers laquelle je l'avais vu tendre les mains. Il pendait les bras ballants, la tête basse, les pieds dans le vide.

2

Depuis ma chaise près des grandes fenêtres du salon je discernais le faîte vert du marronnier fatigué pris dans la lumière de plus en plus vive du soleil. Pas la branche entaillée par la corde, ni les fourrés en dessous, où on avait tiré sur la fermeture éclair du linceul en plastique de Nicky. Rien que l'épais cumulus vert du vieil arbre massif dans lequel nous grimpions, d'où nous jetions des marrons et sous lequel nous nous balancions lors de nos journées d'enfance insouciantes. Mon regard et mes souvenirs s'attardaient sur lui, tandis qu'au présent le métal cognait le métal à mesure du démontage de la marquise rose et or, et que l'inspecteur Collins vérifiait péniblement les faits pour la énième fois.

« On est bien sûrs qu'il s'agit de Nicholas Lanyon, hein ? »

De toute évidence, notre certitude sur ce point, alors même que nous avions reconnu n'avoir pas eu vent de lui pendant plus de trente ans, l'interloquait.

« Mrs Rutherford ?

— Oui, répondit Pam. Enfin, en fait, je ne l'ai pas vraiment...

— Le mort est Nicky Lanyon, intervins-je. Vous pouvez me croire sur parole.

— Pour le moment, nous y sommes obligés, monsieur. Apparemment il n'avait aucun papier d'identité sur lui. D'ailleurs, il ne semblait rien avoir du tout.

— Pas d'argent ?

— Moins de deux livres en pièces de monnaie.

— Qu'est-ce que je disais, remarqua Trevor d'un air sombre. SDF. Ceci explique cela, j'imagine.

— Mais pourquoi venir ici, monsieur ? C'est ce qui m'échappe. Vous avez dit que sa famille avait quitté Truro il y a des années.

— Trente-quatre ans, précisai-je d'une voix douce. S'il avait prévu de se suicider, son retour ici me paraît parfaitement logique.

— Chris, implora Pam, a-t-on vraiment besoin d'ennuyer l'inspecteur avec toute cette histoire ?

— Je pense qu'il serait content d'être averti de l'intérêt que la presse va y porter.

— Minime, monsieur, à mon avis. Le suicide n'est pas...

— Meurtre, inspecteur. C'est pour ça que la presse s'y intéressera. Le père de Nicky Lanyon et son complice ont assassiné le propriétaire de cette maison en 1947. »

Collins fronça les sourcils.

« Dans ce cas, vous avez sûrement raison. Ils ont été pendus, c'est ça ?

— Le père de Nicky, oui. Ce qui suffirait à pousser les correspondants judiciaires dans les archives, vous ne croyez pas ?

— C'est plus que probable, monsieur. Savez-vous s'il avait des proches ?

— Nicky m'a dit que sa mère était morte.

— Des frères et sœurs ?

— Aucun vivant.

— Pourrait-il y avoir quelqu'un à Truro susceptible d'avoir gardé contact avec lui ?

— Pas que je sache, non.

— Attends, dit Pam. Il n'y avait pas une tante ?

— Si, répondis-je, abasourdi de voir comme je l'avais si facilement et complètement oubliée. La mère de Nicky avait une sœur qui a épousé un fermier un peu plus loin à Roseland : les Jago. Tous les étés, il passait une semaine avec eux. Je... j'y suis allé une année avec lui.

— Alors vous devez savoir où nous pouvons les trouver.

— Oui. »

Mes yeux se fixèrent de nouveau sur le marronnier.

« Je le sais. »

L'inspecteur Collins donnait clairement l'impression qu'il n'était pas encore né en 1947. Pas étonnant que le nom de Lanyon ne lui dît rien. Cela remontait si loin. Mais pas autant que le point de départ de toute cette histoire. Pour ça, il fallait revenir bien plus en arrière. Au début du siècle, et au-delà. À une époque où la cathédrale de Truro était en cours de construction, géante parée d'échafaudages qui prenait lentement forme au cœur de la ville qu'elle finirait par dominer, coucou anglican qui se rengorgeait dans le nid du méthodisme.

Une photo de la façade ouest de la cathédrale aux environs de 1900 était encadrée dans le bar de l'hôtel. On y voyait le bâtiment, simple coquille encore, avec les tailleurs de pierre et les experts qui avaient interrompu leur tâche pour regarder l'appareil photo depuis leurs hautes plates-formes. Mon arrière-grand-père, Amos Carnoweth, ne comptait pas parmi eux. J'en étais sûr, bien que la taille de la pierre fût son métier et la cathédrale son dernier lieu de travail. J'en étais sûr car il était mort au printemps 1887 d'une chute de l'échafaudage situé à l'autre extrémité de la cathédrale. Son fils Joshua avait alors 14 ans ; sa fille Adelaide, ma grand-mère, en avait 8. Elle m'avait confié un jour que, d'après sa propre grand-mère, cette tragédie était le jugement de Dieu envers un méthodiste qui avait osé se lancer dans le granit anglican. C'était le bon vieux temps.

La mort de mon arrière-grand-père avait signé le départ de la maison familiale d'Old Bridge Street. Grand-mère et Oncle Joshua avaient grandi là, à côté des écuries du Red Lion Hotel, à un jet de pierres de la cathédrale, dans un air imprégné de crottin, d'huile de harnais et de poussière de granit. Ils avaient trouvé un logement moins cher à Tabernacle Street, juste après Lemon Quay, où boue, poisson et toile à voiles constituaient les odeurs prévalentes.

Le passé est toujours plus proche que ce qu'on croit. Le Red Lion avait été envoyé *ad patres* à la fin des années 1960 par un camion fou, et la rivière qui coulait le long de Lemon Quay avait été recouverte dans les années 1920. Pour moi, l'espace triangulaire formé entre les quais Lemon et Back a toujours été un parking et la cathédrale qui pointe au nord un édifice achevé et permanent. Mais, curieusement, je semble aussi me rappeler ce que se rappelait ma grand-mère : un Truro différent, plus sombre, plus doux, à six heures de Londres à bord du train le plus rapide, mais par bien des côtés aussi lointain que Constantinople.

Après la mort de son père, Oncle Joshua était devenu le soutien de famille, s'échinant dans une mine d'étain à Baldhu douze heures par jour. Grand-mère lui apportait au déjeuner un petit pâté en croûte tout juste sorti du four qu'elle enveloppait dans un torchon afin de le maintenir au chaud. Cinq kilomètres aller, cinq kilomètres retour. À l'époque, il devait y avoir de la loyauté entre eux, une tendresse confiante et aucune raison au monde de penser que ça ne durerait pas toute leur vie. La santé de leur mère, mentale aussi bien que physique, déclinait, mais ensemble ils conservaient une vie de famille.

Malgré des études prometteuses, Grand-mère avait quitté l'école à 14 ans, comme elle s'en était souvent plainte après. Son père eût-il été vivant, la situation aurait peut-être été différente, mais avec sa mère qui n'était même plus capable de blanchir le linge, il fallait bien gagner sa vie. Elle avait trouvé un emploi de couturière-vendeuse au magasin de tissus Webb à Boscawen Street, où elle s'était liée d'amitié avec une autre vendeuse de son âge, Cordelia Angwin, qui se rendait régulièrement chez eux à Tabernacle Street. Cordelia était une jeune fille énergique et enjouée qui s'était vite épanouie en véritable beauté. Au début, Oncle Joshua ne lui accordait guère d'attention, mais à mesure que le temps passait, et qu'elle mûrissait, s'assagissait et embellissait...

Oncle Joshua ne m'ayant jamais rien raconté de tout cela et Grand-mère n'ayant jamais été une chroniqueuse complètement fiable des événements qui la concernaient, je me perdais beaucoup en conjectures. Ou plutôt en déductions, je préfère ce mot-là. Quand je l'avais connu, Joshua Carnoweth était devenu un homme taciturne et circonspect, manifestement incapable de grands gestes romantiques. Mais en ce temps-là la situation était différente, et lui aussi. Il était tombé éperdument amoureux de Cordelia Angwin, qu'il avait suppliée de l'épouser. Mais elle préférait attendre et trouver un mari capable de l'élever au sein de la société, ce qu'un simple mineur ne risquait pas de faire. La brouille entre Grand-mère et Oncle Joshua remontait à cette époque. La connaissant un peu, j'imagine qu'elle avait d'abord été gênée qu'il convoite ainsi son amie, puis furieuse contre eux deux quand elle s'était rendu compte à quel point il l'adorait. Ni l'un ni l'autre ne se comportaient comme elle le souhaitait, ce qu'elle n'avait jamais pu supporter.

L'été 1897, la situation s'était envenimée. Cordelia avait alors 18 ans et avait clairement signifié à Oncle Joshua qu'elle ne songerait pas une minute à l'épouser avant d'avoir 21 ans. Sous-entendu : elle devait espérer qu'un meilleur mari se serait présenté à elle d'ici là. Oncle Joshua, lui, devait s'être dit que cela lui laissait trois ans pour se transformer en un parti irrésistible. La nouvelle qu'un gigantesque gisement d'or avait été découvert l'année précédente dans le Yukon canadien venait juste de filtrer. Selon la rumeur qui avait circulé parmi la communauté de mineurs d'étain *via* les tavernes des docks de Falmouth, ceux qui jouissaient des qualités requises pouvaient gagner une fortune. Oncle Joshua s'était vu proposer une traversée bon marché sur un cargo à destination de la Nouvelle-Écosse. Il avait embarqué en se disant qu'il se débrouillerait pour effectuer le trajet jusqu'à la côte ouest et atteindre le Yukon au printemps. Avant son départ, il avait réussi à obtenir de Cordelia qu'elle promette de l'attendre, jurant en échange d'être de retour les poches pleines à craquer de poussière d'or avant que les trois fameuses années se fussent écoulées.

Grand-mère considérait ce voyage comme une trahison impardonnable car la laissant seule pour subvenir aux besoins de leur mère souffrante. D'après elle, s'il y avait de gros profits à faire dans le Yukon, il n'y en aurait plus quand son frère arriverait sur place. C'était une hypothèse réaliste. Mais l'amour naissant et le réalisme s'excluent mutuellement. Oncle Joshua était parti à la poursuite de son rêve.

Durant l'hiver et le printemps, Grand-mère et Cordelia avaient reçu quelques lettres décrivant la progression de sa traversée du Canada. Et puis plus rien. Aucune nouvelle, aucun mot, aucun contact d'aucune sorte. Après s'être évanoui dans la nature, Joshua Carnoweth, avec les années, avait fini par se faire oublier. Mort, ou trop honteux pour retourner chez lui et reconnaître son échec – personne n'aurait su dire. Toujours est-il qu'il n'était pas revenu. Ni au bout de trois ans, ni de six, ni de douze, ni de vingt.

À Truro, Grand-mère s'était mise à fréquenter un jeune homme du nom de Cyril Napier. Pour elle, pas d'amour impossible. Mon grand-père, pondéré mais ambitieux, avait été choisi comme le compagnon idéal de sa vie. Ses parents étaient originaires du Worcestershire. Ils s'étaient installés en Cornouailles quelques années auparavant et avaient ouvert une épicerie dans River Street. Son père, de santé fragile, avait espéré que l'air plus clément de la région lui siérait davantage. Ça avait peut-être été le cas, mais jusqu'à un certain point. Il était mort peu après les fiançailles de Grand-mère et Grand-père. Ils avaient avancé le mariage de façon à pouvoir reprendre la direction du magasin en couple et avaient emménagé dans la maison familiale des Napier à Carclew Street avec leurs deux mères par souci d'économie. La mère de Grand-père aidait à l'épicerie, évidemment, ils n'avaient donc besoin d'embaucher personne. C'était un travail difficile, il fallait vendre de sept heures du matin à huit heures du soir, six jours par semaine, mais ils étaient propriétaires, et Carclew Street était un peu plus haut placé, topographiquement et socialement parlant. La naissance de mon père en 1905 avait signifié qu'ils travaillaient aussi dans le but d'améliorer le sort de la génération suivante. Grand-mère esquissait ses objectifs pour l'avenir.

Tout comme Cordelia Angwin, en un sens. Elle avait cessé de travailler chez Webb pour se mettre au service d'une grande maison sur la route de Falmouth. Elle avait attendu Oncle Joshua – ou une meilleure offre, tout dépend du degré de cynisme – jusqu'à ses 21 ans et bien au-delà. Cordelia et Grand-mère s'étaient perdues de vue, même si elles devaient se croiser de temps à autre : Truro est une trop petite ville pour qu'il en fût autrement. Ce qu'elles se disaient ou pensaient lors de telles occasions, je l'ignore.

Environ dix ans après le départ d'Oncle Joshua pour l'inconnu canadien, Cordelia s'était mariée. Son mari travaillait comme simple employé au conseil municipal. Il s'appelait Archie Lanyon. Ils avaient emménagé dans une maison modeste de St Austell Street, où était né en 1910 leur premier et unique enfant. Ils l'avaient baptisé Michael.

La cathédrale avait été achevée la même année, et les tailleurs de pierre avaient dû chercher du travail ailleurs.

L'inspecteur Collins était parti depuis longtemps, ainsi que la quasi-totalité de l'équipe de nettoyage du traiteur. Debout sur la pelouse, je regardais les hommes de l'entreprise de location de la marquise finir de charger leur matériel dans un camion garé à mi-chemin dans l'allée. L'après-midi était lourd, étouffant, la lumière du soleil me chauffait le visage. Un petit animal fouissait dans les feuilles mortes au pied des arbres derrière la bordure de fleurs. Avec un tout petit effort d'imagination, j'aurais pu consigner dans le royaume des illusions la découverte que j'avais faite ce matin-là. Mais ses conséquences, elles, ne pouvaient être ignorées. Elles continuaient de se bousculer pour me rappeler la réalité : la tête tordue et ballante de Nicky, son menton croûté de bave, sa langue pendante tout enflée, ses yeux morts qui dardaient leur prunelle... droit sur moi.

« Chris ! »

Pam m'appelait depuis la maison, je me retournai et la vis s'approcher en faisant cliqueter un trousseau de clefs.

« Ça va ?

— Oui, je crois.

— Je vais aller annoncer la nouvelle à Papa et Maman. Je me suis dit que ce serait mieux qu'un coup de fil.

— Bonne idée.

— Tu veux venir ?

— Non, merci. Je... euh...

— Tu as autre part où aller ? »

J'eus un sourire hésitant.

« Oui. Je vais sûrement... faire un tour en voiture pendant ton absence.

— Pour aller voir les Jago ?

— Tu as lu dans mes pensées, on dirait.

— C'était soit ça soit tu rentrais directement à Pangbourne.

— Non. Je... pense que je vais peut-être rester encore quelques jours. Si ça ne te dérange pas.

— Aucun problème.

— Bien sûr, si tu as besoin de la chambre...

— Je t'ai dit qu'il n'y avait pas de problème.

— Oui. En effet. Merci. Je...

— Chris, il y a quelque chose que tu devrais savoir. Au sujet des Jago. Ils avaient un fils, tu te souviens ?

— Oui, Tommy. Il avait quelques années de moins que Nicky et moi.

— Il est mort. Ça fait un moment. J'ai appris la nouvelle dans le journal. Un accident à la ferme. Il s'est fait écraser par un tracteur, je crois. Quelque chose comme ça. »

Je détournai les yeux.

« Oh, génial. Vraiment génial.

— J'avais l'intention de t'en parler, mais le temps que tu donnes signe de vie... j'ai dû oublier.

— Peu importe. »

Je lui passai un bras autour des épaules d'un geste fugace d'affection fraternelle.

« Dis à Papa et Maman que je suis vraiment désolé si cette histoire a gâché leur anniversaire de mariage.

— Tu n'y es pour rien. »

Elle soupira.

« Au moins ça n'est pas arrivé la veille au soir.

— Ça n'aurait pas été possible. »

Elle m'adressa un regard perplexe.

« Et pourquoi donc ?

— Parce que je n'étais pas encore arrivé. C'est pour ça que je suis en partie responsable. Il m'attendait. Il voulait que je sois là quand il le ferait, pour que je voie à quoi il ressemblerait après.

— Tu n'en sais rien.

— Je crois que si.

— Mais pourquoi ? Quel intérêt ?

— Je ne sais pas trop. Mais je vais tâcher de le découvrir.

— Et tu crois que les Jago peuvent t'aider ?

— Peut-être. Il faut bien commencer quelque part.

— Tu n'as pas à commencer. Ce n'est pas obligatoire.

— Ah non ? Eh bien, je vais te dire un truc, Pam. Moi, c'est bien l'impression que ça me donne. »

Oncle Joshua ne parlait jamais ouvertement de ses années passées en Amérique du Nord. Il fallut qu'il me surprît un jour en train de contempler une carte de l'Alaska et du territoire du Yukon au Canada pour m'accorder les informations les plus détaillées que je lui avais jamais extorquées. Cette carte se trouvait dans un vieil atlas bedonnant rangé dans la bibliothèque de Tredower House. Il avait acheté la plupart des livres de cette pièce en vrac à Mrs Pencavel de façon à pouvoir remplir les étagères, je suppose, puisqu'il n'était pas ce qu'on appelle un littéraire. Les cartes, en revanche, il avait l'air d'aimer ça. Peut-être lui rappelaient-elles sa période nomade. Celle-ci avait dû répondre à je ne sais quel besoin de son âme, sinon elle n'aurait pas duré si longtemps. Et, sans surprise, l'atlas semblait toujours s'ouvrir à cette page précise.

Juneau, Sitka, Skagway ; Whitehorse et Dawson City ; Valdez, Fairbanks, Nome. Ces villes, il les connaissait toutes. C'était évident vu la manière dont il en parlait. Il avait de nombreux souvenirs : le village de tentes sur la plage de Nome, où l'or étincelait dans le sable noir de la mer de Béring ; les rues envahies par la boue et les saloons enfumés de Dawson ; les cheminées et les tramways aériens de la mine d'or de Treadwell – si grande qu'elle était une ville en soi – qui s'étirait le long de la côte de l'île Douglas de l'autre côté du chenal par rapport à Juneau ; les longs hivers sans soleil, quand la neige montait plus haut que les maisons et que les températures tombaient à moins cinquante degrés ; et les brefs étés sans nuit, quand les mouches et les moustiques pouvaient littéralement vous rendre fou. Cet après-midi-là, il avait parlé de ces choses plus librement et plus longuement que jamais. Je ne sais pas pourquoi. Peut-être ma curiosité et sa nostalgie envers cette terre qui avait été son second foyer avaient-elles culminé simultanément par un heureux hasard. C'était le début du printemps 1947, si exceptionnellement froid qu'il lui avait rappelé l'Alaska ; le dernier printemps qu'il eût jamais connu.

Fairbanks, enfoncé loin dans les terres d'Alaska, était l'endroit qu'il avait le plus évoqué. Il y avait passé plus de temps que n'importe où ailleurs. Des années, apparemment. Il m'avait raconté que ce n'était d'abord qu'une poignée de tentes et de cabanes de rondins, devenue une vaste ville grouillante, ravagée une année par le feu, aussitôt reconstruite la suivante. Il m'avait décrit les grands paris annuels sur le jour de la fonte des glaces dans le fleuve Chena. Il m'avait dépeint les festivités qui avaient suivi la décision du Congrès américain d'accorder son autonomie à l'Alaska. Et il m'avait mentionné une organisation dont je ne savais rien : la Compagnie commerciale du Nord. J'avais absorbé ces noms et ces événements avec l'émerveillement – et le manque de compréhension – de l'enfant que j'étais.

Après sa mort, quand la véritable échelle de sa fortune avait été révélée, j'avais emprunté tous les livres ayant trait à l'histoire du Canada et de l'Alaska que renfermait la bibliothèque municipale de Truro. Il n'y en avait pas beaucoup, mais grâce à eux j'avais glané assez d'informations pour mettre un peu de chair sur le squelette de son passé, pour esquisser les grands traits de la vie qu'il avait menée durant ces vingt-trois années d'exil loin des Cornouailles. Mon père et ma mère désapprouvaient l'intérêt que je portais à ce sujet. Ils disaient que ce n'était pas respectueux envers les morts. Même à l'époque, je savais que c'était de la foutaise. J'avais poursuivi mes recherches avec un soin dissimulé, tandis que d'autres garçons collectionnaient les timbres, les œufs d'oiseaux et les cartes des paquets de cigarettes. Plus d'une fois j'avais regretté de ne pas pouvoir impressionner Nicky avec mes découvertes. Mais il me fallait enfouir ce regret encore plus profondément que mes recherches historiques.

À l'instar de milliers d'autres aventuriers de l'or dans le monde, Joshua Carnoweth avait quitté les Cornouailles à l'automne 1897 à destination de la région aurifère du Klondike. C'est un fait. Le reste n'est qu'une reconstitution plausible de son équipée – il y a peu de chances qu'on approche un jour davantage de la vérité.

Une douche froide attendait tous ceux qui étaient arrivés dans le Klondike aussi tard qu'Oncle Joshua. Grand-mère avait raison sur ce point. Cette région aurifère était dense et d'accès facile – si vous aviez la chance de vous y trouver dès le départ. Or celui-ci avait eu lieu en 1896-1897. Si, comme Joshua Carnoweth et nombre d'autres, vous étiez encore en train de remonter la côte de la Colombie-Britannique au printemps 1898, vous couriez après le vent, mais pas celui de la fortune. Et la course était aussi rude que longue. Juste après la frontière avec l'Alaska, vous atteigniez Skagway, un port délabré miné par le crime. Là, si vous n'étiez pas dépouillé et/ou assassiné sur un chemin de planches couvert de boue, vous mettiez cap au nord, franchissant les montagnes *via* le fameusement pénible col du Chilkoot, afin de passer la frontière canadienne. Il vous fallait répéter ce trajet autant de fois que nécessaire pour parvenir à stocker de quoi vous nourrir pendant un an, provisions que la police montée exigeait avant de vous laisser entrer au Canada. Ensuite, vous poursuiviez lourdement votre route jusqu'au lac Bennett, où vous bousculiez les autres voyageurs pour obtenir une couchette sur un bateau qui remontait le fleuve jusqu'à Dawson. Une fois là-bas, vous vous rendiez vite compte qu'il ne restait plus âme qui vive et encore moins de fortune. L'été 1898, vingt mille personnes, dont Joshua Carnoweth, s'étaient confrontées à leur folie collective dans les rues boueuses de Dawson City. Au moins, grâce à la police montée, ils étaient plus en sécurité qu'à Skagway, mais riches, ça non – et ils n'avaient pas grand-chance de le devenir. L'or avait été entièrement ramassé ou attribué, les paillettes se laissaient désirer. Oncle Joshua devait avoir désespéré en réalisant qu'il avait parcouru la moitié du globe pour n'obtenir qu'un aperçu de sa propre stupidité. Qu'allait-il bien pouvoir faire ?

Cette question avait trouvé tout naturellement sa réponse cet hiver-là, quand avait circulé à Dawson la rumeur de la découverte d'un gisement d'or encore plus important et de meilleure qualité à Nome, sur la côte la plus occidentale de l'Alaska. Les hommes s'étaient à nouveau lancés dans une folle ruée vers l'or, descendant à traîneau ou à pied trois mille kilomètres de fleuve gelé. Oncle Joshua était parti aussi. À pied, j'imagine. Aurait-il eu un peu d'argent, ça n'aurait suffi à acheter ni un traîneau ni les chiens pour le tirer. Peut-être se disait-il alors que c'était sans espoir, ayant retenu la leçon que, dès qu'on entendait parler d'un gisement, il était déjà trop tard pour en profiter. Mais il n'y avait aucune alternative, il devait suivre la voie qu'il s'était fixée.

Nome s'était révélée plus clémente avec les petits joueurs que la plupart des terrains aurifères. Le métal, mélangé au sable sur la plage, n'attendait que la batée. Là, nul besoin d'équipement hors de prix mais, comme ailleurs, le tout était d'arriver le premier. Au printemps 1899, les meilleures concessions étaient déjà prises. Il restait encore de l'or aux retardataires, mais pas assez – et certainement pas en barre – pour amasser une fortune. Au cours de ce dernier été du siècle, sur cette plage de Nome hérissée de tentes, Oncle Joshua devait avoir cessé d'alterner entre espoir et désespoir pour adopter un réalisme radical. Le sable passé au tamis permettait plus ou moins de gagner sa vie, mais si on additionnait les profits et les pertes, on arrivait tout juste à un chiffre positif. Deux des trois années que Cordelia lui avait accordées s'étaient écoulées, et à l'évidence, la dernière ne serait pas plus riante. C'était fini, plié, liquidé. Le pari était perdu.

Qu'avait-il fait alors ? À partir de là, les documents se raréfient. Il devait avoir compris que sa seule chance de s'enrichir était d'apprendre le métier de chercheur d'or puis d'appliquer ses connaissances dans des régions où jusque-là aucune pépite n'avait encore été trouvée, mais où il y avait des raisons – aussi maigres fussent-elles – de croire qu'il pourrait y en avoir. Si tel était le cas, il devait aussi avoir réalisé que ses efforts pourraient durer des années sans pour autant être récompensés ; cependant, je crois qu'il préférait cette perspective à celle de rentrer chez lui tête basse, sans le sou, vaincu. Comment s'y était-il pris, je l'ignore.

Sa bonne connaissance de Juneau ct de Treadwell laisse supposer qu'il y aurait travaillé afin de lever des fonds pour son grand projet. Oncle Joshua étant un mineur expérimenté, cela aurait été un recours logique puisqu'il avait quitté Nome encore plus pauvre qu'il n'avait quitté Dawson. Il s'était peut-être échiné là-bas à gagner son salaire à la sueur de son front pendant un an ou plus. Ensuite...

Fairbanks. Là, le gisement était venu rompre la routine des chercheurs, car une grande partie du métal se trouvait hors de portée sous terre. Il avait fallu du temps et un équipement lourd afin d'en exploiter le potentiel, c'est pourquoi la ville de Fairbanks était devenue une communauté stable et prometteuse, épargnée par les pires excès d'une économie en dents de scie. Oncle Joshua s'y était établi pour le reste de son séjour en Alaska et cette décision avait fait sa fortune.

Je crois qu'il s'y était trouvé dès le départ : juillet 1902, quand un chercheur italien du nom de Felix Pedro avait déniché de l'or à proximité d'un comptoir commercial, Fairbanks n'était rien d'autre à l'époque, au bord du Chena. Si ça se trouve, Oncle Joshua travaillait même en partenariat avec lui. Je me souviens d'un jour où Grand-mère avait tenu en sa présence des propos méprisants sur les prisonniers de guerre italiens qu'on avait fournis aux Jago pour les aider à la récolte. Le vieil homme avait volé à leur secours, décrivant les Italiens comme « un peuple bon et honorable ». À l'époque, je ne savais pas que c'était en réalité à Felix Pedro qu'il devait penser.

Oncle Joshua se rappelait Fairbanks quand ses structures permanentes pouvaient encore se compter sur les doigts d'une main. Autrement dit, il devait s'y trouver ce premier été-là. Il se souvenait du grand incendie de la ville qui avait dévasté le quartier commercial en mai 1906. Et il avait vécu en août 1912 la nouvelle de la ratification par le président Taft de la loi sur l'autonomie de l'Alaska. Je crois que l'on peut affirmer avec quasi-certitude qu'il avait habité là-bas sans discontinuer de 1902 jusqu'au déclenchement de la Première Guerre mondiale, accumulant lentement sa fortune grâce à des intérêts miniers certainement hautement lucratifs. Entre 1902 et 1914, la région de Fairbanks avait produit en or l'équivalent de soixante-trois millions de dollars, chiffre qui était resté gravé dans ma mémoire depuis que je l'avais lu quelque part. Oncle Joshua avait dû fonder une entreprise pour diriger la production de ses mines. Il détenait peut-être aussi des intérêts dans la Compagnie commerciale du Nord, le groupe dont il m'avait parlé. La CCN avait établi un monopole virtuel sur les transports routiers et fluviaux vers la côte et fournissait la ville en eau, électricité et chauffage à vapeur. Peut-être avait-il également investi dans d'autres industries de Fairbanks, telles que le brassage de la bière et l'exploitation du bois et avait-il effectué des dons généreux aux écoles et aux hôpitaux. Peut-être était-il devenu un pilier de la communauté et avait-il décidé de s'y installer définitivement, en contribuant à l'enracinement des valeurs civiques au cœur de l'Alaska. Cela vaut ce que ça vaut, mais je pense que, sans la guerre, il aurait fini ses jours à Fairbanks, où il aurait continué de se nourrir du souvenir de Cordelia, réconcilié avec l'idée de ne jamais la revoir.

Les quatre ans qu'il avait passés dans l'armée canadienne à se battre sur le front occidental représentaient une phase de sa vie qu'il n'avait jamais évoquée une seule fois. Quelque instinct patriotique devait l'avoir poussé à quitter Fairbanks afin de proposer ses services aux autorités militaires du Canada. Il avait pourtant plein de bonnes raisons de rester tranquillement en Alaska. Il avait 40 ans passés et les papiers découverts après sa mort attestaient que cela faisait déjà plus de dix ans qu'il était citoyen américain. Qu'à cela ne tienne, il s'était engagé. En faisant le tri dans ses affaires, Grand-mère avait trouvé des médailles de campagne et des épaulettes à franges dans une vieille blague à tabac en fer. C'est grâce à elles que je sais qu'il avait été commandant dans le génie militaire, les Royal Canadian Engineers. Son expérience minière avait probablement fait de lui une recrue de choix. Peut-être supervisait-il la construction des tranchées et le creusement des tunnels. Nous ne le saurons jamais, car il n'en avait jamais dit ne serait-ce qu'un seul mot. Une seule certitude, il était sorti du conflit l'esprit et le corps intacts. Contrairement au mari de Cordelia, Archie Lanyon, qui avait lui terminé la guerre avec une balle allemande logée dans le cerveau, blessure qui s'était révélée d'autant plus cruelle qu'elle ne lui avait pas été fatale.

Oncle Joshua ne savait rien de tout cela lors de sa démobilisation. Cependant, quelque chose en lui avait changé. Il voulait rentrer chez lui, et chez lui, manifestement, cela voulait dire les Cornouailles. La mort et la destruction dont il avait été témoin en France devaient l'avoir fait se languir de la terre où sa vie avait commencé. J'imagine qu'il était retourné à Fairbanks pour vendre ses intérêts commerciaux et régler ses affaires. Cela expliquerait pourquoi il n'avait atteint l'Angleterre qu'au printemps 1920, et ce uniquement avec de l'argent liquide, disponibilités dont le montant avait dû choquer le directeur de la Martins Bank de Truro lorsque mon grand-oncle avait clairement énoncé la somme qu'il avait l'intention de déposer chez lui. Le fait est que Joshua Carnoweth était retourné dans sa ville natale millionnaire – multimillionnaire.

En sortant de Truro en voiture à la fin de cet après-midi-là, je me sentais étonnamment proche d'Oncle Joshua à quelques heures de son retour au bercail. Il y a un point au-delà duquel l'absence trouve en elle-même sa substance. Dès lors, tout retour dans les lieux et auprès des gens que vous avez abandonnés devient impossible. Pas au sens physique, bien sûr. Il est *possible* de revenir, mais seulement pour découvrir que ce que vous vous rappeliez n'existe plus.

Je me dirigeai vers la ferme des Jago située au bout de la péninsule de Roseland en suivant le même chemin qu'en août 1946, quand mon père nous avait conduits, Nicky et moi, jusqu'à Trelissick avec la camionnette de l'épicerie et nous avait accompagnés jusqu'à bord du King Harry Ferry, rassuré de voir que Dennis Jago, l'oncle de Nicky, nous attendait de l'autre côté du fleuve avec son *dog-cart*. À l'époque, l'essence étant rationnée, on n'avait pas vu de vacanciers motorisés depuis 1939 – autrement dit jamais dans mes souvenirs – et circuler en charrette était monnaie courante.

Le ferry était un petit bateau à vapeur vieillissant qu'on eût dit en service depuis un âge où le moteur à combustion restait à inventer. Voyager dessus sans chaperon – même si nous étions surveillés de part et d'autre du fleuve – était une grande aventure. Tandis que le bateau effectuait lentement sa traversée, je regardais par-dessus le garde-fou les méandres bordés d'arbres en m'imaginant un galion droit sorti d'une époque révolue surgir en provenance de Falmouth toutes voiles dehors, ou des contrebandiers filer sous couvert de la nuit pour accomplir de secrètes missions.

Quelque chose de cet émerveillement enfantin m'accompagnait encore quand j'approchai du ferry cet après-midi-là. On était dimanche, il faisait beau, je ne fus donc pas surpris de découvrir à Trelissick une queue qui serpentait jusqu'en haut de la colline. Je dus laisser passer un bateau avant de pouvoir embarquer. Il eût probablement été plus rapide de faire le grand tour en voiture en passant par Tregony, mais je m'en fichais. Les berges touffues du Fal, qui s'étirait paresseusement en direction de Carrick Roads, m'évoquaient tant de choses qu'une journée entière d'attente n'aurait suffi à me lasser.

Une fois sur l'autre rive, je pris la route de St Mawes, laissant mes souvenirs s'imprégner de la chaleur du soleil et des ondulations vertes si familières des champs et des haies. Aucun véhicule ne me suivit lorsque je bifurquai dans la petite route en pente raide encadrée de fougères. En 1946, pendant la guerre, la végétation était moins dense du fait de la circulation engendrée par les allers et retours en direction d'une batterie anti-aérienne proche. Cependant le panneau à l'entrée de la piste qui menait à Nanceworthal était fidèle à ma mémoire : il penchait sur son poteau avec exactement le même angle, semblait-il.

Je longeai une structure en briques inachevée qu'on apercevait par une brèche dans la haie. L'herbe montait presque aussi haut que les murs, indiquant que la construction avait été abandonnée depuis longtemps. Ce fut le seul changement que je remarquai à l'approche de la ferme, lovée sous le sommet de la colline, là où la pente commençait à descendre vers le bord de la falaise. Les clôtures paraissaient en bon état et le bétail dans les prés nombreux et en bonne santé. Toutefois, en me garant dans la cour, je découvris un hangar à récoltes qui n'existait pas dans les années 1940 ainsi qu'une salle de traite plus grande et plus moderne. Nanceworthal avait évolué, même si ce n'était pas tout à fait avec son temps.

Quand je sortis, un chien jappait déjà autour de ma voiture. J'entendis Ethel le rappeler avant de la voir qui m'observait depuis le seuil de la maison bâtie en torchis et en ardoise. Elle devait avoir 65 ans, mais elle semblait plus vieille dans sa robe marron râpée et son gilet vert, avec ses cheveux raides et gris comme un crépuscule d'hiver et ses yeux voilés par l'excès de malheur. Soudain, je fus à court de mots, tout juste capable d'un sourire et d'un vague geste de la main, offrant ma compassion sans réconfort.

« Bonjour, Ethel, dis-je, en ressentant l'incongruité de ce salut : je ne l'avais jamais appelée par son prénom, avant.

— Bonjour, petit Christian. »

Je fus surpris par son accent cornouaillais. J'avais oublié à quel point il était prononcé.

« Je me disais bien que ça devait être toi.

— La police... t'a-t-elle appelée ?

— On nous a appris pour Nicky, si c'est ça que tu veux dire.

— Je suis désolé. Je voulais... puis-je entrer ?

— Viens, t'es le bienvenu. Il y a du thé dans la théière. »

Je la suivis au bout du couloir et entrai dans la cuisine. Il fut un temps où elle aurait été plus propre et mieux aérée. À voir la cuisinière crasseuse et la vaisselle sale empilée dans l'évier, on comprenait que ce n'était pas seulement son apparence qu'Ethel s'était mise à négliger. En 1946, c'était une trentenaire aux yeux vifs avec des cheveux bruns chatoyants et un rire qui pétille. Mais à l'époque elle avait un fils, une sœur et un neveu. Et son beau-frère n'avait pas été pendu pour meurtre. Ne plus se préoccuper de rien était sûrement la seule façon qu'elle avait trouvée de survivre.

Elle me servit du thé et nous nous assîmes à la table. Je bus un moment en silence, conscient qu'elle m'étudiait. Puis elle déclara :

« J'ai point de brioches au safran à te donner. »

J'avalai de travers au souvenir de ces brioches tout juste sorties du four qui nous attendaient dans cette pièce chaque après-midi, quand Nicky et moi revenions après avoir crapahuté à l'autre bout des champs en faisant balancer le petit Tommy entre nous. Comme j'avais eu hâte, alors, de revivre comme promis l'été suivant une semaine à Nanceworthal. Mais elle n'avait pas eu lieu. J'effectuais ce jour-là ma deuxième visite – plus de trente ans après.

« J'ai été vraiment peiné d'apprendre pour Tommy.

— Tu as vu son bungalow au bout de l'allée ?

— Quoi... le bâtiment inachevé ?

— C'est ça. Y avait point d'intérêt à le finir, si ? C'était pour lui. L'allait se marier, tu comprends. Un beau brin de fille, que c'était.

— Quand cela... s'est-il passé ?

— Il y a sept ans. »

Je soupirai.

« Comment va Dennis ?

— Il est aux champs. Ces derniers temps, y se sent pas de faire aut' chose que de travailler. Quand ils nous ont dit pour Nicky... il a hoché la tête, pis il est sorti, c'est tout. C'est ça ou bien y s' fiche en rogne contre moi... »

Elle secoua la tête.

« Quoi faire, hein ? Personne s'attend à ça, tu vois. En perdre tant et si jeunes.

— Nicky m'a dit... que sa mère était morte récemment.

— En mars qu'elle est partie, not' Rose. Une vraie délivrance. C'était à ce point.

— Où habitait-elle ?

— Dans l'Essex. Quand ils sont partis d'ici, ils se sont arrêtés qu'une fois rendus sur la côte est, où c'est qu'y pouvaient pas courir plus loin. »

Elle chercha mon regard.

« Y z'avaient tous l'impression d'être harcelés. Cette fameuse année et encore après.

— Qu'ont-ils fait ? Je veux dire...

— Rose s'est remariée. Un type du nom de Considine. Un genre d'électricien.

— Et... la vieille Mrs Lanyon ?

— Cordelia est morte dans les douze mois qu'ont suivi leur départ de Truro. Cancer, comme Rose. Ou chagrin. C'est selon.

— Nicky vivait-il avec sa mère quand elle est morte ?

— C'est elle qui vivait avec lui. Un petit appartement à Clacton. Elle avait quitté son mari l'an dernier. Voulait mourir avec quelqu'un qui l'aimait pour de bon, si j'ose dire. Ce Considine, il a jamais été bien avec elle. Toujours à sonner l'alarme et à se débiner ensuite.

— Donc Nicky s'est retrouvé seul après la mort de Rose ?

— Et comment !

— Pas de famille à lui ?

— S'est jamais marié, si c'est ça que tu veux dire. S'est jamais installé dans quoi que ce soit, le Nicky. »

Elle contempla son thé d'un air triste.

« Ce qui est arrivé à son père... S'en est jamais remis. L'y pensait tout le temps.

— Tu le voyais souvent ?

— De moins en moins à mesure qu'il grandissait. Rose me donnait de ses nouvelles dans ses lettres, bien sûr. Mais, apparemment, y avait pas grand-chose à dire. L'a longtemps travaillé à la bibliothèque municipale de Clacton. Pis il a laissé tomber pour s'occuper de sa mère. Depuis qu'elle est morte... Ma foi, quand je suis allée à l'enterrement, je l'ai vu changé. Replié sur lui-même. Y vivait de plus en plus dans le passé. Or il fait pas bon s'attarder dans le passé de ct'e famille, pas vrai ?

— C'est la dernière fois que tu l'as vu ?

— Non. Il est venu ici la semaine dernière, vois-tu. Et vu comme il était... je craignais le pire. Quand on a su...

j'étais pas tellement étonnée. Ça se voyait qu'y tournait pas rond. L'était assis à la même place que toi, tiens. M'est avis que ça faisait un bout de temps qu'il était sur les routes. Les habits tout élimés. Et il avait l'air tellement fatigué. J' lui ai demandé de rester avec nous, mais l'a rien voulu entendre. Paraît-il qu'il avait aut' part où aller. Et m'est avis que c'était vrai, mais on le trouvera point sur une carte. »

Elle se détourna et se tamponna les yeux avec un mouchoir qu'elle avait tiré de la manche de son gilet. Sa voix avait pris un timbre rauque quand elle ajouta :

« Faut espérer qu'il est plus heureux là-bas.

— Je lui ai parlé hier après-midi, dis-je, incertain de ce que je pouvais révéler de notre conversation. Il avait l'air préoccupé par... la mort de son père.

— Comme je t'ai dit. Il a jamais pu passer à aut' chose.

— Il m'a demandé qui l'avait tué. »

Elle me lança un long regard pensif.

« Qu'est-ce que tu as répondu ?

— Que pouvais-je bien répondre ? »

Elle projeta sa lèvre inférieure en avant et fit un signe de dénégation avec la tête, puis se redressa sur sa chaise et jeta un œil à l'horloge.

« Dennis va mener les bêtes directement à la traite. J' suis en train de penser qu'y vaudrait mieux déplacer ta voiture. »

Je sentis qu'elle cherchait une excuse pour que je prenne congé – était-ce parce qu'elle avait peur d'en dire trop ou de la réaction de Dennis à ma présence, je n'aurais su dire.

« Je dois m'en aller de toute façon. »

Je finis mon thé cul sec en me levant.

« J'étais juste venu... enfin... tu sais. »

Elle me regarda.

« Oui. M'est avis que oui.

— Pourras-tu me tenir au courant de la date des funérailles ? J'aimerais y assister si c'est possible.

— Compte sur moi, Christian.

— Tu pourras me joindre à Tredower House. Sinon on me transmettra le message.

— Ta sœur a fait du beau travail avec cet endroit.

— Oui, je trouve aussi. »

Cette remarque me ramena à Nicky et au passé dans lequel il s'était trop longtemps attardé.

« Peut-être que si la sœur de Nicky avait été en vie, il aurait pu y avoir quelqu'un qui... enfin, je ne sais pas... qui l'aurait aidé quand il en avait besoin. Il m'en a parlé hier, bizarrement. Ça faisait si longtemps et...

— Il t'a parlé de sa sœur ? »

Elle me regarda d'un air perplexe.

« Oui. Sur le moment, ça m'a paru curieux. Après tout, ça fait des années qu'elle est morte.

— Qu'est-ce qui te dit qu'elle est morte ? »

La perplexité d'Ethel se muait en hostilité, elle semblait outrée.

« Pardon ?

— Rose s'était mis dans la tête qu'elle était morte, Nicky a dû l'écouter et finir par y croire aussi. Mais personne ne peut en être sûr. »

Je la dévisageai, abasourdi.

« Je ne comprends pas. Freda est bien morte de la coqueluche, non ?

— Oh, Freda, oui, bien sûr. »

Elle s'empourpra.

«Je vois ce que tu veux dire.»

Elle s'empressa de se lever et se dirigea vers la porte.

«Je ferais mieux de te raccompagner avant que les vaches te crottent ta voiture.

— Attends. Il y a une seconde tu disais que personne ne pouvait en être sûr. Qu'est-ce que tu voulais dire?

— Rien. C'est juste...»

Elle me regarda comme pour me supplier de ne pas insister.

«J'avais mal compris.

— Qu'est-ce que tu n'avais pas compris?

— De quelle...»

Elle détourna les yeux.

«De quelle sœur tu parlais.

— Mais il n'y en avait qu'une. Non?

— Non. Rose avait eu une autre fille, vois-tu. Après leur installation dans l'Essex.

— Que lui est-il arrivé?

— Elle a disparu un jour en rentrant de l'école y a de ça une quinzaine d'années. Volatilisée sans laisser de trace. Rose s'est convaincue qu'elle était morte, mais aucun corps n'a jamais été retrouvé. Elle pourrait très bien être encore en vie.

— Et elle serait la demi-sœur de Nicky?

— Non. Ils étaient frère et sœur, tout ce qu'il y a de plus régulier.

— Je ne comprends toujours pas. Si Rose avait eu une fille avec ce Considine, alors...

— L'était pas de Considine. Michaela est née avant même que Rose rencontre ce vaurien.

— *Michaela?*»

Je compris la signification de ce nom avant qu'Ethel puisse répondre.

« Tu veux dire... qu'elle était la fille de Michael Lanyon – enfant posthume ? »

La vieille femme hésita un instant avant de me donner confirmation d'un hochement de tête solennel.

« Grand Dieu.

— Oui. »

Elle soutint mon regard.

« Mais y a des fois je me demande s'il est si grand que ça. Quand je vois tout ce qu'il permet. »

3

À mon retour à Tredower House, Pam m'attendait. J'étais tellement stupéfait de ce que venait de m'apprendre Ethel Jago que je peinais à me rappeler où ma sœur s'était rendue et pourquoi. Un autre souvenir plus ancien me chatouillait de ses murmures : Nicky comme je l'avais connu lors de ce si lointain été, quand nous avions Nanceworthal et le monde devant nous ; Nicky comme je l'avais connu avant que le destin fasse de lui sa victime perpétuelle. Mes propres malheurs étaient tellement plus bénins que les tragédies qu'il avait vainement tenté de surmonter. Un père pendu pour meurtre, une mère morte de désamour, une sœur qui avait disparu depuis d'interminables années. Comment pouvait-il gagner face à tant de malchance – sans un ami vers qui se tourner ?

« Comment allaient les Jago ? demanda Pam.

— Abattus. Vaincus par la vie, en quelque sorte.

— Si mal que ça ?

— C'est mon impression, oui.

— Tu n'aurais peut-être pas dû y aller.

— Je n'aurais peut-être pas dû déserter si longtemps.

— Mais tu les connaissais à peine.

— C'est vrai. Mais je les connais quand même un peu. Comment ça se fait, Pam ?

— Parce que tu as passé une semaine chez eux quand tu avais 10 ans. »

Elle fronça les sourcils.

« Qu'est-ce que tu veux dire ?

— Peu importe. »

J'essayais de me débarrasser du doute obsédant que m'avait laissé ma visite à Nanceworthal. À présent que j'avais été amené à y réfléchir, il me semblait que m'organiser des vacances à la ferme avec Nicky était une façon étrange pour mes parents et mes grands-parents de manifester leur désapprobation vis-à-vis des Lanyon.

« Comment vont Papa et Maman ?

— Bien. Très choqués, bien sûr, mais... ils voudraient te parler de ce qui est arrivé.

— Vraiment ?

— Oui. Je leur ai dit que tu allais rester quelques jours. Ils ont proposé que tu ailles déjeuner chez eux demain.

— D'accord.

— Je leur téléphone pour leur dire que tu seras là ?

— Pourquoi pas ? Ça sera l'occasion de leur poser la question.

— Quelle question ?

— Celle que tu n'as pas comprise. »

Elle fronça encore davantage les sourcils.

« Je ne sais pas de quoi tu parles.

— Non, mais eux, ils sauront. »

La capacité de ma famille à réviser son propre passé a toujours été très développée. L'origine de mon amitié avec Nicky Lanyon en est un exemple. La dispense de service militaire de mon grand-père pendant la Première Guerre mondiale en est un autre. La mauvaise santé dont il avait été affligé durant cette période s'était manifestement bonifiée à l'époque où je l'avais connu et elle ne l'avait certainement jamais empêché de vivre bon pied bon œil jusqu'à un âge avancé. Serait-ce que ma grand-mère, pourtant la plus acharnée des patriotes, ne donnait pas cher de sa vie et avait décidé qu'elle ne pouvait pas se passer de lui ? Auquel cas, je la vois très bien capable de maquiller des données médicales à cette fin. Ce qui pourrait expliquer, parmi d'autres menus mystères, pourquoi le Dr Truscott avait continué de recevoir de notre part un copieux panier garni chaque Noël et encore longtemps après sa retraite de la médecine.

Archie Lanyon n'avait pas bénéficié de la prévoyance de Grand-mère. Il était parti à la guerre gaillard et vaillant et était revenu bien avant l'armistice avec le cerveau d'un enfant et le corps d'un invalide. Sa mort n'était survenue que bien plus tard, mais sa vie était terminée. Cordelia devait avoir été aussi près du dénuement que du désespoir. Elle avait un jeune fils à élever, un mari impotent à sa charge. Et les locaux de plus en plus prospères de l'épicerie Napier dans River Street à longer chaque fois qu'elle avait besoin qu'on lui rappelle combien la vie, si elle l'avait jugé bon, aurait pu se montrer plus clémente envers elle. J'ignore comment elle faisait face jour après jour, et si elle avait jamais demandé à Grand-mère une faveur, un prêt ou un coup de main. Peut-être était-elle trop fière pour cela. Ou peut-être connaissait-elle d'avance la réponse. Grand-mère ne lui devait rien, or elle mettait un point d'honneur à ne payer que ce qu'elle devait. En tout cas, Cordelia devait penser de temps à autre à Joshua Carnoweth. Mais jamais, j'imagine, comme à son possible sauveur. Et jamais, j'en mettrais ma main au feu, comme à un aventurier sur le point de revenir.

Pourtant, au printemps 1920, c'est exactement ce qu'il avait fait. Dans une ville presque en tout point identique à celle qu'il avait quittée vingt-trois ans auparavant. La cathédrale était achevée, évidemment, et on voyait bien quelques voitures et taxis motorisés, mais autrement, rien n'avait beaucoup changé : la plupart des transports se faisaient en charrette à cheval, la rivière Kenwyn n'avait pas encore été recouverte et les rues étaient toujours éclairées au gaz. En revanche, la guerre avait engendré des mutations économiques profondes. Le coût de la vie était monté en flèche, ce qui était du pain bénit pour mes grands-parents, qui pouvaient amasser quelques bénéfices supplémentaires en augmentant le prix de la nourriture, et un détail sans importance pour un homme comme mon grand-oncle, dont les moyens étaient presque inépuisables. Mais, pour quelqu'un dont les conditions de vie étaient aussi précaires que celles de Cordelia, la menace était bien réelle. Depuis l'avant-guerre, son loyer avait doublé, mais sa capacité à payer s'était effondrée.

Manifestement, les retrouvailles d'Oncle Joshua avec sa famille n'avaient pas été des plus chaleureuses. Grand-mère avait toujours soutenu qu'il avait pris en grippe mon grand-père et leur avait fait comprendre que, maintenant qu'il avait acquis fortune et statut, il considérait comme inférieurs de simples commerçants. C'est une version des faits à laquelle mon père a toujours souscrit, mais honnêtement, elle n'a jamais résisté à l'analyse. Le Joshua Carnoweth que j'avais connu savait se montrer irritable, c'est vrai, mais il n'était pas snob. La démesure de sa richesse était d'autant plus surprenante qu'elle n'avait aucun effet sur lui. Il possédait une immense maison, mais il vivait simplement et se vêtait sobrement. C'était le moins prétentieux des hommes. Je ne doute pas qu'il y ait eu un froid entre le frère et la sœur, mais ça n'avait rien à voir avec l'opinion qu'Oncle Joshua avait de mon grand-père, bien que celle-ci fût incontestablement mauvaise. Et ce en grande partie à cause de sa gouvernante. Car la gouvernante que mon grand-oncle employait s'appelait Cordelia Lanyon.

Qu'en avait-il été de leurs retrouvailles à eux ? Comment Cordelia avait-elle accueilli l'homme qui à son retour avait découvert, sans surprise, qu'elle ne l'avait pas attendu ? Comment Oncle Joshua s'était-il expliqué : sa longue absence, sa nouvelle situation, la disparition du mineur d'étain transi d'amour qu'il avait été ? Je les imagine, mal à l'aise dans le minuscule salon de la maison de St Austell Street, à se regarder en cherchant les mots qui feraient état des expériences de leurs vies divergentes, tandis qu'Archie, affaissé sur une chaise dans un coin, bavait et geignait, et que le jeune Michael les observait bouche bée depuis le seuil. Cordelia était encore magnifique. Même âgée, comme je me la rappelle, elle avait le teint pâle et les traits fins, signes de son éternelle beauté. Oncle Joshua était fort, séduisant et bien habillé. Ils s'étaient regardés et avaient vu ce qui aurait pu être. S'il était revenu plus tôt, si elle l'avait suivi, si Archie était mort, grâce à Dieu, sur le coup... Mais elle aimait son mari. Elle ne souhaitait pas sa mort. Et Oncle Joshua l'en admirait d'autant. Rien n'avait dû être dit ouvertement, aucune déclaration, mais ils s'étaient entendus.

Les Lanyon avaient emménagé à Tredower House avant la fin du mois. Cordelia se chargeait de la direction du personnel. Oncle Joshua avait engagé une infirmière pour s'occuper d'Archie et un tuteur pour faire éclore l'intelligence qu'il devinait chez Michael. Pour ceux qui ignoraient tout de leur commerce précédent, ces gestes devaient avoir semblé assez insignifiants, bien que singulièrement généreux de la part de Joshua Carnoweth. Même si les tâches qu'effectuait Cordelia en sa qualité de gouvernante étaient réelles et exigeantes, sa rémunération n'en était pas moins considérable en comparaison des gages de l'époque. Pourtant, certains nourrissaient un point de vue moins charitable. Ils soupçonnaient, murmuraient, insinuaient... que la relation qu'entretenait Joshua Carnoweth avec sa gouvernante n'était pas celle d'un employeur avec son employée. D'un côté, ils avaient raison. De l'autre... je ne sais pas, mais je ne crois pas. Pas tant qu'Archie Lanyon était vivant en tout cas, et il avait vécu longtemps.

Michael Lanyon s'était révélé être un garçon brillant. À l'âge de 12 ans, il avait décroché une bourse pour entrer au lycée de Truro. Oncle Joshua lui aurait certainement payé les frais de scolarité si cela avait été nécessaire. En tout cas il l'avait aidé financièrement quand il était allé étudier à Oxford en 1928 et durant l'année qu'il avait passée à élargir son horizon en

Europe après la fin de ses études. J'imagine qu'il avait aussi facilité par la suite son entrée comme associé junior chez Colquite & Dew, l'agent immobilier et commissaire-priseur depuis longtemps établi à Truro. Il ne fait absolument aucun doute qu'Oncle Joshua ait fait tout son possible pour aider et encourager Michael. Il devait en être venu à le considérer comme le fils qu'il n'aurait jamais. Ce qui donnait encore plus de grain à moudre aux colporteurs de rumeurs et nourrissait le ressentiment de mes grands-parents. Certes l'épicerie faisait de plus en plus de chiffre, mais pas assez pour payer d'onéreuses études privées à mon père. Son université, c'était le magasin de River Street, la profession qui lui était destinée n'était pas la vente aux enchères mais le monde du bacon, du pain et de la farine, des allumettes, de la moutarde et du savon, du travail treize heures par jour, six jours par semaine. Ça avait dû l'exaspérer – comme cela exaspérait Grand-mère – de voir Michael Lanyon passer fièrement devant la boutique dans son costume de travail. À l'époque, mon père avait déjà épousé ma mère. Pam était née. La famille élargie avait emménagé dans la maison de Crescent Road, où j'allais faire mon entrée en scène. Ils s'en sortaient plutôt bien. D'ailleurs, ils auraient pensé qu'ils s'en sortaient aussi bien que n'importe qui s'il n'y avait eu cette comparaison inévitable avec les occupants de Tredower House.

En avril 1935, Michael Lanyon avait épousé Rose Pawley, la fille aînée du chef de gare de Truro. Mes parents et mes grands-parents avaient été conviés au mariage. Geste de réconciliation qu'ils ne voulaient pas rejeter, malgré l'accumulation de rancœurs qu'ils devaient réprimer. Il fallait penser à l'avenir. À mesure qu'Oncle Joshua vieillissait, leurs doutes quant à l'identité de la personne à laquelle il avait l'intention de léguer sa fortune prenaient des proportions dérangeantes. Grand-mère savait quand mettre le pragmatisme avant les principes, et cela s'imposait. Ils s'étaient donc rendus à la cérémonie et avaient souhaité beaucoup de bonheur à l'heureux couple.

Les jeunes mariés n'avaient pas eu besoin de se chercher un toit. Tredower House était assez grande pour loger tous les enfants que Dieu leur accorderait. C'était devenu, à bien des égards, la maison des Lanyon, même si techniquement Cordelia restait une simple gouvernante à domicile. Grand-mère n'appréciait certainement pas cette situation, mais ne jugeait pas diplomate de le dire. En lieu et place, elle se démenait pour que son frère n'oubliât pas que les liens du sang étaient les plus forts. Quant à Oncle Joshua, il demeurait d'une amabilité prudente. Les proportions de sa richesse – et la façon dont il avait l'intention d'en disposer – restaient une affaire entre lui, sa conscience et Mr Cloke, son notaire, dont le coffre-fort dans le bureau de Lemon Street renfermait depuis longtemps son testament.

La première grossesse de Rose Lanyon s'était trouvé correspondre à la seconde de ma mère. En mars 1936, la veille et le lendemain de la réoccupation de la Rhénanie par Hitler, Nicky Lanyon et moi étions venus au monde – et avec nous cette histoire.

Le lundi matin vit arriver la presse à Tredower House. On était loin d'un siège au téléobjectif, seuls étaient venus un ou deux gratte-papier fouineurs qui espéraient découvrir les coulisses de ce qui n'était jusque-là qu'un mystérieux suicide mentionné en page cinq. Trop fainéants pour lire les articles de leurs propres journaux publiés trente-quatre ans en arrière, ils n'avaient pas conscience de toutes les résonances de cet événement et, naturellement, nous les laissâmes dans l'ignorance. Trevor déclara que c'était un invité qui avait découvert le corps, ce qui était presque vrai, mais il ne mentionna pas que l'invité en question était son beau-frère et qu'il se trouvait toujours sur les lieux.

Je partis tôt pour aller déjeuner chez mes parents et j'effectuai un trajet aléatoire jusqu'à l'estuaire d'Helford à travers la campagne chauffée par le soleil. Lanmartha était une maison basse aux pierres patinées bâtie sur les hauteurs de Helford Passage, dotée d'un jardin subtropical luxuriant dont les terrasses descendaient tranquillement vers le fleuve. C'est là que ma mère s'adonnait à sa passion pour les camélias, les hortensias et les plantes exotiques méditerranéennes, tandis que, sur le terrain de golf jouxtant la maison, mon père s'adonnait à sa passion pour la petite balle blanche grêlée qu'il faut envoyer dans un trou. De telles occupations me semblaient superflues quand il vous suffisait de regarder par la fenêtre pour voir le plus vert des promontoires et le plus bleu des ciels miroiter dans l'eau. Moi qui vivais dans la région enclavée du Berkshire, je savais la rareté de tels paysages. Alors que pour mes parents qui quittaient rarement les Cornouailles, ce n'était que ce que vous aviez sous les yeux en prenant votre petit déjeuner.

Ils m'accueillirent pleins de compassion, comme s'ils s'attendaient à ce que je sois encore bouleversé par ce que je venais de vivre. Je l'étais, mais pas comme ils l'imaginaient. Le choc physique avait été supplanté par un malaise rampant, qu'aucune dose de compassion ne pourrait dissiper. Nous nous assîmes sur la terrasse surplombant la pelouse avec nos apéritifs – un cocktail de gin et d'angostura pour mon père, un sherry pour ma mère et de la limonade maison pour moi – pendant que Mrs Hannaford, la gouvernante, préparait le repas. Ce décor rendait notre sombre discussion encore plus étrange. Nous aurions dû nous réjouir ensemble que le mariage se fût déroulé à merveille, mais pour l'instant, Tabitha et Dominic étaient oubliés. Après tout, eux avaient la chance d'être de l'autre côté de la planète.

«J'ai de la peine pour quiconque est désespéré au point de mettre fin à sa propre vie, dit ma mère. Mais ce que je ne comprends pas c'est... parcourir tout ce chemin pour le faire.

— Il ne faut pas médire des morts, enchaîna mon père, mais bon sang, on dirait presque un geste malveillant.

— Dans quel sens ? m'enquis-je en sirotant ma limonade.

— Eh bien, faire ça à Tredower House garantissait de nous causer de l'embarras, non ? Ça impliquait que la presse allait rappeler à tout le monde le meurtre.

— Pourquoi cela devrait-il nous embarrasser ?

— Franchement, on s'en serait bien passé, répondit ma mère. Samedi tout était si... charmant. Et après... ça.

— Pam nous a dit qu'il t'avait parlé cet après-midi-là.

— Oui, en effet.

— Des propos cohérents ?

— Pas vraiment. »

Je marquai une pause.

« Il m'a demandé qui avait tué son père. »

Ils me dévisagèrent tous les deux un instant avec perplexité. Puis mon père demanda :

« Fou, tu crois ?

— Désorienté, certainement. Mais j'imagine qu'il faut l'être pour accomplir un tel geste. Vous savez, l'arbre dont il s'est servi, le marronnier ? C'était sur celui-là qu'on faisait de la balançoire.

— Je ne me rappelle pas une balançoire, dit ma mère. Mais nous allions si rarement à Tredower House, à l'époque.

— Moi, l'été, c'était comme si j'y habitais.

— Ah oui ?

— Tu le sais très bien.

— Je sais que Nicky et... toi... étiez assez proches.

— *Assez proches ?* On était les meilleurs amis du monde.

— Tu exagères un peu, mon chéri.

— Non, pas du tout. Si ça n'avait pas été le cas, pourquoi aurais-je passé une semaine avec lui à Nanceworthal l'été d'avant ?

— Si longtemps que ça ?

— Et nous étions censés y retourner l'été suivant.

— Vraiment ? Je ne m'en souviens pas.

— Vous avez encouragé cette amitié. »

Mon père renifla.

« Pourquoi aurions-nous fait ça ?

— Pour rester en bons termes avec Oncle Joshua, j'imagine. »

Un petit silence s'installa entre nous. Mon père s'éclaircit la gorge et avala une gorgée de gin. Ma mère chassa une guêpe de la carafe de limonade et se leva précipitamment.

« Il vaudrait mieux que j'aille voir comment s'en sort Mrs Hannaford. Excusez-moi. »

Aussitôt qu'elle eut disparu, mon père reprit :

« Tu ruminais tout ça avant qu'il se suicide, n'est-ce pas ? Je me rappelle que tu étais d'une humeur bizarre pendant notre partie de billard. Tu aurais dû m'en parler à ce moment-là.

— Je ne voulais pas gâcher vos noces d'or. Sans compter que, si cette histoire s'en était arrêtée à cette rencontre, j'aurais certainement réussi à me la sortir de la tête.

— C'est ce que tu devrais tâcher de faire à présent. Inutile de te ronger les sangs en te demandant si nous jugions qu'il aurait pu être... bénéfique... que lui et toi vous liiez d'amitié quand vous étiez enfants. C'était il y a près de quarante ans, bon sang.

— Mais jugiez-vous que... ça aurait pu être bénéfique ? »

Il pinça les lèvres.

« Dans un sens, oui. Ta grand-mère craignait qu'Oncle Joshua oublie sa famille au profit des Lanyon. Et les événements lui ont donné raison. Mais souviens-toi : c'était votre avenir – le tien et celui de Pam – que nous essayions de sauvegarder. Il ne me semble pas que nous devrions nous en excuser. »

Il me défia du regard.

« Moi non plus. Seulement, quelque part, je ne peux pas m'empêcher de me sentir responsable de ce qui est arrivé à Nicky.

— C'est ridicule.

— Ah oui ? C'était mon ami, même si bien des années sont passées.

— Et son père a assassiné ton grand-oncle, même si bien des années sont passées. L'aurais-tu oublié ?

— Non. Mais c'est plus compliqué que ce que tu crois. Je suis allé voir Ethel Jago. D'après elle, quand Rose Lanyon a quitté Truro, elle était...

— *Chris !* »

C'était ma mère, qui m'appelait depuis la porte-fenêtre donnant sur le salon.

« Téléphone pour toi.

— Qui est-ce ?

— Il dit qu'il est un vieil ami, mais je n'ai jamais entendu parler de lui. Don Prideaux.

— La mémoire de ta mère n'est plus ce qu'elle était, murmura mon père. Tu étais à l'école avec un garçon du nom de Prideaux, non ?

— Oui. Ensuite il est devenu...

— Journaliste au *Western Morning News.* »

Il hocha la tête.

« Il y écrit encore des articles. »

Puis il me gratifia d'un sourire jaune.

« En voilà une amitié valable. »

J'entrai vite dans le salon sans relever sa remarque. Ma mère avait disparu, laissant le combiné sur le buffet. Je m'en emparai et dis d'un ton méfiant :

« Allô ?

— Chris, mon vieux. C'est Don Prideaux. »

Sa voix était plus grave et plus rauque que dans mes souvenirs, mais c'était incontestablement la sienne.

« Tu m'accorderais quelques mots au sujet de ce pauvre vieux Nicky Lanyon ?

— Qu'est-ce que tu veux savoir, Don ?
— On pourrait se voir pour discuter ?
— Je ne sais pas trop. Je...
— Je suis à Truro. Qu'est-ce que tu dirais du City Inn ce soir, à l'ouverture ? C'est ma tournée.
— Don, je ne suis vraiment pas sûr de pouvoir. C'est... compliqué.
— Il faut que je ponde cet article, Chris. »
Son ton changea, la familiarité s'était estompée.
« Tu ne voudrais pas que je raconte n'importe quoi, n'est-ce pas ?
— Non. Mais...
— Alors on se voit là-bas ? »
Je soupirai.
« D'accord...
— Super. »
Il laissa échapper un gloussement rauque.
« Je savais que je pouvais compter sur toi. »

Au sens strict du terme, je connaissais Don Prideaux depuis plus longtemps que Nicky Lanyon. Nous nous étions rencontrés au cours préparatoire de l'école de Daniell Road, à l'automne 1941, le hasard de l'ordre alphabétique ayant placé nos bureaux sur une même ligne, de part et d'autre de l'allée étroite qui les séparait. Il était costaud pour son âge, malicieusement pugnace et d'une curiosité insatiable. La Seconde Guerre mondiale durait alors depuis deux ans, mais comme nous étions trop jeunes pour nous rappeler grand-chose de la vie en temps de paix, de fait, elle durait depuis toujours.
Je n'ai aucun souvenir du déclenchement des hostilités en septembre 1939, et pourtant la scène qui s'était

déroulée à Crescent Road est tellement ancrée dans la tradition familiale que j'ai l'impression de l'avoir vécue. Nous étions allés passer la journée à Perranporth grâce à la vieille et magnifique Talbot gris perle qui allait être remisée au garage les six années suivantes dans sa splendeur boudeuse. Nous avions pique-niqué au milieu des dunes et barboté au bord de l'eau. Un banal dimanche à la plage. Ensuite nous étions retournés à Truro juste à temps pour écouter les informations de dix-huit heures à la radio, où nous avions entendu la terrible nouvelle prononcée dans un anglais parfaitement modulé, nouvelle qui avait tellement stupéfié Grand-mère qu'elle n'avait pas vu la moitié de ma mouillette tomber dans son thé et avait continué à le boire sans rechigner.

La plupart des caractéristiques de la vie dont enfant je commençais à prendre conscience n'étaient en fait que des impératifs imposés par la guerre, que je confondais avec un état des choses permanent. À cause du rationnement, l'épicerie Napier ressemblait moins à un commerce privé qu'à une antenne du ministère de la Nourriture, avec ses clients inscrits, ses prix fixes et ses discussions perpétuelles de points, de coupons et de délices légendaires d'avant guerre tels que l'ananas et la banane, que je peinais ne serait-ce qu'à me représenter. La mobilisation avait entraîné la disparition dans des contrées lointaines de la moitié des hommes adultes du voisinage, qui réapparaissaient de temps à autre lors d'une permission de quarante-huit heures avec des sacs rebondis et des coupes de cheveux sévères. Mon père comptait parmi eux, il était parti au printemps 1940 faire la guerre derrière un bureau du Yorkshire, occupé à gérer les réserves de nourriture de l'armée. Les pannes d'électricité et les restrictions de trajet ne voulaient pas dire grand-chose à mes yeux, même si Pam se plaignait souvent que nous n'allions plus jamais à Perranporth. Quant à savoir si elle aurait été prête à franchir des défenses barbelées pour atteindre la mer, à supposer qu'on ait déjà eu assez d'essence pour s'y rendre, c'est un autre problème, évidemment.

Les pires moments du Blitz ayant épargné les Cornouailles, les nuits passées entassés dans un abri anti-aérien ne figuraient pas dans mon enfance. Un soir, Grand-mère m'avait désigné un rougeoiement à l'horizon en m'expliquant que c'était Plymouth qui brûlait, mais je n'avais aucune idée de ce que cela signifiait vraiment. Par les nuits de printemps et d'été, j'entendais les coups sourds, monotones et aléatoires des bombardements aériens sur les docks de Falmouth, mais personne ne semblait penser qu'ils risquaient de s'approcher davantage. Les gens avaient révisé leur jugement quand en août 1942 une bombe avait frappé la Royal Cornwall Infirmary, juste de l'autre côté de Chapel Hill par rapport à chez nous. Don Prideaux, dont la famille habitait Redannick Lane, légèrement plus près de l'hôpital, affirmait que le souffle de l'explosion l'avait éjecté de son lit, mais déjà à l'époque il avait un don proto-journalistique pour l'exagération. Nous étions allés constater les dégâts ensemble le lendemain matin, et tout cela nous avait follement amusés, inconscients que de vraies personnes avaient péri, écrasées sous les décombres.

À l'époque, les Lanyon étaient pour moi de vagues connaissances. Dans ma tête, nous étions plus ou moins parents, c'étaient des cousins, peut-être, mais il m'avait toujours semblé y avoir une ambiguïté au sujet de nos liens avec eux. À plusieurs reprises Grand-mère nous avait emmenés, Pam et moi, prendre le thé à Tredower House, et l'atmosphère n'avait jamais été conviviale comme entre un frère et une sœur. Oncle Joshua hébergeait une famille belge qui avait fui l'invasion allemande en 1940 et avait fini à bord d'un cargo dans le port de Falmouth. Grand-mère ne semblait pas les apprécier, peut-être parce qu'Oncle Joshua leur laissait la libre jouissance de la maison et ne paraissait pas faire de distinction entre leurs enfants et ceux des Lanyon – Nicky et la petite Freda. Michael Lanyon était dans la RAF. La place de choix qu'Oncle Joshua avait accordée dans le salon à une photo de lui en uniforme de sous-lieutenant de l'armée de l'air était une nouvelle source d'irritation pour Grand-mère, je le voyais aux coups d'œil furibonds qu'elle y jetait. Mais elle conservait obstinément une façade amicale, car elle avait solidement ancrée dans le crâne la grandeur de mes ambitions, dont j'ignorais tout. C'est à la fin de ma deuxième année à Daniell Road qu'elle avait abattu une carte qu'elle préparait depuis longtemps.

Pam allait entrer au lycée public. Pas un sou n'avait été dépensé pour son éducation et personne n'avait jamais laissé entendre qu'il en serait autrement pour moi. Mais Grand-mère avait mis de l'argent de côté depuis un bon moment, apparemment. Elle voulait m'inscrire à l'école de Truro. Le raisonnement qui avait présidé à cette décision m'échappait. Je n'avais aucune envie de quitter Daniell Road ni le cercle d'amis que je m'y étais fait, parmi eux Don Prideaux.

Mais on se fichait comme d'une guigne de mes envies. « Ce sera la clef de son succès, avait-elle déclaré. Et ce qui est bon pour le petit-fils de Cordelia Lanyon – là on se rapprochait de la vérité – est bon aussi pour le mien. »

Dans mon esprit, il ne faisait aucun doute que Grand-mère éprouvait du ressentiment, voire de l'aversion pour Cordelia Lanyon. Je ne comprenais pas pourquoi vu les manières douces de la vieille femme et sa beauté paisible couronnée de blanc. À l'époque, elle s'habillait principalement en noir, dans le style victorien du veuvage, car son mari était mort depuis peu, et quand je la voyais, elle était avec moi toute fossettes et gentillesse. Grand-mère la décrivait comme la gouvernante d'Oncle Joshua, pourtant c'était sa belle-fille, Rose, une femme plus potelée et moins élégante mais non moins gentille, qui servait le thé à chaque fois que nous allions à Tredower House ; Cordelia semblait occuper une position plus élevée. Pam faisait d'obscures allusions à des secrets de famille qu'elle ne pouvait me confier à cause de mon jeune âge, probablement parce qu'on ne les lui avait jamais confiés non plus. Mais c'était ma scolarité qu'ils avaient perturbée, ce qui renforçait ma détermination à les découvrir.

En septembre 1943, j'avais été expédié dans mon uniforme empesé tout neuf en serge bleu et gris à l'école primaire privée de Truro à Treliske, une gentilhommière reconvertie à un kilomètre cinq de la ville, sur Redruth Road. Ce kilomètre cinq me paraissait plus en faire cent, tellement mes amis de Daniell Road devenaient soudain lointains. Il se révéla que j'allais retrouver Don Prideaux cinq ans plus tard, quand il aurait gagné une bourse pour le collège et m'y aurait rejoint. À ce moment-là, la guerre serait terminée. Tout comme l'amitié que j'étais sur le point de nouer avec Nicky. Tout comme les vies de Joshua Carnoweth et de Michael Lanyon. On ne peut pas prévoir l'avenir, et c'est tant mieux, sinon le passé perdrait sa belle insouciance.

Cela faisait vingt ans que je n'avais pas vu Don. Nous avions revécu notre amitié d'écoliers quand notre travail nous avait tous deux amenés à Plymouth à la fin des années 1950. Il se lamentait alors de l'ennui et de la futilité du journalisme de province, et moi de l'ennui et de la futilité du management d'un grand magasin. Nous étions devenus des compagnons de beuverie, échangeant nos rêves d'avenir cosmopolites et glamour : le sien dans la presse londonienne, le mien dans le monde musical. Quoi qu'il en soit, la vie n'avait pas joué le jeu. Le Don que je vis appuyé sur le comptoir du City Inn ce soir-là avait perdu beaucoup de cheveux et pris beaucoup de poids. Mais il était encore très loin de la presse londonienne. Et quand il entendit ma commande, je compris à sa grimace horrifiée qu'il ne trouvait pas que j'avais mis à profit ces vingt ans beaucoup plus brillamment que lui.

« Un Perrier ? cracha-t-il. Tu plaisantes, j'espère.

— J'ai bien peur que non. Ça fait plus de dix ans maintenant que je ne bois plus d'alcool.

— Mais pourquoi, bon Dieu ? Avec tout ton fric tu pourrais te rincer les chicots avec du champagne millésimé. »

Je m'assis à côté de lui sur un tabouret de bar et eus un sourire contrit.

« Ordres du médecin.

— À ce point-là ?

— La capitale ne m'a pas trop réussi, finalement. Estime-toi heureux de n'être jamais parvenu à pénétrer dans Fleet Street. Ils auraient pu te rendre accro à une substance plus néfaste pour le système que la bière.

— J'aurais volontiers pris le risque.

— Pourquoi ne l'as-tu pas fait ?

— Jamais eu l'occasion. Je me suis lassé avant de devenir célèbre. Et maintenant... il est trop tard.

— Il n'est jamais trop tard.

— Facile à dire pour toi, t'as le cul sur les millions des Carnoweth.

— Tu sais aussi bien que moi, Don, que j'ai dû me débrouiller avec mes dix doigts en partant de Plymouth. Je n'ai pas touché un centime de ces fameux millions.

— Mais tu sais que tu vas pouvoir les palper un jour, non ?

— Je ne suis sûr de rien. Sauf que la teneur du testament de mon père ne te regarde absolument pas. »

Don leva les mains dans un geste d'apaisement, tandis qu'un ruban de fumée s'échappait de la cigarette qu'il serrait entre deux doigts tachés de nicotine.

« OK. OK. Désolé. C'est juste que, de mon point de vue, tu n'as pas trop eu la vie dure. Cette chanteuse que tu as épousée – comment elle s'appelait ?

— Melody Farren.

— Déjà divorcé ?

— Puisque tu poses la question, oui. Depuis longtemps.

— Comment ai-je pu deviner ? Tu as dû t'en sortir avec un paquet de fric. Tu touches toujours une part de ses royalties ?

— Il n'y a pas de royalties. Et même s'il y en avait, je n'aurais droit à rien.

— Qu'est-ce qu'elle fait maintenant ?

— Elle élève des chèvres. Dans une petite ferme au nord du pays de Galles.

— Quel gâchis. Si je me souviens bien, elle avait une belle voix, sans parler de son corps... Enfin, tu sais tout ça, pas vrai ?

— Oui, Don. Je sais. Mais *tu* ne sauras rien. »

J'aurais effectivement dû être au courant, mais mon mariage avec Melody Farren – de son vrai nom Myfanwy Probin – avait été tellement noyé dans l'alcool que, à supposer même que je l'eusse souhaité, j'aurais eu bien du mal à exhumer grand nombre de détails. Après ce que je lui avais fait endurer, elle avait probablement eu raison d'opter pour l'élevage des chèvres en solitaire dans le parc national du Snowdon.

« En quelle année est-elle arrivée troisième au concours de l'Eurovision ? demanda Don, songeur. Ça devait être à l'époque où les minijupes étaient au plus court, parce que celle que je l'avais vue porter à la télé pour ce fandango... »

Voyant mon visage se durcir, il abandonna le sujet.

« Enfin, de l'eau a coulé sous les ponts, hein ? Tu fais dans la voiture de collection maintenant, c'est ça ?

— Qui te l'a dit ?

— Personne. J'ai vu une de tes pubs dans un magazine. Décapotables de collection Napier à Pangbourne.

— C'est bien moi.

— Ma Morris Minor t'intéressera peut-être. Elle a un chien fou, mais pas grand-chose sous le capot. Un peu comme son propriétaire.

— Et si on en venait au fait ?

— OK. Nicky Lanyon. Il s'est pointé samedi à Tredower House et il t'a parlé. Il s'est pendu cette nuit-là. Tu l'as découvert le lendemain matin. Exact ?

— Jusque-là, oui.

— Sa mère est morte récemment. Aucun autre proche parent. Du coup Nicky déprime et décide d'en finir. Mais il vient jusqu'ici pour le faire. Voilà qui montre un certain sens de... quoi ? de l'ironie ? Pendu, comme son père, sur la propriété à cause de laquelle, pourrait-on dire, son père a été pendu. Pas étonnant qu'une meute de jeunes journalistes ait débarqué de Londres. Un vrai cadeau, pas vrai ? Du moins, c'en serait un s'ils se donnaient la peine de vérifier tous les aspects du sujet.

— Et c'est là que tu interviens ?

— Exactement. Nicky et toi étiez copains, Chris. Tu l'avais revu depuis 1947 ? Avant samedi, je veux dire.

— Non.

— Tu l'avais complètement oublié, j'imagine. Mais lui, non.

— Apparemment.

— Que t'a-t-il dit samedi ?

— Rien de cohérent.

— Allez...

— C'est vrai.

— Quelque chose au sujet de son père, non ? »

Il me défia du regard.

« J'ai discuté avec Ethel Jago cet après-midi. J'avais écrit un papier sur la mort de son fils il y a quelques années et c'est là qu'elle m'avait parlé de ses liens avec les Lanyon. Il se trouve aussi qu'elle avait jugé mon article sobre et plein de tact. Du coup, elle était plus causante avec moi qu'elle ne l'aurait sans doute été si je ne sais quel plouc avec son cuir et son faux accent londonien s'était pointé. J'ai plusieurs longueurs d'avance sur eux. Je suis au courant de ton amitié avec Nicky, ce qui n'est manifestement pas leur cas. Et je sais qu'il n'a eu de cesse de proclamer l'innocence de son père durant ces trente-quatre dernières années. Ce que je le soupçonne d'avoir fait quand tu l'as vu. Encore exact ?

— Non.

— Alors, c'est que je perds mon flair. Ce qui n'est pas le cas.

— Il n'arrivait pas à accepter le fait que son père ait été un meurtrier. Ce n'est pas la même chose que de le croire innocent.

— S'il le faut, je mettrai une bonne dose de pathos dans ce papier, Chris. Je pourrais présenter Nicky comme une triste victime de la vie, esseulé, délaissé par son meilleur et plus vieil ami.

— Qu'est-ce qui t'en empêche ?

— La possibilité qu'il y ait une plus grande histoire derrière tout ça. Ethel m'a aussi parlé de Michaela. »

Il eut un petit sourire en voyant ma surprise.

« L'enfant posthume de Michael Lanyon. Voilà qui pourrait être un vrai scoop.

— Il ne te reste plus qu'à écrire, on dirait.

— Pas tout à fait. J'ai besoin de davantage d'informations. Et, à ma connaissance, la seule source potentielle est le beau-père de Nicky, Neville Considine.

— Alors, pourquoi perds-tu ton temps avec moi ?

— Parce que Considine vit à Clacton et que mon rédacteur en chef ne va pas me payer le voyage jusque sur la côte est, dans l'Essex, pour suivre un fait divers qui s'est passé en Cornouailles. Mais Considine viendra aux funérailles, non ? C'est sûr. Elles ont lieu ce vendredi.

— Tu en sais plus que moi, manifestement.

— Le truc, Chris, c'est qu'il me faut quelqu'un pour me faire tomber Considine dans les bras. Quelqu'un qui me recommanderait comme le scout de la profession. D'ici là, quelques rivaux pourraient venir fouiner. Il me faut quelqu'un pour me placer en tête de file.

— Moi, tu veux dire ?

— Tu vas forcément le rencontrer aux funérailles. Il doit savoir que Nicky et toi étiez amis, donc il n'ergotera pas si tu me présentes comme un autre de ses...

— Tu seras là ? »

Il haussa les épaules.

« Ethel n'avait pas l'air d'y voir d'inconvénient.

— Alors, pourquoi ne pas lui demander à elle de te présenter ?

— Parce que tu t'y prendras mieux. Je lui ai dit que nous étions tous les trois à l'école ensemble. Il n'y a que toi qui saches que techniquement ce n'est pas vrai.

— Et que le seul geste d'amitié que tu aies eu envers Nicky, c'était de nous lancer des insultes quand nous descendions Chapel Hill dans notre uniforme d'école privée. »

Don eut un nouvel haussement d'épaules, accompagné cette fois-ci d'un grand sourire.

« Légère déformation de la vérité. Qui justifiera ma présence à la cérémonie et m'aidera à gagner la confiance de Considine. Ce n'est pas grand-chose en échange de taire ton nom.

— Alors nous y voilà, hein ? Chantage.

— Regarde les choses sous un autre angle. Cette publicité pourrait permettre de retrouver Michaela. Il n'y a aucune raison de penser qu'elle soit morte, pas vrai ? Cela donnerait un peu de sens à la mort de Nicky si on contribuait aux retrouvailles de sa sœur avec ce qui reste de sa famille.

— Pourquoi ai-je l'impression que ce n'est pas ton souci premier ?

— Parce que tu es un cynique mesquin qui pense que tout ce qui m'intéresse, c'est une histoire qui décoiffe susceptible d'être vendue à l'un des titres nationaux.

— Ton coup de maître.

— C'est toi-même qui disais qu'il n'est jamais trop tard.

— En effet.

— Alors tu joueras le jeu ?

— D'accord. À la condition expresse que mon nom n'apparaisse pas dans ton journal.

— Super. »

Il éclusa sa bière et fit signe au barman de le resservir.

« Un autre Perrier, Chris ? À moins que tu conduises ? »

4

Don Prideaux honora sa part du marché. L'article qu'il publia dans le *Western Morning News* au sujet du suicide de Nicky ne mentionnait ni mon nom, ni celui de Michaela Lanyon. La concernant, il guettait le moment le plus propice, il attendait que je lui apporte tout sur un plateau pour nouer ensemble toutes les ficelles de cette tragédie. Stratégie payante puisqu'en milieu de semaine les journaux nationaux s'étaient manifestement déjà désintéressés de l'affaire. Quand il révélerait l'histoire au grand jour, ses rivaux seraient tous loin derrière.

Et moi aussi, d'ailleurs. La facilité avec laquelle Don avait réussi à faire pression sur moi m'avait sorti de ma rêverie sentimentale à la manière d'un électrochoc. Nicky était mort, il n'était plus temps de l'aider. J'irais à ses obsèques parce que je tenais à rendre un hommage tardif à notre amitié, mais ça en resterait là.

Le mardi matin, je rentrai à Pangbourne bien décidé à passer deux jours de travail thérapeutique à l'atelier avant de retourner à Truro pour les funérailles. La vitrine des Décapotables de collection Napier consistait en un quart de la cour et de la salle d'exposition du concessionnaire de Grayson Motor dans Station Road. Je m'efforçais de passer le moins de temps possible là-bas, assis derrière un palmier en pot à attendre le client, préférant consacrer mes efforts à la tâche salissante mais gratifiante de la restauration concrète dans les deux hangars en préfabriqué, la grange désaffectée et la cour adjacente que je louais à un fermier du voisinage. Mark Foster, mon seul employé à plein temps, avait pris son mercredi. Cela me convenait parfaitement : une journée en solitaire, concentré sur le bricolage de la Austin Healey que je remontais pour l'un de mes meilleurs payeurs, c'était exactement ce que me recommandait le docteur.

La matinée se déroula sans encombre et j'étais en train de songer à faire une pause-déjeuner lorsqu'un bruit pareil à l'atterrissage d'un biplan m'avertit de l'arrivée d'une voiture dans la cour. C'était une Fiat 500 incroyablement mal entretenue, avec davantage de rouille que de peinture et un échappement qui me fit croire que le brouillard était subitement tombé.

Le propriétaire, un vieil homme longiligne, vêtu d'un costume bon marché bleu et noir et de chaussures crasseuses aux bouts craquelés, se déplia du siège conducteur et se dirigea vers moi d'un pas hésitant. Malgré ses cheveux épais et gras et ses yeux aussi vifs que ceux d'une pie, je lui aurais donné 70 ans. Il avait le souffle court et tremblait légèrement. Une odeur écœurante de nourriture le suivait comme un souvenir sordide, et quand il souriait, son expression était tout à la fois nerveuse et prédatrice.

« Je cherche Mr Napier, dit-il prudemment.

— Vous l'avez trouvé.

— Je me présente : Neville Considine. »

Il me tendit la main et je fus bizarrement soulagé de pouvoir exhiber mes paumes noires de cambouis comme une excuse pour ne pas la serrer.

« On m'a dit au garage de Pangbourne que je vous trouverais ici.

— Entrez donc. »

Il me suivit, nous passâmes à côté de l'Austin Healey désossée et entrâmes dans le minuscule bureau à l'arrière de l'atelier. Je lui offris un siège et une tasse de café en espérant qu'il déclinerait au moins cette dernière. Il n'en fit rien.

« Vous êtes en route pour Truro, Mr Considine ?

— Oui. Je vais aux obsèques de Nicholas. Si j'ai bien compris Mrs Jago, vous y assisterez aussi.

— En effet.

— La police m'a dit que c'était vous qui l'aviez trouvé.

— Oui. C'est une terrible histoire. Je vous présente mes...

— Je vous en prie, Mr Napier. C'est moi qui devrais vous témoigner ma compassion. Tomber sur lui comme ça a dû être un choc épouvantable.

— Ma foi, ça l'a été, bien sûr, mais...

— Comprenez bien que j'ai très peu vu Nicholas ces dernières années. »

Il parlait d'une voix basse et grinçante à la fois.

« Et puis ce n'est pas comme si nous avions un lien de sang.

— Non. Enfin bon, je suis tout de même désolé. Ainsi que pour votre femme, bien entendu.

— Merci. »

Son remerciement résonna comme une proposition indécente. Je fus content que la bouilloire choisisse ce moment-là pour siffler. Alors que je préparais le café, il ajouta :

« Nicholas parlait souvent de vous, Mr Napier.

— Vraiment ? »

Je lui tendis sa tasse et m'assis avec la mienne.

« Enfin, plus souvent que de n'importe quelle autre connaissance de Truro. C'est-à-dire rarement.

— Que disait-il sur moi ?

— Que vous étiez son meilleur ami, bien sûr. C'est la raison de ma présence.

— Eh bien, s'il y a quoi que ce soit que je puisse faire...

— C'était une famille maudite, vous savez. Quand j'ai épousé la mère de Nicholas, j'ai cru que la malchance avait trouvé son terme. Mais malheureusement non. D'abord Michaela. Ensuite Rose. Et maintenant ce pauvre Nicholas. Tous morts, il ne reste plus que moi.

— Ethel m'a raconté l'histoire de Michaela. N'est-ce pas un peu pessimiste de supposer qu'elle est morte ?

— Réaliste, plutôt. Un homme a été arrêté dans la région de Colchester pour le meurtre et le viol de plusieurs adolescentes à l'époque où elle a disparu. La police semblait persuadée qu'elle faisait partie des victimes. Il n'a jamais avoué, mais il ne semblait guère y avoir de place pour le doute.

— Je l'ignorais.

— Ça fait longtemps. On apprend à vivre avec.

— J'imagine, oui.

— On apprend à vivre avec à peu près tout, non ? Il faut bien, si on veut survivre. Nicholas n'a jamais été un battant.

— Ah non ?

— Je l'ai toujours soupçonné d'avoir hérité d'un défaut de caractère de son père.

— Mais vous ne l'avez jamais connu, son père, si ?

— Non. »

Son ton ne changea pas. J'avais l'impression qu'il ne changeait jamais. Cependant il se mit à cligner rapidement des yeux, comme s'il craignait de m'avoir offensé.

« C'est vrai, bien sûr, ajouta-t-il. Et puis, de toute façon, ses souffrances sont terminées à présent.

— Était-ce cela, sa vie : une souffrance ?

— La plupart du temps, je le crains.

— À qui la faute ? »

Il m'adressa un regard sévère, sirota son café et me toisa de nouveau avec la même expression.

« Le suicide provoque toujours un sentiment de culpabilité chez ceux qui restent. »

C'était une bonne réponse, meilleure que ce dont je l'aurais cru capable.

« Nous devons faire de notre mieux pour lui maintenant qu'il est parti, n'est-ce pas ?

— Oui, vous avez raison.

— J'ai assuré à Mrs Jago que je prendrais en charge les frais des funérailles.

— C'est gentil de votre part. »

Il avait raison à propos de la culpabilité. Elle me poignarda à cet instant. J'aurais dû penser à la facture de l'entrepreneur de pompes funèbres moi-même.

« Toutefois, le fait est qu'une dépense aussi inattendue va lourdement ponctionner mes...

— Laissez-moi m'en occuper.

— Oh, je ne veux certainement pas...

— Vraiment.

— Ma foi, si vous...

— J'insiste.

— C'est extrêmement généreux, Mr Napier. Merci. »

Il me sourit par-dessus le rebord de sa tasse. Je fus alors certain qu'il était venu à Pangbourne pour me taper de l'argent – fort probablement *avant* d'avoir fait je ne sais quelle offre à Ethel Jago – et pour cette raison uniquement. Cette opportunité de bavarder de la vie de Nicky aurait dû m'enthousiasmer, et pourtant je n'avais qu'une envie, c'était de me débarrasser de lui. Sa visite avait le seul mérite de me délivrer des scrupules que j'avais à le livrer aux griffes de Don. Neville Considine était manifestement un imposteur. Quel genre de père de substitution avait-il été pour Nicky – s'il l'avait été tout court –, je préférais ne pas y songer.

« Hélas, ce n'est pas la seule dépense à laquelle je risque de faire face à cause du décès prématuré de Nicholas, mais...

— Quoi d'autre ? »

Il se racla la gorge, sans aucun effet notable sur sa voix.

« J'ai bien peur que Nicholas ait laissé une ou deux dettes derrière lui à Clacton. Cela faisait plus d'un an qu'il était au chômage, mais il était trop fier pour demander des indemnités. Il y a quelques arriérés de loyer pour son appartement et un retard dans le remboursement d'un prêt souscrit auprès d'une compagnie financière. C'est sûr, selon la loi, la mort efface de telles dettes, mais je me sens obligé de faire un effort…

— Combien ?

— Cela pourrait s'élever à plusieurs milliers de livres. »

Je le dévisageai, le laissant lire le scepticisme sur mon visage. Il s'imaginait sûrement, à l'instar de Don, que je roulais sur l'or et que j'étais tout disposé et en mesure de lui signer sur-le-champ un bon gros chèque. C'était déprimant à quel point c'était prévisible.

« Je vais vous dire ce qu'on va faire, Mr Considine. Vous allez demander à ces… créanciers… de me soumettre la comptabilité détaillée de ce que Nicky leur devait et je verrai ce que je peux faire. »

Il avala sa déception avec le reste de son café.

« Trop aimable, Mr Napier. Vraiment trop aimable.

— C'est le moins que je puisse faire.

— Il faut que j'y aille. Une longue route m'attend, vous savez.

— En effet. »

Il se leva. Alors que je l'imitai, il déclara :

« Inutile de me raccompagner. »

C'était très utile au contraire. Avec un homme pareil, s'assurer qu'il était définitivement parti était quasiment indispensable. Je sortis du bureau derrière lui et le suivis jusque dans la cour en le regardant lorgner la Austin Healey au passage.

« Belle voiture, commenta-t-il. Ce doit être agréable de pouvoir se permettre un loisir d'une telle nature.

— Ce n'est pas un loisir. C'est mon gagne-pain. »

Il ne répondit pas, manifestement satisfait d'avoir exprimé le fond de sa pensée. Nous atteignîmes sa Fiat, j'attendis qu'il monte, puis, lorsqu'il baissa sa vitre pour me dire au revoir, je résolus de risquer une seule et unique question au sujet de sa relation avec Nicky.

« Dites-moi, Nicky parlait-il beaucoup de son père ?

— Pas à moi. Mais bon, je ne l'encourageais pas.

— Pourquoi ça ?

— Parce que je voulais qu'il arrête de vivre dans le passé.

— Et a-t-il arrêté ? »

Il fronça les sourcils, l'air pensif, cajolant le moteur de sa Fiat afin qu'il reprenne ses pétarades nauséabondes, puis, alors qu'il commençait à rouler, il me lança sa repartie d'adieu :

« On ne dirait pas, hein ? »

Vivre dans le passé. Cette phrase est toujours employée de façon péjorative, comme si le passé était nécessairement inférieur au futur, ou en tout cas moins important : on ne reproche jamais à personne de regarder vers l'avant, seulement de regarder en arrière. Mais la vérité, c'est que nous vivons bel et bien dans le passé, que ça nous plaise ou non. C'est là que notre vie prend forme. Quelque part devant nous, près ou loin, c'est la fin. Mais derrière, enveloppé dans les nuages de l'oubli, se trouve le commencement.

Pour Nicky et moi, c'est l'automne 1943 qui avait été le véritable commencement. L'école primaire privée de Truro étant à l'époque une institution beaucoup plus petite et isolée qu'aujourd'hui, j'allais immanquablement faire davantage connaissance avec Nicky que n'avaient pu le permettre nos rares goûters à Tredower House. Cependant, l'amitié nécessite quelque chose de plus qu'une simple proximité. Nicky et moi avions en commun un caractère rêveur et curieux qui nous aurait certainement rapprochés même si nos familles avaient été dépourvues de tout lien.

Une routine s'était établie : Nicky venait frapper chez moi tous les matins en grimpant Chapel Hill. Pam nous accompagnait jusqu'au lycée, et à partir de là, nous poursuivions tous les deux jusqu'à Treliske. L'après-midi, au retour, nous attendions Pam à la sortie du lycée et nous redescendions tous les trois à Truro par Chapel Hill de façon à passer au magasin. Pam aidait Grand-mère à la caisse tandis que Nicky et moi accompagnions Grand-père faire sa tournée de livraisons dans sa camionnette. Nicky descendait à Tredower House *en route*[1]. Les samedis, j'allais le voir chez lui et nous jouions au tennis avec les enfants belges, nous refaisions la campagne de Montgomery en Afrique du Nord sur le plancher de sa chambre avec des petits soldats et des boîtes d'allumettes en guise de tanks, nous grimpions dans le marronnier afin de guetter d'imaginaires soldats allemands qui seraient arrivés au pas cadencé depuis St Austell, ou encore nous nous envolions à tour de rôle sur la balançoire qu'Oncle Joshua nous avait installée sur une grosse branche basse.

1. En français dans le texte. (*N.d.T.*)

C'est ainsi que nous étions devenus, avec cette imperceptible facilité de l'enfance, meilleurs amis. Pendant les vacances scolaires, nous organisions des expéditions d'une journée à Idless, Malpas ou le long de Penwethers Lane vers la vaste lande, retraçant à notre insu la route que Grand-mère devait avoir parcourue cinquante ans auparavant, chargée du déjeuner d'Oncle Joshua. Mais nous en savions davantage sur la conquête normande que sur le passé récent de nos familles. C'était là un livre que personne ne nous encourageait à ouvrir. Quand nous voyions la grand-mère de Nicky et mon grand-oncle arpenter ensemble la pelouse à Tredower House, nous n'avions aucune idée de ce dont ils pouvaient parler. Il y avait des soucis plus importants et plus immédiats dans nos vies : par exemple, est-ce que nous pourrions taxer des chewing-gums aux GI qui allaient et venaient dans le camp militaire américain à Tresawls Road, ou repérer une nouvelle jeep cahotant dans les ruelles. Pour nous, la guerre était le meilleur jeu jamais inventé.

La réalité de ses dangers ne m'était apparue qu'après le décès de Freda Lanyon des suites de la coqueluche au début de 1944. Nicky avait passé une semaine chez nous à Crescent Road afin de minimiser les risques de contamination. Nous prenions tous les deux cette situation à la rigolade jusqu'à ce que le choc du destin tragique de sa sœur ne nous fît prendre violemment conscience de ce qu'était la mort. Michael Lanyon était revenu du front réconforter Rose, et à voir sa jambe folle, on avait eu la preuve que l'accident d'atterrissage sur un aérodrome du Kent dont Nicky m'avait parlé n'était pas qu'un « crash » sensationnel. Les gens pouvaient vraiment être blessés. À l'évidence, les événements avaient des conséquences.

Il apparaissait aussi que la guerre était sur le point de toucher à sa fin. La majeure partie des troupes américaines avait disparu de l'autre côté de la Manche en juin 1944, après le Débarquement, et un quotidien plus monotone s'était établi à Truro. Michael Lanyon avait été transféré à une base radar tout au sud du pays, à la pointe du Lézard, ce qui lui permettait de passer la plupart des week-ends à Tredower House. D'après Nicky, il n'était plus aussi rigolo qu'avant. Nul doute que le stress du service actif, sans parler de sa blessure et de la perte de sa fille, en était responsable. La claudication resta, ainsi sûrement que les souvenirs. Mais je l'avais toujours trouvé gentil, presque doux dans son attitude. Son visage séduisant aux cheveux gominés, son uniforme distingué de capitaine de l'armée de l'air et sa façon étrangement gracieuse de tenir sa jambe raide devinrent pour moi un modèle de virilité. Mon père, qui n'avait jamais porté l'uniforme aussi bien que lui et qui malgré sa contribution vitale à l'effort de guerre n'avait jamais été personnellement confronté au danger, me décevait quand je le comparais à cette image. Je ne le lui avais jamais dit, bien sûr, mais j'enviais à Nicky ce père si fascinant. Tout ce que Michael Lanyon faisait, que ce fût fumer une cigarette Player's Airman, nous défier au cricket, tailler les rhododendrons ou tout simplement regarder dans le vide avec ce sourire bancal et interrogateur dont Nicky avait hérité, il le faisait avec une élégance pleine de panache.

Notre scolarité se poursuivait dans un isolement protecteur. Nicky et moi avions perdu notre accent des Cornouailles et acquis des manières raffinées qui nous distinguaient des énergumènes dans le genre de Don Prideaux. Mais ces différences n'étaient guère profondes. Le 8 mai 1945, nous avions tous suivi l'orchestre qui célébrait le Floral Dance, la fête annuelle traditionnelle des Cornouailles, depuis le stade de football jusqu'à la cathédrale. Et nous avions recommencé trois mois plus tard pour célébrer la victoire des Alliés sur le Japon.

La guerre était terminée. Michael Lanyon était retourné chez Colquite & Dew et mon père au magasin, permettant à mon grand-père de partir à la retraite en douceur. Grand-mère en revanche avait continué à s'impliquer activement, et pas seulement dans les affaires de l'épicerie. À mesure que je grandissais et que je saisissais davantage les subtilités des conversations à l'heure du thé à Crescent Road, je commençais à comprendre qu'elle nourrissait autant de craintes que d'espoirs concernant la générosité de son frère. « Je fais de mon mieux pour m'assurer qu'Oncle Joshua pourvoie aux besoins de sa famille, avait-elle déclaré plus d'une fois sur le ton du sermon. Je tiens à ce que vous fassiez tous de même. » Et par *sa* famille, c'est nous qu'elle entendait, évidemment, pas les rejetons de Cordelia Angwin. En ce dernier été de la guerre, Oncle Joshua avait 72 ans. Le temps pressait. Et pas seulement pour lui.

Aux obsèques de Nicky, le soleil brillait comme lors de ma dernière rencontre avec lui. Il n'y eut pas de service religieux préliminaire à l'église. Le cortège funèbre, nous étions cinq en tout, se rendit directement dans l'une des deux chapelles du crématorium de Penmount. Un autre enterrement réunissant bien plus de monde se déroulait simultanément, ce qui faisait passer notre groupe réduit pour une organisation secrète. Le dégoût palpable d'Ethel Jago envers Neville Considine et mon sentiment qu'il paraissait manifeste que Don Prideaux et moi étions de mèche n'arrangeaient rien. Seul Dennis Jago tira son épingle du jeu, en restant silencieux de bout en bout, sauf quand il s'agissait de réciter les prières habituelles, ce dont il s'acquittait mieux que personne.

Le pasteur qu'Ethel avait recruté s'empressa de partir une fois son service monocorde expédié. Il n'y avait aucune couronne de fleurs à inspecter, nul d'entre nous n'ayant jugé opportun d'en envoyer une. Il ne nous resta donc plus qu'à remercier l'entrepreneur de pompes funèbres et à nous réunir, mal à l'aise, sur le parking, conscients qu'à tout moment nous serions submergés par l'autre cortège, tandis que dans le ciel des lambeaux de fumée compassés s'échappaient de la cheminée du four.

« J'avais point réalisé que vous étiez à l'école avec Nicky avant que vous me le disiez, Mr Prideaux, déclara Ethel à Don en tamponnant ses dernières larmes.

— Et oui. Je n'ai jamais été aussi proche de lui que Chris, bien sûr, mais...

— Je suis content que vous soyez venu, intervint Considine. La mère de Nicholas aurait apprécié votre geste, j'en suis certain.

— Dieu ait son âme, murmura Ethel.

— On se disait... commença maladroitement Don. Enfin... voudriez-vous tous vous joindre à Chris et à moi pour le déjeuner ? Nous avions pensé aller au Héron à Malpas.

— Bien volontiers », répondit Considine d'un ton qui impliquait bizarrement que nous avions déjà proposé de lui payer le repas.

Ethel jeta un œil à Dennis avant de répondre. La façon dont il lui fit connaître ses souhaits resta obscure, mais elle lui signifia d'un simple petit hochement de tête qu'elle avait saisi.

« Nous ferions mieux de rentrer, Mr Prideaux. Nous ne pouvons pas laisser la ferme trop longtemps, voyez-vous.

— Non, j'imagine bien.

— Alors au revoir, Ethel, dis-je en m'avançant pour l'embrasser.

— Au revoir, Christian.

— Dennis. »

Il me serra la main avec poigne, le visage fermé, impassible. Puis ils se dirigèrent vers la Land Rover striée de boue qui faisait étrangement ressortir leurs habits de deuil immaculés. Je sentis que nous vivions un adieu définitif, qui aurait mérité plus de mots, une plus vive démonstration de sentiments. Mais qui aurait apprécié ? « Penser à cette histoire m'est insupportable », avait déclaré Ethel un peu plus tôt. Alors, pourquoi l'y forcer ? Je les laissai partir sans davantage qu'un geste de la main.

Considine s'étant rendu à Penmount dans la limousine de l'entrepreneur de pompes funèbres, il fit le trajet dans la voiture de Don et je les suivis. Nous regagnâmes Truro, longeâmes Tredower House avec les toits de l'école qui pointaient au-dessus des arbres sur notre gauche puis bifurquâmes dans la route de Malpas et descendîmes le long de Boscawen Park. J'étais seul, mais le moindre virage m'évoquait la compagnie de Nicky lors d'expéditions de pêche et de longues flâneries bien des années auparavant. Nous avions maintes fois parcouru à pied la route que j'empruntais à présent en voiture, descendant jusqu'à Malpas, le village accroché à la falaise à la confluence du Truro et du Tresillian. Parfois, nous prenions le ferry pour aller à Tregothnan et mettre en scène des raids audacieux dans la propriété de Lord Falmouth. D'autres fois, nous nous contentions de remonter tranquillement le sentier qui menait à Tresillian en regardant les voiliers aller et venir sur l'eau argentée. Toutes ces journées banales s'étaient liguées dans ma mémoire pour fonder un paradis terrestre dont je ne retrouverais plus jamais le chemin. Le passé est une pièce qu'on n'a conscience d'avoir quittée que lorsqu'on entend la porte se refermer derrière soi.

Don n'avait pas gaspillé le trajet en réminiscences nostalgiques. Je le vis tout de suite quand je les retrouvai à l'auberge du Héron. On aurait dit que Considine et lui avaient déjà passé quelque marché. Don avait placé un enregistreur en marche sur la table, à côté du coude de Considine : manifestement, il avait dévoilé son statut de journaliste. J'étais là comme le garant de sa bonne foi, on ne me demandait pas grand-chose d'autre que de regarder et d'écouter.

« Comment avez-vous connu les Lanyon, Mr Considine ? s'aventurait à demander Don quand je les rejoignis.

— Je suis électricien de métier. »

Considine s'interrompit pour siroter sa bière brune, puis poursuivit :

« Je suis un enfant de Clacton. Je bossais pas mal au camp de vacances de Butlins – je m'occupais de l'éclairage, ce genre de chose. C'était vraiment un endroit à la mode à l'époque : il y avait des artistes ultraconnus, et en saison, tous les chalets étaient pris. Rose travaillait en cuisine. Je la connaissais parce qu'on se voyait la journée, rien de plus. J'avais jamais entendu un traître mot au sujet de son mari décédé et de ce qu'il avait fait. Elle était venue à Clacton pour laisser cette histoire derrière elle, bien sûr. Ça devait être au début des années 1950. Sa belle-mère était déjà morte. Rose et les enfants – Nicholas et la petite Michaela – vivaient à Jaywick, une ville de plaisance à l'ouest de Clacton. Presque rien que des bungalows en bois, destinés à être habités seulement l'été, et qui avaient été laissés à l'abandon dans les années 1930. Mais c'étaient les logements les moins chers du marché et un paquet de familles sur la paille s'y étaient installées de façon permanente, dont les Lanyon..

» Jaywick était en zone inondable. C'est pour ça que la mairie avait essayé d'en empêcher la construction dès le départ. D'ailleurs une grande partie du village a été emportée dans les inondations de 1953. Raz-de-marée. Des dizaines de gens sont morts noyés et des centaines d'autres sont devenus sans abri. Rose et les enfants ont sauvé leur peau, rien d'autre. Quand j'ai appris ce qui s'était passé, je leur ai proposé de venir habiter chez moi. Ma mère et moi avions plein de place à la maison. Ça aurait été criminel de ne pas les aider comme on pouvait.

» C'est comme ça que ça a commencé. Rose était une femme bien : une bonne mère, elle travaillait dur. Avant qu'il soit temps pour eux de partir, je lui ai fait connaître mes sentiments et nous avons décidé de nous marier. C'est à ce moment-là qu'elle m'a parlé du meurtre. Elle ne voulait pas que je le découvre plus tard et que je sois déçu. Mais pour moi ça ne changeait rien. C'était pas sa faute, hein ? Ni celle des enfants. On s'est mariés cet été-là.

— Et vous l'êtes restés jusqu'à sa mort ? demanda Don. Ethel semblait insinuer...

— Il y a eu séparation avant la fin, répondit Considine d'un ton égal. Mais pas de divorce. Je pense que la maladie lui avait troublé l'esprit. Si elle avait survécu, elle serait revenue vers moi, c'est sûr.

— Aucun doute, commenta Don avec un sourire rassurant. Comment vous entendiez-vous avec Nicky ? Il devait avoir, quoi, 17 ans, quand vous avez épousé sa mère.

— Assez bien. Un adolescent et son beau-père... »

Il soupira.

« Ce n'est jamais facile, je dois dire. Nicholas ne causait pas d'ennuis, non, ce n'est pas ça. Mais il était réservé, oui, très réservé. Introverti, aurait dit le psy si on avait eu les moyens d'aller en voir un.

— Avait-il un petit boulot ?

— Il travaillait dans une blanchisserie sur la route de St Osyth. Mon Dieu, les puces qu'il nous ramenait de là-bas. Mais c'était un travail honnête, et il prenait des cours du soir histoire d'améliorer son éducation. Y a pas, Nicholas se démenait pour se donner une chance dans la vie. Il a obtenu des diplômes et a décroché un boulot respectable à la bibliothèque municipale. Rose s'en était vraiment réjouie. Carrière, femme, enfants : dans sa tête elle avait tout planifié pour lui.

— Qu'est-ce qui a mal tourné ?

— Oh, plusieurs choses. Il s'est encanaillé avec des militants antinucléaires. Vous savez, le CND. Tout ça à cause d'une fille, d'ailleurs. Elle n'était pas bien pour lui. Et être vu en train d'agiter une banderole à Trafalgar Square, c'était pas bon pour sa carrière de bibliothécaire non plus. J'ai essayé de lui faire entendre raison, mais il refusait de m'écouter. Après, la fille l'a jeté et... les choses sont allées de mal en pis. Attention, tout n'était pas de sa faute. Quand Michaela a disparu, ma foi, ça l'a vraiment secoué. Ça a secoué sa mère aussi, bien sûr. Et moi. J'aimais cette gosse comme la mienne. Mais Nicky... il arrivait pas à se faire une raison.

— Que s'est-il passé au juste ?

— Elle était en première au lycée public, elle se débrouillait très bien. C'était une fille intelligente, elle venait d'avoir 17 ans. C'était en avril 1965. La première semaine de cours après les vacances de Pâques. Un après-midi, un jeudi, elle est pas rentrée dîner à la maison. Des amis à elle l'avaient vue prendre le chemin du retour habituel, par le terrain de jeux derrière le lycée. Et puis... rien. Pas un signe d'elle. Personne ne l'avait vue, aucun indice, rien. Elle avait disparu. Au début, la police avait pensé à une fugue. Mais elle n'avait presque pas d'argent et aucun vêtement de rechange. Dans son uniforme, elle ne serait pas passée inaperçue. Et elle n'avait rien dit – pas même à ses copains de lycée – qui puisse suggérer qu'elle songeait à quelque chose de la sorte. En plus, Rose et moi étions persuadés qu'elle n'y pensait absolument pas. Elle était heureuse. Casanière, vous voyez ? Pas le genre à vagabonder.

» Plus tard, la police a changé de refrain. Plusieurs jeunes filles avaient été assassinées dans la région de Colchester au cours des deux années précédentes. Le coupable a été arrêté environ six mois après la disparition de Michaela. C'était un obsédé sexuel de la pire espèce. Une vraie bête. Viol, mutilation et Dieu sait quoi d'autre. Il a fini à l'hôpital psychiatrique de Broadmoor. Vous vous souvenez peut-être de l'affaire. Brian Jakes, qu'il s'appelait.

— Ça ne me dit rien », dit Don en me jetant un regard.

Je secouai la tête.

« À moi non plus.

— Ça ne m'étonne pas tant que ça, reprit Considine. À l'époque, les meurtriers des Moors faisaient la une de tous les journaux. Leur procès et celui de Jakes ont coïncidé. Enfin bref, la police a estimé – et nous aussi – que Michaela comptait parmi ses victimes. Il y avait plusieurs filles disparues dont il refusait d'avouer le meurtre sans pour autant le nier. Il vivait seul dans une caravane sur un terrain juste à l'extérieur de Colchester. Il était chasseur de rats de métier, il allait de mission en mission dans sa camionnette. Et le jour de la disparition de Michaela, il avait bossé pour un fermier pas loin de Thorpe-le-Soken, à quelques kilomètres de Clacton. Il avait dû passer à Clacton après, attaquer Michaela sur le terrain de jeux, la maîtriser, la fourrer dans sa camionnette, s'en aller et... Ma foi, c'est peut-être aussi bien qu'on n'ait jamais découvert exactement ce qu'il lui avait fait quand on voit l'état dans lequel il a laissé certaines autres victimes.

— Et vous avez dit que Nicky avait très mal encaissé ?

— Oui. Il était très protecteur envers sa sœur. Il semblait penser qu'il aurait dû empêcher ça. Il n'y avait pas moyen de le raisonner. Ce n'était pas un point de vue *raisonnable*. Mais il s'y accrochait et il tenait ferme. C'était lui le responsable. D'après Rose, il avait toujours cru qu'il aurait dû sauver son père aussi. Il avait le don d'endosser la responsabilité du malheur. Ça n'avait absolument aucun sens – sauf pour lui. J'ai essayé de l'aider, bien sûr, mais je devais aussi m'occuper de Rose pour qu'elle reprenne le dessus, ce qui accaparait presque toute mon attention. Et puis il y a aussi eu la mort de ma mère au milieu de tout ça. Sale période, j'ai pas peur de le dire. On commençait tout juste à sortir la tête de l'eau quand Nicholas est tombé sur une information qui l'a fait repartir si loin en arrière qu'il n'est jamais totalement redevenu le même.

— Quelle information ?

— Je ne sais pas comment il l'a dénichée, mais il l'a fait. Quelques années après la disparition de Michaela – 1968 ou 1969, je ne sais plus laquelle –, Edmund Tully a été libéré de prison. »

Edmund Tully. Le complice de Michael Lanyon dans le meurtre de Joshua Carnoweth. Le bénéficiaire chanceux d'une commutation de sa peine de mort en emprisonnement à perpétuité. Je ressentis le choc, amorti par les années, de ce que cette nouvelle avait dû signifier pour Nicky. Son père avait été pendu, mais Edmund Tully, l'homme qui avait porté le coup fatal, après à peine plus de vingt ans passés en prison, était libre. Il était là quelque part à respirer le bon air frais alors que le père de Nicky pourrissait dans une tombe et que sa sœur...

« Manifestement, cette nouvelle l'avait complètement chamboulé. C'est vers cette époque qu'il a commencé à dégringoler la pente. Son apparence s'est détériorée. Il avait perdu beaucoup de... d'estime de soi. Il profitait de la bibliothèque pour mettre la main sur tous les articles concernant le procès de son père et passait son temps à les relire. Je ne sais pas ce qu'il cherchait. Je ne suis pas sûr qu'il le savait lui-même. Il a pris un appartement. C'était un taudis, mais il tenait absolument à vivre seul. Apparemment, il passait de plus en plus de temps comme ça. Il est devenu un genre de reclus, quoi. C'était pas bon pour lui. Il a fini par perdre son boulot à la bibliothèque – ou bien il a démissionné, je ne suis pas sûr. En tout cas, il était dans une spirale descendante avant même la mort de sa mère. Depuis, je ne l'ai jamais revu, mais d'après ce que j'ai entendu... ça faisait un moment qu'il allait droit vers ce qui s'est passé le week-end dernier.

— Ne pensez-vous pas qu'il y ait une chance que Michaela soit encore en vie ? demanda Don.

— Jakes l'a assassinée. Ça me paraît clair.

— Mais il n'a jamais avoué ?

— Pas vraiment, non. Autant que je sache.

— Nicky croyait-il à sa mort ?

— Oh, oui, répondis-je à mi-voix. Il me l'a dit lui-même. »

En levant les yeux, je vis les deux autres qui me dévisageaient, déconcertés par mon intervention.

« Eh bien, oui, insistai-je, sur la défensive, c'est ce qu'il m'a dit.

— Vous voyez bien. »

Considine me lorgna.

« Apparemment, Nicholas n'avait aucun doute.

— Mais il n'y a aucune preuve, persista Don. Alors que, dans le cas de l'assassinat de Joshua Carnoweth par son père, il y en avait. Or il semblerait qu'il doutait de sa culpabilité.

— C'est vrai, admit Considine.

— Pourquoi ?

— Je ne sais pas. Par loyauté envers la mémoire de son père, j'imagine.

— Pas d'autre raison ?

— Quelle autre raison pouvait-il y avoir ?

— Peut-être qu'il avait découvert quelque chose en épluchant ces fameux articles. Une incohérence dans les preuves. Un point douteux.

— Je ne pense pas.

— Pourquoi donc ?

— Parce que si c'était le cas, il ne se serait pas suicidé. La possibilité de laver le nom de son père lui aurait donné une raison de vivre. Vous ne croyez pas, Mr Napier ?

— Pardon ? »

Mon esprit avait divagué vers ma rencontre avec Nicky à Tredower House. Il m'avait dit, alors, ce qu'il cherchait. Mais ce qu'il cherchait était impossible à trouver. Peut-être avait-il fini par le comprendre.

« Il... c'est-à-dire...

— Peu importe, coupa Don. Je crois que j'ai assez de matière.

— J'ai bien peur que nous ayons affaire à une grande tragédie », commenta Considine.

Une pointe quasi imperceptible d'autosatisfaction vint entacher l'intensité de ces mots.

« Ce pauvre Nicholas n'a jamais vraiment eu sa chance. »

Pourtant, il y avait une époque où Nicky l'avait eue, sa chance. Je me la rappelais bien. Cet été 1946, quand nous avions passé une semaine insouciante à Nanceworthal, ses perspectives étaient aussi brillantes que les miennes, son avenir tout aussi dépourvu de nuages. Il avait Tredower House pour maison, une mère et un père qui l'aimaient autant qu'ils s'aimaient, et mon grand-oncle pour lui accorder tous les avantages dont il aurait besoin. Comme début dans la vie, j'aurais été tenté de dire qu'il surpassait le mien. Mais j'étais trop jeune pour nourrir de telles pensées et par conséquent libre du ressentiment qui couvait chez mes parents et mes grands-parents – de façon d'autant plus pernicieuse qu'il ne pouvait jamais être exprimé.

Je me suis souvent demandé s'ils auraient été capables de tenir leur langue s'ils avaient mesuré l'ampleur de ce qui pouvait susciter ce ressentiment. Ils savaient – tout le monde le savait – que Joshua Carnoweth était revenu riche de ses voyages passés, mais ce que cet adjectif recouvrait en termes de livres, de shillings et de pence, personne ne l'avait ne serait-ce que deviné. Il faut dire qu'à l'époque la richesse ne vous donnait pas droit à une ration de beurre supplémentaire, et la plupart des produits de luxe pour lesquels vous auriez pu rêver de dépenser votre argent n'étaient tout bonnement pas disponibles. Dans l'Angleterre de l'après-guerre, la richesse était en grande partie théorique. La Talbot était sortie du garage, mais à cause du rationnement de l'essence, on ne pouvait guère souvent la conduire jusqu'à Perranporth, et plus loin n'en parlons pas. Les clients faisaient de nouveau la queue dans la rue à l'extérieur de l'épicerie, mais les produits étant peu nombreux et les prix fixes, le commerce ne pouvait pas se développer à la mesure de ce que mon père avait espéré à son retour de la guerre. Dans le foyer des Napier, les fruits de la victoire se résumaient, très occasionnellement et dans la liesse, à des bananes.

Cependant Grand-mère n'avait jamais été du genre à se laisser abattre par l'adversité, et l'austérité encore moins. À l'automne 1946, elle avait ouvert un commerce de vêtements à crédit dans la pièce au-dessus de l'épicerie, après avoir acheté pour la somme de cent livres le stock d'une certaine défunte du nom de Miss Odgers. Selon elle, la vente de vêtements à crédit était plus propre, plus facile et potentiellement plus rentable que l'épicerie. Le printemps suivant, elle était parvenue à se faire un nom : c'était le seul magasin de mode New Look à Truro. Je me suis souvent demandé ce qui serait advenu de cette activité sur le long terme, si elle aurait fini par éclipser complètement l'épicerie. Évidemment, nous ne le saurons jamais car leurs mérites économiques respectifs étaient sur le point d'être emportés dans les tourbillons de l'insignifiance par un bien plus grand bouleversement.

Aucun d'entre nous ne l'avait senti venir durant l'hiver glacial et interminable de 1946-1947. La nation était en crise. Je le savais à cause des tirades fréquentes de mon père contre le gouvernement travailliste, qu'il considérait comme responsable de tous les maux. Selon lui, c'était en tournant le dos à Mr Churchill que le pays avait failli. Pour Nicky et moi, une réserve inépuisable de neige avec laquelle jouer et des étangs gelés à souhait pour patiner, c'était tout simplement le pied. Nous pouvions consacrer beaucoup de temps au bonhomme de neige que nous avions érigé sur la pelouse à Tredower House et que nous avions baptisé Mr Dalton en l'honneur du ministre des Finances de l'époque, principale cible du courroux de mon père. Notre Mr Dalton n'avait fondu qu'au mois de mars et nous avions été désolés de le voir partir.

Bizarrement, les privations de cet hiver-là avaient plus que jamais rapproché ma famille d'Oncle Joshua. À Crescent Road, les tuyaux avaient gelé, mais il y avait encore de l'eau chaude à Tredower House, où un vaste stock de bûches signifiait qu'il y avait aussi un feu auprès duquel s'asseoir, peu importe la pénurie de charbon. Pendant deux bons mois, nous avions pris nos bains et nos repas là-bas, et nombre des différends tacites entre les deux foyers avaient fondu bien avant la neige. C'est durant cette période qu'Oncle Joshua m'avait spontanément fait part de son expérience de chercheur d'or. Jamais dans mes souvenirs lui et Grand-mère n'avaient discuté aussi volontiers et aussi librement. Grand-mère s'était même découvert des points communs avec Cordelia. Ça avait été une époque paradoxalement heureuse, symbolisée dans ma mémoire par une fête organisée le dimanche qui séparait mon onzième anniversaire de celui de Nicky. Il n'y avait pas de bougies sur notre gâteau – elles étaient aussi rares que les morceaux de charbon – et le gâteau n'était pas bien gros non plus, mais ça avait été une fête merveilleuse, même pour les adultes. Grand-mère et Oncle Joshua avaient dansé ensemble et mon père et celui de Nicky avaient bavardé comme de vieux amis. Le printemps 1947 était arrivé tôt pour les Napier et les Lanyon.

Mais il y avait aussi plein de belles choses à venir. L'été, d'abord, quand Nicky et moi espérions passer une autre semaine – peut-être plus – à Nanceworthal. Et ensuite l'automne, lorsque nous aurions pénétré les mystères fascinants du collège.

Nous avions dit adieu à l'école primaire un après-midi de juillet caniculaire après un goûter de fête et un hymne plein d'espoir. Nous étions rentrés chez nous par un long chemin hasardeux, remontant Treliske Lane jusqu'au gué avant de longer la rivière Kenwyn jusqu'à Truro. Nous avions atteint la ville par St George's Road, puis nous étions passés sous le viaduc par les jardins de Victoria où, assis sur un banc à côté du kiosque à musique, nous avions comparé nos dernières acquisitions de cartes de paquets de cigarettes et débattu pour savoir lequel de nos joueurs favoris de l'équipe locale de cricket avait obtenu la meilleure moyenne à la batte. C'était le mien, mais pas de beaucoup. Nicky s'était juré d'inverser la situation lors de la saison suivante. Nous avions parié sa carte de Douglas Bader contre ma carte de Denis Compton sur le prochain résultat. Je doute que nous

nous serions rappelé ce pari à la rentrée, mais je m'en souviens à présent, de façon aussi claire que l'était l'air cet après-midi-là à Truro. Car ça avait été notre dernier jour d'école ensemble. Il n'y en aurait jamais d'autre.

Don Prideaux et moi nous tenions entre sa voiture et le parapet au-dessus de la plage, de l'autre côté de la route par rapport au Héron. Considine était encore à l'intérieur, se soulageant après quatre bières brunes et un menu complet. Le ferry retournait laborieusement vers la rive de Tregothnan avec à son bord un groupe de marcheurs, et le soleil de l'après-midi transformait cette scène en un décor de carte postale figurant la détente au bord de l'eau. Les nuages orageux ne filaient que dans le ciel de mon esprit.

« Cet homme vaut-il ce que tu le paies, Don ?

— Je ne lui paie rien du tout.

— Arrête ton char. Il n'aurait pas été aussi bavard contre un simple déjeuner au pub.

— Je lui ai fait une promesse, si tu veux tout savoir. Ça dépend si je peux vendre cette histoire. Mon rédacteur en chef refuserait d'avancer un centime même si tu lui proposais l'adresse et le numéro de téléphone de Lord Lucan[1].

— Et tu peux la vendre ?

— Je ne le saurai qu'après avoir essayé. Il faudra d'abord que je vérifie cette affaire Jakes. S'ils ont

1. John Bingham, dit Lord Lucan, membre éminent de la noblesse anglaise né en 1934, disparaît mystérieusement en 1974 après le meurtre de la nourrice de ses enfants, dont on le soupçonne. Il n'a jamais été retrouvé. (*N.d.T.*)

laissé sortir ce salopard, ce qui ne m'étonnerait pas de l'administration, je pourrai jouer la carte du "libre de recommencer à tuer". Mais, s'il est encore incarcéré – et surtout s'il a avoué le meurtre de Michaela Lanyon –, alors ce n'est que de l'histoire ancienne.

— Pas autant que le meurtre de mon grand-oncle.

— Tu penses à Tully ? Sa libération n'a rien de surprenant. La perpétuité signifie rarement la perpétuité.

— Mais ça rend la pendaison de Michael Lanyon tellement… inutile.

— Tu ne pensais quand même pas qu'ils avaient jeté la clef après l'avoir enfermé ? »

Je regardai de l'autre côté de la rivière. Le ferry avait atteint la rive opposée. Ses passagers mettaient pied à terre.

« Le problème, Don, j'en ai peur, c'est que je ne pensais pas du tout. »

5

Quinze jours passèrent. Nicky, sans s'effacer de ma mémoire, se détacha de mes pensées à mesure qu'elles s'attardaient sur les soucis du quotidien. Son suicide avait sans nul doute éveillé l'intérêt du public pour le meurtre qui avait été perpétré trente-quatre ans plus tôt, mais cet intérêt ne fit pas long feu. Don Prideaux m'envoya une copie de son article paru dans le *Western Morning News* au sujet de la tragédie familiale des Lanyon, mais admettait dans un petit mot joint n'avoir pas réussi à vendre son histoire ailleurs. Pas de récompense financière pour Neville Considine, donc, qui ne semblait néanmoins pas très pressé de me fournir les comptes détaillés des créanciers de Nicky. J'avais le sentiment – assez agréable – que je n'entendrais plus parler de lui.

La seule information inédite que j'obtins à la lecture de l'article de Don ne menait malheureusement à rien. Brian Jakes avait été assassiné par un codétenu à Broadmoor en 1974. S'il avait bel et bien tué Michaela Lanyon, il avait emporté son secret dans sa tombe. Quant à Edmund Tully, le ministère de l'Intérieur confirmait sa mise en liberté conditionnelle en 1969.

Mais c'est tout ce qu'il voulait bien révéler. D'après Don, Tully devait désormais vivre sous une nouvelle identité. L'homme qui était le principal responsable de la dévastation du passé de Nicky avait manifestement bénéficié d'une protection officielle contre le sien.

Ma famille reflétait la tendance générale à balayer les malheurs des Lanyon comme une simple accumulation des vicissitudes de la vie. Une semaine après leur retour de lune de miel, Tabitha et Dominic m'invitèrent à dîner dans leur élégant appartement à Chelsea. Le témoin de Dominic et sa petite amie étaient là, ainsi que Trevor, qui avait laissé Pam à Truro pendant qu'il passait le week-end à entretenir ses contacts dans un Salon international de l'hôtellerie qui se tenait au centre des expositions Olympia. On me demanda de décrire ma découverte du pendu à Tredower House comme si, passé trois semaines, la mort de Nicky n'était plus qu'une anecdote susceptible de vous donner des frissons à bon compte. Pourquoi jouai-je le jeu ? Parce que j'avais trop honte d'avoir négligé mon ami pour reconnaître ce que sa mort représentait vraiment à mes yeux. Aucun de mes voisins de table ne se trouvait à Truro en 1947. Hormis Trevor, ils n'étaient même pas nés. Ils ne savaient pas. Ils ne pouvaient pas imaginer. Et c'était très bien comme ça.

« Qu'est-ce que tu te rappelles du meurtre, Chris ? me demanda Dominic à un moment donné.

— Pas grand-chose, répondis-je aussitôt. J'étais à mille lieues de cette histoire. Le procès avait eu lieu à Bodmin, et j'étais trop jeune pour lire les comptes rendus dans la presse. Nous n'avions même pas la télévision à l'époque.

— L'autre meurtrier – ce Tully, là. Il était du coin ?

— Non. »

Je souris.

« Désolé de te décevoir, mais je ne l'ai jamais vu de ma vie. »

Trevor m'observait. Était-il en mesure de savoir que je mentais ? Quelque chose dans son expression m'indiqua que oui. Mais, si tel était le cas, il ne comptait pas attirer l'attention des autres sur ce point.

La mienne, en revanche, c'était différent. J'en eus la confirmation quand je le raccompagnai en voiture à son hôtel en fin de soirée.

« Je suis surpris que tu ne loges pas chez Tabs et Dominic », commentai-je avec désinvolture.

Il eut un grand sourire.

« Je ne voulais pas les déranger. Et puis maintenant ils ont leur vie à mener. Je n'ai pas envie de m'imposer. Je suis déjà bien content que cette sordide histoire Lanyon ne les perturbe pas plus que ça. Mais, comme tu le disais... »

Il se tourna vers moi sur son siège.

« Cette affaire ne vous a jamais concernés, Pam et toi, pas vrai ? Ni Melvyn et Una. »

Il s'interrompit avant de citer mes propres mots :

« Vous étiez tous à mille lieues de cette histoire. Franchement, c'est aussi bien comme ça. Je veux dire, si l'un d'entre vous avait vu quelque chose de crucial, vous auriez pu avoir à témoigner au procès. »

Il s'interrompit encore. Puis il ajouta, comme incapable de résister à l'envie de poser sa question de manière explicite :

« Non ? »

Mais je n'avais jamais rien vu de crucial. Rien dont je sois certain, en tout cas. Hélas. J'étais un garçon de 11 ans. Pour moi, la certitude, c'étaient le goûter sur la table quand je rentrais à la maison, le train express Cornish Riviera qui arrivait en gare de Truro à seize heures quarante-cinq, les cloches de la cathédrale qui sonnaient l'office du soir, le lever et le coucher du soleil, les petits tracas et les jeux d'une enfance banale. Rien de tout ça n'était comparable à ce qui avait commencé pour Nicky, son père et moi un après-midi de la fin juillet 1947. Rien de tout ça ne nous avait aidés.

Dû à ses responsabilités d'expert itinérant en art et en antiquités chez Colquite & Dew, Michael Lanyon jouissait d'une quantité d'essence utilitaire somme toute assez généreuse pour sa voiture : une belle Alvis Silver Crest de 1937. Cet après-midi-là, il avait un rendez-vous à Helston et, en nous voyant, Nicky et moi, tourner en rond dans le jardin lorsqu'il était retourné à Tredower House manger un morceau le midi, il nous avait embarqués dans sa voiture. C'était un plaisir rare et excitant, dont nous avions profité au maximum, persuadant Michael de nous conduire à Porthleven quand il aurait conclu son affaire afin de nous acheter une glace à chacun. Nous la mangeâmes assis sur le port tandis qu'il fumait une cigarette les yeux perdus à l'horizon ; les mouettes effectuaient de grands cercles dans le ciel, les bateaux de pêche grinçaient au mouillage et le soleil scintillait sur la crête des vagues. J'ignore s'il était heureux, en tout cas il semblait vraiment content de se délasser là au soleil aux côtés de son fils, avec sa femme qui l'attendait à la maison. Il avait 37 ans, mon père 42, pourtant à voir son visage lisse et son regard clair, on aurait dit qu'il y avait beaucoup plus que cinq ans d'écart entre eux. On aurait dit, honnêtement, un homme libre de tout souci.

Il était dix-huit heures passées quand nous étions rentrés à Truro. Michael avait expliqué qu'il lui fallait passer deux minutes au bureau et qu'il me ramènerait chez moi ensuite. Ce dernier se trouvait au-dessus des salles d'exposition de Colquite & Dew sur Lemon Quay. Quand nous étions entrés dans la cour, elle semblait déserte, les locaux étant fermés pour la nuit. Si à Porthleven il soufflait une brise rafraîchissante, à Truro, il faisait lourd. L'intérieur de la voiture sentait le cuir chaud et les cigarettes Airman. Le ciel était une ecchymose. Une sirène retentissait dans l'usine à gaz derrière nous. Une lumière voilée inondait les tours ouest de la cathédrale. Un chat traquait quelque chose près du mur à l'arrière de la cour. Nicky enroulait sans fin la ficelle de sa catapulte autour de ses doigts. De tout ça, je m'en souviens. Tous ces détails. Mais rien de crucial.

Alors que la voiture s'arrêtait en douceur, une silhouette s'était détachée de l'ombre profonde qui régnait sous le surplomb du toit de l'entrepôt. C'était un homme, vêtu d'un ample costume croisé et d'un chapeau mou tout usé. Il fumait une cigarette. Un journal savamment plié dépassait de la poche de sa veste. Il s'avança de quelques pas dans la lumière du soleil, s'arrêta, et nous regarda d'un air posé, dans l'expectative. Michael avait éteint le moteur. La sirène s'était faite stridente, l'immobilité de la scène aussi. Tout. Michael avait retenu son souffle. Nicky avait laissé retomber mollement la ficelle de sa catapulte.

L'homme s'était rapproché, puis de nouveau arrêté et avait incliné la tête. Désormais on voyait son visage : pâle, émacié, assombri par une moustache taillée sous un nez aplati. Michael avait écrasé sa cigarette dans le cendrier de la voiture et s'était saisi de la poignée de la portière.

« Attendez-moi là, les garçons, avait-il dit dans un murmure péremptoire. Ne quittez pas la voiture. »

Il était descendu, avait claqué la portière derrière lui et avait lentement traversé la cour pour rejoindre l'autre homme. Ils ne s'étaient pas serré la main. Ils ne s'étaient même pas adressé un hochement de tête. Mais ils se connaissaient. On le voyait à leur attitude, à leur façon de se regarder. Je les avais entendus parler, mais ils étaient trop loin pour que je puisse percevoir davantage que des mots épars. « Longtemps... », « Jamais cru... » Ils parlaient d'un ton égal mais gêné, ni hostile, ni amical. L'homme au chapeau mou avait ricané. Il avait tiré sur sa cigarette avant d'en lancer le mégot. Michael avait jeté un œil sur nous, puis avait posé sa main sur l'épaule de l'homme tout en marchant vers l'entrée de la salle d'exposition, le pressant, manifestement, de retourner à l'endroit où il avait attendu. Lentement, ils avaient avancé, puis s'étaient arrêtés, désormais complètement hors de portée d'oreille.

Ils avaient discuté deux ou trois minutes. Nicky et moi les avions observés en silence. Quelque chose clochait. Une anomalie. J'avais vu Michael plonger la main dans sa veste, en sortir quelque chose et le tendre à l'homme. La sirène s'était tue. L'homme avait baissé les yeux sur ce qui venait de lui être remis, puis l'avait glissé dans sa poche et avait eu un sourire radieux. Sur ce, il avait tourné les talons et était parti, non sans un coup d'œil dans notre direction en gagnant l'entrée qui donnait sur Lemon Quay. À mon grand regret, il avait croisé mon regard l'espace d'une seconde. Son sourire ne l'avait pas quitté.

« Qui c'est ? avait murmuré Nicky.

— Je ne sais pas, avais-je répondu. Mais je n'aime pas sa tête.

— Moi non plus. »

L'homme avait disparu, Michael était resté sur place pendant encore une minute à regarder dans sa direction. Puis il s'était retourné et était revenu à grands pas à la voiture ; la vitesse accentuant sa claudication, les semelles de ses chaussures sonnaient comme des tirs de balle sur les pavés de la cour. Il grimpa aussitôt et démarra le moteur.

« Tu ne vas pas au bureau, Papa ?

— Non, mon fils. Je n'y vais pas.

— C'était qui, cet homme ?

— Personne. Ne t'inquiète pas. Tu ne le reverras plus. »

Sur ce point, il avait raison : nous ne l'avions plus revu. Pas même lorsque nous étions sortis de la cour et que nous avions bifurqué dans Green Street pour aller vers Boscawen Bridge. Il n'était nulle part. Mais nous avions reconnu sa photo dans les journaux quelques semaines plus tard. Dans nos têtes, il n'y avait pas l'ombre d'un doute. C'était Edmund Tully.

J'avais pour habitude de passer quelques heures dans la salle d'exposition les samedis après-midi. En admettant qu'il existât une clientèle de passage pour les décapotables de collection, le samedi était la journée idéale. Pourtant, ce jour-là, on ne l'aurait pas cru. Une semaine s'était écoulée depuis le dîner chez Tabitha et Dominic, un mois plein depuis leur mariage. L'automne s'était annoncé dans une succession de journées humides et venteuses, ce qui n'avait guère dû susciter des envies de balades en toit ouvrant. De l'autre côté de la route, les feuilles jaunissaient sur les arbres et la brise se faisait cinglante. Voilà qui ne présageait rien de bon pour les affaires.

Et en effet. Ce fut tout à fait déprimant. Jusqu'à ce qu'une belle MGB GT rouge vînt se garer dans la cour. Les voitures de sport conduites par des jeunes femmes séduisantes incarnent dans la publicité un idéal glamour destiné aux hommes, mais ce cas particulier n'était pas vraiment conforme au stéréotype. La femme qui descendit était incontestablement jeune – la trentaine, à mon avis – et particulièrement séduisante avec ses cheveux noirs coupés court qui ne faisaient que magnifier ses grands yeux pétillants, cependant elle était vêtue d'un tailleur étrangement sévère et d'un chemisier blanc, comme pour aller au bureau. Mais pas derrière celui de la réception, à en croire la coupe du tailleur et l'or étincelant de son pendentif et de sa broche. Si elle était l'assistante de quelqu'un, c'était d'elle-même. À voir son expression pleine d'assurance, on devinait qu'elle était consciente de l'effet qu'elle produisait.

Elle s'arrêta devant ma Bentley Continental restaurée avec amour – que le père de Dominic envisageait toujours sérieusement d'acheter, affirmait-il – et la parcourut d'un regard approbateur. Je me levai de ma chaise et sortis l'accueillir. Bizarrement, je savais déjà que nous n'allions pas parler voitures.

« Vous envisagez de vendre ? suggérai-je.

— Certainement pas. »

Alors qu'elle retirait doigt après doigt ses gants pâles en chevreau, une pensée me traversa l'esprit : combien de femmes de son âge portaient encore des gants pour conduire ? Environ aucune. Mais, après tout, elle n'était en rien comme les autres. Elle semblait à la fois plus âgée et plus jeune que je ne l'aurais pensé, et son sourire naturellement supérieur était en même temps absolument charmant.

« Vous êtes le propriétaire ?

— Des Décapotables de collection Napier, oui. Chris Napier.

— Enchantée, Mr Napier. »

Nous nous serrâmes la main.

« Pauline Lucas.

— Évidemment, si c'est le neuf qui vous intéresse, Miss Lucas...

— Non, non. En fait, c'est vous qui m'intéressez, Mr Napier.

— Moi ?

— Oui. Vous dirigez les Décapotables de collection Napier depuis un bon moment, n'est-ce pas ?

— Huit ans. Mais je ne...

— Apparemment, vous vous en sortez bien. La salle d'exposition. Cette beauté. Et les autres remisées à la ferme de Bower Shaw.

— Vous êtes allée à l'atelier ?

— Oui. Mark n'a pas semblé voir d'inconvénient à me faire faire le tour du propriétaire. »

Tu m'étonnes, songeai-je. Mais je me contentai d'un :

« Êtes-vous une acheteuse, Miss Lucas ?

— Non.

— Alors, quoi ?

— Une avocate. Qui représente votre ex-femme.

— Miv ? Qu'est-ce qu'elle peut bien faire d'un avocat ?

— Et si nous nous asseyions ? Je pourrais ensuite vous expliquer. »

Elle eut un sourire mielleux, comme si je me montrais obtus. J'étais soulagé qu'il n'y ait pas de client dans les parages et que Pete, le vendeur de Grayson, soit occupé au téléphone. Cela faisait des années que je n'avais pas eu de nouvelles de Miv – hormis les cartes de vœux symboliques à Noël – et je ne m'attendais pas à en avoir. Et certainement pas par un intermédiaire légal.

Nous nous assîmes et elle me tendit une carte de visite. *Pauline A. Lucas, Diplômée en droit (avec mention)*, et une adresse à Llandudno. L'avocat que Miv avait engagé pour le divorce étant basé à Londres, il n'était pas surprenant qu'elle en ait trouvé un autre dans le nord des Cornouailles. Mais le lancer à mes trousses, voilà qui me surprenait.

« Mark m'a dit que vous consacriez votre vie aux voitures de collection.

— Ah oui ?

— Il m'a aussi dit que les affaires florissaient.

— Il n'a pas vu les livres de comptes.

— Non. Mais votre femme non plus, à ce propos.

— Pourquoi le devrait-elle ? C'est *mon* affaire, pas la sienne.

— Ce n'est pas aussi clair que ça, Mr Napier, si ?

— Que voulez-vous dire ?

— Eh bien, n'a-t-elle pas versé une part du capital ?

— Et quand bien même ? C'était un don. Un geste d'adieu en signe d'amitié. »

Miv s'était toujours montrée généreuse – et indulgente. Elle avait touché une déferlante de royalties grâce à sa chanson « Lover Come Back » à l'époque où j'avais démarré les Décapotables de collection Napier. Comme elle savait que je ne pouvais pas compter sur ma famille pour m'aider, elle s'était proposée. Et je lui en avais été reconnaissant. Après tout, elle m'avait clairement exprimé qu'il s'agissait d'un don. Pas d'un prêt – d'aucune sorte. Mais en ce temps-là elle n'avait pas un conseiller juridique de la trempe de Pauline Lucas.

« Vous n'allez pas me dire qu'elle veut que je lui rende son argent ?

— Non. Ce n'est pas ça, en effet.

— Alors, qu'est-ce qu'elle veut ?

— Le fait est que son don, son prêt, appelez-le comme vous voulez, constitue une part dans votre affaire – un intéressement aux bénéfices. »

Je la dévisageais, bouche bée.

« Vous n'êtes pas sérieuse.

— Complètement. Évidemment, elle ne veut pas jouer un rôle actif, mais en tant que, disons-le, commanditaire, elle a certainement droit à...

— *Elle n'a droit à rien du tout !* »

Je regrettai aussitôt d'avoir crié. Pete me dévisageait par-delà la vaste salle d'exposition, le téléphone fort heureusement toujours collé à l'oreille.

« C'est parfaitement ridicule. »

Pauline Lucas haussa un sourcil insouciant.

« Dois-je comprendre que vous niez son droit à toucher des intérêts proportionnels à sa contribution originelle ?

— Oui. Comprenez-le donc, je vous prie... »

Je me penchai sur le bureau afin d'appuyer mon propos.

« ... comme mon dernier mot dans cette affaire.

— Je crains fort qu'il n'en soit rien.

— C'était un don pur et simple. Sans condition aucune.

— Ce n'est pas ce que dit ma cliente.

— Tombée dans la débine, hein ?

— Je ne puis discuter de sa situation financière avec vous, Mr Napier. Mais il ne fait aucun doute que vos perspectives soient considérablement plus roses que les siennes.

— Qu'est-ce que vous entendez par là, bon Dieu ? »

Elle baissa d'un ton.

« Je fais référence à l'héritage des Carnoweth. »

J'eus soudain de la peine pour Miv. Qu'elle en soit réduite à guigner ce qui pourrait, ou non, me revenir à la mort de mes parents, étant donné le mépris qu'elle avait toujours affiché pour les nantis en général et mes proches en particulier, frisait le pathétique. Mais il était clair que le pathos ne serait d'aucun effet sur Pauline Lucas. Elle était venue voir ce qu'elle pourrait obtenir pour sa cliente, et franchement, j'hésitais entre deux propositions : un remboursement ou un refus net et précis. Je finis quelque part au milieu.

« Quand Miv et moi avons divorcé, Miss Lucas...

— À l'époque, je ne la représentais pas.

— C'est peut-être aussi bien.

— Peut-être – pour vous.

— Dites-lui que, si elle veut me parler de quelque chose, alors c'est ce qu'elle devrait faire : *me parler*.

— C'est tout ce que vous avez à dire ?

— Oui. »

Elle sourit.

« À vrai dire, cette visite n'avait pour but que de clarifier la situation dans mon esprit. L'objectif est parfaitement atteint.

— Fort bien.

— Je lui ferai part de vos commentaires. Et ensuite...

— Oui ?

— Je vous recontacterai. »

Elle se leva en toute légèreté de sa chaise et sourit de nouveau.

« À bientôt, Mr Napier. Et merci d'avoir accepté cet entretien. »

Je la regardai retourner à sa MG, se glisser élégamment sur le siège conducteur et démarrer. Alors que la voiture disparaissait dans un éclair sous le pont du chemin de fer, Pete se racla ostensiblement la gorge. Il n'était plus au téléphone.

« Des problèmes avec ta femme, Chris ? demanda-t-il avec un grand sourire compatissant.

— Des problèmes avec mon *ex*-femme, si tu veux tout savoir.

— Ah. Les pires qui soient. Dans des moments comme ça, tu dois regretter d'avoir dit non à la bouteille.

— Très drôle. »

Mais évidemment ça ne l'était pas. Pas du tout. En réalité, c'était beaucoup plus vrai que drôle. Il n'y avait pas photo.

Dans un sens, j'avais passé ma vie dans l'ombre de l'héritage des Carnoweth. Il y avait eu un temps où j'en ignorais tout et un autre, plus long, où je ne m'en préoccupais pas, mais il avait toujours été là. J'y avais toujours été mêlé, peu importe si j'en avais conscience ou si c'était ma volonté. Je me rappelle avoir dit une fois à Miv qu'elle devait s'estimer heureuse qu'il n'y ait pas d'argent dans sa famille. Elle avait cru que je me moquais de ses opinions politiques, il n'en était rien.

Oncle Joshua n'était pas en cause. Il essayait simplement de partager sa réussite avec ceux qui lui étaient les plus chers. Intention difficilement critiquable. Pourquoi n'aurait-il pas pu placer les Lanyon avant sa propre famille si tel était son désir ? Grand-mère aurait fait valoir que les liens du sang sont indissolubles, mais si son frère était revenu d'Alaska sans le sou et lui avait demandé la charité, elle aurait peut-être changé de refrain.

L'ironie du sort, c'est qu'Oncle Joshua avait probablement bel et bien décidé d'adoucir notre avenir autant que celui des Lanyon... juste avant la fin. Peut-être avait-il ruminé ce geste des années durant. Peut-être, à mesure que les deux familles se rapprochaient et que la vieillesse érodait ses différends avec Grand-mère, en était-il venu à tous nous considérer comme ses bénéficiaires. Si tel était le cas, cela expliquerait ce qu'il avait voulu dire lors de notre dernière conversation. Et qui avait d'ailleurs aussi été la dernière fois que l'un de nous lui avait parlé.

C'était l'après-midi lourd et humide du jeudi 7 août 1947, plongé dans une langoureuse torpeur.

La cathédrale miroitait dans une brume de chaleur. Les colombes roucoulaient dans les arbres qui cernaient la pelouse de Tredower House. La vie elle-même semblait au ralenti. Nicky et moi jouions au tennis en marchant, trop ensuqués ne serait-ce que pour compter les points, quand Oncle Joshua était sorti de la maison d'un pas tranquille et nous avait adressé un geste. Il portait un costume en lin trois-pièces, une chemise à col ouvert, un chapeau de paille au bord rabattu et les grosses bottes qu'il mettait par tous les temps. Sa barbe neigeuse et sa bedaine aristocratique le faisaient paraître plus vieux que son âge. Mais sa démarche était celle d'un homme beaucoup plus jeune : assurée, leste, les épaules en arrière. Il ne s'était jamais servi de canne et je n'avais jamais eu besoin de ralentir pour le laisser me rattraper. Cette foulée mesurée qui le caractérisait avait un rythme bien particulier. Elle portait la force de son passé.

« Ta mère a besoin de toi, Nicky, avait-il lancé.

— Pour quoi faire, Oncle Josh ?

— Pour une bonne raison », avait-il répliqué d'un ton bourru.

Puis il avait eu un grand sourire.

« C'est peut-être pour te demander ce que tu voudrais emporter à Nanceworthal la semaine prochaine. Va donc voir.

— D'accord ! »

Alors que Nicky détalait, je lui avais crié que je rentrerais probablement chez moi prendre le goûter avant son retour. Il m'avait fait signe qu'il avait entendu et avait poursuivi sa route.

« Je vais faire le chemin jusqu'en ville avec toi si tu veux, Christian, avait dit Oncle Joshua. C'est ma route. »

Il en avait été décidé ainsi, et nous étions partis. Quand je lui avais demandé pourquoi il allait en ville, il s'était tapoté le nez, avait grogné et avait fini par me gratifier d'un mot en guise de réponse :

« Affaires.

— Papa dit qu'il fait trop chaud pour les affaires.

— Il a raison. Mais celle-là a bien assez attendu. Je ne vais pas la repousser à cause d'une simple montée de mercure.

— J'espère qu'il va faire beau tout l'été.

— Oh, sûrement. Tu as hâte de commencer les cours là-haut le mois prochain ? »

D'un signe de tête il désignait la silhouette de l'école de Truro qui se découpait au sud-est de l'horizon.

« Je crois, oui.

— Ah ! Tu as bien raison sur ce point, jeune homme. L'avenir est une épée à double tranchant. »

Il soupira.

« Mais on ne peut pas passer sa vie dans le fourreau, n'est-ce pas ?

— Je ne sais pas, mon oncle.

— Non. Pourquoi le saurais-tu, hein ? Ne m'écoute pas. Je ne suis qu'un vieillard qui divague. »

Plus un mot n'avait été échangé le temps de descendre la colline jusqu'à Truro et d'emprunter St Austell Street. Ce silence n'était en rien inconfortable. Il était agréable et parfaitement normal. Malgré ce qu'il avait dit, Oncle Joshua n'avait jamais été homme à divaguer – ni avec les pieds, ni avec la langue. Il avait toujours une direction en tête. Mais il ne révélait pas toujours laquelle. Lorsque dans une rue bâtie de mornes maisons mitoyennes nous nous étions arrêtés devant l'une d'elles et qu'il avait regardé fixement la porte d'entrée, je m'étais rendu compte qu'il devait s'agir de celle où les Lanyon avaient autrefois vécu. Mais pourquoi s'était-il attardé là – et quelles étaient ses pensées – je n'en avais aucune idée. Il s'était gratté la barbe, avait replacé son chapeau sur l'arrière de son crâne et avait poussé un soupir nostalgique. Puis nous étions repartis, nous avions fait le tour par Old Bridge Street pour rejoindre Cathedral Close, où nous avions fait une nouvelle pause bienvenue dans une zone ombragée. Là, il avait porté une flamme à son cigare, qu'il avait allumé par petites bouffées approbatrices. C'était le seul homme de ma connaissance à fumer pareille chose. À Truro, les cigarettes Woodbine et les pipes de bruyère nauséabondes constituaient la norme de la virilité d'après guerre. Les cigares d'Oncle Joshua n'étaient qu'une preuve de plus que ces vingt-trois ans passés loin des Cornouailles avaient laissé des traces.

« J'ai besoin d'un conseil, Christian, avait-il dit au bout d'un moment. Tu crois que tu pourrais m'aider ?

— Moi, mon oncle ?

— Pourquoi pas ? Tu es suffisamment jeune pour être impartial.

— Personne ne m'a encore jamais demandé conseil.

— Alors il est temps que quelqu'un le fasse.

— De quoi s'agit-il ?

— Il s'agit de la différence entre la famille et les amis. Lequel des deux places-tu en premier ?

— Je ne comprends pas très bien.

— Eh bien, imagine que ta sœur Pam ait des ennuis. Qu'est-ce que tu ferais ?

— Je l'aiderais à s'en sortir.

— Et si ton ami Nicky avait des ennuis ?
— Je l'aiderais à s'en sortir aussi.
— Mais, s'ils avaient des ennuis en même temps, qui aiderais-tu en premier ?
— Euh, je... enfin...
— Pas facile, hein ?
— J'ai trouvé ! »
J'eus un sourire triomphal.
« Je trouverais le moyen de les aider tous les deux... simultanément. »
Mon sourire s'était élargi de fierté d'avoir été capable de glisser un adverbe aussi exotique.
Oncle Joshua était parti d'un grand rire et m'avait tapoté l'épaule.
« C'est une bonne réponse. Il faudra t'en souvenir. Moi, je m'en souviendrai.
— C'est un bon conseil, mon oncle ?
— Oui, jeune homme. Il me semble que oui. »
Il avait coincé son cigare entre ses dents et nous étions parvenus tranquillement à High Cross.
« Tu vas chez toi ou au magasin ?
— Au magasin.
— Alors c'est ici que nos chemins se séparent. Je vais à Lemon Street. Passe le bonjour à tes parents. Et à Miss Quatre Épingles, bien sûr. »
Il s'était mis à affubler Grand-mère de ce sobriquet faussement irrespectueux depuis qu'elle s'était lancée dans la vente de vêtements à crédit.
« Dis-lui... »
Mais il s'était ravisé. Et avait souri.
« Ça peut attendre. File.
— Au revoir, mon oncle.

— Au revoir, Christian. »

À peine avais-je parcouru une centaine de mètres qu'il m'avait hélé.

« Qu'y a-t-il, mon oncle ?

— Nicky m'a dit que vous vouliez aller voir le film sur Wyatt Earp qui passe au Plaza.

— *La Poursuite infernale* ? Pour sûr, oui. »

Dans un grand sourire, il avait fait sauter une pièce de la poche de son gilet. L'argent avait étincelé à la lumière du soleil. J'avais vu en l'attrapant qu'il s'agissait d'une demi-couronne.

« Prenez les meilleures places, surtout. Ce serait bête de lésiner.

— Ça alors ! Merci, mon oncle.

— Allez, file maintenant. »

D'un geste affectueux avec son cigare à la bouche, il m'avait fait signe de partir avant de tourner les talons et de s'éloigner à grandes enjambées dans Cathedral Lane tandis que je me dirigeais vers River Street.

Je n'étais jamais allé voir *La Poursuite infernale.* Quelque part, je n'avais pas envie de dépenser de manière aussi frivole la demi-couronne d'Oncle Joshua. Encore moins quand j'avais su que je ne le reverrais jamais plus. Plus tard, la police avait reconstitué ses déplacements et avait établi qu'il était passé juste après dix-sept heures au bureau de son notaire dans Lemon Street, où il avait appris que Mr Cloke était allé voir un client à Chacewater et ne reviendrait pas ce jour-là. Il avait pris rendez-vous pour onze heures le lendemain matin. Mon grand-oncle n'ayant pas expliqué à l'assistante ce dont il voulait s'entretenir, personne n'avait jamais su si cela avait un rapport avec les clauses de son testament, puisque le rendez-vous n'avait pas été honoré. Joshua Carnoweth avait été assassiné cette nuit-là.

Déménager à Pangbourne en 1970 s'était révélé être l'une de mes meilleures décisions. Miv et moi venions de nous séparer et j'avais pris conscience que, si je voulais que ma détermination à arrêter l'alcool soit davantage qu'une vaine fanfaronnade, il me faudrait partir de Londres. La boisson m'ayant déjà coûté mon permis de conduire, c'est en train que j'avais commencé à explorer la vallée de la Tamise en quête d'un repaire bon marché mais confortable. Celui que j'avais trouvé et dans lequel, onze ans plus tard, je vivais encore, se trouvait au numéro quatre de Harrow Croft, dans la région des Moors : c'était un cottage au bout d'une rangée de maisons mitoyennes, dans une ruelle trouée de nids-de-poule perpendiculaire à High Street, avec un garage en appentis destiné à la Triumph Stag que je m'étais promise pour la fin de ma suspension de permis et un jardinet qui descendait jusqu'aux rives du Pang.

Je n'étais qu'à cinq minutes à pied de Grayson Motor et, cet après-midi-là, il m'en avait fallu à peine trois pour rentrer chez moi. La présence de Pete m'avait empêché de téléphoner à Miv aussitôt après le départ de Pauline Lucas, mais il était hors de question d'attendre davantage une explication de sa part. Au grand soulagement de ma pression artérielle, elle décrocha dès la première sonnerie.

« Hello. »

Cet américanisme contrastait bizarrement avec son accent cornouaillais qui semblait avoir repris le dessus depuis sa retraite dans le Snowdon.

« C'est moi. Chris.

— Chris ? Ça alors, quelle surprise.

— Une surprise, hein ? Je viens à l'instant de parler avec Pauline Lucas. Ou plutôt c'est elle qui vient à l'instant de me parler.

— Ah oui, c'est qui ?

— Arrête ton petit jeu, Miv. Pauline Lucas. Ton avocate.

— Je n'ai jamais entendu parler d'elle. J'imagine que si j'ai encore un avocat, ce doit être ce bon vieux Warboys. C'est son assistante ?

— Non, bien sûr que non. Tu sais très bien qui elle est, bon Dieu.

— Non. Vraiment, Chris. Je ne comprends rien de ce que tu racontes.

— Elle est venue me parler aujourd'hui de ton prétendu droit à un intéressement dans mon entreprise.

— Mais je n'ai pas droit à un intéressement. D'ailleurs, je n'en veux pas. C'était qui, déjà, cette femme ?

— Pauline Lucas. Une avocate de Llandudno. Attends. »

Je tirai de ma poche la carte qu'elle m'avait donnée.

« Pauline A. Lucas, 32A High Street, Llandudno.

— Ce nom ne me dit absolument rien. Sans compter qu'il n'y a pas de High Street à Llandudno. Quant à vouloir m'impliquer dans ton trafic de vieux tacots, oublie. C'est bien la dernière chose dont j'ai besoin.

— Je ne te demande pas de...

— Tu as bu, Chris ?

— Bien sûr que non, bon sang.

— On dirait, pourtant.

— Tu serais dans le même état si... »

La sonnette déchira mes pensées confuses. Je vis une silhouette bouger derrière la fenêtre arrondie en verre dépoli de la porte.

« Es-tu en train de me dire que tu n'as jamais demandé à Pauline Lucas – ni à qui que ce soit – de me réclamer l'argent que tu m'avais donné pour lancer mon entreprise ?

— Cet argent était un don. Je ne reprends jamais ce que j'ai donné.

— *Ai-je bien entendu ?*

— Oui. »

La sonnette retentit de nouveau. Le mystérieux visiteur me voyait sûrement dans l'entrée, je résolus malgré tout de l'ignorer.

« Alors, comment était-elle au courant ?

— Aucune idée.

— Tu as bien dû lui en parler.

— Mais je ne l'ai jamais vue. Pas à ma connaissance en tout cas. À quoi ressemble-t-elle ? »

La sonnette interrompit mes efforts descriptifs laborieux, le visiteur appuyant frénétiquement trois fois de suite sur le bouton. Apparemment, il n'était pas près de céder, pourtant l'un de nous allait bien devoir s'y résoudre. Je pris une grande inspiration.

« Écoute, Miv, est-ce que je peux te rappeler ?

— Si c'est absolument nécessaire, mon chou. Sinon je peux te donner le numéro d'un bon psy.

— Merci beaucoup. Salut. »

Je raccrochai violemment le téléphone, me dirigeai vers la porte et l'ouvris à toute volée. Une femme se tenait sur le paillasson, la main levée, prête à agresser une nouvelle fois le bouton. Elle était mince, presque menue, des cheveux frisés brun foncé encadraient son visage pâle aux traits doux. Elle portait un jean bleu et un pull rouge à col polo sous un blouson d'aviateur doublé en polaire. Son pantalon pattes d'éléphant avait plusieurs modes de retard, et était assez effiloché et délavé pour être authentiquement vieux. Je la classai d'abord comme une étudiante, qui comptait de toute évidence parmi les plus mûres. Je lui aurais donné une trentaine d'années. Et pourtant, bizarrement, il n'y avait absolument rien de mûr dans l'expression fugace de panique qui traversa son regard à ma vue. Elle se mordit la lèvre inférieure et retira de la sonnette sa main glissée dans une mitaine.

« Oui ?

— Euh... Chris Napier ?

— C'est moi.

— Ah... d'accord.

— Que voulez-vous ?

— Eh bien, c'est un peu...

— Je suis pressé, alors je vous prierais de...

— Michaela Lanyon.

— Quoi ? »

Je pensais vraiment avoir mal entendu.

« Je suis la sœur de Nicky. »

Elle me regarda une seconde ou deux en silence, puis déglutit bruyamment et répéta son nom, comme si elle partageait mon incrédulité :

« Michaela Lanyon. »

6

« J'imagine que ça doit vous faire... un choc. Enfin, si vous pensiez, comme le type qui a écrit sur moi dans le journal... que je suis... que j'étais...

— Morte ?

— Ouais. »

Elle me regarda depuis l'autre bout du salon, dans lequel je l'avais distraitement conduite. Nous nous tenions de part et d'autre de la fenêtre, chacun faisant face à l'ombre familière projetée par un parfait inconnu.

« Oh, là, là, je n'étais pas sûre de... enfin...

— Vous êtes Michaela Lanyon ?

— Ouais. Enfin, je me fais appeler Emma Moresco, en fait. Ça fait des années, maintenant. Depuis que j'ai... fui.

— Vous n'avez pas été assassinée.

— Non.

— Vous avez juste... disparu de votre plein gré.

— Il le fallait.

— En laissant croire à votre famille que vous étiez morte.

— Je ne pouvais pas faire autrement. Pas sans... »

Elle se détourna et baissa la tête.

« Je n'ai pas aimé ça, vous savez. Ça ne me plaisait pas. Mais il fallait que je me tire de là. De la vie que je menais.

— Pourquoi ?

— Peu importe. Ce n'est pas pour ça que je suis venue. Je suis venue à cause de Nicky.

— Trop tard. Il est mort, en croyant que vous aviez été assassinée par Brian Jakes. »

Elle soupira et se passa une main sur le visage.

« Ce n'est pas facile. Bon sang, je ne sais même pas... »

Elle fut parcourue d'un frisson.

« Est-ce que je peux m'asseoir ?

— Oui, bien sûr. Désolé. »

Je la conduisis à un fauteuil, sa vulnérabilité entamait ma colère.

« Bon, vous voulez du thé ?

— Vous n'auriez pas quelque chose d'un peu plus fort, par hasard ?

— J'ai bien peur que non.

— Va pour le thé, alors. Très bien. »

J'allai mettre la bouilloire en route dans la cuisine. Tandis que je déposais un peu de thé dans la théière et que je disposais tasses et soucoupes sur un plateau, mon esprit chancelait devant la réalité prosaïque du retour de Michaela Lanyon d'entre les morts. L'espace d'un instant, j'imaginai qu'elle aurait disparu quand je reviendrais dans le salon. Mais non, elle était là, voûtée dans son fauteuil, exactement comme je l'avais laissée. Elle leva la tête à mon entrée et eut un petit sourire.

« Désolée pour tout ça. Vraiment.

— Ce n'est pas à moi qu'il faut faire des excuses.

— Non. Mais j'imagine que je vais devoir m'expliquer.

— Des adolescents qui fuguent, ça arrive toutes les semaines. Et il y en a un bon paquet qui ne reviennent jamais. Qu'est-il besoin d'expliquer ? »

Mon ton semblait dur, même à mes oreilles.

« Désolé. »

J'eus un sourire contrit.

« Nous voilà tous les deux en train de nous excuser.

— C'est peut-être nécessaire. Chacun à notre façon, nous avons laissé tomber Nicky, non ?

— Oui. J'imagine que oui.

— Si j'avais su qu'il risquait de se suicider, j'aurais... »

Elle haussa les épaules.

« Fait quelque chose.

— Moi aussi.

— Je n'avais pas idée de la mort de maman ni que Nicky était aussi... désespéré. Vraiment.

— Je vous crois.

— Il parlait tellement de vous. Son super copain Chris Napier. Jamais il ne s'est laissé aller à dire du mal de vous, jamais il n'a voulu admettre... »

Elle secoua la tête, m'épargnant à l'évidence les mots accusateurs que j'aurais très bien pu prononcer moi-même. La bouilloire se mit à chanter.

Je remplis la théière, la déposai sur la table et j'attendis debout que le thé infuse.

« Comment m'avez-vous trouvé ? demandai-je, autant pour combler le silence que pour satisfaire ma curiosité.

— J'ai téléphoné à Tredower House. La réceptionniste m'a donné le numéro du concessionnaire. C'est comme ça que j'ai su où vous habitiez. Je vous ai suivi depuis là-bas. Pourtant, une fois arrivée ici... j'ai hésité.

— Pourquoi ?

— Seize ans, c'est long quand on vous croit morte. On s'y fait. Ça devient une habitude. Et les habitudes ne sont pas faciles à casser.

— Alors, pourquoi l'avez-vous fait ?

— Parce que la mort de Nicky nous lie, vous et moi. On ne peut plus l'abandonner, maintenant. Il nous a obligés à l'écouter, non ? Il nous a obligés à ouvrir les yeux.

— Ouvrir les yeux sur quoi ?

— Sa croyance. Sa certitude. »

Elle m'observa qui versais le thé, acceptant d'un hochement de tête le lait et le sucre. J'apportai nos tasses et m'assis dans le fauteuil en face d'elle.

« Je parie qu'il vous a parlé avant de se pendre. C'est pour ça qu'il était allé à Truro. Pour vous voir, dans le lieu où vous aviez été amis. Je me trompe ?

— Non. C'est vrai.

— Alors je parie autre chose. Mais là je prends moins de risques car ce n'est que ce qu'il m'a toujours répété quand j'étais petite. Il pensait que notre père était innocent : un homme lésé. Il vous l'a dit, n'est-ce pas ?

— Je crois que oui, à sa manière.

— Mais vous ne l'avez pas cru. Pas plus que moi quand j'ai été suffisamment grande pour saisir ce qui s'était passé. Personne n'a jamais cru Nicky.

— Pas même votre mère ?

— Elle aurait voulu. Mais elle n'avait pas la force de caractère nécessaire pour résister au lavage de cerveau de Considine qui se dépeignait comme le noble sauveur d'une veuve de meurtrier.

— Ce n'était pas le grand amour entre votre beau-père et vous, on dirait.

— *Le grand amour ?* »

Sa voix s'était soudain enflammée.

« Je détestais cet homme. Et encore aujourd'hui. Il a fait de ma vie un enfer.

— Comment ça ?

— À votre avis ? »

Son regard me défia de tirer la conclusion évidente.

« C'est lui que je fuyais. Je préférais laisser croire à ma mère et à mon frère que j'étais morte plutôt que de laisser Considine penser qu'il y avait la moindre possibilité que je sois en vie quelque part. Parce qu'il serait venu me chercher, c'est sûr. Fureter, fouiner, scruter... »

Elle se tut brusquement.

« Désolée. Ce ne sont pas des choses à raconter.

— Michaela...

— Appelez-moi Emma. S'il vous plaît. C'est celle que j'ai été pendant seize ans.

— D'accord. Emma. Où étiez-vous passée durant ces seize années ?

— À Londres. C'est bien là que vont tous les fugitifs, non ? Ce n'était pas si mal. À Pâques, le dernier, j'ai rencontré un type à Clacton. Il passait ses vacances là-bas. Et puis, ben, on a accroché et... il m'a proposé de m'héberger si j'avais besoin d'un toit dans la grande ville. Un gentil gars. Homo, d'ailleurs. C'est peut-être pour ça qu'il était si gentil. Enfin, bref, il m'a aidée à démarrer. Et depuis, j'ai juste mené... une vie banale. Je travaille par roulements aux caisses d'un supermarché. J'habite dans une tour. Rien d'extraordinaire, hein ? Pas de mari, pas d'enfants et un boulot sans perspective. Mais faut pas s'attendre à autre chose quand on fuit sa propre identité. Et je ne l'ai jamais regretté. Pas une seule fois. Ça valait le coup d'être hors de portée de Considine.

— Ne prenez-vous pas un grand risque en sortant aujourd'hui de l'ombre ?

— Je ne sors pas de l'ombre. »

Elle reposa sa tasse et me dévisagea avec insistance.

« Nicky m'avait dit que je pouvais vous faire confiance, Chris. Et c'est exactement ce que je fais. Personne ne doit savoir que je suis vivante. Si Considine le découvrait...

— Ce n'est quand même pas à ce point-là.

— Je ne pourrais pas dormir la nuit si j'avais le moindre doute. »

Elle se croisa les bras sur le ventre dans un geste défensif.

« Il est capable de tout. »

Je l'apaisai d'un geste de la main.

« D'accord. OK. Ne vous inquiétez pas. Je ne dirai rien à personne. Surtout pas à Considine. Vous pouvez me faire confiance. Au nom de Nicky, en quelque sorte. Vous avez raison. Je l'ai laissé tomber. Mais dites-moi une chose, Emma. Que puis-je faire, maintenant qu'il est mort, pour me racheter ?

— Vous pouvez prouver qu'il avait raison, répondit-elle sans l'ombre d'une hésitation. Vous pouvez prouver que notre père n'a pas assassiné votre oncle. »

Au début, je croyais que je rêvais. Et d'une certaine façon, c'était le cas. Le tintement de la sonnette se muait dans mon oreille en un bourdonnement assourdissant et agressif à mesure que je traversais le paysage voué à l'oubli de mon esprit endormi. Soudain je m'étais réveillé et j'avais réalisé que c'était la bonne vieille sonnette en cuivre de notre maison à Crescent Road qui retentissait. Dans ma chambre, il faisait noir comme dans un four, mais il y avait de la lumière dans l'embrasure de la porte et des mouvements sur le palier. Je m'étais retourné dans mon lit pour voir les chiffres lumineux de mon réveil. Il était trois heures moins le quart, nous étions en plein milieu de la nuit. Et pourtant il y avait quelqu'un à la porte. Peu importe qui c'était et ce qu'il voulait, je savais qu'il devait s'être passé quelque chose de très grave.

Il y avait des bruits de pas dans l'escalier, à présent, et une lumière plus forte : un autre interrupteur venait d'être actionné. Puis j'avais entendu le plancher grincer dans la chambre de Grand-mère et Grand-père. J'étais sorti du lit pour aller entrouvrir la porte, laissant mes yeux s'habituer progressivement à la luminosité. Maman, en robe de chambre et chaussons, penchée sur la rambarde, regardait dans l'entrée. Je supposais que Papa était descendu et que c'était lui que j'entendais se débattre avec les verrous. La boîte aux lettres avait émis un bruit de ferraille quand il avait ouvert la porte et qu'une voix masculine rauque mais volontairement basse s'était enquise :

« Mr Napier ?

— Oui, avait répondu Papa. Que puis-je faire pour vous, monsieur l'agent ?

— Désolé de vous déranger à cette heure indue, monsieur. J'ai une mauvaise nouvelle. Puis-je entrer ? »

La porte s'était refermée derrière lui et sa voix avait paru plus forte dans l'espace confiné du hall.

« Cela concerne votre oncle, Mr Joshua Carnoweth.

— Est-il malade ?

— Je crains qu'il ne soit mort, monsieur. »

Grand-mère et Grand-père étaient sortis de leur chambre au moment où ces mots avaient été prononcés. Je ne les voyais pas, mais j'avais vu Maman leur jeter un regard.

« Vous avez entendu ? avait-elle murmuré.

— J'ai entendu, avait répondu Grand-mère, mais je n'arrive pas à y croire. »

Elle avait commencé à descendre l'escalier, Maman et Grand-père sur les talons.

« Que s'est-il passé ? avait-elle aussitôt demandé en arrivant dans le corridor. Avez-vous dit que mon frère Joshua était mort ?

— J'en suis vraiment désolé, madame.

— Mais il était en parfaite santé la dernière fois que je l'ai vu, il y a deux jours seulement. »

Je m'étais avancé sur le palier et approché de la rambarde sur la pointe des pieds afin d'observer la scène. C'est alors que j'avais vu Pam en haut de l'escalier. Elle m'avait adressé un regard sévère et avait pressé un doigt sur ses lèvres.

« Quand est-ce arrivé, monsieur l'agent ?

— Il a été trouvé... il y a tout juste deux heures, madame.

— Il est mort dans son sommeil ?

— Pas exactement. Quand j'ai dit trouvé...

— Que voulez-vous dire, au juste ? Parlez, bon sang. »

L'agent avait soupiré.

« Je veux dire, madame, que Mr Carnoweth a été retrouvé mort dans Barrack Lane ce soir juste après minuit.

— Mort – dans la rue ?

— Il a reçu plusieurs coups de couteau.

— Doux Jésus, avait marmonné Grand-père.

— Assassiné ? avait dit Maman sans y croire.

— Apparemment, madame.

— Qui est le coupable ? tempêta Grand-mère.

— Nous ne le savons pas encore, madame. Mais nous avons une bonne description d'un homme qui a été vu en train de fuir le lieu du crime et je peux vous assurer que tout sera fait pour...

— Assassiné ? était intervenu Papa. Ici, à Truro ?

— Oui, monsieur.

— Mais pourquoi ?

— Il est encore trop tôt pour...

— L'argent, avait décrété Grand-mère comme s'il n'y avait là aucune place pour le doute, comme si elle avait toujours craint que son frère rencontrât une telle fin. Ça devait être pour son argent. »

« Nanceworthal, été 1946 », dis-je en tendant à Emma une photo de son frère âgé de 10 ans, que j'avais prise bien avant sa naissance à elle. Nicky, en train d'escalader une meule de foin difforme dans la ferme des Jago, me souriait de toutes ses dents, instantané de notre enfance.

« Nous n'y sommes jamais retournés, ajoutai-je tandis qu'elle étudiait le cliché jauni.

— Vous ne le pourrez jamais, murmura-t-elle. Pourtant, quand on la voit, on a presque l'impression que ce serait possible, vous ne trouvez pas ? Comme si on pouvait entrer dans ce passé en noir et blanc et conduire Nicky vers la sortie. Mais c'est impossible. Il est toujours là. Mais il ne sera plus jamais ici.

— Faire ce que vous avez fait – fuguer – a dû impliquer que vous laissiez derrière vous tous vos souvenirs matériels. »

Elle secoua la tête.

« Pas vraiment. Je n'en avais aucun. Je ne sais pas trop ce que ma mère avait gardé quand elle avait quitté les Cornouailles, mais quoi qu'il en soit, elle a tout perdu dans l'inondation.

— Vous voulez dire l'inondation de Jaywick en 1953 ? Considine m'en a parlé.

— Ah ouais ? Pourtant il était pas là, lui, hein ? Mais vous avez raison. Jaywick, janvier 1953. Ce doit être un de mes premiers souvenirs : Nicky qui me réveille au beau milieu de la nuit, de l'eau qui lèche les pieds de mon lit. Elle était tellement froide. Comme de la glace. Et le bungalow bougeait. On aurait dit la fin du monde. Nicky nous a installées, ma mère et moi, sur un matelas et nous avons flotté en montant avec la crue. Il restait calme, alors que ma mère pleurait sans s'arrêter et que moi la peur me paralysait. Je le vois encore nager jusqu'à la porte d'entrée, ouvrir et laisser l'eau s'engouffrer. Ensuite, il a nagé jusqu'à l'arrière du bungalow et a fracassé le mur avec une casserole. Ce n'était qu'un mur de planches, bien sûr, mais ça lui a demandé un sacré effort. J'ai cru qu'il était devenu fou, qu'il essayait de nous noyer, mais il avait compris qu'il fallait laisser l'eau se mettre à niveau, sinon tout le bungalow risquait de chavirer. Puis il nous a fait monter dans les combles, où nous serions en sécurité, il disait. Nous avons passé la nuit là-haut, dans le froid glacial et l'obscurité la plus totale. Nicky a réussi à faire un trou dans le toit pour appeler à l'aide, mais pas de réponse. Nous avons su plus tard que nos voisins les plus proches s'étaient tous noyés. Quand le jour s'est levé, on a regardé autour de nous : partout, des tourbillons d'eau grise. Il y avait des bungalows qui dérivaient à côté du nôtre. Et des poubelles, des voitures et Dieu sait quoi encore. Le courant nous a coincés contre un cabanon en briques. J'imagine que c'est ce qui nous a sauvés. Mais, en réalité, sans Nicky, ma mère et moi nous serions noyées, c'est sûr. Il nous a sauvé la vie. C'est littéralement tout ce qu'il nous restait quand le bateau des secours est venu nous chercher : nos vies. Tout le reste – vêtements, meubles, tout, jusqu'au moindre bibelot – a fini dans la mer du Nord. Mais, grâce à Nicky, nous étions toujours vivants. C'est pour ça, je crois, que je ne peux pas accepter qu'il soit mort en vain.

— Il le faudra peut-être, dis-je doucement. Je ne saurais pas par où commencer pour essayer de prouver l'innocence de votre père – même en supposant que j'y croie.

— Ne pouvez-vous pas lui accorder le bénéfice du doute, au nom de Nicky ?

— Je peux, si. Mais où cela nous mène-t-il ?

— J'y ai réfléchi, vous voyez. »

Un enthousiasme soudain fit étinceler ses yeux.

« Ce journaliste...

— Don Prideaux.

— Ouais. Il a écrit qu'Edmund Tully avait été libéré de prison il y a douze ans. S'il y a un homme qui connaît la vérité, c'est bien lui, non ? Toute la vérité.

— S'il a menti au procès, il mentira encore. Sans compter que nous n'avons aucun moyen de le contacter. Il pourrait être n'importe où. Voire mort, bon sang. S'il avait le même âge que votre père, il aurait aujourd'hui 70 ans.

— Le ministère de l'Intérieur ne l'aurait-il pas dit à Prideaux s'il était mort ?

— Peut-être.

— Donc il y a de grandes chances qu'il soit encore en vie.

— Quand bien même...

— Et après mon départ, Nicky était de plus en plus obnubilé par cette affaire. C'est bien ce que Considine a raconté, non ? Il rassemblait les articles de presse sur le procès. Les épluchait à n'en plus finir, en quête d'une réponse. Vous ne comprenez pas ? Il était sûrement à la recherche de Tully.

— Et ?

— Il a toujours tout gardé. Il était comme ça. Si Nicky avait trouvé Tully, alors il doit rester une trace de son adresse – ou du moins un indice – dans ses affaires. Et où se trouvent ses affaires à présent ?

— Chez Considine, probablement.

— Exactement. »

Elle me dévisagea d'un air implorant.

« C'est pour ça que je ne peux pas le faire et que vous devez vous en charger. Pour Nicky *et* pour moi. Ce ne peut être que vous. Il n'y a personne d'autre. »

J'aurais peut-être eu plus de mal à encaisser le choc de la mort d'Oncle Joshua si Grand-mère et mes parents m'en avaient raconté ouvertement les détails. En l'occurrence, leur détermination à me laisser dans l'ignorance – ou à m'épargner les faits sordides, c'était sans nul doute leur point de vue – m'avait donné du grain à moudre. Alors que le petit matin se fondait en une longue journée de bouleversements et d'incertitudes, la résolution de ce mystère m'occupait largement l'esprit. Papa et Grand-mère étaient partis à Tredower House aussitôt après le petit déjeuner, laissant à Maman le soin d'ouvrir l'épicerie avec l'aide de Pam. Grand-père était resté avec moi à la maison. Il devait être sur place au cas où seraient arrivés des messages et moi j'étais assigné à résidence sous prétexte que j'aurais été une plaie n'importe où ailleurs.

Ce que je voulais par-dessus tout, c'était voir Nicky, certain de pouvoir compter sur lui pour avoir un compte rendu complet des événements. Je me disais qu'il devait en savoir plus que moi puisqu'il vivait à Tredower House, que je m'imaginais être le centre névralgique de l'enquête policière. Je supposais que c'était la raison pour laquelle Papa et Grand-mère s'étaient rendus là-bas, ça et la volonté de partager leur douleur avec les Lanyon. Mais, lorsque j'avais fait part de cette réflexion à Grand-père, il l'avait violemment rejetée et m'avait révélé sans le vouloir ce qui semblait être leur véritable motivation.

« C'était le frère de ta grand-mère. Il n'avait aucun lien de parenté avec les Lanyon. Ce n'est pas à eux de s'occuper de ses affaires, même s'ils en auraient bien envie. »

Ainsi donc, au milieu du désarroi du deuil, les traits d'une lutte de pouvoir commençaient à s'esquisser. La trêve printanière était terminée, rompue par la mort d'Oncle Joshua. Grand-mère s'était rendue à Tredower House afin de marquer son territoire. Mais était-ce le sien – ou celui de Cordelia Lanyon ? Quelques heures avaient suffi pour que le deuil se mue en rivalité.

Et qu'en était-il d'Oncle Joshua ? Comment pouvait-il être mort alors que je l'avais vu vaillant, fier et le pied leste l'après-midi précédent ? Confiné au jardin derrière la maison, je jouais au tennis contre le mur du garage, la journée s'éternisait et mes pensées ne cessaient de revenir à lui. Il semblait si permanent, si indestructible : pareil à un affleurement de granit sur la lande. Le couteau est impuissant face au granit. Il aurait fallu davantage qu'une fine lame d'acier pour renverser Oncle Joshua, quelque chose de plus profond, de plus fondamental. Une vengeance ancestrale, peut-être, comme dans plusieurs des enquêtes de Sherlock Holmes que j'avais lues. Quelque société secrète avait peut-être étendu son bras vengeur depuis l'Alaska pour le frapper. J'étais déjà persuadé, malgré le scepticisme de Grand-père, qu'Oncle Joshua était allé à Barrack Lane en vue de rencontrer une personne avec laquelle il avait rendez-vous. C'était à l'autre bout de la ville par rapport à Tredower House, après tout. Pour quelle autre raison se serait-il retrouvé là à minuit ? La dernière fois que je l'avais vu, il se dirigeait par là-bas. Afin, de son propre aveu, de régler une affaire pressante. Était-il retourné à Tredower House entre-temps ? Sinon, où avait-il été ? Et pourquoi ?

Mais répondre à mes questions ne faisait partie des priorités de personne. Un bien maigre éclaircissement s'était présenté seulement quand Papa et Grand-mère étaient revenus avec Maman et Pam à dix-huit heures. Une espèce de conférence familiale s'était alors tenue autour de la table du dîner, où tout le monde était trop absorbé par les événements pour s'efforcer de me dissimuler quoi que ce soit. Apparemment, le meurtrier avait été appréhendé. Un employé de la gare avait fait le rapprochement entre son signalement et un passager à qui il avait vendu un billet le matin même pour le premier train à destination de Londres. L'homme avait été débarqué à Plymouth et était sûrement de retour à Truro à l'heure qu'il était, soumis à un interrogatoire. Son nom et son mobile n'avaient pas été dévoilés – à supposer qu'ils aient été connus. Seule la nature du crime était claire : meurtre. Aucun d'entre nous n'avait exprimé de doute quant à sa culpabilité.

Grand-mère était allée voir la dépouille d'Oncle Joshua. Je l'avais compris à ses mots qui l'avaient décrit « singulièrement paisible ». J'aurais voulu lui demander *où* elle l'avait vu, mais je n'en avais pas eu le courage. C'était peut-être aussi bien, vu la rage dans laquelle elle s'était mise quand Pam lui avait demandé des nouvelles des Lanyon.

« À les voir, n'importe qui croirait qu'il était le frère de Cordelia, pas le mien. Qu'ont-ils jamais été pour lui à part... une aide domestique ? Ils sont là dans sa maison comme si c'était la leur, sans même demander la permission. De l'irrespect, voilà comment j'appelle ça.

— On aura largement le temps de s'occuper de ces questions plus tard, Maman, avait dit mon père.

— Largement le temps ? C'est ce que Mr Cloke a eu le culot de me dire. "Chaque chose en son temps, Mrs Napier." Mais quand ? Voilà ce que j'aimerais qu'on me dise. On a le droit de savoir tout de suite.

— Oncle Joshua est allé voir Mr Cloke hier », remarquai-je, mourant d'envie de me mêler à la discussion.

Le silence avait brusquement envahi la pièce. Tous les yeux s'étaient braqués sur moi. Mes mots prenaient lentement sens. Puis Grand-mère avait demandé :

« Qu'est-ce que tu veux dire, Christian ? »

Elle me dévisageait, le front plissé, tandis que je rapportais laborieusement ma promenade avec Oncle Joshua qui avait eu lieu vingt-quatre heures auparavant. Elle semblait avoir du mal à croire qu'il ait pu me demander le moindre conseil, mais « des affaires à Lemon Street », ça voulait dire son notaire. Ça, elle en était sûre. Et il n'y avait qu'un pas à franchir entre cette certitude et une conclusion inquiétante.

« Je te l'avais dit, Melvyn, avait-elle déclaré en se tournant vers mon père. Il s'agit d'argent. C'est le point commun entre les notaires et les meurtriers. L'argent est à l'origine de cette histoire, et Joshua en avait à ne plus savoir qu'en faire.

— Mais la vraie question, c'est qui est-ce qui... »

Papa s'était interrompu, regrettant sûrement le soupçon d'avarice dans sa voix. Oncle Joshua n'était mort que depuis dix-huit heures et était loin d'être enterré. Il était trop tôt, et l'anticipation trop outrageante, pour se demander qui allait profiter de sa mort. Mais il avait cette idée dans la tête, Grand-mère aussi, et rien ne pourrait l'en déloger.

« J'ai bien l'intention de le découvrir avant le bon vouloir de Mr Cloke », avait déclaré Grand-mère d'un ton péremptoire, comme si Papa avait achevé sa question.

Puis elle avait ajouté, sans manifestement avoir conscience de l'ironie de la chose :

« Je le dois à Joshua. »

« Ça n'intéresse personne, hein, méditait Michaela Lanyon, alias Emma Moresco, en lisant le mot que Don Prideaux m'avait envoyé avec une copie de son article de journal. C'est pour ça qu'il n'est pas arrivé à vendre son histoire. Parce que tout le monde s'en fiche.

— Pas moi. »

J'avais voulu cette remarque consolatrice, mais Emma n'avait pas paru l'entendre.

« Vous savez ce qui est le plus bizarre ? Avant de voir sa photo dans le journal – une vieille fiche anthropométrique –, je ne savais même pas à quoi mon père ressemblait.

— Était-il au courant pour vous – avant de mourir ? »

Elle leva la tête.

« Non. Ma mère n'était enceinte que de trois mois et demi quand il a été pendu, et j'étais un petit bébé, alors ça se voyait à peine. Elle pensait que ce serait moins dur pour lui de ne pas savoir, mais je ne suis pas sûre qu'elle n'ait pas eu de remords par la suite. Moi, j'ai souvent regretté qu'elle ne lui ait pas dit. Ça aurait signifié qu'il y avait quelque chose entre nous, quelque chose de tangible, pas juste... une réalité biologique. D'ailleurs, je me sentais pire qu'une orpheline. Je craignais toujours que les gens découvrent la vérité – les voisins, les amis – et m'étiquettent comme la fille du meurtrier. Considine s'est servi de cette menace plus d'une fois quand je refusais de... »

Son visage se décomposa. Elle se leva et arpenta la pièce, reprenant le fil de son discours le regard braqué sur le monde de l'autre côté de la fenêtre.

« Je fuyais sûrement autant Michael Lanyon que Neville Considine quand j'ai quitté Clacton ce jour-là.

— Ça faisait longtemps que vous prépariez votre départ ?

— Que j'y pensais, oui : longtemps. Mais la vraie préparation ? Pas plus de deux semaines. Depuis ma rencontre avec Norman dans un café pendant les vacances de Pâques. Sans sa proposition de m'héberger, je n'aurais pas eu le courage. J'ai acheté des fringues d'occasion que j'ai cachées dans mon casier au lycée. Je les ai mises dans mon sac quand j'ai quitté l'école cet après-midi-là, je les ai enfilées dans les toilettes du terrain de jeux et après j'ai traîné pendant une heure avant de monter dans le train de dix-sept heures pour Londres. Norman savait qui j'étais, bien sûr, mais il était le seul. À l'époque et aujourd'hui encore. Je n'ai confié la vérité à personne durant toutes ces années.

— Sauf à moi.

— Ouais. Sauf à vous. »

Elle me regarda.

« Alors il ne faut vraiment pas que vous me laissiez tomber.

— Je ne peux pas vous garantir de prouver l'innocence de votre père, vous savez. Je ne peux pas promettre l'impossible.

— Essayez, au moins. Est-ce beaucoup demander ?
— En tout cas, ce n'est pas *trop*.
— Ça veut dire que vous allez tenter le coup ?
— Oui. »
Un sourire illumina soudain son visage.
« Je crois que oui. »

Un porte-parole de la police a confirmé hier soir que l'homme qui avait été arrêté plus tôt dans la journée après avoir été débarqué d'un train à destination de Londres à la gare de Plymouth North Road, Edmund Tully, avait officiellement été inculpé pour le meurtre de Joshua Carnoweth, un riche habitant de la ville très respecté, perpétré jeudi soir à Truro. Selon ce même porte-parole, Tully comparaîtra lundi devant les magistrats de Truro, et d'après lui, une autre arrestation en lien avec cette affaire n'est pas à exclure.

Voilà ce qu'on pouvait lire dans l'article paru à la une du *Western Morning News* le samedi 9 août 1947. Je l'avais parcouru la première fois penché par-dessus l'épaule de Pam dans la cuisine à Crescent Road alors que nous étions censés faire la vaisselle du petit déjeuner. Il m'avait appris deux choses aussi intrigantes que déroutantes. D'abord, l'assassin était un homme dont je n'avais jamais entendu parler, sûrement un inconnu venu à Truro dans le but précis de faire du mal à Oncle Joshua ; ma théorie concernant un équivalent alaskien du Ku Klux Klan se vérifiait donc en partie, du moins dans ma tête. Ensuite, il existait peut-être un second meurtrier, un complice par instigation ou par assistance ;

si le porte-parole de la police n'excluait pas une autre arrestation, c'est que, de fait, il en attendait une.

J'avais décidé d'aller voir Nicky sur-le-champ. De toute façon, c'était ce que j'aurais fait n'importe quel autre samedi matin, et Grand-mère et mes parents étaient à l'évidence trop préoccupés pour songer à me l'interdire, j'avais donc des excuses toutes prêtes. Nicky en savait peut-être plus que moi. Et surtout, il pourrait peut-être m'aider à assimiler la réalité de la mort d'Oncle Joshua. Cet événement me semblait toujours être un mélange entre un mauvais rêve et un film de gangsters avec James Cagney. Il avait une existence quelque part dans mon cerveau, mais celui-ci refusait de le considérer comme un fait avéré. Oncle Joshua était mort – mais pas pour moi.

Ainsi donc, aussitôt la vaisselle terminée, j'avais dit à Pam que j'allais à la gare regarder passer les trains, au lieu de quoi je m'étais dirigé vers Tredower House. J'avais prévu de faire un détour par Daniell Road, Strangways Terrace et Gas Hill de façon à éviter de passer devant l'épicerie, où Maman risquait de m'intercepter, et devant les bureaux de Mr Cloke au bout de Lemon Street, où Grand-mère et/ou Papa risquai(en)t de vouloir faire un saut. Ce trajet avait en plus l'avantage de traverser Lemon Street à son autre extrémité, non loin de son croisement avec Barrack Lane. S'il y avait quoi que ce soit à voir là-bas, je ne voulais pas le manquer.

Et en effet, il y avait quelque chose, quelque chose qui avait réussi là où les affres de mes parents et de mes grands-parents avaient échoué. Au bout de Lemon Street, juste en face de moi quand j'avais débouché de Daniell Road, se dressait le Lander Monument, une haute colonne de granit où trônait la statue de Richard Lander, le célèbre explorateur de l'Afrique noire originaire de Truro. Au pied du monument, un homme en bleu de travail s'affairait avec un balai-brosse et un seau, récurant les pavés. L'odeur âcre du produit d'entretien était parvenue à mes narines et je m'étais arrêté net, interloqué par l'intensité des efforts de cet homme. Une tache sombre et allongée partait de la statue et s'étirait en direction de Barrack Lane, mais au début, je n'avais pas saisi de quoi il s'agissait, ni pourquoi il était indispensable de la faire disparaître.

Et puis, alors que je regardais fixement la scène, j'avais compris. Le sang d'Oncle Joshua, déversé sur un bout de trottoir de Truro. C'était bel et bien réel. Dans ma tête, je voyais la lutte au clair de lune au pied du monument, l'éclair de la lame, les coups fatals. Je voyais Tully détaler alors qu'Oncle Joshua s'efforçait en titubant d'atteindre le coin de Barrack Lane, le sang jaillissant de ses plaies. Je voyais tout et j'y croyais.

L'instant d'après, je descendais Lemon Street à toutes jambes, emporté par la pente. Oublié, le détour. Je voulais juste être le plus loin possible des pavés ensanglantés. Dans sa jeunesse, Oncle Joshua avait dévalé cette colline en patins à roulettes, Grand-mère me l'avait raconté. Je l'imaginais, jeune, mince, la vue perçante, me devancer dans ma course. J'avais dû longer les bureaux de Mr Cloke au bas de la descente, mais je n'y avais pas fait attention. Je m'étais faufilé parmi les chalands affairés dans Boscawen Street et j'avais foncé dans Cathedral Lane jusqu'à l'endroit où j'avais vu Oncle Joshua pour la dernière fois. Là, je m'étais arrêté. Mais là, il n'y était pas. Je pouvais faire surgir de ma mémoire le parfum de son cigare, la courbe de son sourire quand il m'avait jeté la pièce. Mais l'éclat du présent avait disparu. Oncle Joshua s'effaçait, pareil à une photographie exposée trop tôt à la lumière. Il se délitait sous mes yeux.

Je m'étais mis à suivre en sens inverse le trajet que nous avions emprunté le jeudi au départ de Tredower House : dépassant l'ancienne maison des Lanyon dans St Austell Street, j'avais traversé Boscawen Bridge et grimpé Tregolls Road. Je ralentissais le pas à mesure que j'approchais de ma destination. Je ne sais trop pourquoi, je commençais à redouter mon arrivée, alors qu'un peu plus tôt je ne pouvais contenir mon impatience. Ma curiosité s'était muée en inquiétude.

Quand j'étais arrivé à l'entrée de l'allée, je m'étais accroupi pour renouer mes lacets. Ils n'étaient pas défaits, mais j'avais désormais de sérieux doutes quant à la sagesse de cette visite aux Lanyon. J'avais envie de voir Nicky, mais pas d'apprendre ce que cachait réellement ce sombre pressentiment qui se formait dans un coin de mon crâne. Je ne pouvais pas m'empêcher de penser à l'homme qu'avait rencontré Michael dans la cour de Colquite & Dew, à leur mystérieuse conversation angoissante. Je ne pouvais pas m'empêcher de craindre quelque chose que je n'aurais su nommer.

En me redressant, j'avais entendu une voiture qui descendait laborieusement l'allée en première.

Elle m'était apparue alors qu'elle longeait lentement la bordure de la pelouse et la vue du gyrophare et de l'insigne de la police sur le pare-chocs m'avait interloqué. Elle avait ralenti en douceur jusqu'à s'arrêter à côté de moi et le conducteur avait regardé à droite et à gauche afin de s'assurer que la voie était libre. Durant cette pause, j'avais jeté un coup d'œil à l'arrière et vu, coincé sur la banquette entre deux agents de police solidement charpentés, Michael Lanyon. Nos regards s'étaient croisés et il avait esquissé un sourire, comme pour m'assurer qu'il n'y avait rien à craindre, comme si tout ça n'était qu'un contretemps comique. Puis la voiture s'était engagée sur la route.

Au même instant, j'avais entendu des pas précipités approcher derrière moi. Je m'étais retourné, ils s'étaient arrêtés. Nicky était là, à une dizaine de mètres, essoufflé, en larmes, il me dévisageait.

« Que s'est-il passé ? lui avais-je lancé.

— Ils l'ont arrêté. Ils ont arrêté Papa. »

« Vous vous rendez bien compte, dis-je quand nous arrivâmes en périphérie de Reading, à quel point les preuves contre votre père étaient accablantes ? »

Je m'étais proposé de reconduire Emma à Reading quand elle était partie, les trains de nuit à Pangbourne étant rares et très espacés.

« Ouais, murmura-t-elle. Je me rends compte.

— On l'a vu tendre une enveloppe à Tully dans un pub l'avant-veille du meurtre. Cette enveloppe, sur laquelle se trouvaient ses empreintes digitales, a ensuite été retrouvée dans les affaires de Tully avec à l'intérieur cinq cents livres en billets de cinq. Un témoin l'a entendu demander à Tully de faire vite ce qu'il avait à faire, sinon il serait trop tard. Et d'après Tully, ça consistait à tuer le vieux Joshua avant qu'il ne modifie son testament, dont votre père était le seul bénéficiaire. Alors, comment Nicky a-t-il jamais pu espérer renverser tout ça ?

— Je ne sais pas. Et je ne le saurai jamais – à moins de trouver ce qu'il avait découvert au fil des ans.

— Si tant est qu'il ait découvert quoi que ce soit.

— Ouais. Y avait peut-être rien du tout. J'en suis bien consciente. Dans un sens, je préférerais presque.

— Pourquoi ?

— Parce que, dans ce cas, avoir laissé tomber ma famille ne semblerait pas aussi horrible, vous ne pensez pas ?

— Manifestement, vous aviez une bonne raison.

— Peut-être que mon père aussi avait une bonne raison. De faire les choses dont on l'a accusé.

— Si c'était le cas, Emma, je ne crois franchement pas que Nicky l'ait découverte.

— Mais pouvez-vous en être sûr ?

— Non. C'est bien pour ça que je vais à Clacton demain.

— Je vous en suis reconnaissante, Chris. Vraiment.

— Pas de quoi.

— Et je suis aussi désolée. De ne pas pouvoir vous confier davantage que mon numéro de téléphone. Je crois que je manque d'entraînement pour faire confiance aux gens.

— C'est compréhensible. J'agirais de même à votre place. Mais faire confiance aux gens n'est pas toujours une mauvaise chose, croyez-moi.

— Non. »

Je vis son sourire hésitant se refléter dans le pare-brise éclairé par les réverbères.

« Je n'en doute pas. »

7

Il plut pendant tout le trajet entre Pangbourne et Clacton, la pluie s'intensifiant à l'approche de la côte. L'eau se jetait sur ma voiture comme si la mer se précipitait à travers la campagne plate et grise de l'Essex pour me submerger, ainsi qu'elle l'avait fait cette fameuse nuit d'hiver, quand tout le passé des Lanyon avait été balayé sans pourtant être lavé.

À Clacton, le front de mer était lugubre, comme seule une station balnéaire par un dimanche pluvieux peut l'être. La jetée était déserte, la galerie de jeux vidéo fermée, la saison terminée. Emma m'avait donné l'adresse de Considine, mais au lieu de me rendre directement chez lui, je pris à l'ouest et longeai un terrain de golf détrempé en direction de Jaywick, où les vagues montaient plus haut que les toits des chalets délabrés et les nuages pesaient sur l'asile froid et humide dans lequel les Lanyon avaient couru se réfugier trente-quatre ans auparavant. Depuis nos falaises des Cornouailles et les commodités de Tredower House, on s'était simplement imaginé qu'ils étaient venus s'abriter du scandale et de l'exclusion. En réalité, tout ce qu'ils avaient trouvé, c'était l'inondation et le désespoir – et Neville Considine.

Wharfedale Road était une longue rue toute droite composée de maisons mitoyennes au cœur du quartier résidentiel victorien de Clacton. Je restai plusieurs minutes devant le numéro dix-sept, peaufinant l'explication de ma visite inattendue. Je ne l'avais pas prévenu par téléphone, mais j'étais presque sûr de le trouver chez lui. Les pubs n'étaient pas encore ouverts et je ne pouvais l'imaginer sur les bancs de l'église. Non, il me semblait savoir exactement où se trouvait Neville Considine.

Et j'avais raison, même si le temps qu'il mit à m'ouvrir alors que je m'abritais de la pluie sous le minuscule porche en étudiant la peinture craquelée suffit à me mettre les nerfs en pelote.

Un mélange aigre de relents de graillon et de plâtre humide me pénétra les narines quand il ouvrit la porte. Surpris, il eut un mouvement de recul avant de m'adresser son petit sourire crispé. Je pensai aussitôt à Emma et à ce pour quoi elle cherchait par tous les moyens à échapper à cet homme.

« Mr Napier. Quel plaisir inattendu. »

Il portait un grand gilet constellé de pellicules par-dessus une chemise si vieille et si usée que le col semblait prêt à se détacher. On voyait la trame de son pantalon maculé de taches qui tombait en accordéon sur des chaussons bizarrement flambant neufs à l'effigie de l'ours Rupert[1].

« Je me disais que vous pourriez peut-être m'aider sur un point, Mr Considine. Ça vous dérange si j'entre un moment ?

---

1. Personnage d'une bande dessinée pour enfants créé en 1920 par Mary Tourtel. (*N.d.T.*)

— Pas du tout. Mais il va falloir me prendre comme je suis, évidemment. »

Il me conduisit au bout d'un couloir miteux, éclairé faiblement par la lumière grêlée de pluie que laissait passer une fenêtre en haut d'une étroite cage d'escalier.

« Je ne reçois pas beaucoup de visites, voyez-vous. »

Nous longeâmes deux portes fermées sur notre droite et arrivâmes dans la cuisine, où le petit déjeuner de Considine semblait avoir été interrompu, à en juger par les feuilles de thé éparpillées, les miettes de pain, le couteau plâtré de confiture et l'assiette tachée d'œuf sur la table. Une montagne de casseroles s'empilaient dans l'évier ; de l'eau gouttait du robinet sur le cul noirci de la dernière. Des éclaboussures de graisse durcie constellaient la cuisinière et le lino crasseux me collait aux pieds. Les portraits du prince et de la princesse de Galles imprimés sur des torchons sales me dévisageaient depuis une tringle fixée au-dessus du gril, tandis qu'un cochon d'Inde, ou un rongeur du même genre, fourrageait dans une litière de copeaux de bois et de lambeaux de journaux dans sa cage perchée au sommet du frigo, lequel émettait un ronronnement inquiétant.

« Puis-je vous offrir du thé, Mr Napier ? Ou un sherry, peut-être.

— Rien du tout, merci.

— Alors, que puis-je faire pour vous ?

— C'est... au sujet de Nicky.

— Je m'en doutais.

— Vous ne m'avez jamais donné de nouvelles de ses créanciers.

— J'ai décidé de m'en occuper moi-même. Vous avez déjà été si généreux concernant les frais d'obsèques...

Mais qu'y a-t-il donc au sujet de Nicholas ? A-t-on découvert... une nouvelle piste ?

— Non. »

Dans mon empressement à couvrir l'existence d'Emma, j'ajoutai :

« Rien de tel.

— Alors je ne comprends pas bien.

— C'est au sujet de ses... affaires. »

Considine fronça les sourcils.

« Ah oui ?

— Je me demandais juste... Vous allez penser que c'est idiot, mais j'avais espoir de récupérer quelque chose qui me le rappelle. Un souvenir, en somme.

— À ce que je vois, votre conscience a été ébranlée. »

Il eut un ricanement déconcertant.

« Je suppose que c'est vous qui les avez.

— Ça dépend de quoi vous parlez. Nicholas vivait dans un petit meublé. Peu après sa mort, le propriétaire m'a demandé d'enlever ses affaires, le peu qu'il avait, ce que j'ai fait. J'ai donné ses vêtements à une association, même s'ils n'étaient plus vraiment en état d'être portés. Quant au reste, c'était... ma foi, surtout des cochonneries. J'ai tout jeté.

— Vous n'avez rien gardé ?

— Il n'y avait rien à garder. Du moins en mémoire de Nicholas. Enfin, à part son album. Je crois vous avoir dit que Nicholas s'était mis à collectionner les articles de presse relatifs au procès de son père après la disparition de Michaela. Il les classait dans un grand album sur lequel je suis tombé en débarrassant son appartement. Ma foi, je n'ai pas eu le cœur de le jeter. Pas après tout le temps et les efforts qu'il avait dû y consacrer.

— Est-ce que je pourrais le voir ?

— Bien entendu. Évidemment, il ne contient aucun véritable souvenir de Nicholas. Ces articles ne le concernent pas.

— Ce n'est pas grave. »

Il m'adressa un étrange petit sourire.

« Venez dans le salon, Mr Napier. Ce sera plus confortable. »

Nous parcourûmes le couloir en sens inverse et il ouvrit la dernière porte, révélant un petit salon étonnamment bien tenu, meublé d'un canapé, de deux fauteuils et de vitrines derrière lesquelles une surabondance de babioles victoriennes invoquaient l'esprit de sa feue et probablement autoritaire mère. La cheminée avait été condamnée et un radiateur électrique à deux résistances installé dans le foyer. Considine en alluma une, qui se mit à rougeoyer faiblement. Il me fit signe de m'asseoir dans un fauteuil avant de tirer une caisse à thé rangée dans un renfoncement entre le manteau de la cheminée et une vitrine.

« Il y a là-dedans des objets appartenant à Rose que j'ai trouvés dans l'appartement. Je comptais faire le tri, mais... »

Il joua avec un collier de perles, qu'il rejeta ensuite dans la boîte.

« Voilà l'album. »

C'était un cahier grand format, doté d'une couverture cartonnée et d'une reliure à spirale. Considine le sortit et me le tendit.

« Jetez-y un œil. »

Alors que je l'ouvrais, je sus sans lever les yeux en entendant Considine soupirer qu'il s'agenouillait à côté de la caisse à thé afin de continuer la fouille. J'avais aussi conscience de la pluie qui frappait aux carreaux et des craquements et cliquetis produits par les éléments métalliques du radiateur électrique à mesure qu'il chauffait. Il régnait une odeur de poussière brûlée, une atmosphère d'ancien territoire foulé après des années de désertion.

Les articles étaient des photocopies d'archives sur microfilms, à partir desquelles Nicky avait pisté le fantôme de son père, mais ils avaient été découpés et collés comme s'ils avaient été réunis à l'époque des événements qu'ils décrivaient, en commençant par un reportage sur le meurtre d'Oncle Joshua et l'arrestation d'Edmund Tully. Ce dernier était suivi d'une notice nécrologique obséquieuse publiée dans le *West Briton* et ensuite... Dès l'instant où je tournai la page et vis le titre de l'article, je me souvins de l'avoir déjà lu un matin du mois d'août à Truro, trente-quatre ans plus tôt. *Un commissaire-priseur de Truro accusé du meurtre de son bienfaiteur.* Après cela, la complicité de Michael Lanyon dans le meurtre de Joshua Carnoweth avait cessé d'être un murmure horrifié pour devenir une réalité légale. Au même moment, j'avais réalisé que rien ne serait plus jamais comme avant.

« C'est une terrible affaire, avait déclaré Papa en claquant le journal sur le bureau et en se mettant à arpenter l'espace entre ce dernier et la fenêtre. Oui, sacrément horrible. »

Il se débattait avec la pipe dans la poche de sa veste comme s'il s'agissait d'une créature qu'il était résolu à dompter.

« Et ça ne va pas s'arranger. »

Il s'était brusquement tourné vers Pam et moi.

« Vous allez devoir faire preuve de beaucoup de courage dans les mois à venir. C'est pourquoi il est important... »

Il s'était interrompu et avait jeté un œil à Grand-mère, cherchant, aurait-on dit, la confirmation que ce qu'il s'apprêtait à dire était réellement indispensable. Elle l'avait fusillé du regard, il s'était raclé la gorge.

« C'est pourquoi il est important que vous compreniez ce qui s'est passé.

— Que s'est-il donc passé, Papa avais-je demandé ingénument. Comment quelqu'un peut-il croire que Mr Lanyon a assassiné Oncle Joshua ? Cet autre homme, là, a dû...

— Tully a été engagé par Michael Lanyon, Christian. Voilà comment on peut résumer la chose. J'imagine qu'il a été payé pour assassiner Oncle Joshua. Ce qui les rend tous les deux coupables de meurtre.

— C'est vrai, alors ? était intervenue Pam. Ce qu'on dit sur Mr Lanyon ?

— Je suis sûr que la police a des preuves concluantes. Nous devons partir du principe que c'est vrai.

— Je croyais qu'on ne pouvait pas être considéré coupable tant qu'on n'avait pas été jugé tel par le tribunal ? »

J'avais aussitôt eu l'impression d'avoir gaffé.

« Enfin... c'est pas ça ? »

Papa avait plissé les yeux.

« Bien sûr que si. Michael Lanyon aura un procès équitable. Là n'est pas la question.

— C'est quoi la question, alors ?

— C'est de savoir comment se comporter avec les Lanyon entre maintenant et le procès, avait aboyé Grand-mère, dont l'impatience était manifestement dirigée autant contre mon père que contre moi. À mes yeux, ils ont tous le sang de mon frère sur les mains.

— Nom d'un chien, avais-je marmonné, muselé par le souvenir des taches de sang au pied du Lander Monument.

— Il nous semble préférable, à votre grand-mère et à moi, avait déclaré Papa d'une voix un tantinet doucereuse, que nous n'ayons aucun rapport, *quel qu'il soit*, avec eux jusqu'à ce que... cette histoire soit réglée.

— Mais... avais-je balbutié en pensant à Nicky que j'avais vu pour la dernière fois en larmes, complètement désemparé sur la pelouse de Tredower House, tandis que la police emportait son père.

— Cela comprend Nicky. Je suis désolé, Christian, mais je dois t'interdire de voir et de parler à ce garçon. Les gens risqueraient de se méprendre sur votre amitié.

— Mais enfin, nous sommes de vrais amis. »

Le déni de cette affirmation m'avait semblé planer autour de moi dans le silence qui s'était ensuivi.

« Je comprends pourquoi nos vacances à Nanceworthal ont dû être annulées, avais-je protesté en bafouillant, mais ça ne signifie quand même pas...

— Son père a pris part au meurtre de ton oncle, avait tempêté Grand-mère. Selon moi, tu ne devrais même pas avoir *envie* de le voir, et encore moins continuer de te plaindre au sujet de vacances annulées.

— Je ne me plains pas.

— C'est l'impression que ça donnait. Ton oncle est enterré vendredi. Voilà qui est plus important que la façon dont tu occupes ton temps libre, mon garçon. »

L'injustice et l'inutilité de cette pique m'avaient laissé sans voix. Comme pour apaiser la tension, Pam avait demandé calmement :

« Pourquoi accuse-t-on Mr Lanyon d'avoir fait cette chose horrible ?

— Il se trouve qu'il est le seul bénéficiaire du testament d'Oncle Joshua, avait répondu Papa. Nous ne pouvons qu'imaginer...

— Pas un centime pour sa vraie famille, avait commenté Grand-mère en aparté. C'est déjà un crime en soi. Mais ça en a engendré un pire.

— Nous ne pouvons qu'imaginer, s'échinait Papa, qu'il voulait prévenir la possibilité qu'Oncle Joshua change son testament.

— C'était plus qu'une possibilité, avait dit Grand-mère. C'est la raison pour laquelle il voulait voir Cloke jeudi dernier.

— Ce qui nous ramène à la balade que tu as faite avec lui depuis Tredower House, Christian, avait poursuivi Papa. Ne t'avait-il pas plus ou moins dit que c'était là son intention ? »

J'avais réfléchi un moment à la question, refusant de croire que Papa s'était mépris aussi grossièrement sur la teneur de la conversation que j'avais rapportée. Finalement, puisqu'une réponse quelle qu'elle soit semblait s'imposer, j'avais répondu :

« Pas vraiment.

— Humm. »

Papa m'avait regardé d'un air sévère.

« Enfin, j'imagine que tu ne peux décrire les choses que de la manière dont tu t'en souviens. Comme tu devras le faire cet après-midi.

— Pourquoi ? Qu'est-ce qui se passe cet après-midi ?

— Un policier va venir te voir. L'inspecteur Treffry. Il voudrait te poser quelques questions.

— À quel sujet ?

— Dis-lui juste tout ce que tu peux, Christian. Tu n'as rien d'autre à faire. Il n'y a pas de quoi s'inquiéter. »

Il était venu me donner une tape encourageante sur l'épaule.

« C'est plus facile qu'un contrôle de fin de trimestre.

— Est-ce que je peux te poser une autre question, Papa ? avait demandé Pam d'un ton hésitant.

— De quoi s'agit-il ?

— À propos du testament d'Oncle Joshua. Tu as dit que Mr Lanyon était le seul bénéficiaire. Cela en fait-il un homme riche, maintenant ?

— Non. Pas du tout.

— Pourquoi ?

— Le meurtre change la donne. Il ne peut pas hériter s'il est condamné.

— Alors, qui héritera ? »

Papa s'était détourné en grimaçant. Cette question semblait le mettre mal à l'aise. Grand-mère, non.

« Moi, avait-elle déclaré avec une fermeté tranquille. Comme ça aurait toujours dû être le cas. »

Je continuais de feuilleter l'album. La mise en accusation et le procès de Michael Lanyon et d'Edmund Tully pour le meurtre de Joshua Carnoweth étaient fidèlement racontés dans des articles de journaux photocopiés qui couvraient la période entre la fin de l'été 1947 et le long automne de la même année. C'était le Nicky bibliothécaire entre 20 et 40 ans qui les avait compilés, calmement, méthodiquement, en hommage secret à l'homme lésé que son père avait été selon lui. Il n'y avait aucune objection griffonnée dans les marges pour attester de ses sentiments. C'était à moi de les imaginer en passant en revue les différents titres. *LANYON ET TULLY RENVOYÉS DEVANT LA COUR D'ASSISES. L'ACCUSATION OUVRE LE DOSSIER CONTRE LANYON ET TULLY. EDMUND TULLY CHANGE SA DÉFENSE ET PARLE D'UNE CONSPIRATION MEURTRIÈRE AVEC MICHAEL LANYON. LE JURY DÉCLARE MICHAEL LANYON COUPABLE DE MEURTRE : LUI ET EDMUND TULLY SONT CONDAMNÉS À MORT. COMMUTATION DE PEINE POUR EDMUND TULLY : PRISON À PERPÉTUITÉ. MICHAEL LANYON SERA PENDU AUJOURD'HUI – AUCUNE COMMUTATION DE PEINE ENVISAGÉE.* Et il n'y en avait pas eu. Je le savais, tout comme Nicky l'avait su. Voilà qui expliquait peut-être pourquoi il s'était abstenu d'inclure un article sur la pendaison elle-même. Il n'y avait plus rien à dire – ni à lire – après le matin de l'exécution. Ne restaient que des pages vides et une vie à l'avenant, qui courait à sa fin.

Mais ce n'était pas tout à fait exact. Quand je fermai l'album, un petit morceau de journal pointa à la fin du cahier. En le rouvrant à la dernière page, je vis qu'une coupure de presse avait été glissée sous le rabat de la couverture, comme si Nicky avait eu l'intention de la découper et de la coller, mais l'avait oubliée. Ce n'était pas une photocopie, l'article était plus récent que les autres. Le *West Briton* du 25 mai 1967 était un journal auquel il n'aurait logiquement pas dû avoir accès étant donné la distance qui séparait Clacton de Truro. Et pourtant, il était là. Et l'article qu'il y avait prélevé n'était rien de moins qu'un hommage à l'occasion du départ en retraite du chef de la police des Cornouailles

George Treffry, l'homme qui vingt ans auparavant, en tant que simple inspecteur, s'était retrouvé en charge de l'affaire la plus sensationnelle de toute sa carrière, et durant laquelle il était allé taper à la porte des Napier dans Crescent Road, à Truro, afin d'interroger son plus jeune occupant.

C'était un homme imposant, plus grand et plus carré que mon père, mais à peu près du même âge, avec une épaisse moustache et des cheveux hérissés. Son costume marron à rayures moutarde délavé lui donnait l'air de sortir tout droit d'une vieille photo sépia, et il semblait encore plus gêné que moi, tripotant le col de sa chemise et tamponnant son front luisant de sueur à l'aide d'un mouchoir rouge tellement grand qu'il aurait pu servir de couvre-chef à un pirate. Et c'est vrai qu'il faisait chaud, étouffant, même, là où Maman nous avait installés dans le salon, avec le soleil qui tapait sur les vitres du jardin d'hiver. Pourtant, j'avais l'impression que l'inconfort de l'inspecteur Treffry n'était pas seulement dû à la chaleur. Peut-être n'était-il pas à l'aise avec les enfants. Peut-être était-ce avec l'ensemble de cette affaire Lanyon qu'il n'était pas à l'aise.

« Tes parents m'ont dit que tu allais à l'école de Truro, Christian, avait-il remarqué avec un sourire censé être rassurant.

— La rentrée est le mois prochain, monsieur.

— Tu as hâte ?

— Oh, je n'y pense pas beaucoup, à vrai dire. Vu... tout ce qui s'est passé.

— Oui, bien sûr. »

Il avait englouti un peu de thé.

« C'est à cause de ce qui s'est passé que j'ai demandé à tes parents si je pouvais te parler. Ça ne t'embête pas, hein ?

— Non, monsieur.

— J'ai appris grâce à eux que tu avais vu ton oncle quelques heures seulement avant... »

Il avait laissé sa phrase en suspens et l'avait ponctuée d'un geste de la main.

« Oui, monsieur. Nous avons marché ensemble depuis Tredower House jusqu'à la cathédrale.

— T'a-t-il dit où il allait ?

— Lemon Street.

— Pour voir son notaire. »

Treffry avait hoché la tête.

« T'a-t-il expliqué pourquoi ?

— Pas exactement, monsieur.

— Qu'a-t-il dit – *exactement* ? »

J'avais rapporté notre conversation de la manière la plus fidèle possible, sans oublier de mentionner la demi-couronne d'Oncle Joshua en guise de cadeau d'adieu.

« Quelle coïncidence ! s'était exclamé Treffry. Moi aussi je voulais voir *La Poursuite infernale*, mais j'ai eu un imprévu. »

Il avait soupiré.

« Ton oncle semblait-il... contrarié par quelque chose, Christian ?

— Non, monsieur. Il était même... assez guilleret, en fait.

— Et Michael Lanyon ? La dernière fois que tu l'as vu, était-il... assez guilleret ?

— Oui, monsieur.

— Tu l'avais déjà vu avec cet homme ? »

Il m'avait tendu une photo. J'avais aussitôt reconnu celui qui s'y trouvait et répondu d'un hochement de tête.

« Où ça ?

— Dans la cour de Colquite & Dew, monsieur.

— Quand, à peu près ?

— Vers la fin du mois dernier.

— Ils étaient amicaux, non ? L'un avec l'autre, je veux dire.

— Pas vraiment amicaux, non. Plus... »

Il avait haussé un sourcil interrogateur, attendant patiemment que je poursuive.

« Plus comme s'ils se connaissaient, mais pas comme amis.

— As-tu vu Mr Lanyon lui donner quoi que ce soit ?

— Oui. Mais je ne sais pas ce que c'était.

— De l'argent ?

— C'est possible.

— Tu as le sens de l'observation, pas vrai, Christian ?

— Je ne sais pas, monsieur. »

Il tendit la main et reprit la photographie.

« Tu sais qui est cet homme, n'est-ce pas ?

— Non, monsieur. Mais je me demande... si ce ne serait pas... Edmund Tully.

— Tu l'as déjà vu à d'autres occasions ?

— Non, monsieur. Absolument pas.

— Ma foi, je crois que c'est tout ce que j'ai besoin de savoir. »

Il avait terminé son thé, s'était levé et avait jeté un œil au jardin.

« On dirait qu'il va faire beau pour le match amical de cricket. Tu crois que Compton va encore réussir à marquer cent courses ? »

Je savais qu'il se montrait condescendant avec moi. J'avais l'habitude que les adultes se comportent ainsi et, en général, je jouais le jeu. Mais le sentiment d'être exclu des événements s'était accru durant notre entretien. Je devais dire aux gens tout ce que je savais, mais ça ne fonctionnait jamais dans l'autre sens. Ce n'était pas juste et ce n'était pas normal. Ce que j'avais répliqué constituait autant une protestation contre cet état de fait qu'une prière d'obtenir des informations.

« Mr Lanyon a-t-il réellement embauché Tully pour tuer mon oncle, inspecteur ? »

Treffry m'avait regardé avec une expression de bienveillance soucieuse et j'avais compris que les conventions de notre relation ne seraient pas aussi facilement bousculées.

« Ce n'est pas à moi de le dire, Christian. Ce sera au jury d'en décider.

— Alors il va vraiment être jugé ?

— Oh, oui. Il n'y échappera pas. »

Il avait souri, dans l'espoir, j'imagine, de me consoler, mais il avait lamentablement échoué.

« Et ensuite on saura. »

Et maintenant on savait. Du moins, on savait ce qu'avait répondu la loi.

Hier, au terme de son procès aux assises de Bodmin, Michael Lanyon a été reconnu coupable du meurtre de Joshua Carnoweth, son riche bienfaiteur, à Truro en août dernier. Le jury a prononcé son verdict après six heures de délibérations. Lanyon ainsi que son coaccusé Edmund Tully, qui a finalement décidé de plaider coupable il y a trois jours, ont été condamnés à mort, bien que le juge, Mr Goldfinch, ait déclaré qu'il recommanderait au ministre de l'Intérieur d'exercer sa clémence dans le cas de Tully, en considération de son changement de défense, de ses remords manifestes et de ses états de service remarquables. Si Tully n'avait pas été fait prisonnier par les Japonais pendant la guerre, il aurait probablement eu la force morale de rejeter dès le début l'abjecte proposition de meurtre faite par Lanyon. Au sujet dudit Lanyon, le juge a déclaré que, même s'il n'avait pas lui-même asséné le coup fatal, sa culpabilité était plus grande, car elle prenait sa source dans une cupidité impitoyable. Aucun mot ne suffirait à exprimer toute la répugnance que n'importe quel homme ou femme honnête ressentirait devant ce manque total de...

Je refermai violemment l'album et levai les yeux vers Considine qui, juché sur l'accoudoir du canapé, contemplait d'un air attendri un cadre photo.

« Terminé ? murmura-t-il en me regardant à la dérobée.

— Je crois, oui.

— Ce n'est pas une lecture agréable, j'en ai peur.

— Non. Pas agréable du tout.

— Tout le reste appartenait à Rose. Ce cadre était posé à son chevet quand elle est morte. »

Il me le montra et je le lui pris des mains afin de le voir de près. C'était un ensemble de trois photos disposées dans des compartiments ovales sur le carton de montage. Celle du centre était de Nicky comme je ne l'avais jamais connu : il devait approcher la trentaine et était appuyé contre la porte d'entrée de la maison, vêtu d'une chemise à carreaux, les cheveux gominés, le visage souriant. La photo de gauche était celle d'une fillette encore bébé assise sur un coussin, la main sur un ballon : Freda, présumai-je. Sur celle de droite, c'était Michaela adolescente qui posait sur la plage, faussement timide avec son maillot de bain assorti d'une jupette. Elle ne souriait pas et je reconnus aussitôt l'expression méfiante de ses yeux. Elle était déjà là à l'époque.

« Ils sont tous morts, à présent », marmonna Considine.

Il chercha mon regard.

« C'est triste, non ? Tant de vitalité, tant de promesses anéanties.

— Oui, répondis-je prudemment. Très.

— Je pense souvent à Michaela, vous savez. À quel genre de femme elle serait devenue. Impossible de m'en empêcher. Impossible. »

Je regardai la fille en maillot de bain sur la photo, puis les lèvres humectées de Considine qui trahissaient un souvenir concupiscent. Moi, bien sûr, je savais quel genre de femme elle était devenue. Je savais ce que je ne devais pas laisser Considine découvrir – à aucun prix.

« N'allez-vous pas me reprendre pour avoir supposé que Michaela était morte, Mr Napier ?

— Pourquoi le devrais-je ?

— Vous l'aviez fait la dernière fois.

— Des paroles en l'air. Rien de plus. Mieux vaut sûrement être réaliste.

— Je vous suis totalement. J'avais de l'affection pour elle, bien sûr. »

Il s'arrêta comme pour produire son petit effet.

« Beaucoup d'affection. »

Puis il sourit.

« Mais quand bien même, il faut voir les choses en face.

— Tout à fait.

— Voulez-vous prendre la photo ?

— Pardon ?

— Le cliché de Nicholas. Vous aviez dit que vous vouliez un souvenir de lui.

— Oh, je vois ce que vous voulez dire. »

Je lui rendis la photo.

« En fait, non. Merci, mais je... ne voudrais pas les séparer.

— C'est très délicat de votre part. J'allais vous suggérer d'en faire un double.

— Même, je... je ne crois pas que je le ferai. Je ne l'ai jamais connu adulte. C'est peut-être mieux de...

— S'en tenir aux souvenirs d'enfance ?

— Quelque chose comme ça.

— Comme moi avec Michaela. Pour moi, elle reste une adolescente, ma superbe petite... »

Il s'interrompit, se racla la gorge d'un air emprunté puis me regarda droit dans les yeux au moment même où une idée terrifiante me vint à l'esprit. Cela avait-il commencé avec Michaela ? Que s'était-il passé, au juste, dans cette maison – dans les chambres au-dessus de ma tête – pendant ces années perdues où je n'avais pas voulu savoir ?

« Pour vous, Nicholas sera toujours un petit garçon, n'est-ce pas, Mr Napier ? Le camarade de classe que vous avez perdu de vue en... Quand ont-ils quitté Truro, au juste ?

— En septembre 1947. Aussitôt après l'inculpation de Michael Lanyon. Ils ont déménagé à Exeter pour pouvoir aller lui rendre visite en prison. Ils ne sont jamais retournés à Truro.

— Et c'est la dernière fois que vous avez vu Nicholas – jusqu'à il y a un mois ?

— Oui. La toute dernière fois. »

C'était le lendemain des funérailles d'Oncle Joshua : un samedi, quand d'ordinaire j'aurais été à Tredower House aussitôt après le petit déjeuner. Mais, ce samedi-là, il n'y avait rien eu d'ordinaire.

Je ne m'étais pas rendu à l'enterrement. Pam et moi étions restés à la maison avec Maman, l'épicerie étant fermée en marque de respect. On nous avait dit que la cérémonie ne serait pas un endroit pour les enfants à cause des journalistes et des photographes qui y assisteraient, mais je soupçonnais une autre raison à notre exclusion. Il s'agissait d'un événement où la rencontre avec les Lanyon serait inévitable. Grand-mère avait anticipé que ma présence risquait de faire fondre la glace qui s'était formée entre nos deux familles, or elle était déterminée à ce qu'elle reste dure comme la pierre.

Mes soupçons s'étaient vus confirmés par une conversation entre Maman et Papa. Quelques heures après l'enterrement, ils étaient assis dans le jardin d'hiver, sans se douter que j'étais tapi à portée d'oreille juste à l'extérieur des fenêtres ouvertes, dissimulé par la citerne.

« Cordelia était là, avait raconté Papa. Rose aussi. Elles étaient sacrément livides, toutes les deux.

— Tu leur as parlé ? avait demandé Maman.
— Nous n'avons pas échangé un mot. Je sais que ça paraît dur, Una, mais Michael est responsable de la mort d'Oncle Joshua. S'il est évidemment de leur devoir de lui prêter la main, il est du nôtre de la leur retirer.
— Je croirais entendre ta mère.
— On est du même avis là-dessus, si c'est ce que tu veux dire. C'est la seule solution.
— Comment cela va-t-il finir ?
— Mieux vaut ne pas y penser. Ils peuvent rester à Tredower House jusqu'au procès, mais ensuite, il faudra qu'ils s'en aillent.
— Dans l'hypothèse où Michael serait reconnu coupable.
— Oui. Dans cette hypothèse. »
Un silence étrange s'était ensuivi. Puis Papa avait ajouté :
« Mais nous savons tous les deux qu'il le sera. »
Ces mots s'étaient logés dans ma tête et, le matin suivant, ils étaient empreints d'une tonalité sinistre de certitude injustifiée. Je savais que j'étais censé haïr Michael Lanyon à cause de ce qu'il avait fait, mais je n'y arrivais pas. Je n'arrivais toujours pas à l'assimiler aux pavés ensanglantés en haut de Lemon Street. De fait, je n'arrivais toujours pas à assimiler grand-chose.

Une fois Maman, Papa et Grand-mère repartis au magasin, j'avais quitté la maison en disant à Grand-père que j'avais rendez-vous avec des amis à Boscawen Park pour jouer au cricket. Mais ce rendez-vous était fictif. Ma véritable destination se trouvait à mi-chemin de la colline de St Clement : le cimetière. Si je n'avais pas eu le droit d'assister aux funérailles d'Oncle Joshua, je pouvais au moins me recueillir sur sa tombe.

J'avais escaladé le mur d'enceinte en son point le plus bas de façon à m'éviter de gravir la côte jusqu'à l'entrée principale, mais ce stratagème ne m'avait guère épargné d'efforts, les tombes de la partie basse étant manifestement les plus anciennes. J'avais suivi l'allée de circulation en pente, les silhouettes des pierres tombales se découpant devant moi sur l'horizon gris, pareilles aux créneaux d'un château. C'était la première journée nuageuse depuis des semaines, même s'il faisait déjà plus chaud que par bien des journées ensoleillées. L'air était lourd et menaçant. Une mouche s'obstinait à bourdonner autour de moi et ma chemise, moite, me collait au dos. En grimpant, j'avais aperçu devant moi le renflement d'une tombe fraîchement refermée et les giclées colorées des couronnes qui y avaient été déposées. Et puis, au même moment, j'avais vu Nicky.

Il se tenait à côté de la tombe, les yeux rivés sur le monticule, se baissant de temps à autre pour ramasser la terre éparpillée dans l'herbe et la jeter sur le tertre. Il avait la bouche ouverte, le visage mou, dépourvu d'expression, les cheveux collés par la sueur. Il était tellement absorbé par sa tâche qu'il ne m'avait vu arriver qu'au dernier moment : alors que je m'apprêtais à parler, il avait violemment sursauté et fait volte-face. Je lui avais souri, lui non.

« Mes parents n'ont pas voulu me laisser aller à l'enterrement, avais-je commencé. J'imagine que tu n'y es pas...

— Tes parents croient que mon père a assassiné Oncle Josh. Et toi, qu'est-ce que tu crois ? »

J'aurais dû savoir répondre, mais mes idées sur la question étaient tellement embrouillées que je n'avais réussi qu'à le dévisager en risquant un haussement d'épaules impuissant.

« Papa est innocent. Je le sais. Toi aussi, tu le sais, n'est-ce pas ? »

Ses yeux me suppliaient de dire oui – ou d'acquiescer d'un simple hochement de tête. Amis, nous aurions pu ensuite nous allier pour défendre son père. Cependant, mes parents et mes grands-parents étaient convaincus de la culpabilité de Michael Lanyon. J'ignorais si les preuves tenaient ou non la route, mais je savais qu'ils y croyaient. Et je faisais partie de leur certitude, j'y étais lié aussi intimement que Nicky l'était à l'innocence de son père. C'est à cet instant-là que j'avais pris conscience de ce que signifiait la mort d'Oncle Joshua pour Nicky et moi. J'aurais été incapable de l'exprimer avec des mots, mais c'était là, clairement devant moi, dans la force de son regard. Notre amitié ne pourrait pas résister. Elle s'effritait, comme la terre entre ses doigts, comme l'espoir dans ses yeux.

« *N'est-ce pas ?*

— Nicky, je ne peux pas...

— *Dis-le !* Dis-moi que tu es de mon côté. »

Son visage s'était assombri, sa bouche s'était contractée.

« Si tu es vraiment mon ami, tu n'as pas le choix.

— Mais ce n'est pas... enfin...

— *Tu es de mon côté ou pas ?* »

Il devait avoir lu la réponse sur mon visage, pourtant il avait continué à attendre pendant ce qui m'avait semblé des minutes entières mais qui n'avait pas dû durer plus de quelques secondes, tandis que chacun se retranchait dans des loyautés opposées et s'obstinait à vouloir gagner ce duel de regards. Soudain il avait hurlé et s'était rué sur moi.

Son attaque avait été si subite qu'il m'avait déséquilibré et renversé en arrière. En moins de deux je m'étais retrouvé allongé sur le dos et Nicky, à cheval sur moi, abattait ses poings sur mes bras levés, les dents serrées, la respiration sifflante, alors que des larmes enflaient dans nos yeux : des larmes de chagrin, de choc et d'amitié brisée.

« Je te déteste, s'était-il étranglé. *Je te déteste.*

— *Hé, vous deux !* »

Une voix rauque beuglait quelque part derrière moi. *« Arrêtez ce petit jeu. »*

Nicky avait brusquement relevé la tête.

« Je sauverai Papa sans toi, avait-il dit presque dans un murmure. Tu verras. »

Et il s'était relevé d'un bond avant de décamper entre les tombes. Le temps que j'arrive à me relever, il était déjà vingt mètres plus loin, fonçant vers l'entrée. Je l'avais hélé, mais il ne s'était pas retourné. Je ne suis même pas sûr qu'il m'ait entendu.

Je m'apprêtais à lui courir après quand une grande main s'était abattue sur mon épaule. Un homme rougeaud en pantalon de travail et chemise sans col haletait à mes côtés.

« C'est un cimetière, ici, mon garçon, avait-il grogné. C'est pas un endroit pour vos chamailleries.

— Non, monsieur. Je suis désolé. »

Il m'avait regardé d'un air soucieux.

« Mais faut pas pleurer. Je ne vais pas te faire de mal. »

Sur ce, il m'avait relâché, regrettant manifestement le désarroi qu'il croyait avoir causé.

« Tu ferais mieux d'aller rattraper ton copain. »

Il avait plissé les yeux pour repérer Nicky.

« Il détale comme un lapin.

— Ça sert à rien, avais-je murmuré.

— Ahh. J'imagine que tu sais où il va, de toute façon. »

J'avais vaguement hoché la tête. La vérité était trop amère et trop compliquée pour être expliquée. En réalité, la destination de Nicky n'avait aucune importance. Quelle qu'elle ait été, je n'aurais pas pu suivre. Plus maintenant.

Il n'y avait rien d'autre appartenant à Nicky dans la caisse. Considine me l'avait dit, pourtant il n'avait pas paru surpris quand j'avais insisté pour vérifier moi-même. Si Nicky avait bel et bien retrouvé la piste de Tully, soit il n'avait gardé aucune trace de son adresse, soit, éventualité encore plus frustrante, Considine l'avait détruite : balancée dans la décharge municipale en même temps qu'une centaine d'autres menus morceaux de la vie de mon ami disparu, à la merci des rats et des mouettes.

« Désolé de vous voir repartir les mains vides, Mr Napier, dit Considine en me raccompagnant à la porte, son expression suggérant tout le contraire.

— On ne peut rien y faire.

— Comme souvent, si vous voulez mon avis. Vous verrai-je lors de l'enquête ?

— Vous descendez à Truro pour ça ?

— Eh bien, oui. Le coroner veut que je rende compte de la santé mentale de Nicholas au cours des derniers mois. J'ai reçu une lettre de lui hier. C'est prévu le 26 de ce mois. Vous n'étiez pas au courant ?

— Non.

— Voilà qui m'étonne. Je pensais qu'on vous demanderait aussi de témoigner.

— La lettre est peut-être dans mon courrier.

— Peut-être. Évidemment, comme vous l'avez vu, les preuves en tant que telles de la... maladie... de mon beau-fils... se réduisent à peau de chagrin.

— Maintenant, oui, assurément. »

Considine me décocha un de ses petits sourires sournois.

« Ma foi, comme je le disais, je suis désolé que vous ayez fait le voyage pour rien.

— Moi aussi. »

Je lui fis un sourire amer, content de le laisser croire que je n'avais rien retiré de ma visite. Ce qui n'était pas tout à fait vrai. Des gens savaient où se trouvait Tully, c'était sûr. Le policier qui l'avait mis derrière les barreaux en 1947 aurait très bien pu en faire partie. D'après l'article écrit à l'occasion de son départ à la retraite, le commissaire Treffry avait décidé de passer les dernières années de sa vie à St Mawes, dans une maisonnette qu'il avait achetée avec vue sur le port. Il y avait des chances qu'il soit toujours en vie et toujours à St Mawes. C'était peut-être pour ça que Nicky avait conservé cette coupure de presse. C'était peut-être ça, la piste qu'il me fallait.

8

Je téléphonai à Emma dès mon retour à Pangbourne. Elle fut aussi déçue que moi par la maigre récolte qui avait résulté de mon voyage à Clacton, mais heureuse qu'il y ait quand même eu quelque chose – et soulagée, je pense, que je n'eusse pas l'intention de m'en tenir là.

« J'irai en Cornouailles demain. J'ai l'intuition que Nicky était allé voir Treffry. Et je veux savoir ce que le commissaire lui a dit.

— Moi aussi. Mais, Chris...

— Oui ?

— À propos de Considine. Vous n'avez... rien laissé échapper, n'est-ce pas ?

— Je m'en suis bien gardé. Même si j'avoue que, par moments, en écoutant ses minauderies à votre sujet et celui de Nicky, j'aurais eu envie de...

— Quoi ?

— Oh, peu importe. Peu importe Considine. Oublions-le.

— Ce n'est pas notre cible, hein ?

— Non. Ni maintenant ni avant. Même si j'ai dans l'idée qu'un jour il pourrait le devenir. »

J'appelai Mark aussitôt après qu'Emma eut raccroché. Il ne semblait pas voir d'inconvénient à faire quelques heures supplémentaires pour me remplacer durant la semaine à venir, c'était une des raisons pour lesquelles je ne lui en voulais pas trop d'avoir fait son baratin à Pauline Lucas. L'autre étant que cette visite inexpliquée m'apparaissait comme un mystère mineur que je pouvais me permettre d'ignorer. L'arrivée d'Emma Moresco dans ma vie l'avait reléguée aux marges de mes pensées.

J'essayai ensuite de joindre Pam pour mendier une chambre à Tredower House, mais personne ne répondit sur la ligne privée. Toutefois, la réceptionniste semblait penser qu'on allait pouvoir me trouver une place. Bizarrement, elle fut très évasive quand je m'enquis du lieu où se trouvaient Pam et Trevor, mais ce détail me parut sans importance et je le chassai de mon esprit.

Il revint au galop. Tout comme l'énigmatique Miss Lucas. Alors que je m'apprêtais à me coucher tôt, Tabitha téléphona. Et il apparut aussitôt que ce n'était pas pour bavarder gentiment avec son oncle.

« Que se passe-t-il avec Maman et Papa, Chris ?

— Qu'est-ce que tu veux dire ?

— Maman dit que Papa est parti, mais elle refuse de me dire où – et quand il doit revenir. Elle a passé tellement de temps à m'assurer que tout allait bien que c'était l'inverse qui sautait aux yeux.

— Je n'ai aucune info, malheureusement.

— Je me disais qu'elle se serait peut-être confiée à toi.

— À quel sujet ?

— C'est bien là le problème. Je ne sais pas.

— Écoute, il se trouve que je descends là-bas demain. Que dirais-tu que je t'appelle une fois que j'aurai tâté le terrain ?

— Ce serait super.

— Mais je suis sûr qu'il n'y a pas matière à s'inquiéter.

— Tu crois ? J'aimerais bien en être aussi sûre. »

J'étais trop absorbé par mes propres préoccupations pour me pencher sur la question. Ce qui m'interpellait le plus, c'était l'idée saugrenue de Tabitha que sa mère eût pu se confier à moi. Manifestement, elle se méprenait complètement sur la relation frère-sœur – sûrement parce qu'elle était enfant unique. J'allai jusqu'à tenter un nouvel appel sur la ligne privée de Tredower House, en vain.

À peine avais-je raccroché que la sonnerie me surprit de nouveau. Deux appels un dimanche soir, c'était deux de plus que d'habitude, et celui-là en particulier ne comptait pas tant parmi les espèces rares que parmi celles en voie de disparition.

« Où étais-tu passé toute la journée ?

— En dehors de ta vie, Miv. N'est-ce pas ton souhait le plus cher ?

— Arrête un peu. Il se trouve que je pourrais bien te devoir des excuses.

— Ça fait des années que tu me les dois, mais jamais je n'aurais cru…

— Concernant cette Lucas. Ou je ne sais quel nom elle se donne. Il se pourrait bien que je l'aie aidée à te coincer, en fait. Par inadvertance, je veux dire. Malgré moi. Tu vois ?

— Non, répondis-je en m'efforçant de me concentrer. Je ne vois pas.

— Je veux dire que je n'avais pas fait le lien avec... Pas tout de suite. Mais, quand j'y ai réfléchi, ça m'a sauté aux yeux.

— Qu'est-ce qui t'a sauté aux yeux ?

— Cette fille m'a appelée il y a deux ou trois jours en se présentant comme Laura Banks, une journaliste free-lance engagée par un magazine musical pour pondre un article sur moi. Elle m'a interviewée au téléphone sur mes années sous les feux de la rampe. Le truc habituel, quoi.

— Des coups de fil de ce genre, tu dois en recevoir treize à la douzaine, j'imagine.

— Pas tant que ça, espèce de salopard sarcastique. Maintenant écoute-moi. Certes, j'avoue que j'ai dû être flattée. Ce n'est pas que j'aie envie de revenir à cette époque, mais c'est marrant d'en parler. Et même de parler de mon ex-mari – une fois tous les trente-six du mois.

— Serais-tu en train de dire...

— Elle allait peut-être bien à la pêche aux infos sur toi. Tu l'intriguais beaucoup, en tout cas. Hier, après ton appel, j'ai téléphoné au numéro qu'elle m'avait laissé. Comme ça, pour vérifier.

— Injoignable ?

— L'opérateur disait que même l'indicatif n'existait pas. »

Il y eut un silence. Puis elle ajouta :

« Désolée, Chris.

— C'est pas grave, répondis-je, m'efforçant de ne pas la fustiger. Ce n'est pas ta faute.

— Qui est-elle ?

— Je ne sais pas. »

Mais je comptais bien le découvrir. Voilà qui était désormais une certitude semée parmi d'innombrables impondérables. Quand je partirais pour les Cornouailles le lendemain matin, elle m'attendrait quelque part. Elle n'en avait pas encore fini avec moi. Peut-être n'avait-elle pas encore vraiment commencé. À l'évidence, il n'y avait pas qu'une seule bête tapie dans la forêt.

« Tu as des ennuis, Chris ?

— Je ne sais pas trop.

— Est-ce que ça a un rapport avec Nicky Lanyon ? J'ai lu un article dans le journal.

— Absolument aucun.

— Tu mens.

— Non. Je l'espère. Sans trop y croire. »

Si quelqu'un à Truro avait nourri des doutes quant à la culpabilité de Michael Lanyon, hormis sa propre famille, il avait gardé le silence durant les semaines qui avaient suivi son arrestation. Il était facile de dire – comme le faisait mon père – qu'on pouvait être sûr que la police avait de bonnes raisons de l'inculper conjointement avec Edmund Tully. J'étais du même avis. Je n'étais pas un enfant rebelle. J'avais été élevé dans la confiance et le respect de l'autorité. Si mes parents et la police affirmaient quelque chose, à mes yeux, ce n'était pas contestable.

La raison et les conséquences du geste de Michael – pour lui, Nicky et moi – me travaillaient bien plus que la question centrale de sa culpabilité ou de son innocence. Sans ami à qui me confier, je passais les journées poussiéreuses de cette fin d'été à traîner dans les rues de Truro en imaginant toutes sortes de préludes abracadabrants et de corollaires improbables au meurtre d'Oncle Joshua. J'avais envie de voir Nicky et de colmater la brèche sans avoir à me pencher sur l'origine de cette rupture. Mais c'était impossible, je le savais. La prochaine fois que nous nous verrions – ce qui selon moi arriverait forcément à la rentrée, le deuxième mercredi de septembre –, il y aurait quelque règlement de comptes. De quel genre, en revanche, je n'en avais aucune idée.

« Mon père dit que le père de ton copain va être pendu, avait jubilé Don Prideaux quand je l'avais croisé un après-midi alors qu'il pêchait au pied du viaduc de Moresk. D'après lui, ils vont lui passer la corde au cou. »

Il avait agrémenté sa prédiction d'un gargouillis étranglé, les yeux révulsés.

« Tu veux voir comment on fait le nœud ?

— Y a pas de quoi rire ! avais-je crié.

— Bien fait pour lui. Voilà ce que dit mon père. L'orgueil précède la chute. Voilà ce qu'il dit. »

Le père de Don n'était pas le seul à se délecter du revers de fortune de Michael Lanyon. À l'époque, j'étais trop jeune pour m'en rendre compte, mais à présent, la cruelle évidence me sautait aux yeux. Michael Lanyon avait été sorti du caniveau grâce au caprice d'un vieux monsieur. Voilà ce qui se disait. Il ne méritait pas les avantages qui lui avaient été octroyés. Et donc, suivant cette même logique tordue, il méritait qu'on les lui reprenne. Il méritait d'être rabaissé.

Mais la loi lui réservait un sort bien plus terrible. L'accusation dans le procès Lanyon-Tully devait s'exprimer devant les magistrats au début du mois de septembre. En attendant, les deux hommes se rongeaient les sangs en détention provisoire dans la prison d'Exeter, à près de cent cinquante kilomètres de Truro. Et pendant ce temps-là, à Tredower House, la mère, la femme et le fils de Michael Lanyon tenaient le siège comme ils pouvaient, sans se montrer nulle part, sans personne pour les consoler. Eux aussi étaient en prison. Il n'y avait pas de barreaux à leurs fenêtres, pas de geôliers qui patrouillaient à leurs côtés, mais à l'instar de Michael Lanyon, ils n'avaient pas d'issue.

Durant cette période-là je ne les avais vus qu'une seule fois. Cette vision sinistre d'eux trois m'était apparue un matin à la gare. Je m'y étais rendu aussitôt après le petit déjeuner afin d'observer les allées et venues des trains depuis mon poste d'observation préféré, le Black Bridge : les piles du pont enjambant les rails et le dépôt de marchandises juste à l'ouest de la gare. C'était l'endroit idéal pour voir le premier train en provenance de Penzance traverser la gare et c'est là où je me trouvais quand le train de huit heures quarante à destination de Bristol s'était arrêté. Alors que la fumée se dissipait et que j'observais le quai, trois silhouettes s'étaient empressées de monter à bord : Cordelia, Rose et Nicky.

Ils allaient à Exeter rendre visite à Michael. J'avais tout de suite compris de quoi il retournait. Ce départ matinal leur permettrait de rester un bon moment sur place. Cela dit, je n'avais aucune idée du fonctionnement des visites en prison, et j'ignorais si Nicky les accompagnerait ou serait cantonné dehors. Quoi qu'il en soit, j'avais vu l'angoisse et l'impatience se mêler sur son visage : pâle, figé, déterminé, sans pour autant être prêt à ce qui l'attendait. Ça, je l'avais vu aussi. Il se laissait lentement submerger. Ce n'étaient que les prémices du processus, mais pour la première fois, j'avais vraiment pris conscience de ce que cela signifiait pour lui ; pour la première fois, j'avais eu plus de peine pour lui que pour moi.

Je l'avais interpellé haut et fort, d'instinct. Mais il y avait trop de claquements de portes, trop de cris. Ils avaient disparu en un instant, montant précipitamment dans la voiture. Nicky n'avait pas levé les yeux quand sa mère l'avait poussé à bord. Il ne m'avait pas vu. Pas entendu. Il n'était plus là.

Vite, j'avais traversé le pont, dévalé l'escalier et je m'étais précipité vers l'entrée de la gare. Je savais que mes efforts étaient vains. Leur train était immobilisé sur le quai le plus éloigné et il s'ébranlait déjà quand je franchis le portillon. Qu'à cela ne tienne, je m'étais mis à courir, dans le vague espoir que Nicky me vît et sût que j'essayais vraiment de garder le contact. Je m'étais arrêté à l'extrémité du quai, là où la plate-forme s'inclinait vers les rails et, pantelant, les mains sur les genoux, j'avais regardé le train prendre de la vitesse et s'éloigner progressivement à travers la ville.

Je n'ai jamais su si Nicky m'avait vu. L'occasion de le lui demander s'était fait attendre. Quand elle s'était enfin présentée, je ne l'avais pas saisie. Et elle ne reviendrait plus.

Une lettre du coroner de Truro me parvint tôt le lundi matin, alors que je faisais mon sac. Comme

Considine me l'avait dit, les auditions dans le cadre de l'enquête sur la mort de Nicky allaient se tenir le 26 octobre et ma présence en qualité de témoin, à l'instar de la sienne, était requise. Dans un sens, j'étais content qu'un délai me fût fixé. Qu'importe le résultat de mes recherches, trois semaines seraient déjà bien suffisantes.

Je lâchai les chevaux de ma Stag et arrivai à St Mawes au milieu d'un après-midi d'une tiédeur laiteuse. La région du Roseland avait revêtu ses plus beaux habits d'automne : verdoyante, vallonnée, resplendissante. Dans l'estuaire au chatoiement enchanteur, les voiles inertes de yachts au ralenti s'éparpillaient paresseusement sur l'eau turquoise.

Grâce au bureau de poste où George Treffry touchait sa pension de retraite, je parvins à remonter sa piste jusqu'à Tangier Terrace, où une série de maisonnettes blanches aux toits d'ardoise à l'écart de Church Hill dominaient vertigineusement la ville et la mer, tels des guillemots accrochés à la paroi d'une falaise. Chez lui, personne ne répondit, mais un voisin à l'ouïe fine sortit la tête pour m'informer que c'était l'heure habituelle du « petit tour de Mr Treffry ». On me conseilla de tenter ma chance du côté de la route de Castle Point et de chercher un vieux monsieur à la moustache toute blanche, en costume brun, coiffé d'un chapeau mou éculé, et qui promenait un bull-terrier vieillissant.

Malgré cette description fidèle, je l'aurais raté si je n'avais pas jeté un œil par-dessus le muret de la plage en atteignant la route. Manifestement, son petit tour ne l'avait pas conduit plus loin qu'un banc ensoleillé à l'abri du mur, où il savourait sa pipe en silence pendant que son chien menait sa petite vie sur l'estran. Je descendis vite l'escalier le plus proche pour les rejoindre.

« George Treffry ? »

Il tourna lentement un visage inquisiteur.

« J'imagine que vous ne vous souvenez pas de moi.

— Vous avez raison sur ce point. »

Avec l'âge, l'inflexion de sa voix était plus bourrue. Méfiant, il me dévisagea par-dessous le rebord de son chapeau. Il craignait peut-être que je fusse un récidiviste qu'il avait un jour mis à l'ombre. Si tel était le cas, il devait avoir conclu que j'avais l'air trop jeune ou trop respectable, car son ton s'était adouci quand il avait ajouté :

« Pourquoi, je devrais ?

— Chris Napier.

— Napier ? »

Il reprit son expression inquisitrice.

« Joshua Carnoweth était mon grand-oncle. Vous m'aviez interrogé après son meurtre. Je devais avoir 11 ans à l'époque.

— Grand Dieu. »

Il retira sa pipe de sa bouche et me dévisagea.

« En effet.

— Puis-je m'asseoir ?

— C'est un banc public. »

Sans me démonter, je m'assis à ses côtés. Le bull-terrier, suspicieux, nous rejoignit, la langue pendante, mais son maître le rassura d'une tape. Une vague se brisa paresseusement sur le rivage et une mouette traça une courbe au-dessus de nos têtes, ombre clignotante dessinée par le soleil.

« C'est au sujet du fils Lanyon ?

— Enfants, nous étions meilleurs amis.

— Mais enfants seulement. J'imagine que votre amitié a pris fin l'été 1947.

— C'est ce que je pensais. Mais, depuis le suicide de Nicky...

— Vous n'avez pas la conscience tranquille, Mr Napier ?

— Non. Et vous ? »

Il me toisa longuement avant d'esquisser un sourire, comme s'il était trop vieux pour maintenir une mine outrée.

« L'arthrite ne me laisse jamais tranquille. La vieillesse m'ennuie à mourir. Mais ma conscience est une mer d'huile.

— Nicky croyait que son père était innocent.

— Moi aussi, je l'aurais cru. Si j'avais été son fils. Mais je ne l'étais pas. J'enquêtais sur un meurtre. C'est ce que j'ai dit à votre copain quand il est venu me voir.

— Quand était-ce ?

— Environ une semaine avant sa mort.

— Nicky est venu ici à ce moment-là ?

— C'est ça.

— Que voulait-il ?

— Je crois qu'il voulait que je lui présente mes excuses d'avoir enquêté à charge contre son père. D'avoir obtenu sa pendaison. C'est difficile à dire. Il n'avait pas toute sa tête. Il m'a fait de la peine, mais il fallait bien que je lui dise la vérité.

— À savoir ?

— Que son père était bel et bien coupable.

— Vous n'en avez jamais douté ?

— Oh, non. C'était une affaire d'une transparence déprimante, si vous voulez tout savoir. Il n'y a pas eu d'investigations poussées. Nous avons interpellé Edmund Tully moins de douze heures après le meurtre. Nous avons trouvé des vêtements maculés de sang dans son sac quand nous l'avons débarqué du train et les prélèvements se sont révélés correspondre au groupe sanguin de votre oncle. Lors d'une séance d'identification, des témoins oculaires ont désigné Tully comme l'homme qu'ils avaient vu s'enfuir dans Lemon Street. Ne parlons pas de ses empreintes digitales sur l'arme du crime. Il avait jeté le couteau dans une bouche d'égout au pied de la colline, mais comme ça faisait des semaines qu'il n'avait pas plu, il était resté sagement là à nous attendre. L'un dans l'autre, nous n'avons pas eu grand-chose à faire.

— Et Michael Lanyon ?

— Tully nous a conduits à lui dans les heures qui ont suivi son arrestation. Il avait près de cinq cents livres dans son sac, et quand il a vu les preuves s'accumuler contre lui, il a reconnu que Lanyon lui avait donné cet argent pour qu'il se débarrasse de Mr Carnoweth. Il devait toucher la même somme une fois le boulot accompli. Mais il avait tellement salopé le travail qu'il avait paniqué et pris ses jambes à son cou. Plus tard, il a tout nié en bloc. Disant que nous l'avions forcé à signer une confession. Son avocat a bricolé une histoire selon laquelle les sévices qu'il avait subis aux mains des Japonais l'avaient rendu vulnérable à la moindre pression exercée durant l'interrogatoire. Mais il n'y avait eu aucune pression. Ça n'avait pas été la peine. Il a fini par le reconnaître lui-même quand il a changé de défense. Et puis, j'ai su dès le départ que c'était la vérité.

— Comment ça ?

— Une intuition, comme on en a parfois dans ce genre de boulot. C'est quoi votre travail ?

— Je restaure des voitures.

— Donc vous savez repérer un moteur qui tourne bien ?

— Oui.

— C'est la même chose avec les histoires que racontent les gens et leur façon de les raconter. »

Treffry tapota sa pipe contre le bord du banc et inspecta le fourneau vide.

« Tout s'emboîtait à merveille, voyez-vous. Tully et Lanyon s'étaient rencontrés à Oxford. C'étaient forcément de bons amis. Ils avaient parcouru l'Europe ensemble. Tully avait un père richissime qui lui payait ses factures, tout comme Lanyon avait Mr Carnoweth. Ensuite, ils s'étaient perdus de vue. Lanyon était retourné à Truro et Tully à l'entreprise familiale dans le Nord. Au déclenchement de la guerre, il s'était enrôlé dans l'armée et avait eu la malchance de finir en Malaisie occidentale. Il avait été capturé lors de la chute de Singapour et avait passé plus de trois ans dans un camp de prisonniers japonais. On n'en ressort pas indemne. J'imagine que c'est ce qui a fait de lui un meurtrier.

— Et qu'est-ce qui a fait de Michael Lanyon un meurtrier ?

— La tentation. Mr Carnoweth envisageait de modifier son testament. Vous le savez. Vous étiez avec lui quand il était allé voir son notaire. Michael Lanyon était le seul bénéficiaire du testament qu'avait rédigé Mr Carnoweth à son retour d'Alaska quand il avait découvert la situation dans laquelle vivait la mère du garçon. À l'époque, il devait se dire que sa propre famille n'avait pas besoin d'aide. Plus tard, avec l'âge et l'arrivée de votre sœur et vous qui l'avaient fait songer à la génération suivante, il avait décidé de partager sa fortune de façon plus équitable. Et Dieu sait qu'il y en avait largement assez pour tout le monde. Si Michael avait eu connaissance de la somme exacte, peut-être n'aurait-il jamais... »

Il haussa les épaules.

« Mais c'est là pure spéculation, n'est-ce pas ?

— Il me semble à moi que toute cette histoire n'est que pure spéculation. Vous ne pouvez pas être certain qu'Oncle Joshua ait eu l'intention de changer son testament. Ni que Michael Lanyon connaissait ses intentions. Ni qu'il savait être le seul bénéficiaire du premier testament, d'ailleurs.

— Mais si, Mr Napier. C'est Tully qui me l'a dit. Or, comment aurait-il pu avoir accès à ces informations si ce n'est par l'entremise de son vieil ami ? Et quelle raison avait-il d'assassiner Mr Carnoweth, si ce n'est pour aider son vieil ami ? Après la guerre, à son retour chez lui, il n'arrivait à s'ancrer nulle part. Il y avait eu je ne sais quelle querelle familiale avant même qu'il rejoigne l'armée. Je ne me rappelle plus les détails. Toujours est-il qu'il s'était mis à mener une vie nomade, errant d'une pension de famille à l'autre, buvant trop et dépensant trop, jusqu'au jour où il s'était retrouvé à Truro – par pur hasard, à l'en croire – où il avait décidé de taxer son vieux copain d'Oxford. Vous étiez là quand ils s'étaient revus pour la première fois depuis quinze ans. Dans la cour de Colquite & Dew. Vous vous souvenez ?

— Je m'en souviens, en effet. Et Michael avait l'air tout sauf content de le voir.

— C'était avant qu'il réalise ce que Tully pourrait faire pour lui. Tully traînait ses guêtres à Truro parce qu'il avait vu que Lanyon s'en était bien sorti et qu'il pensait pouvoir le persuader de l'aider à repartir du bon pied.

— C'est ce que disait Tully.

— Pas seulement Tully. Il y a un témoin qui a corroboré cette histoire de rendez-vous avec Lanyon au pub Daniell Arms – pile en face du Lander Monument, soit dit en passant – deux nuits avant le meurtre. C'est à ce moment-là que l'argent a changé de main. Le lendemain soir, Lanyon a retiré de son compte en banque cinq cents livres en liquide. Le témoin était un homme fiable. Comment s'appelait-il déjà ? Vigus. C'est ça. Sam Vigus. Il travaillait pour l'entreprise Killigrew, les déménageurs. »

Le nom de Sam Vigus m'évoquait clairement une silhouette en salopette assez corpulente qu'on voyait s'échiner à porter et soulever sur les lieux d'à peu près tous les déménagements de Truro durant les années 1940 et 1950. Et celui de sa femme m'évoquait encore plus clairement une de ces victimes de la mode qui avait contribué à l'énorme succès du magasin de vêtements à crédit de Grand-mère. J'avais oublié que Sam avait aussi joué un rôle mineur mais néanmoins capital dans la condamnation pour meurtre de Michael Lanyon.

« Vigus a vu Lanyon donner à Tully une enveloppe marron ventrue. Sa description de l'enveloppe correspondait à celle où l'on a retrouvé l'argent dans le sac de Tully. Et il y avait les empreintes digitales de Lanyon dessus. Vigus a aussi entendu Lanyon demander à Tully de faire vite ce pour quoi il avait été payé. Il les a vus regarder le Lander Monument par la fenêtre. *Comme s'ils choisissaient le lieu du crime.* Tully a écrit un mot à Mr Carnoweth le lendemain matin en disant qu'il avait en sa possession des lettres d'amour particulièrement intimes et embarrassantes envoyées par Cordelia Lanyon à feu le père de Tully, lettres qu'il était tout prêt à vendre au plus offrant. Mr Carnoweth accepterait-il de le rencontrer à minuit au Lander Monument le lendemain soir afin de fixer les conditions ? C'était ça le guet-apens.

— Mais ce mot n'a jamais été retrouvé, si ?

— Mr Carnoweth l'avait sûrement détruit avant de partir pour le rendez-vous. De toute façon, là n'est pas la question. Ce que cette histoire prouve, c'est que Tully savait des choses sur les Lanyon que seul un membre de la famille aurait pu lui divulguer.

— Certes, mais Michael aurait très bien pu lui confier que sa mère était l'ancienne amoureuse d'Oncle Joshua quand il faisait ses études avec Tully.

— Quelle est votre hypothèse ?

— Je ne sais pas. Sauf que la solution n'était peut-être pas aussi évidente qu'elle le paraissait à l'époque. »

Treffry secoua la tête d'un air apitoyé.

« Mais si, Mr Napier. Lanyon avait payé Tully cinq cents livres. C'est un fait. Il nous a expliqué que c'était au nom du bon vieux temps, mais vous n'allez pas me dire que vous avalez ça. Tully a assassiné Mr Carnoweth. Ça aussi, c'est un fait. Et j'ai bien peur qu'il y en ait un troisième qui suive inévitablement.

— Vous êtes certain que Michael Lanyon méritait la pendaison ?

— Absolument.

— Et Tully ?

— Lui aussi.

— Ce n'était pas l'avis du ministre de l'Intérieur.

— Typique des politiques. Tully inspirait de la compassion à cause de ses états de service et parce qu'il a fini par avouer. Pour moi, ça sentait la combine à plein nez. Je crois que Tully savait qu'il allait être déclaré coupable et qu'il se disait qu'une confession, même tardive, lui vaudrait peut-être une commutation de peine. Manifestement, le juge est tombé dans le panneau et le ministre de l'Intérieur a suivi. Tully s'est beaucoup mieux débrouillé avec le procès qu'avec le meurtre. Je dois bien lui reconnaître ça. La prison britannique devait avoir des airs de colonie de vacances après trois ans et demi passés au camp de Changi.

— Mais Michael Lanyon n'a pas avoué, lui. Même quand le changement de défense de Tully a réduit la sienne en pièces.

— C'était inutile. Pas de circonstances atténuantes, comprenez-vous ? C'est en ça qu'il s'agissait d'une affaire étrange. L'homme qui avait porté le coup fatal semblait toujours moins coupable que l'homme qui l'avait persuadé de passer à l'acte. Ce qui a vraiment valu la pendaison à Lanyon, c'est son ingratitude patente : il avait commandité le meurtre de son bienfaiteur et exploité son ami détruit par la guerre.

— Il pourrait y avoir une autre explication à son refus d'avouer.

— Bizarrement, je crois que vous avez raison. Mais il ne s'agit pas de celle à laquelle vous semblez penser. »

Le bull-terrier se rapprocha tranquillement et enfouit son museau au creux du genou de son maître, comme si, las, il voulait rentrer chez lui. Mais Treffry n'était pas pressé de partir. Il semblait se délecter de notre conversation.

« La famille de Lanyon était tellement persuadée de son innocence qu'il n'avait pas le cœur de briser leurs illusions. Peut-être pensait-il qu'il serait moins cruel de les quitter en leur laissant l'image d'un homme lésé. Et pourtant, pour le peu que j'ai vu de son fils, m'est avis qu'il se méprenait. La vérité est toujours préférable. Au final, c'est plus facile de vivre avec.

— Et vous êtes sûr de la connaître, la vérité ?

— Dans cette affaire, oui.

— Mais comment est-ce possible ? D'en être absolument sûr, je veux dire.

— C'est ce que je vous disais. L'instinct professionnel.

— Et moi alors ? Comment puis-je acquérir cette certitude ?

— Si ce que je vous ai dit ne vous a pas convaincu, alors... »

Il haussa les épaules.

« Je ne peux pas vous aider.

— Peut-être que si. Voyez-vous, j'ai réalisé qu'il y avait un homme qui détenait la vérité.

— Tully. »

Treffry hocha la tête.

« Manifestement, votre copain Nicky Lanyon avait eu la même idée si j'ai bien compris ses élucubrations. Sans vouloir offenser la mémoire de ce garçon, il n'avait pas la lumière à tous les étages quand il est venu me voir. Ce que j'ai parfaitement saisi, en revanche, c'est qu'il recherchait Tully et pensait que je pourrais lui donner des indications. J'ai bien peur d'avoir dû le décevoir sur ce point.

— Pourquoi ? Tully est mort ?

— Possible. Il n'était pas du genre à faire de vieux os. Mais je n'ai aucun moyen de le savoir – ni de le découvrir.

— Le service de probation doit bien tenir à l'œil les détenus libérés en conditionnelle.

— En effet. Mais nous sommes devant un mystère. C'est sûrement aussi bien que la presse n'en ait jamais eu vent. Tully a été porté disparu quelques mois après sa libération. On m'en a informé au cas où il serait venu me trouver pour régler ses comptes. Mais il a complètement disparu de la circulation. J'en ai touché un mot à quelques anciens contacts après la visite du fils Lanyon et je peux vous dire que c'est toujours le *statu quo*. Ça fait douze ans que Tully n'a pas donné le moindre signe de vie. Il y a fort à parier qu'il soit à l'étranger. Afrique du Sud. Argentine. Un pays comme ça. Il se fondrait facilement dans le paysage.

— Vous voulez dire qu'il est en cavale ?

— Techniquement, oui. Mais, étant donné qu'il a déjà été libéré, c'est une chasse à l'homme qui n'ira jamais plus loin que le meuble classeur. Je dis à l'étranger, mais ce n'est que ma théorie. Il pourrait être littéralement n'importe où. Ou nulle part, évidemment.

— Et c'est ce que vous avez dit à Nicky ?

— En effet. Ça a eu l'air de finir de l'achever. J'en suis vraiment désolé, vu ce qui s'est passé ensuite, mais... »

Son geste las de la tête et ses yeux plissés dirigés vers la mer semblaient refléter toute la fragilité humaine à laquelle sa vie professionnelle l'avait habitué. Le bull-terrier s'assit lentement et posa son museau sur une des chaussures de son maître.

« Que Tully soit mort ou non, ça ne change pas grand-chose de toute façon.

— Et sa famille ? Il a peut-être gardé contact avec elle.

— J'en doute. À l'époque du meurtre, ses parents étaient déjà décédés et il n'était pas en bons termes avec son frère. C'est le seul proche que j'avais réussi à trouver quand j'étais allé me renseigner sur le passé de Tully dans le Yorkshire. Il avait repris l'entreprise familiale. Une filature de lin, si mes souvenirs sont bons. Elle a sûrement fermé depuis bien longtemps. Et je m'aventurerais même à dire que le frère mange les pissenlits par la racine, à l'heure qu'il est. C'était l'aîné de plusieurs années.

— Où se trouvait cette filature ?

— À Hebden Bridge. Entre Leeds et Manchester. Je ne me rappelle plus trop l'endroit. Une journée grise dans une ville ouvrière du Yorkshire ne laisse guère de traces dans la mémoire. Et le frère de Tully était aussi bavard qu'un caillou. Toute cette affaire le gênait beaucoup. Il ne voulait rien savoir et, franchement, je le comprends.

— Alors où est allé Tully quand il est sorti de prison ?

— Pas dans le Yorkshire, en tout cas. L'officier de probation auquel il devait répondre, celui qui m'a contacté au moment de sa disparition, se trouvait à Londres. Il m'a dit qu'il avait installé Tully quelque part dans un petit appartement. Il me l'a décrit comme un solitaire. Ma foi, c'est le cas de nombreux anciens détenus. Surtout les condamnés à perpète. Rien de très étonnant. Rien d'étonnant non plus à ce qu'il ait mis les bouts. C'était un vagabond dans l'âme. Alors il est parti à l'aventure. Ça n'a surpris personne.

— À vous entendre, cette affaire est tellement simple. Tellement prévisible.

— Les meurtres le sont souvent. C'est à cause des écrivains de polars que les gens croient le contraire.

— Les erreurs judiciaires existent.

— Pas dans ma carrière.

— J'aimerais pouvoir partager votre assurance. »

Treffry me gratifia d'un sourire bienveillant.

« J'ai bien peur que les sentiments ne brouillent votre jugement, Mr Napier. C'est tout à votre honneur, sûrement. Mais ça ne vous aidera en rien.

— Pas plus que de fermer les yeux sur l'infime possibilité que Michael Lanyon ait été lésé.

— Infime, vous l'avez dit. N'oubliez pas la chose suivante : un homme est considéré innocent tant qu'il n'y a pas eu la preuve du contraire. Mais une fois que le verdict a été prononcé, ça marche dans l'autre sens. Michael Lanyon sera considéré coupable tant que vous n'aurez pas prouvé son innocence. Et ça, vous n'y arriverez jamais. »

Treffry réveilla doucement son bull-terrier, se leva lentement du banc et s'assouplit les genoux.

« Il est temps de rentrer à la maison. Buster réclame son dîner. Viens, mon garçon. »

Il s'éloigna d'un pas lourd, son chien le suivant aussi péniblement, puis il s'arrêta au pied des marches et, la main sur le rebord du chapeau, m'adressa un adieu étrangement courtois. Sur ce, il remonta la rue en direction de Tangier Terrace et de la dernière demeure d'une conscience professionnelle en paix.

L'affaire Michael Lanyon et Edmund Tully avait été portée devant les magistrats de Truro le lundi 1er septembre 1947. Elle avait accaparé la plus grande partie de la semaine et une grande colonne quotidienne à la une du *Western Morning News*. Étant donné qu'il s'agissait d'un sujet tabou, ou presque, dans le foyer Napier, du moins en ma présence, le journal, étudié par-dessus l'épaule de Pam après qu'elle l'avait repêché dans la poubelle, constituait la seule et unique fenêtre que j'avais sur le procès. La foule que j'apercevais de loin se rassembler chaque matin et chaque après-midi sur Back Quay à l'arrière du tribunal pour voir les accusés entrer et sortir suffisait largement à me décourager d'aller regarder d'un peu plus près. Il y avait quelque chose de perturbant dans leurs gestes et leur apparence, quelque chose de laid et de vengeur dans leurs yeux, quelque chose de la meute, de celle dont les instincts couvent chez tout un chacun.

Les preuves rapportées dans le journal semblaient particulièrement accablantes, même si je ne comprenais pas pourquoi il fallait autant de temps pour les exposer. D'après Pam, c'était parce que je n'avais aucune idée de la manière dont fonctionnait une cour de justice. À l'époque, je m'étais laissé duper par l'illusion qu'elle, elle le savait, mais en ces temps sans télévision où nous n'avions pas notre dose hebdomadaire de la série *Perry Mason* pour façonner nos imaginations, le monde judiciaire nous paraissait aussi lointain que la Rome antique. Certes, nous pouvions lire le rapport du médecin légiste. Étudier les différentes versions des événements données par les témoins. Parcourir le compte rendu laborieux de l'inspecteur Treffry sur les raisons pour lesquelles ses investigations l'avaient d'abord conduit à Edmund Tully, puis à Michael Lanyon. Nous pouvions analyser le moindre détail. Mais la façon dont résonnaient ces détails au tribunal, l'impression qu'ils faisaient et, si oui ou non, ils laissaient place au doute, c'étaient autant de questions qui dépassaient notre entendement.

Je m'étais souvent imaginé Nicky lire le même journal dans sa chambre à Tredower House, en secret peut-être, sous les draps, à la lumière d'une lampe de poche, pendant que sa mère et sa grand-mère discutaient anxieusement au rez-de-chaussée jusque tard dans la nuit. La situation ne devait pas être plus claire pour lui, je le savais. Ni plus simple. Et le fait que l'affaire n'eût à ce stade pas encore trouvé de conclusion devait avoir rendu encore plus vain son combat mental avec les preuves.

Aucun des accusés n'avait témoigné. Ils réservaient tous deux leur défense. D'après le correspondant judiciaire du *Western Morning News*, les magistrats s'étaient retirés moins de quinze minutes avant de prononcer leur renvoi devant les assises. C'était de la torture à petit feu. On avait consacré trois jours à décider d'un procès dont tous les habitants de Truro savaient qu'il aurait lieu depuis déjà plusieurs semaines. Nombre d'entre eux croyaient aussi en connaître l'issue, et je commençais à partager leur sentiment.

« Ça se présente mal pour le jeune Michael, hein ? » avais-je entendu Mrs Boundy dire à ma mère un matin au magasin où j'étais censé donner un coup de main, la rentrée scolaire de Pam ayant eu lieu une semaine avant la mienne. « C'est terrible ce que les gens sont capables de faire pour de l'argent, vous ne trouvez pas ?

— C'est tout à fait bouleversant, avait répondu Maman à juste titre, même si j'avais perçu dans sa voix le désir d'ajouter quelques remarques moins circonspectes.

— Hier, j'ai vu sa mère quitter le tribunal, pâle, les traits tirés, un véritable épouvantail. Elle a pris un sacré coup de vieux ces dernières semaines.

— Ce doit être une terrible épreuve pour elle.

— Et ça ne risque pas de s'arranger. Mon Reg dit qu'il n'échappera pas à la corde.

— Il ne faut pas tirer de conclusions hâtives, Mrs Boundy.

— Vraiment ? »

Sa tête avait pivoté, pareille à celle d'un pigeon qui lorgne un grain de maïs, quand elle avait lancé à ma mère par-dessus le comptoir un regard lourd de sous-entendus.

« Ma foi, je vois bien dans quelle position délicate ça vous met, Mrs Napier, évidemment, vu où l'argent du vieux Mr Carnoweth va atterrir quand cette affaire sera terminée. Comme dit mon Reg, le malheur des uns fait le bonheur des autres. »

J'arrivai à Tredower House tard cet après-midi-là, l'esprit occupé par de lointains événements qui, plus de trente ans auparavant, avaient laissé George Treffry résolument convaincu que justice avait été faite vis-à-vis de Michael Lanyon. C'était une conviction que je n'avais jamais partagée, peu importe le nombre de fois où j'avais laissé les autres et moi-même croire le contraire. Pourtant, je n'arrivais toujours pas à m'expliquer pourquoi. Et le seul homme capable de dissiper mes doutes et de répondre à mes questions avait disparu. Le découragement menaçait. La résignation me préparait une voie de retraite.

Mais l'impasse est parfois trompeuse. Un virage dérobé se révèle juste avant que vous heurtiez le mur. Ce que j'avais oublié était ce que je venais de commencer à comprendre. Il ne s'agissait pas que du passé.

La réceptionniste m'informa que Pam m'attendait dans l'appartement : les anciennes écuries qu'elle et Trevor avaient converties en une maison confortable. Cette information ressemblant curieusement à une convocation, j'allai aussitôt trouver ma sœur.

Elle n'eut pas besoin de prononcer un mot pour que je comprenne qu'il s'était passé quelque drame. Elle avait l'air fatiguée, négligée, et elle m'avait serré dans ses bras plus fort et plus longtemps que d'habitude. Comme frère et sœur, nous n'avions jamais été très démonstratifs, sa façon de s'accrocher à moi m'avait donc encore plus alerté que les traînées noires sous ses yeux.

« Je ne savais pas s'il fallait me réjouir ou me désoler de ta venue, Chris. Je n'étais pas sûre de pouvoir continuer à garder le secret. Mais maintenant je suis contente d'avoir une épaule sur laquelle pleurer.

— Que s'est-il passé ? Où est Trevor ?

— Parti.

— *Parti ?* Qu'est-ce que tu veux dire ?

— Je veux dire que je l'ai foutu dehors.

— Grand Dieu. Je n'en savais rien. Tabs m'a téléphoné hier soir. Elle avait l'air de se faire du souci pour vous deux. Mais... Je croyais que ce n'était rien. Que s'est-il passé, bon sang ? Qu'est-ce qu'il a fait ?

— Que n'a-t-il pas fait – durant toutes ces années ? C'est la question que je me pose. Je me demande tout ce que je n'ai pas su et depuis quand.

— Il va falloir que tu m'expliques.

— D'accord. Autant que tu connaisses tous les détails sordides. Samedi matin, j'ai reçu une lettre anonyme. Ou plutôt une enveloppe. Elle ne contenait pas de lettre, en fait. Juste une photo. Montrant mon mari en train de coucher avec une prostituée.

— Tu plaisantes.

— Non. J'aimerais bien. J'ai ouvert le courrier pendant le petit déjeuner, Trevor était juste en face de moi, et je me suis retrouvée en train de regarder une photo de lui dans je ne sais quelle chambre d'hôtel avec cette... cette...

— Je n'arrive pas à y croire.

— Moi non plus, je n'y arrivais pas. Mais j'en avais la preuve sous les yeux. Une exception, m'a dit Trevor. Un écart sans précédent qui avait eu lieu ce fameux week-end où il s'était rendu à Londres à l'occasion du Salon de l'hôtellerie et qui ne se reproduirait jamais. Cette photo était presque une aussi vilaine surprise pour lui que pour moi. De toute évidence, il pensait que je n'aurais jamais rien su de la chose. Ce qui rend tout aussi évident le fait que ce n'était pas la première fois que ça arrivait.

— Mais... qui a pris la photo ? Qui te l'a envoyée ?

— Tu ferais mieux de le demander à Trevor. Peut-être qu'il sait qui est derrière tout ça. Moi, je m'en fiche. Une personne bien intentionnée, j'imagine. N'est-ce pas comme ça qu'on dit ? Quelqu'un qui jugeait bon de m'ouvrir les yeux. Ma foi, ils se sont ouverts. Et comment !

— Je n'arrive toujours pas à y croire. Enfin, vous êtes mariés depuis...

— Vingt-quatre ans.

— Et tu dis que... c'est fini ?

— Il est hors de question que je partage mon lit – ou ma maison – avec Trevor après ça.

— Maman et Papa sont au courant ?

— Pas encore. Tu es le premier, Chris.

— Ils vont mal le prendre.

— Tu crois peut-être qu'il vaudrait mieux qu'on se rabiboche pour leur faire plaisir ?

— Ce n'est pas ce que je dis. Bien sûr que non. »

D'ailleurs, au fond de moi, la perspective que l'image de gendre idéal de Trevor vole en éclats me satisfaisait. Mais déjà quelque chose dans les circonstances de sa destruction commençait à m'inquiéter. Et cette inquiétude empiétait sur ce qui aurait dû être mon seul souci : le moral de ma sœur.

« C'est un vrai choc, Pam. Ne devrais-tu pas... prendre un peu de temps pour décider comment gérer au mieux la situation ?

— Il n'y a qu'une seule façon de la gérer.
— Tu as cette impression maintenant, mais...
— Tu ne comprends pas, hein ? »
Elle me fusilla du regard.
« Tu n'as aucune idée de ce que ça m'a fait. Cette photo m'a donné la nausée. Pas à cause de ce que Trevor y faisait, mais parce qu'il le faisait avec une inconnue. Et il adorait ça. Il prenait son pied.
— Pam, essayons de...
— Vois par toi-même. »
Elle se dirigea subitement vers le bureau, ouvrit brutalement un tiroir et sortit une grande enveloppe.
« Je ne veux pas que quiconque aille dire plus tard que je me suis imaginé tout ça. Que je me suis laissé emporter. Que je me suis trompée. »
Elle se tourna vers moi et me tendit l'enveloppe.
« Regarde, Chris. Regarde bien ce que fabrique mon mari pendant ses week-ends en déplacement. *Après* tu me diras si j'ai besoin de temps pour réfléchir. »
Je me saisis de l'enveloppe, y plongeai la main et sortis la photo. C'était un cliché grand format brillant en noir et blanc. Pas étonnant que Trevor en ait été aussi estomaqué que Pam. Car il était indubitablement là, nu, le sourire jusqu'aux oreilles, en train de grimper mollement sur un lit. Mais une partie de son corps était loin d'être molle. Et la raison en était évidente. Une femme à la peau lisse vêtue d'une espèce de combinaison en soie très courte était assise sur le lit, le tissu du vêtement remontant sur ses hanches tandis qu'elle adressait à Trevor un sourire enjôleur.
Je cessai de respirer. Pas à cause du voyeurisme induit par cette scène explicite, mais à cause du visage

de cette femme. L'excitation qu'on y lisait n'était pas simplement de la luxure artificielle au profit de Trevor. C'était la griserie d'un piège tendu d'une main experte. Aucun doute possible. Car ce visage était celui de Pauline Lucas.

9

Pam me fut reconnaissante de m'être proposé d'annoncer à Maman et Papa sa rupture avec Trevor. Ils allaient devoir réfléchir à ses répercussions sur la gestion de l'hôtel, sans parler de la confiance tranquille de la famille qui allait être complètement chamboulée. Je leur téléphonai le soir même afin de leur proposer, l'air de rien, de leur rendre visite le lendemain, et je fus promptement invité à déjeuner. Je n'avais aucun moyen de les prévenir que, le temps qu'on s'installe à table, ils risquaient fort d'avoir perdu l'appétit.

Je restai tard le soir avec Pam, à l'écouter faire l'inventaire des difficultés maritales d'un quart de siècle jusqu'à ce qu'il ne reste plus qu'un profond dégoût pour ce que Trevor avait fait. Leur union ne m'était jamais apparue comme une fusion des cœurs, mais elle était indubitablement endurante. À présent tout cela n'était plus, balayé en quelques secondes, celles qu'il avait fallu à Pam pour ouvrir l'enveloppe. Il était difficile de déterminer jusqu'où s'étendaient les ondes du choc. Comme Pam, j'étais absolument persuadé que ce n'était pas la première fois que Trevor avait goûté au sexe tarifé. Mais maintenant elle en avait la certitude. Pire encore, elle avait vu la réalité crue que cela recouvrait.

Ce que l'indignation de Pam face au comportement de son mari l'empêchait de voir était ce qui moi me préoccupait le plus. *Qui* était Pauline Lucas ? Et *pourquoi* avait-elle fait ça ? Il y avait quelque chose d'orchestré et d'énigmatique à la fois dans le fait qu'elle soit apparue simultanément dans ma vie et dans celle de Trevor. Elle avait démontré qu'elle avait le pouvoir de faire baisser notre garde. Mais à quelle fin ? Que voulait-elle au juste ?

Je ne pouvais souffler mot de cette histoire à Pam. Elle n'était pas d'humeur à entendre la moindre insinuation que Trevor eût pu être piégé, et elle aurait même pu croire que j'étais de mèche avec lui si je lui avais rapporté le peu que je savais. Il fallait que je parle à Trevor et il fallait que je le fasse sans que Pam me soupçonne de prendre son parti – ce qui n'était absolument pas le cas. Je partageais son dégoût face au comportement de son mari, cependant nous avions tous les deux été la cible de cette femme pour des raisons qui m'échappaient complètement. Et pour le moment, cela prenait le pas sur la compassion fraternelle dans laquelle j'aurais sinon volontiers versé.

J'avais dit à ma sœur que j'étais descendu afin d'aller examiner à Falmouth une vieille Lancia très rare qu'un client souhaitait me voir expertiser, elle ne posa donc pas de question sur mon départ matinal le lendemain. En l'occurrence, j'empruntai bel et bien la route de Falmouth, mais uniquement parce qu'un discret entretien avec le personnel de cuisine m'avait révélé que Trevor s'était réfugié chez son partenaire de golf,

Gordon Skewes, qui dirigeait le motel Trumouth à Perranarworthal.

L'endroit ressemblait à un relais routier américain, planté au bord de la nationale 39 entre Truro et Falmouth pendant la période de folie urbanistique du milieu des années 1960. Depuis, quelqu'un a eu le bon sens de le démolir, mais déjà à l'époque la nature avait commencé le travail, arrachant la peinture de ses doigts intrusifs et tachant le toit des bungalows d'un dédain humide.

Trevor, encore en robe de chambre, arpentait en bougonnant le bungalow exigu qu'il occupait avec une valise à moitié vide et un petit déjeuner de motel à moitié entamé. Son expression suggérait que j'étais la dernière personne qu'il souhaitait et qu'il s'attendait à voir.

« Qu'est-ce que tu veux, bordel ?

— J'ai vu la photo, Trevor.

— Elle te l'a montrée ? Quelle salope !

— Je baisserais d'un ton si j'étais toi. Nous parlons de ta femme légitimement indignée.

— Et de ta sœur blanche comme neige. Pourquoi es-tu venu ici, Chris ? Pour jubiler ? Retourner le couteau dans la plaie ? Me dire que cette histoire ne fait que confirmer ce que tu as toujours pensé de moi : que je ne la mérite pas ?

— Il se trouve que non.

— Alors, quoi ? Tu joues les messagers ? Les négociations sont ouvertes ?

— Je ne crois pas qu'il reste grand-chose à négocier, Trevor. Enfin, ça ne me regarde pas.

— Content de te l'entendre dire.

— Mais il faut vraiment qu'on parle. De Pauline Lucas.

— Qui ça ?

— La femme sur la photo.

— Quoi ? »

Il me regarda, perplexe : la stupéfaction et une sévère gueule de bois que trahissait une grimace intermittente accaparaient à parts égales son attention.

« Je la connais.

— *Toi ?*

— Pas comme toi, évidemment, mais nous nous sommes rencontrés. »

Il me dévisagea, bouche bée.

« Je ne comprends pas.

— Alors dis-moi juste ce que tu sais. Comment l'as-tu rencontrée ?

— Tu la connais vraiment ? »

Il m'agrippa le bras, un espoir fou humectait ses yeux injectés de sang.

« Tu sais qui elle est ?

— Pas exactement. Et toi ?

— Bien sûr que non. Si c'était le cas, j'irais la trouver et... »

Il s'interrompit.

« Comment tu as dit qu'elle s'appelait ?

— Pauline Lucas. Elle est venue me voir samedi à Pangbourne. Elle prétendait être l'avocate de Miv.

— Avocate ? Elle est bien bonne, celle-là.

— C'est la même femme, Trevor. Aucun doute là-dessus.

— Impossible. À moins que... »

Il s'affaissa sur le lit défait, se mordilla un moment l'articulation du pouce, puis déclara :

« Je croyais que ce n'était qu'après moi qu'elle en avait. Que se passe-t-il, bon Dieu ?

— J'espérais que tu pourrais m'expliquer.

— Eh bien, non. Depuis que cette photo est arrivée par la poste, je suis tombé de Charybde en Scylla.

— Pam aussi.

— Tu crois que c'est ce que je voulais ?

— Non. Mais tu l'as rendu possible, pas vrai ?

— Elle m'a tendu un piège. Tu ne comprends pas ? Elle a tout organisé.

— Explique-moi comment.

— D'accord. »

Il s'empara d'une tasse de café posée sur la table de chevet et la vida d'un trait en faisant la moue.

« Mais où cela va-t-il nous mener, je n'en... »

Il haussa les épaules.

« Elle était venue passer une nuit à l'hôtel il y a deux semaines. Elle avait réservé au nom de Marilyn Buckley. Elle racontait qu'elle était venue de Londres pour affaires. Elle avait la tête de l'emploi, c'est sûr. Intelligente, sexy et très, très décontractée.

— Pam semblait penser qu'il s'agissait d'une prostituée.

— C'est possible – du genre haut de gamme –, en tout cas, ce n'est pas moi qui payais l'addition. J'ai dit à Pam qu'elle était venue à Tredower House, mais elle n'a pas dû enregistrer l'information. Cette nana s'était mise à me brancher au bar. Oh, de manière très subtile, très experte. Mais j'avais compris le message. Elle m'avait dit de lui faire signe la prochaine fois que j'irais à Londres. Elle m'avait donné son numéro de téléphone et je lui avais répondu que j'y penserais. Une connerie de ce genre, quoi. Mais je peux te dire que j'étais pas prêt d'oublier. Elle était sacrément mémorable.

— Et le Salon de l'hôtellerie allait bientôt se tenir à l'Olympia.

— En effet. Je lui en avais parlé. Alors une fois là-bas, je... lui ai passé un coup de fil. »

Il soupira.

« On s'est donné rendez-vous au Ritz le vendredi soir pour boire un verre. On a enchaîné sur un resto à Soho, puis un cabaret qu'elle connaissait. Un club classieux de Piccadilly. De là on est allés chez elle.

— C'était où ?

— Danby Street, dans le quartier de Marylebone. Un appartement au troisième étage, luxueusement meublé. À ce stade-là, la fin de soirée me semblait assez évidente.

— Une chance pareille, j'imagine que tu n'en revenais pas. »

Il me fusilla du regard.

« Ne joue pas les moralisateurs avec moi. La plupart des hommes auraient fait la même chose.

— Sais-tu comment la photo a été prise ?

— De biais, à travers un miroir sans tain, je dirais. Il y en avait un gros dans un cadre doré sur un mur de la chambre.

— Une photo encore plus compromettante aurait pu être envoyée. Tu devrais t'estimer heureux. »

Incapable de résister à la tentation de le titiller, j'ajoutai :

« Alors t'as essayé des positions acrobatiques ?

— Pas eu l'occasion.

— Qu'est-ce que tu veux dire ?

— Je veux dire qu'il ne s'est rien passé.

— Arrête, Trevor. Tu ne feras avaler ça à personne.

— Non. C'est bien pour ça que je n'ai même pas essayé de le dire à Pam. De toute façon, c'est l'intention qu'elle condamne. C'est exactement ce qu'avait en tête Marilyn Buckley, ou Pauline Lucas, ou je ne sais quel putain de nom elle se donne. Elle n'avait pas besoin de se faire baiser pour me baiser bien profond.

— Es-tu en train de dire que... tu n'as pas couché avec elle ?

— Elle n'a pas voulu. »

J'eus alors presque de la peine pour lui, tandis qu'il se passait la main sur le visage et se remémorait les détails de son humiliation.

« Brusquement, quelques secondes après la prise de la photo, ça a été la douche froide. Glaciale, même. Elle a sauté du lit, s'est rhabillée et m'a dit que je ferais mieux de partir. Je n'arrivais pas à y croire. Elle est là, chaude comme la braise, et dans la seconde qui suit, elle me jette. Ça n'avait aucun sens.

— Mais maintenant, si.

— Oui. Elle avait eu ce qu'elle voulait.

— Qu'est-ce que tu as fait ?

— À ton avis ? »

Pour tout dire, j'aurais cru que Trevor n'était pas du genre à accepter un refus... Et quelque chose dans le ton de sa voix suggérait que son départ ne s'était pas passé aussi simplement que ce qu'il voulait bien dire.

« Je suis parti. Je me suis rhabillé et je suis sorti comme un gentil garçon. Je lui ai dit ce que je pensais d'elle dans un langage choisi, évidemment, mais je l'avais déjà cataloguée parmi les cinglées, si tu veux tout savoir. Enfin, pour faire marcher un type comme ça, faut vraiment chercher les emmerdes. Si un jour elle tombe mal, Dieu seul sait ce qui se passera.

— Tu crois que c'est une habitude, chez elle ?

— Je le croyais – au moment des faits. Mais, quand la photo est arrivée, ça a tout changé. Je suis allé à Londres hier pour la voir et lui demander une explication, mais il n'y avait personne chez elle. Un voisin m'a appris qu'elle avait déménagé une semaine plus tôt.

— Peu après t'avoir diverti.

— Exactement. Mission accomplie. J'ai traîné dans les parages toute la journée, au cas où, mais aucun signe d'elle. Le voisin devait avoir raison. Ce qui veut dire que toute cette mise en scène m'était destinée. Personnellement.

— Pas juste à toi, Trevor. Apparemment, je suis aussi dans sa ligne de mire.

— Je ne vois pas qui serait prêt à aller aussi loin pour me nuire. Toute cette affaire est... dingue.

— Il doit bien y avoir un lien, murmurai-je, autant pour moi qu'à l'intention de Trevor.

— Un lien avec quoi ?

— Nicky.

— Nicky *Lanyon* ? »

Trevor leva les yeux au ciel.

« Arrête un peu, Chris. C'est... c'est...

— Dingue ?

— *Trop* dingue, beaucoup trop. Qui est cette femme alors, d'après toi ? L'ancienne amoureuse de Nicky, lancée dans je ne sais quelle revanche tordue ?

— Il n'a jamais eu d'amoureuse.

— Tu m'étonnes. »

Trevor se redressa brusquement et fit claquer ses doigts.

« Par contre, il avait une sœur, non ? C'était écrit dans le journal. Elle aurait à peu près cet âge-là, en plus.

— J'ai vu une photo de cette sœur.

— Ah bon ?

— Pas la moindre ressemblance.

— Tu es sûr ? Les gens changent.

— Pas autant que ça. »

Je n'aimais pas le tour que prenaient les pensées de Trevor, n'étant pas en mesure de lui dire pourquoi j'étais absolument certain de ce que j'avançais.

« Ce n'est pas Michaela Lanyon.

— Tu as une meilleure idée ?

— Pas pour l'instant. Mais...

— Alors je vais me débrouiller avec celle-là. Si je peux arriver à faire comprendre à Pam que j'ai été manipulé...

— Elle ne te croira pas.

— Non, mais toi, si.

— Je ne lui dirai rien.

— Quoi ?

— Si tu vas la voir avec ton histoire foireuse sur Michaela Lanyon, je nierai notre conversation. »

Il semblait dépité.

« Pourquoi ?

— Parce que je suis décidé à découvrir l'identité de cette femme et ses intentions, et m'est avis que la meilleure chance d'y parvenir est d'agir dans la plus grande discrétion.

— En commençant par quoi, au juste ?

— J'ai quelques pistes. »

Ce mensonge semblait convaincant, même à mes oreilles.

« Déjà, nous avons une photo d'elle, maintenant, pas vrai ?

— Pam en a une, tu veux dire.

— Je sais où elle l'a rangée. Si tu me prêtes les clefs de l'appartement, je pourrai me servir pendant qu'elle travaille à l'hôtel.

— Qu'est-ce qui pourrait m'empêcher de le faire moi-même ?

— La probabilité que tu sois pris en flagrant délit. Tu es *persona non grata* à Tredower House, alors que moi je suis un hôte bienvenu.

— D'accord. »

Il paraissait trop fatigué pour s'agacer de mon insinuation selon laquelle se glisser dans la maison et en ressortir sans être vu dépassait ses capacités – ce qui était probablement le cas.

« Qu'est-ce que j'ai à y gagner si j'accepte de te prêter mes clefs ?

— Le soulagement de savoir que la photo ne tombera pas entre les mains de l'avocat de Pam.

— Il n'y aura que toi qui la colleras sous le nez de tout le monde.

— Je la couperai en deux histoire de préserver ta pudeur, Trevor. Je te donnerai même le négatif si j'arrive à trouver Miss Lucas-Buckley et à la persuader de me le céder.

— Une chance sur un million.

— La seule qui te reste, si tu veux mon avis. »

Il me toisa d'un air maussade.

« Qu'est-ce que tu vas faire si Pam ne veut définitivement plus de toi ?

— Je ne suis pas à court de propositions. »

Je jetai un œil alentour.

« Je vois ça.

— C'est juste temporaire.

— Espérons.

— J'ai vu Tabs à Londres hier, déclara-t-il, la voix moins assurée. Après avoir quitté Danby Street, j'ai été traîner du côté du cabaret à Piccadilly où cette salope m'avait emmené. Au cas où quelqu'un là-bas la connaîtrait. Mais si c'était le cas, ils ne me l'ont pas dit. Bref, au milieu de Regent Street, j'ai vu Tabs sortir d'un magasin. J'ai dû m'engouffrer dans une rue perpendiculaire pour l'éviter. Dieu tout-puissant, j'ai dû me *cacher*. De ma propre fille.

— Il faudra bien qu'elle connaisse un jour la vérité.

— Je n'ai pas envie qu'elle voie cette photo. »

Il ferma les yeux, cette idée lui faisant manifestement horreur, et je me retins de souligner que Pam n'en avait sûrement aucune envie non plus. Les conséquences du vol de ce cliché ne m'apparaissaient pas encore clairement. Tout ce dont j'étais sûr, c'était que ce serait plus simple que d'essayer d'expliquer à ma sœur pourquoi il me fallait le lui emprunter.

« Et merde, tu ferais mieux de prendre ces clefs.

— Bravo, mon gars.

— Pam va m'accuser, pas vrai ?

— Naturellement. Mais elle ne pourra rien prouver.

— Ça ne fera qu'empirer les choses.

— Que veux-tu que je te dise, Trevor ? Je ne te propose pas de sauver ton mariage. Simplement de retrouver la personne qui l'a ruiné. Toi mis à part, bien sûr.

— Trop aimable. »

Il prit un air grave.

« Tu prends ton pied, hein ?

— Non, seulement les clefs. Et il me semble me rappeler que tu avais tiré un plaisir considérable de ma rupture avec Miv.

— C'était différent.

— C'est vrai. Tu ne m'avais accordé aucune faveur.

— Parce que c'est une faveur, ça ?

— Peut-être. »

Je souris.

« On verra bien comment évolue la situation, pas vrai ? »

Le dimanche qui avait suivi le renvoi aux assises de Michael Lanyon et d'Edmund Tully, tous les six – Grand-mère, Grand-père, Maman, Papa, Pam et moi –, nous étions entassés dans la Talbot, direction Perranporth. Cette utilisation frivole d'une essence soigneusement économisée se justifiait par notre besoin de faire une pause : une dose de normalité balnéaire assortie d'un bol d'air. Durant le mois qui venait de s'écouler, Truro s'était refermé sur nous à mesure que les conséquences du meurtre d'Oncle Joshua s'étaient insinuées dans les moindres recoins de nos vies. Pour les Lanyon, il n'y aurait pas de pause, évidemment. Pour eux, l'angoisse et l'incertitude s'étiraient à l'infini. Mais nous ne les avions pas évoqués cet après-midi-là passé à barboter et à batifoler sur la plage. J'étais le premier à m'efforcer de ne pas penser à eux. Ils faisaient partie de ce que nous fuyions.

Et ils faisaient aussi partie de ce que nous avions retrouvé en début de soirée. Un crépuscule dominical feutré se répandait sur la ville tandis que nous remontions Chapel Hill avant de bifurquer dans Crescent Road. Les rues étaient presque désertes et dans la voiture nous nous étions tus, ivres de soleil et de vent, déprimés par la tombée du jour et la fin du voyage.

Papa s'était arrêté au pied de notre allée et je m'étais lestement extirpé de la banquette avant que j'avais partagée avec Pam : ouvrir les portes du garage comptait parmi mes responsabilités. Maman, Grand-mère et Grand-père, assis à l'arrière, avaient opéré une descente plus tranquille tandis que je commençais à remonter l'allée.

À mi-chemin, je m'étais arrêté. Cordelia Lanyon, la mine défaite, maladive, vêtue d'un grand pardessus gris en dépit de la chaleur nocturne, se tenait devant la porte d'entrée de la maison, encadrée par le porche voûté. Sans un geste, sans un mot, elle me dévisageait, imperturbable, avec une expression étrange que je n'étais pas parvenu à déchiffrer à l'époque, mais que je qualifierais aujourd'hui d'accablée de regrets.

J'avais entendu les portières claquer, le moteur se couper, puis des pas prudents dans l'allée derrière moi. Je sentais la présence de Grand-mère à mes côtés, plus essoufflée que d'ordinaire. À sa vue, Cordelia était sortie du porche et avait fait quelques pas vers nous, les traits tendus.

« Quel vent t'amène, Cordelia ? avait demandé Grand-mère.

— Je me suis dit que tu voudrais être au courant, Adelaide. »

C'était bizarre d'entendre Grand-mère appelée par son prénom. Personne d'autre, pas même Grand-père, ne l'employait.

« Nous quittons Tredower House demain.

— Où allez-vous, ma chère ?

— À Exeter. Nous y avons trouvé un logement. Ce sera plus facile pour rendre visite à Michael.

— Et l'éducation de Nicky, alors ?

— Nous l'avons inscrit à Exeter. Je l'ai retiré du collège de Truro, si c'est de ça que tu parles. »

Cette nouvelle, à moi plus qu'à n'importe qui, m'avait fait l'effet d'une bombe. J'étais persuadé que j'allais revoir Nicky les yeux dans les yeux quelques jours plus tard, lors de la rentrée scolaire. Et puis, tout à coup, c'était finalement non, et je ne savais pas s'il fallait m'en réjouir ou m'en désoler.

« Vu notre situation, même si nous étions restés ici, nous n'aurions pas pu payer les frais de scolarité.

— Ce doit être difficile pour toi.

— Difficile ? »

Cordelia était venue se planter juste devant nous. De près, son décharnement était encore plus visible. Sa peau, tendue à l'extrême sur ses pommettes saillantes, s'était dotée d'une transparence bleutée. Ses yeux m'avaient semblé plus grands que dans mes souvenirs.

« Oui, ça, on peut le dire.

— Vous avez l'intention de fermer la maison ?

— Non. Les Ellacott se chargeront de l'entretenir. »

Mr et Mrs Ellacott avaient travaillé au service d'Oncle Joshua respectivement comme jardinier et femme de ménage depuis l'entre-deux-guerres. C'était un couple réservé et fiable.

« Tu n'as pas à t'inquiéter, Adelaide.

— Je ne voudrais pas qu'il se passe quoi que ce soit. Ça ne me poserait aucun problème de...

— Tu n'approcheras pas. »

Le visage de Cordelia s'était empourpré quand elle avait aboyé ces mots. Ses yeux avaient étréci et elle avait ajouté :

« Si possible.

— C'était la maison de mon frère.

— Mais pas la tienne. Pas encore.

— Combien de temps pensez-vous partir ?

— Jusqu'à la fin du procès.

— Prions... »

Du coin de l'œil, j'avais vu Grand-mère se lécher nerveusement les lèvres. Puis elle avait poursuivi :

« Pour une issue juste et vraie.

— Oui, prions », avait lentement répliqué Cordelia sans lâcher Grand-mère des yeux.

Sur ce, elle avait tout juste esquissé un hochement de tête et s'était hâtée de descendre l'allée. Maman, Papa, Pam et Grand-père s'étaient écartés sur son passage et nous l'avions tous observée en silence qui se dirigeait vers Chapel Hill.

Ce n'est que lorsqu'elle avait été hors de vue que Papa avait commenté :

« Je me demande combien de temps elle a attendu ici juste pour dire ça. Elle aurait pu téléphoner. Ou écrire une lettre.

— Ça n'aurait pas été son genre, avait rétorqué Grand-mère. Elle sait qu'elle ne reviendra pas. »

Je l'avais dévisagée, abasourdi, en réalisant la justesse et la sincérité de ces mots. J'avais perçu cette même prise de conscience chez Cordelia, mais je n'en avais pas saisi les implications. Les Lanyon quittaient Truro et ne pourraient revenir que si Michael était acquitté. Alors ils seraient tous réhabilités. Sinon...

« Ils ne reviendront jamais ? avais-je gémi.

— Jamais, c'est long, Christian, avait répondu Grand-mère. Mais tu peux être sûr que c'est le temps qu'ils partiront. Fort longtemps. »

Sans surprise, mes parents réagirent de manière diamétralement opposée à l'annonce de la rupture de Pam et de Trevor. Ma mère voulait foncer sur-le-champ à Truro pour étouffer Pam de chaleureuse compassion maternelle. Mon père tendait davantage vers l'impatience vis-à-vis des deux parties. Même s'il reconnaissait volontiers la stupidité du comportement de Trevor, il lui semblait déraisonnable que Pam veuille mettre un terme à leur mariage un an avant leurs noces d'argent sur le seul fondement d'une photo compromettante de son mari.

À quel point elle était compromettante, je n'en avais soufflé mot, mais il était clair que quelqu'un avait Trevor dans le nez. Mon père considérait ce point comme une circonstance atténuante et déclara son intention de le faire valoir auprès de Pam une fois les esprits apaisés. À l'évidence, il pensait la brèche éminemment réparable, possibilité à laquelle ma mère voulait aussi à tout prix se raccrocher. Au final, j'abandonnai l'idée de leur faire comprendre que ce qui s'était passé était irrévocable. Ils finiraient bien par s'en rendre compte et me reprocheraient sûrement d'avoir encouragé un optimisme factice. Ou alors Pam s'inclinerait et accepterait le retour de Trevor, pour le regretter presque aussitôt après. Tout en donnant des réponses évasives à mon père qui voulait connaître l'identité de cet informateur anonyme et en rassurant ma mère sur l'état de Pam, je soupesais mentalement ces deux éventualités et compris qu'elles étaient aussi plausibles l'une que l'autre.

Trop vite à mon goût, nous nous enlisâmes dans un débat concernant la manière dont fonctionnerait l'hôtel en l'absence de Trevor. Mon avis, à savoir qu'il tournerait d'autant mieux sans lui, fut dénigré. En même temps, mon père n'ayant jamais accordé aucune importance à ce que je pensais, je n'avais pas senti la nécessité de dépenser beaucoup d'énergie à me forger une opinion. La conclusion de notre discussion semblait évidente. Pam, qui avait anticipé cette menace, m'avait supplié de la contrecarrer. Plus facile à dire qu'à faire.

« Il va falloir que je donne un coup de main, finit par décréter mon père. Pam n'arrivera pas à s'en sortir toute seule. »

Sur ce, il s'empressa d'aller dans son bureau afin de décommander toutes ses obligations de la semaine.

« Ne t'inquiète pas, dit ma mère sitôt après son départ. Ça ne portera pas à conséquence.

— Je l'espère – pour Pam.

— Mais je voudrais profiter que ton père ait quitté la pièce pour te parler de quelque chose.

— Concernant Pam ?

— Non. Rien à voir avec ça.

— Quoi, alors ?

— Ma foi, c'est très bizarre, en fait. »

Sa voix se mua en un murmure conspirateur.

« Ça va faire deux semaines que ça dure. D'après ton père, si je l'ignore, il laissera tomber. Mais je n'en suis pas si sûre, et puis, de toute façon, il veut simplement parler à quelqu'un.

— Qui ça ?

— Je lui ai moi-même répondu au téléphone à plusieurs reprises et il m'a l'air tout à fait sain d'esprit, même si ton père semble penser qu'il est sénile. Il refuse de s'expliquer en détail au téléphone. Il refuse de dire quoi que ce soit, d'ailleurs. À part qu'il y a quelque chose qu'il voudrait nous raconter – quelque chose d'important. Ton père estime qu'il n'en est rien et que nous ne devrions pas l'encourager, et je dois dire qu'il a raison, mais quel mal cela peut-il faire de contenter ce pauvre vieux s'il...

— Qui ? De qui parlons-nous ?

— Oh, tu ne te souviens probablement pas de lui. Sa femme a été une bonne cliente à nous pendant des années, même si elle est morte, maintenant, la pauvre. Il habite à Playing Place. Ils ont emménagé là-bas dans un petit pavillon à sa retraite. Avant, ils étaient dans Fairmantle Street, bien sûr, juste au coin de la rue par rapport à chez nous quand on habitait Carclew Street. Mais Playing Place n'est tout de même pas très loin de Truro. Puisque ton père refuse d'y aller et ne veut pas en entendre parler de ma part, j'avais pensé demander à Pam. J'ai bien fait de m'abstenir, vu les circonstances. Bref, maintenant que tu es là et que tu as un peu de temps libre, je me disais...

— Dis-moi juste de qui il s'agit, Maman.

— Je ne te l'ai pas dit ? »

Elle m'adressa un regard sévère, comme si j'avais quelque responsabilité dans cet oubli.

« Sam Vigus. Tu crois que tu pourrais aller voir ce qu'il veut ? »

Ils étaient partis. Je le savais, mais cette réalité ne m'avait vraiment pénétré que lorsque j'avais traversé discrètement la pelouse vide et que j'avais observé les fenêtres aveugles. Tredower House était désertée. Oncle Joshua était mort et les Lanyon s'en étaient allés. Là, avec l'herbe figée par la sécheresse qui bruissait sous mes pas et les premières teintes de l'automne qui brunissaient les arbres alentour, je m'étais confronté à ce qui semblait être la fin de l'enfance.

Il n'en était rien, évidemment. Ce n'était que la fin d'une étape. Mais aussi d'une ère. Même si je n'aurais jamais pu deviner de quel bois serait faite celle dans laquelle nous entrions tous. Où que se posât mon regard, l'incertitude régnait. Le procès de Michael Lanyon, mon amitié avec Nicky, mon parcours de collégien : ces éléments étaient sans forme, indéchiffrables, et bien qu'ils fissent partie de mon avenir, je n'avais aucune prise sur eux.

11 ans, c'est trop jeune pour entrevoir l'insécurité de la vie. Cette expérience est déroutante à tout âge,

certes, mais à l'aube de l'adolescence, la déroute risque fort de se transformer en malaise. Je m'étais dirigé vers le marronnier dans le coin du jardin, assis sur la balançoire et balancé négligemment d'avant en arrière en écoutant le grincement de la corde sur la branche et en me demandant quand ou si Mr Ellacott allait l'enlever. J'avais regardé les attaches, me souvenant que c'était Oncle Joshua qui les avait nouées, imaginant ses doigts boudinés mais néanmoins agiles manipuler la corde. Et puis j'avais pensé à Don Prideaux, à ses persiflages au sujet du nœud, et j'avais sauté si brusquement de la balançoire que j'avais failli m'étaler de tout mon long, l'élan de la planche me poussant vers l'avant.

Mes pas chancelants s'étaient mués en course folle. J'avais jailli de sous l'arbre, traversé la pelouse en sprint et descendu l'allée à toute vitesse. Soudain, je ne voulais qu'une chose : être loin de Tredower House, que seuls les souvenirs peuplaient, où seule résonnait l'absence de voix. J'en avais assez de la mort et des doutes. Le lendemain serait mon premier jour au collège de Truro. Moi qui m'attendais à redouter cet événement, j'étais désormais littéralement rongé d'impatience. Ralentissant dans la descente vers Boscawen Bridge, j'avais prié pour que le futur s'accélère et me double, telle une vague qui se brise sans blesser, prié pour voir à l'horizon une étendue d'eau paisible.

Playing Place est à cheval sur ce qui jadis était la route de Falmouth et est devenu une petite route tranquille à trois kilomètres au sud de Truro, en bordure de laquelle les années 1950 et 1960 avaient vu se dérouler un ruban de pavillons. D'après ma mère, Sam et Doreen Vigus avaient emménagé dans l'un d'eux quand celui-ci avait pris sa retraite de l'établissement Killigrew. Mais Doreen était morte à présent et peut-être Sam perdait-il pied avec la réalité à vivre seul loin de leurs anciens voisins de Fairmantle Street. C'était certainement une façon d'expliquer ses récents appels téléphoniques.

Pourtant, je n'y croyais pas davantage que ma mère. Et, bien que le vieil homme voûté et asthmatique qui m'ouvrit la porte fût une triste parodie dégonflée du déménageur gaillard et guilleret de mes souvenirs, il ne me sembla pas que son esprit se fût décati aussi rapidement que son corps.

« Christian Napier. C'est bien ça, n'est-ce pas ? Ça, par exemple ! Entre, entre. »

Sa tête tombait, son menton était mal rasé, mais il avait le regard vif. Son pantalon si large qu'il aurait convenu à un clown était retenu presque au niveau des aisselles par de courtes bretelles passées par-dessus ce qui ressemblait à une veste de pyjama. Une cigarette pendait au coin de ses lèvres, s'y maintenant par je ne sais quel miracle, et une toux caverneuse s'embusquait derrière chacune de ses inspirations.

« C'est ton père qui t'envoie, pas vrai ?

— Ma mère, en fait.

— Ah, ça ne m'étonne pas, elle a toujours été la mieux élevée des deux. Viens donc t'asseoir un peu, hein ? »

Il parcourut un petit couloir en traînant des pieds et pénétra dans le salon, où un fauteuil, un cendrier et un journal hippique l'attendaient à côté d'un poêle à pétrole qui semblait être la seule source de chaleur de la maison. Une paire de sous-vêtements blanc cassé extralarges séchait devant le poêle sur un étendoir à linge branlant. Ce détail mis à part, les piles de vieux journaux jaunis, les assemblages aléatoires de bouteilles de cidre vides et les traînées de cendre de cigarette dispersées ici et là laissaient comprendre qu'il n'avait pas acquis beaucoup de compétences domestiques depuis la mort de Doreen. Je dus enlever un amas de tickets de loto sportif et d'emballages de paquets de cigarettes du second fauteuil avant de pouvoir m'asseoir comme il m'y invitait. On ne me proposa pas de thé et je déclinai l'offre de cidre.

« J'imagine que tu te demandes de quoi il peut bien s'agir.

— Ma mère se le demande certainement, oui.

— Mais pas toi, mon garçon ?

— Je suis très curieux, si.

— Ah, et les conséquences de la curiosité, on les connaît. »

Il eut une longue quinte de toux sonore.

« Tu es au courant pour Nicky Lanyon ?

— Oui. Il se trouve que c'est moi qui l'ai trouvé.

— Ah bon ? C'était pas écrit dans les journaux. Tu voulais étouffer l'affaire, hein ?

— Pas vraiment.

— Ta famille a toujours été douée pour étouffer les choses. Ou les dévoiler au grand jour. Selon ce qui servait le mieux ses intérêts.

— Y a-t-il quelque chose que vous aimeriez me dire, Mr Vigus ?

— Tout à fait. Et à te demander, aussi. Même si, dans ton cas, je pense connaître la réponse. Vu que Nicky et toi étiez copains et que tu étais de toute façon petiot, y a pas de raison que tu aies été au courant. Je voudrais juste savoir qui a mijoté ça, tu vois. Si c'était vous tous, ou rien qu'une personne. Je ne tenterai rien. Inutile. Sans compter que dans l'histoire, c'est moi qui fais le plus mauvaise figure. Ça m'a pesé sur la conscience toutes ces années, je pourrai encore supporter le fardeau le peu de temps qui me reste.

— Cela a-t-il un rapport avec le témoignage que vous avez apporté au procès de Michael Lanyon ?

— Exactement, mon garçon. Exactement.

— Quel est le problème ? C'était la vérité, non ?

— Ma foi, il y avait une part de vérité. On doit pouvoir dire ça.

— Vous avez vu Michael Lanyon donner une enveloppe à Edmund Tully dans le pub Daniell Arms deux nuits avant le meurtre.

— En effet.

— Vous l'avez entendu demander à Tully de vite s'acquitter du boulot pour lequel il était payé, et vous les avez vus regarder le Lander Monument par la fenêtre, comme s'ils choisissaient le lieu du crime.

— Ah, ma foi, si tu veux tout savoir, c'est là que la vérité s'arrête et qu'une version de l'histoire un tantinet plus fantaisiste prend le relais.

— Qu'entendez-vous par là ?

— Depuis que Nicky Lanyon s'est pendu, y a cette question qui me taraude : la fable que j'ai racontée à l'époque a-t-elle pu faire la différence ? Est-ce que ça a fait pencher la balance, selon toi ? C'était la pure vérité – au sujet de l'enveloppe. Elle, je l'ai bien vue. Mais le reste...

— Qu'êtes-vous en train de dire ?

— Le reste, je l'ai inventé. »

Il jeta son mégot et me fixa, le souffle court.

« Je n'ai pas entendu un traître mot de ce qu'ils disaient. »

À mon tour, je le dévisageai sans comprendre, abasourdi.

« Vous n'avez rien entendu ?

— J'étais trop loin. Ils murmuraient comme s'ils complotaient quelque chose. Quant à leurs mots exacts... »

Il secoua la tête d'un air malheureux.

« Je ne peux jurer de rien.

— C'est pourtant exactement ce que vous avez fait. Vous avez juré.

— Ah. Je sais bien. Un parjure, voilà ce que c'était. J'ai agrémenté mon récit pour noircir le tableau vis-à-vis de Michael Lanyon. Maintenant que ma vieille femme est morte et enterrée, je peux le dire haut et fort. Du moins, je peux te le dire à toi, non ? Aucun risque que ça aille plus loin. Sinon c'est ta famille qui en pâtirait le plus. Vous avez davantage à perdre que moi. Et m'est avis qu'il est temps que tu sois au courant, à supposer que tu ne l'étais pas déjà. Il est temps de partager la patate chaude. L'un dans l'autre, vous êtes autant coupables que moi.

— Qu'est-ce qui vous fait dire ça ?

— C'est simple, mon garçon. J'ai menti sous serment. C'est pas rien. Mais je l'ai fait. Et pas par jalousie ou méchanceté, non. Je l'ai fait parce que ça m'a été demandé.

— Demandé ? Par qui ? »

Un petit sourire honteux jouait sur ses lèvres quand il me répondit :

« Ta grand-mère. Adelaide Napier. C'était son idée. Ça a favorisé la pendaison de Michael Lanyon. Et aujourd'hui, je me demande si ça n'a pas aussi favorisé celle de son fils. »

10

« Andi », semblait dire Grand-mère. Elle s'efforçait, lentement, de former ce mot sur ses lèvres. Elle était en train de mourir et devait en avoir conscience, malgré la succession des attaques d'apoplexie. Ces crises l'avaient peut-être cassée physiquement, mais derrière les yeux embués et la bouche baveuse, ce sacré cerveau fonctionnait toujours aussi bien. Je sentais sa détermination, son refus de s'avouer vaincue. La mort devrait attendre encore un peu.

« Andi. » C'est ce que je croyais comprendre. Je n'arrivais pas à tirer mieux de ce murmure mal articulé. Je ne le percevais qu'en me penchant sur sa couche : elle gisait là en agitant l'index, peut-être pour me demander d'approcher. Un camarade de classe dont je n'avais jamais entendu parler, un soupirant de sa prime jeunesse. Voilà ce que je pensais. Une vieille femme se remémorait un fragment égaré de son lointain passé dans une vaine tentative de repousser la mort. Rien de plus. Ce n'est que quelques heures plus tard, alors que la pluie frappait aux carreaux de sa chambre à Tredower House et que la nuit obscurcissait le crépuscule de février qu'elle avait poussé son dernier et laborieux soupir. *Tranquillement, chez elle, à l'âge de 92 ans*, dirait sa notice nécrologique, *après une courte maladie.* Adelaide Napier était morte entourée de ses proches – et de ses secrets.

« Andi. » Je me remis en mémoire ces syllabes et leur sens supposé en m'éloignant du pavillon de Sam Vigus cet après-midi-là, non pas vers le nord, en direction de Truro, mais au sud, vers le parc national protégé de Trelissick, où je pourrais marcher seul, sans rendre de compte, le long des berges raides et boisées du Fal, et chercher des réponses dans la lumière falote de l'automne. Je ne pourrai jamais affirmer sans douter ce que Grand-mère avait voulu communiquer sur son lit de mort neuf ans auparavant, mais à présent un nom me semblait beaucoup moins probable qu'une confession.

« Menti. » Oui. Ça aurait pu être ça. Le sens aurait très facilement pu être celui-là. Car Sam Vigus avait bel et bien menti. Il l'avait lui-même reconnu. Et ma grand-mère en était responsable. Ça aussi, il l'avait admis spontanément, sans savoir que ma propre mémoire était en mesure d'en apporter la confirmation partielle.

« Pourquoi l'avez-vous fait, Mr Vigus ?

— Doreen ne pouvait pas résister aux vêtements chic que ta grand-mère fournissait à crédit. On lui devait pas loin de cent livres, et ça m'aurait pris Dieu sait combien de temps pour les rembourser. Je l'aurais fait, attention. Ça n'aurait pas été facile, mais je l'aurais fait. Si ta grand-mère n'était pas venue me proposer à l'oreille une... alternative.

— Elle a effacé votre ardoise en échange de votre faux témoignage ?

— C'est ça.

— Je ne vous crois pas.

— Mais si, mon garçon. Je le vois dans tes yeux. Tu sais déjà que c'est la vérité. Michael Lanyon était coupable. Nous le pensions tous les deux. Ce que j'avais vu au Daniell Arms était une preuve suffisante, selon moi. Ta grand-mère voulait juste s'assurer de l'issue, qu'elle disait, s'assurer que justice soit faite. Et comme je ne doutais pas de quel côté se trouvait la justice, je n'ai pas vu d'inconvénient à lui donner un coup de pouce. Pas quand ça m'ôtait aussi facilement une épine du pied. Sauf qu'il y a plusieurs sortes d'épines. Depuis lors, c'en est une d'un autre genre qui m'écorche.

— Grand-mère vous a dicté ce qu'il fallait dire ?

— Non, non. Elle m'a laissé libre de ce côté-là. Doreen lui avait raconté que j'avais rapporté à la police avoir vu Lanyon et Tully ensemble. Un vrai moulin à paroles, ma bonne femme. Du coup, ta grand-mère est venue me voir et m'a proposé de dire que... j'avais aussi entendu quelque chose, pas seulement vu. Juste pour... "raffermir le bras de la justice", c'est l'expression qu'elle avait employée. En contrepartie, on oubliait ma dette.

— Et vous avez accepté ?

— À ma grande honte, oui. Je suis allé trouver l'inspecteur Treffry pour lui dire que je n'avais pas raconté ce que j'avais entendu afin de ne pas enfoncer Michael Lanyon, mais que ma conscience avait eu raison de mes réticences. Au début, Treffry était en colère, mais il était trop content de détenir cette nouvelle preuve pour m'en vouloir longtemps.

— J'imagine.

— À l'époque, je croyais que ta grand-mère voulait s'assurer que les meurtriers de son frère ne passent pas entre les mailles du filet et répondent de leurs actes. Mais plus tard, quand j'ai appris la somme phénoménale qui lui revenait grâce au testament du vieux Carnoweth, quand j'ai appris qu'il était infiniment plus riche que ce que tout le monde pensait, ma foi, je me suis senti encore pire qu'un chien battu, j'ai pas peur de le dire. Dame, ça, je l'avais aidée, aidée à aligner plus de zéros dans son compte en banque que je mangeais d'œufs durs en une semaine. Tout ça pour à peine cent livres gaspillées sur les accoutrements de Doreen.

— Vous auriez pu parler.

— Avec Michael Lanyon mort et personne susceptible de me croire ? Un peu de bon sens, mon garçon. Ta grand-mère aurait pu nier l'existence du Saint-Esprit sans sourciller. Et puis je devais penser à Doreen. Elle ne savait pas, tu comprends. Rien du tout. Elle pensait que j'avais remboursé sa dette grâce à un rappel de salaire de Killigrew. C'était une âme simple, qui plus est fâchée avec les chiffres, alors elle n'a jamais remis en cause cette explication. Sans compter qu'on s'était déjà assez payé ma tête ; enfin, il y a pire dans la vie.

— Comme être pendu pour un crime qu'on n'a pas commis sur le fondement d'un faux témoignage.

— Mais Michael Lanyon l'avait commis. Vous le savez aussi bien que moi.

— Si vous en êtes aussi sûr, pourquoi me raconter ça ?

— Parce que dans cette maison les doutes s'insinuent avec les courants d'air et les mille et un bruits que j'entends quand je ne dors pas la nuit, me rappelant son visage qui me fixait de l'autre côté de la salle d'audience. Or je ne vois pas pourquoi je devrais être le seul à les subir. »

Sur ce point, songeais-je en me promenant dans les bois à Trelissick, Vigus avait eu ce qu'il voulait. Je partageais son fardeau, désormais. Je savais. Pire encore, je *soupçonnais*. Grand-mère s'était-elle confiée à d'autres membres de la famille ? Mon père avait conseillé à ma mère d'ignorer Vigus, d'oublier tout ça. Pourquoi ? Pourquoi une telle intransigeance ? J'observais à travers les arbres le King Harry Ferry et j'écoutais le cliquetis régulier de sa chaîne à mesure que je rembobinais le fil que j'avais laissé traîner durant des années. Ce mensonge constituait une simple brèche susceptible de se transformer en un millier de craquelures dans le vernis lisse du passé et du présent de ma famille. Il ne prouvait rien. Il n'innocentait personne. Mais il signifiait que je ne pouvais plus m'arrêter.

Tully détenait toujours la clef, plus que jamais. Treffry m'avait dit, et à Nicky avant moi, qu'on ne le trouverait pas. Mais c'était le même Treffry qui avait qualifié Sam Vigus de témoin fiable. La vérité, c'était qu'il n'avait pas envie de trouver Tully, moi, si. Peut-être que si Nicky avait entendu la confession de Vigus, il n'aurait pas abandonné aussi facilement. Peut-être aurait-il entrepris ce que j'étais désormais déterminé à faire : retrouver la trace d'Edmund Tully, où qu'il se cache.

Les révélations de Vigus avaient fait une autre victime : la confiance. Je ne savais plus à qui je pouvais me fier. Grand-mère n'avait parlé qu'à moi, à personne d'autre. Elle était restée muette et inerte la majeure partie des deux jours qui avaient précédé mon arrivée, rassemblant ses forces, peut-être, mettant de l'ordre dans ses idées. Mais pourquoi vouloir se confier à moi ? Parce qu'elle me jugeait capable de traiter au mieux cette information ? Ou parce qu'elle avait le sentiment que j'avais le droit de savoir ce que d'autres savaient déjà ? Ma mère ne m'aurait pas envoyé voir Vigus si elle avait eu une vague idée de ce qu'il voulait raconter. Elle au moins était hors de cause. Les autres, non. Pas même Pam. Ce qui m'ôta tout scrupule à pénétrer dans l'appartement de Tredower House ce soir-là, sous couvert de l'obscurité, afin de m'emparer de la photo dans le bureau pendant que ma sœur effectuait bravement, sourire aux lèvres, le tour des tables de son restaurant. Il y avait des chances que je sois déjà parti quand elle remarquerait sa disparition. Mais même dans le cas contraire, jamais il ne lui viendrait à l'esprit de me soupçonner.

Je me rendis plus tard en voiture au motel Trumouth, où je confiai au réceptionniste les clefs de Trevor glissées dans une enveloppe à son nom. Le beau-frère n'était pas là, sûrement occupé à noyer son chagrin je ne sais où. Je fus soulagé de pouvoir filer sans avoir à rejeter sa demande suppliante de lui remettre la moitié compromettante de la photo. J'avais déjà décidé de m'en faire faire une copie afin que Pam puisse confier l'original à son avocat si elle le souhaitait et quand le moment viendrait. Si c'était définitivement le divorce qu'elle voulait, qui étais-je pour l'en empêcher ?

Je passai la voir quand je retournai une fois de plus à Tredower House et fus rassuré par sa sérénité. Rien ne clochait, hormis évidemment ses gros problèmes avec Trevor. Elle savait déjà comment nos parents avaient pris la nouvelle, car ils avaient longuement discuté au téléphone.

« Je suis désolé pour Papa, dis-je en supposant, sans grand risque de me tromper, qu'il s'était proposé de remplacer Trevor. Tu le connais.

— Ne t'inquiète pas. Je crois que j'ai réussi à le persuader que je peux m'en sortir seule. Tabs va venir passer quelques jours ici de toute façon, donc j'ai pu lui dire qu'elle me fournirait l'aide dont j'ai besoin. Ta visite éclair était une véritable aubaine, Chris. Elle m'a donné le courage de dire la vérité aux gens. Et Tabs a su trouver les mots justes. Sans crise de nerfs, sans exiger que je réfléchisse à deux fois. De la compassion concrète et pondérée, point barre. Où étais-tu passé depuis le déjeuner, d'ailleurs ? Tu n'as quand même pas passé tout l'après-midi à Falmouth, la tête sous un capot ?

— J'ai rendu visite à Sam Vigus.

— Qui ça ? »

Son ignorance ne semblait pas feinte. Elle non plus n'avait probablement rien à se reprocher.

« Un ancien client auquel Maman voulait que je rende visite. Quand tu la verras, pourras-tu lui dire, de préférence en l'absence de Papa, qu'il n'y avait pas de quoi s'inquiéter ?

— S'inquiéter à quel sujet ?

— Elle comprendra.

— Très bien. Mais tu pourras lui dire toi-même, si tu veux. Elle sera là demain soir.

— Moi, non, malheureusement. Je vais devoir partir tôt.

— Les affaires fleurissent, on dirait.

— J'ai de quoi m'occuper, Pam. C'est sûr. »

De retour dans ma chambre, j'appelai Emma. C'était un soulagement d'entendre sa voix et de savoir qu'il y avait au moins une personne à qui je pouvais parler franchement.

« Il s'est passé quelque chose, il faut qu'on en discute. Pas au téléphone. C'est trop compliqué. On pourrait se retrouver quelque part ?

— Oui. Bien sûr.

— Où et quand ?

— Je suis du matin au supermarché, cette semaine. Je finis à quinze heures. C'est à Battersea. On dit quinze heures trente à Battersea Park ? Sur les bancs au bord du lac de plaisance.

— D'accord. J'y serai.

— Tu es sur une piste, Chris ?

— Peut-être.

— Ma foi, c'est toujours mieux que pas du tout.

— Pas nécessairement.

— Qu'est-ce que tu veux dire ?

— Je t'expliquerai demain.

— D'accord, mais Chris...

— Oui ?

— Que cette piste se révèle ou non une impasse, merci. Pour Nicky, je veux dire. Tu comprends ?

— Je comprends. »

L'agitation et l'anonymat de mes premières semaines passées au collège de Truro m'avaient permis d'oublier, souvent pendant plusieurs jours d'affilée, Nicky et le futur procès de son père. Tout était nouveau, perturbant : les professeurs, les camarades de classe, les salles, les manuels, les uniformes, bref, toutes les composantes intimidantes de la vie d'un collégien. « *Là-haut sur la colline, avec la ville à nos pieds*, avions-nous chanté dans la chapelle le jour de la rentrée, *nous vivons dans la lumière du soleil.* » Ma foi, le soleil ne brillait pas toujours, mais l'impression de séparation avec Truro qu'induisait notre position haut perchée ne m'avait jamais été aussi agréable.

Certains élèves qui comme moi venaient de l'école privée se rappelaient comme j'avais été copain avec Nicky Lanyon, mais ceux qui venaient du public étaient majoritaires et bien déterminés à ne pas se laisser impressionner par ce qu'ils pensaient être une tentative de ma part pour me forger une réputation d'un genre douteux. J'étais heureux de laisser mes liens avec Nicky s'étioler en une broutille sans conséquence. Enfin, pas vraiment heureux, désireux, plutôt. Je savais que c'était manquer de loyauté. De noblesse. Et pourtant, tiraillé entre les nécessités de la survie quotidienne et l'effacement progressif du souvenir de notre amitié, je n'avais rien fait pour empêcher l'oubli. Personne ne semblait trouver étrange que Nicky n'eût pas pris sa place au collège. Au bout d'un moment, suggérer qu'il en avait jamais été question aurait été faire montre d'un esprit de contradiction. Il n'avait rien à voir avec aucun d'entre nous. Il était devenu un inconnu.

Pourtant, tout le monde connaissait le nom de Lanyon. Qui serait bientôt placardé en une de tous les journaux nationaux, sans parler du *West Briton* et du *Royal Cornwall Gazette*. Bientôt, les semaines placides d'attente prendraient fin. Le procès de Michael Lanyon et d'Edmund Tully pour le meurtre de Joshua Carnoweth devait débuter le 20 octobre. Au milieu des dates de batailles depuis longtemps menées et de rois depuis longtemps trépassés qui à chaque cours d'histoire entraient par une oreille et ressortaient aussitôt par l'autre, celle-ci – que personne ne m'avait demandé d'apprendre – s'était ancrée obstinément dans ma mémoire. Tandis que le calendrier courait à sa rencontre.

Quelques semaines avant le jour J, le *Daily Telegraph* de mon père avait mentionné la pendaison à Pentonville de deux cambrioleurs armés, Geraghty et Jenkins, reconnus coupables au mois de juillet, quand je ne m'intéressais absolument pas à ce genre d'histoires, du meurtre d'un motard qui avait essayé de les arrêter dans leur fuite après le casse d'une bijouterie londonienne. C'est Geraghty qui avait tiré. Jenkins n'avait tué personne. C'était clair. Mais les deux hommes avaient été pendus. Je ne pouvais pas m'empêcher de penser que pour Nicky, logé dans une pension quelque part à Exeter, la lecture de cet article apparaîtrait comme ce qu'il redoutait le plus : un mauvais présage.

Battersea Park était baigné d'une lumière cristalline, qui donnait un éclat doré aux teintes rouges et jaunes des arbres autour du lac de plaisance et soulignait les contours des cheminées de la centrale nucléaire au-delà de Queenstown Road. Des enfants s'en revenaient de l'école en jouant avec leurs mères, les notes aiguës de leurs voix insouciantes s'élevaient au-dessus du gémissement plaintif des paons et du grondement lointain de la circulation.

Emma avait une allure bizarre, pour ne pas dire carrément excentrique, avec son blouson d'aviateur qu'elle portait par-dessus son uniforme de supermarché aux carreaux pâles. Assise à mes côtés sur le banc, non loin d'une sculpture abstraite de Barbara Hepworth, elle m'écoutait patiemment relater ce que j'avais appris en Cornouailles.

Je m'attendais à son incrédulité ou à son indignation, les deux auraient été justifiées. En lieu et place, quand j'eus fini, elle m'adressa un sourire compatissant et dit :

« Je suis désolée, Chris.

— C'est toi qui es désolée ?

— Ça ne doit pas être très marrant d'apprendre que sa grand-mère s'est abaissée à corrompre un témoin.

— Je dirais que ça tenait plus du chantage que de la corruption.

— Peu importe, ça réduit quand même les charges contre mon père, non ?

— En effet. Mais ne t'emballe pas.

— J'ai l'air de m'emballer ?

— Euh, non. »

Elle avait semblé fatiguée et déprimée quand elle était arrivée : sûrement l'effet d'un travail abrutissant aux caisses d'un supermarché. Encore à présent, elle restait sombre, attristée peut-être par l'idée que Nicky avait fichu en l'air sa chance de faire la même découverte que moi. Je partageais ce sentiment, qui pourtant n'était pas tout à fait juste. Il avait fallu que Nicky se suicide pour faire sortir Sam Vigus du bois. Nicky avait dû mourir pour rendre possible ma découverte.

« N'oublie pas, Emma. Cette information prouve que ma grand-mère a falsifié des preuves. Je ne l'aurais jamais crue capable d'une chose aussi vile, mais le fait est là. En revanche, ça ne prouve en aucun cas que le *verdict* était erroné. Nous sommes toujours confrontés au fait que ton père a donné cinq cents livres à Edmund Tully deux jours avant le meurtre.

— Il avait dit qu'il lui avait donné cet argent en souvenir du bon vieux temps.

— Cinq cents livres. Aujourd'hui, ça équivaudrait à plusieurs milliers. Ce n'est tout simplement pas crédible.

— Tu crois que Vigus a inventé quelque chose d'assez similaire à ce qu'ils se sont vraiment dit, hein ?

— Je crois que c'est toujours l'explication la plus probable. Mais il n'y a qu'un homme qui pourrait nous le certifier.

— Tully.

— Oui. Or ça fait douze ans que personne ne l'a vu.

— On fait quoi, alors ?

— Je vais aller fouiner du côté d'Hebden Bridge. Je pourrais y trouver un ami ou un proche de Tully susceptible de me mettre sur la bonne piste.

— Quand ça ?

— Ce week-end. Entre-temps j'ai du travail à faire. Du travail qui rapporte, tu vois. »

Elle me décocha un grand sourire.

« Ouais. Je vois. Tu es pressé de retourner à Pangbourne ? Sinon, je pourrais peut-être te payer un thé. Il y a un café sur l'autre rive.

— Merci. Avec plaisir. »

Nous nous levâmes et commençâmes à contourner lentement le lac.

« À moins qu'il n'y ait quelqu'un qui t'attende à la maison, bien sûr. »

J'allais à la pêche aux informations ; à son sourire, je vis que cela ne lui avait pas échappé.

« Comme je te l'ai déjà dit, la solitude fait partie de mes habitudes. Tu vois ces immeubles, là-bas ? »

Elle désigna dans notre dos les grandes tours qui, pareilles aux plateaux à pic des paysages désertiques, surplombaient l'alignement de maisons victoriennes en briques rouges qui flanquaient le parc.

« Une de ces fenêtres, c'est chez moi. Et à moins que je ne sois encore en train de me faire cambrioler, il n'y a personne de l'autre côté.

— Tu as déjà pensé à quitter Londres ?

— Pour aller où ? Et avec qui ? La plupart des semaines, c'est tout juste si j'arrive à payer le loyer.

— Si ta situation est aussi critique, je pourrais peut-être...

— Ne dis rien. »

Elle secoua violemment la tête.

« Je ne demande pas la charité.

— Il ne s'agirait pas tout à fait de charité.

— Pour moi, si.

— Mais si les choses avaient évolué un peu autrement en 1947, ta famille aurait été...

— Riche ? Figure-toi que ça m'a déjà traversé l'esprit.

— Quelle serait la première chose que tu ferais, si tout d'un coup tu recevais une grosse somme d'argent ? »

Elle regarda le ciel, comme en quête d'inspiration.

« Oh, je ne sais pas. Je passerais un week-end à Paris, j'imagine.

— Tu y es déjà allée ?

— À Paris ? Jamais. »

Elle laissa retomber sa tête.

« Il faut un acte de naissance pour se faire faire un passeport, or Emma Moresco n'est jamais née. »

Manifestement, même les chimères étaient exclues dans le monde obscur où la sœur de Nicky avait été contrainte de se réfugier. Alors que nous marchions dans le silence de ses rêves avortés, je songeais à quel point nos vies, la sienne *et* la mienne, auraient pu être différentes si Edmund Tully et Michael Lanyon ne s'étaient jamais rencontrés, si Tully ne s'était pas rendu à Truro cet été 1947, si Oncle Joshua était mort quelques années plus tard dans son lit de causes *a priori* naturelles. Alors le passé se dénouerait comme on déroule une corde de son attache et Michael Lanyon ne se serait jamais retrouvé sur le banc des accusés aux assises de Bodmin pour répondre d'une accusation de meurtre.

D'après la presse, ma seule source d'informations, les premiers jours du procès durant lesquels l'accusation avait fait ses réquisitions n'avaient été qu'une reprise plus grandiloquente et plus longue de l'audience préliminaire. Ses arguments semblaient irréfutables. Ce n'est qu'en revenant maintenant sur ce qui s'est passé dans cette salle d'audience à Bodmin tandis que je me creusais la tête sur des problèmes d'algèbre ou que j'évoluais laborieusement sur le terrain de rugby du collège, que les affres injustement vécues par Michael Lanyon se révèlent à moi. La culpabilité d'Edmund Tully était indéniable, même si, du moins au tout début, il l'avait niée. Le problème auquel l'avocat de Michael Lanyon était confronté, c'était que des poursuites conjointes impliquaient une défense conjointe, même s'il n'y avait rien eu de tel. Lanyon et Tully, c'était comme ça que les journaux les appelaient. Et c'est comme ça que se les représentaient les gens, ainsi, peut-être, que les jurés : partenaires dans le crime. Les preuves contre Michael Lanyon lui-même se résumaient à l'argent qu'il avait donné à Tully et à la conversation qu'ils avaient eue à cette occasion. Le temps qu'il vienne à la barre pour expliquer le premier et nier la seconde, les projecteurs s'étaient braqués sur le changement de défense de Tully. C'était un geste spectaculaire, évidemment. L'un des accusés s'inclinait en avouant un crime capital. Et comme tout le monde avait cru à son aveu, il avait donc logiquement été admis, étant donné que son coaccusé, contrairement à lui, avait un mobile pour le meurtre, que les affirmations du procureur étaient avérées. Les deux hommes avaient conspiré pour assassiner Joshua Carnoweth. Tous deux étaient coupables, et l'un d'eux avait même eu la décence de le reconnaître. Ce qui noircissait encore davantage le tableau du second, qui ne l'avait pas fait : l'instigateur, selon les mots du procureur, le véritable méchant de l'histoire.

En 1947, la justice était menée tambour battant. De nos jours, l'affaire aurait fait la queue un an ou plus devant les portes de la loi avant d'être examinée par le tribunal, où elle se serait éternisée pendant encore deux mois. Mais c'était alors une tout autre époque, et ce à plus d'un titre. Le revirement de Tully était survenu le sixième jour du procès. Au huitième, l'affaire était pliée.

C'est l'employé de Mr Cloke, avais-je appris plus tard, Mr Rowe, qui nous avait avertis du verdict. Nous étions rassemblés à la table du dîner quand le téléphone avait sonné dans l'entrée. Papa était allé répondre, n'avait guère dit plus, d'après ce que j'avais entendu, que « Oui », « Je vois » et « Merci », puis il était retourné à table, avait annoncé, impassible, que Michael Lanyon avait été reconnu coupable et s'était mis à servir la charcuterie avec une expression menaçante qui à elle seule avait prohibé toute discussion.

Il n'avait pas parlé de la sentence, et j'étais resté quelque peu indécis sur ce point, me demandant – contre toute logique – si la peine de mort obligatoire en cas de meurtre signifiait réellement que le juge n'avait pas son mot à dire. J'aurais posé la question à Papa si son expression n'avait pas été aussi sévère. À défaut, j'avais dû me fier aux dires de Pam quant au fonctionnement de la loi quand nous avions tenu plus tard un conciliabule dans sa chambre. Et même alors, je n'y avais pas encore tout à fait cru. Jusqu'à ce que le titre qui s'affichait à la une du *Western Morning News* le lendemain ne conférât son autorité d'encre au dénouement du procès. *LE DUO MEURTRIER DE TRURO CONDAMNÉ À LA PENDAISON*. Manifestement, il n'y avait vraiment aucune place pour le doute.

Quand je payai tôt ce soir-là le montant exorbitant de ma carte de membre temporaire avant de descendre au bar du Zenith Club à, ou plutôt sous Piccadilly, c'était le degré zéro de l'ambiance. La scène était vide, la musique à peine audible, l'atmosphère léthargique. Exactement ce que j'avais espéré car de ce fait, Frankie, le barman, ne vit pas d'inconvénient à me faire la causette. Toutefois, son enthousiasme faiblit légèrement quand je sortis la photo de l'enveloppe et lui demandai s'il reconnaissait la femme sur le lit.

« Peut-être, répondit-il après l'avoir longuement étudiée d'un air amusé.

— Elle est membre du club ?

— Ça se pourrait.

— Elle vient souvent, pas vrai ?

— J'en sais trop rien.

— Il me faut un nom et une adresse.

— Ce genre de services est pas compris dans mon salaire.

— Et un billet de cinquante, ça couvrirait le service ?

— Peut-être bien que... oui. »

Il haussa les épaules.

« Je pourrais me renseigner. Voir ce que j'arrive à trouver, vous voyez ?

— Voilà mon numéro de téléphone. »

Je le gribouillai sur un dessous de verre en papier et le lui tendis.

« Et une avance. »

Je posai un billet de dix livres sur le comptoir.

« Allons-y pour vingt, dit-il avec un grand sourire. C'est que c'est pas un numéro local, hein ? »

J'alignai un billet de cinq, il capitula.

« Attention, je garantis rien, prévint-il en glissant les billets pliés dans la poche de son gilet. Elle pourrait très bien s'être inscrite sous un faux nom, pas vrai ? Ça se fait beaucoup. »

Et comment ! Il y avait de grandes chances, reconnus-je en mon for intérieur sur le chemin du retour à Pangbourne, que le Zenith Club soit une impasse. Pauline Lucas, alias Laura Banks, alias Marilyn Buckley et probablement encore une poignée d'autres pseudonymes, n'allait pas laisser d'indices derrière elle à moins que ça ne serve ses intérêts. La prochaine fois que je la rencontrerais, et il y en aurait une, je n'en doutais pas une seconde, ce serait presque à coup sûr de son initiative, pas de la mienne. Voilà bien ce qui était inquiétant.

Cependant, il se trouva que je n'eus pas besoin de m'inquiéter très longtemps. Je n'étais pas chez moi depuis cinq minutes quand le téléphone sonna.

« Où étiez-vous passé ? me tança une voix qu'à ma grande surprise je reconnus. Ça fait la quatrième fois que j'appelle.

— Miss Lucas.

— Oui, Mr Napier. Surpris d'avoir de mes nouvelles ?

— Pas vraiment. Que voulez-vous ?

— Je me disais que c'était *vous* qui aimeriez peut-être discuter.

— Et si c'était le cas ?

— Alors je suis disponible. Maintenant. Ce soir même.

— Où êtes-vous ?

— Dans votre atelier.

— *Où ça ?*

— Vous ne me croyez pas ? »

Et elle raccrocha le téléphone sans plus de cérémonie. Fébrile, je composai le numéro de l'atelier. Elle répondit dès la première sonnerie.

« Vous devriez améliorer votre système de sécurité, Mr Napier, vous savez ? Enfin quoi, vous n'avez même pas d'alarme antivol. Je m'étonne que votre compagnie d'assurances n'insiste pas pour que vous en installiez une. À supposer que vous êtes assuré, bien sûr. Mais vous devez l'être, j'imagine, avec toutes ces vieilles voitures hors de prix entreposées là. Ce n'est pas comme si la plupart vous appartenaient, n'est-ce pas, donc les conséquences d'un incendie pourraient... »

Je lâchai le téléphone et sortis en trombe de chez moi. J'aurais dû le voir venir, bon sang ! Elle avait trouvé mon point faible, tout comme pour Trevor. Mais jusqu'où comptait-elle aller ?

L'absence du moindre indice, aussi maigre fût-il, parasitait mes pensées tandis que je lançais ma Stag dans les nids-de-poule de la route, fonçais dans la grand-rue de Pangbourne environ deux fois plus vite que la vitesse autorisée et bifurquais au sommet des ruelles dans un grondement de moteur en direction de la ferme de Bower Shaw. C'était un canular, me raisonnais-je, rien qu'une méchante plaisanterie. Elle ne le ferait pas. Elle ne pouvait pas.

Et pourtant si. J'aperçus le rougeoiement de l'incendie derrière le talus au sortir du dernier virage, avant l'accès à la cour. Je me garai dans l'entrée et sortis d'un bond de ma voiture : des vapeurs d'essence et la puanteur du caoutchouc brûlé me parvenaient de la fournaise. Je m'immobilisai et, les yeux piqués par la fumée, je me figeai à la vue du brasier mugissant à travers la porte entrouverte de l'atelier. Huit années, six voitures de collection, deux salaires et une entreprise aux petits oignons étaient piégés par les flammes devant moi. Et je ne pouvais rien faire.

11

« Je ne m'étais pas rendu compte que c'était aussi grave, commenta Pam en descendant de la voiture pour aller voir de plus près. Il ne reste rien, hein ? »

J'avais été la chercher à la gare de Reading et l'avais conduite jusqu'à la ferme de Bower Shaw afin qu'elle constate l'étendue des dégâts. Ou plutôt qu'elle contemple les ruines, l'expression était plus appropriée étant donné le pouvoir destructeur des bombes de peinture, de l'essence, de l'huile de moteur, du caoutchouc et de divers solvants quand ils sont enflammés dans les règles de l'art. Deux jours s'étaient écoulés depuis l'incendie et tout ce qui restait désormais des Décapotables de collection Napier était empilé dans deux vastes bennes, prêt à être jeté. L'atelier en lui-même était réduit à ses murs en briques noircis et à sa fondation en béton.

« J'ai toujours la Bentley Continental dans la salle d'exposition, dis-je en rejoignant ma sœur au milieu de la cour. Le père de Dominic pourrait peut-être encore m'en proposer un bon prix.

— Tu n'envisages pas de mettre la clef sous la porte, quand même ? »

Elle me dévisagea. L'intonation résignée de ma voix semblait l'avoir inquiétée.

« Enfin, c'est une sacrée claque, évidemment, mais il n'y a rien d'irréversible.

— Ça reste à voir. »

Je lui adressai un sourire contrit.

« Les clients risquent de ne pas être très chauds pour me confier leur voiture après cette histoire. On est censé les restaurer, pas les incinérer. Et puis je ne sais pas encore combien je vais devoir payer en guise de compensation.

— Ce n'est pas couvert par l'assurance ?

— Pas nécessairement. Les compagnies d'assurances sont chatouilleuses quand il s'agit d'incendie volontaire. Qu'est-ce qui prouve que je ne l'ai pas allumé moi-même ?

— Ils n'ont sûrement pas de telles idées.

— L'expert qui est venu me voir semblait être du genre à mettre un point d'honneur à le soupçonner. Franchement, je ne peux pas lui en vouloir. Un pyromane anonyme dépourvu de mobile ne grimpe pas très haut sur l'échelle de la plausibilité.

— Mais au téléphone tu m'avais dit savoir qui c'était.

— Oh, je le sais. C'est pour ça qu'il fallait absolument qu'on se voie. Je suis désolé de t'avoir traînée jusqu'ici, mais avec tous les clients devant qui je dois ramper, sans parler de *leurs* compagnies d'assurances...

— Inutile de t'excuser. »

Elle me signifia d'un regard qu'elle savait que j'essayais de gagner du temps.

« Explique-toi, Chris.

— Très bien. Viens à la voiture. Il faut que je te montre quelque chose. »

Elle me suivit jusqu'à la Stag et nous nous assîmes à l'intérieur. Je passai mon bras devant elle afin d'ouvrir la boîte à gants, sortis l'enveloppe et vis son expression perplexe quand elle la reconnut.

« Mais c'est...

— La photo qui devrait se trouver dans ton bureau. Oui.

— Mais...

— Tu t'étais rendu compte de sa disparition ?

— Oui. Je croyais que c'était Trevor qui l'avait prise. J'ai envoyé Tabs la lui réclamer, mais il a nié toute implication. Ça ne m'a pas étonnée. Je me disais qu'il l'aurait déjà détruite, de toute façon. Que j'avais été stupide de ne pas avoir remplacé les serrures. Mais finalement ça n'aurait pas changé grand-chose, hein ? »

Elle me fusilla du regard.

« Alors ?

— La femme sur le lit et le pyromane sont une seule et même personne. Vois-tu, je l'avais déjà rencontrée, elle se faisait passer pour... Mais peu importe. Ce qui compte, c'est que j'avais besoin de cette photo parce que c'est le seul portrait qu'on ait d'elle. J'en ai fait une copie depuis. J'ai toujours eu l'intention de te retourner l'original. »

La colère se mêlait à l'incrédulité dans son regard noir.

« Je ne comprends rien de ce que tu racontes.

— Elle veut nous nuire. Par tous les moyens.

— *À nous ?*

— À toi. À moi. À Trevor. Peut-être aussi à Maman et Papa. Tu dois leur dire de se tenir sur leurs gardes. À Tabs et à Dominic aussi. Piéger Trevor était une chose. Ça... »

Je fis un geste en direction du squelette carbonisé de l'atelier.

« Ça veut dire qu'il ne faut pas la sous-estimer.

— Qui est-elle ?

— Je ne sais pas.

— Tu dois bien avoir une petite idée.

— Non, Pam. Je ne sais pas. Je n'ai pas le moindre début de piste. Hormis que ça a un lien avec Nicky.

— *Nicky ?*

— Je crois, oui.

— C'est de la folie.

— Et ça, alors ? Et ce qu'elle a fait à Trevor ? C'est de l'extrémisme qui confine à la folie, non ?

— Pourquoi ne m'en as-tu pas parlé plus tôt ?

— Parce que j'ignorais qu'elle irait aussi loin.

— Et jusqu'où penses-tu qu'elle ira, maintenant ?

— Il n'y a aucun moyen de le savoir.

— Mon Dieu, l'hôtel. Tu ne penses quand même pas qu'elle va faire deux fois le même coup ?

— Bizarrement, non. Ça n'a pas l'air d'être son genre. Elle donne plus dans l'inattendu.

— Attends un peu. »

Elle plissa les yeux.

« Ça ne serait pas une salade que tu aurais mijotée avec Trevor pour que j'aie pitié de lui, par hasard ? Parce que si c'est le cas, ça ne marchera pas. Tu peux... »

Elle s'interrompit et jeta un œil alentour, l'air soudain penaud.

« Désolée. Je suis complètement idiote. J'en oublie que ce drame s'est réellement passé.

— Et pourtant...

— Qu'est-ce que tu vas faire, maintenant ?

— Commercialement, je n'y ai même pas encore réfléchi. Peut-être que je pourrais repartir comme à mes débuts mêmes, sans murmurer un mot de ma perte au va-tout.

— Kipling.

— C'est ça. *Tu seras un homme, mon fils* était imprimé sur un torchon que je laissais dans le bureau pour essuyer les tasses à café. De bien jolis mots, c'est sûr, mais ils ont sûrement été parmi les premiers à partir en fumée.

— Parles-en à Papa. Je sais que tu n'aimes pas lui demander de l'aide, mais un jour, grâce à lui, tu seras un homme riche, alors pourquoi pas...

— Grâce à Oncle Joshua, plutôt. »

Je lui fis un petit sourire pincé.

« N'oublions pas à qui cet argent appartient vraiment.

— D'accord, Oncle Joshua. Mais le fait est que...

— Le fait est que j'ai l'intention de découvrir les tenants et les aboutissants de cette histoire avant de commencer à essayer de retaper mon entreprise. Je n'ai pas envie qu'on me coupe l'herbe sous le pied une deuxième fois.

— Ne devrais-tu pas laisser la police s'en occuper ?

— Ils n'ont rien à se mettre sous la dent.

— Si, une photo de la pyromane. »

Je grimaçai.

« En fait, non. Je ne la leur ai pas montrée.

— Pourquoi ? Ce n'est pas le moment de faire le délicat. Trevor n'aura qu'à...

— Ça n'a rien à voir avec Trevor.

— Pourquoi, alors ?

— Parce qu'elle ne prouve strictement rien. Et puis, j'ai... »

À travers le pare-brise, je considérai l'horizon vert au-delà de la coquille brûlée à laquelle se résumait la réputation durement acquise de mon entreprise.

« J'ai le sentiment que la réponse se trouve près de chez nous et qu'aucune personne extérieure à la famille n'a la moindre chance de la découvrir. Et j'ai aussi le sentiment que, si et quand on la découvrira, on sera contents de n'en avoir touché un mot à quiconque. »

La vie continuait. Quand je repense à l'automne 1947, la normalité de la routine quotidienne – l'absence de réaction émotionnelle à la tragédie qui était en train de broyer le destin de Michael Lanyon – m'apparaît comme le trait le plus déconcertant. J'allais à l'école du lundi au vendredi et aussi parfois le samedi ; l'épicerie ouvrait comme à son habitude ; la famille fonctionnait comme elle l'avait toujours fait. Du moins en apparence. Ce qui se passait quand je n'étais pas là – l'anticipation secrète des conséquences matérielles à notre égard des événements en marche –, je l'ignorais totalement. Mais alors je ne pouvais pas me rendre compte du gigantisme de ces conséquences. Et personne n'était enclin à m'éclairer, car le simple fait d'en parler aurait paru signifier qu'on les désirait, et donc qu'on désirait la mort de Michael Lanyon.

De toute façon, nos désirs ne risquaient pas plus de le condamner que de le sauver. La loi avait ses méthodes, qu'elle était en train d'appliquer. Quelques semaines après le procès, il y avait eu un appel, examiné, puis rejeté. Ensuite, quelques jours plus tard, était venue l'annonce de la commutation de peine de Tully. Grand-mère avait reçu cette nouvelle comme un affront personnel. « Comment un *travailliste* ose-t-il voler au secours du meurtrier de mon frère ? se lamentait-elle, la couleur du parti de Mr Chuter Ede semblant quelque part renforcer l'insulte. Qu'est-ce qu'il en sait, lui, de cette affaire ? » Sa question était restée sans réponse, mais le juge ayant recommandé la clémence dans le cas de Tully, cette nouvelle n'aurait pas dû tant la surprendre.

L'opinion publique s'était réveillée tardivement. Les gens avaient soudain pris conscience qu'un seul membre du « duo meurtrier de Truro » allait être pendu et nombre d'entre eux trouvaient ça fondamentalement injuste. Les deux ou aucun, voilà l'essentiel des mots qui s'affichaient dans la presse et dans plus d'un éditorial, y compris dans les journaux cornouaillais. Enfin la population réalisait ce qui allait vraiment se passer. Le personnel de Colquite & Dew avait lancé une pétition. Evelyn King, la députée locale, avait fait remonter l'affaire à la Chambre des communes. Le *Western Morning News* avait réalisé une interview de Rose et de Cordelia Lanyon, qui logeaient toujours à Exeter. Elles avaient écrit au roi et à la reine afin de les supplier d'intervenir. Elles exprimaient leur espoir que les cœurs s'adouciraient pendant la préparation du mariage de la princesse Elizabeth et mentionnaient l'immense chagrin du fils de Michael Lanyon.

Ah, Nicky. Comme j'avais bridé mes pensées à son égard au fil des jours et des semaines; comme j'avais enfoui mon désir de l'aider, à croire qu'il s'agissait d'un vice honteux. Je lui avais un jour écrit une lettre, une succession de phrases guindées exprimant ma compassion, que j'avais sûrement eu raison de ne pas envoyer. Ne pas avoir son adresse à Exeter était mon excuse, mais elle ne tenait pas. Un samedi après-midi, j'avais vu Ethel Jago dans Boscawen Street, j'aurais pu la lui demander alors, si j'avais vraiment voulu la connaître. Mais je ne lui avais même pas adressé la parole. En lieu et place, je m'étais esquivé dans Cathedral Lane afin de ne pas être vu, et une fois au bout de la rue, je m'étais retrouvé à l'endroit où trois mois auparavant j'avais vu Oncle Joshua pour la dernière fois. Je m'étais souvenu de la pièce d'une demi-couronne qu'il m'avait jetée, scintillante dans la lumière du soleil. Je l'avais encore dans ma poche. Je l'emportais partout. C'était pour le cinéma, bien sûr. Or depuis je n'y étais pas allé. C'était pour moi *et* Nicky. J'avais compris que, désormais, elle ne serait jamais dépensée. Pas dans le but qui lui avait été assigné. Alors j'avais décidé de la conserver en valeur de symbole de la finitude des choses.

Je me demande quand et comment je l'ai perdue. Dans la confusion d'un déménagement, peut-être, ou lors de ma longue période de désinvolture entre la fin de la vingtaine et le début de la trentaine, quand les rappels du passé, qu'ils fussent doux ou amers, étaient pour moi des anathèmes. Je regrette cette perte. Pas autant que d'autres choses, mais quand même. « L'avenir est une épée à double tranchant », avait dit

Oncle Joshua ce jour-là. Et il avait raison. Mais il aurait pu ajouter que le passé est plus coupant, bien qu'il n'ait qu'une seule lame.

Le mariage royal était passé sans qu'il y eût aucune annonce de grâce. Les lettres envoyées aux journaux étaient ignorées. Les supplications de clémence se heurtaient au silence. Ce que la loi avait décrété, elle semblait déterminée à l'exécuter. Le jour fatidique était arrivé dans la douceur humide de Truro sans qu'on en soufflât mot chez les Napier, même s'il avait hanté les pensées de chacun de nous au réveil, pendant la toilette, au petit déjeuner, englués dans notre simulacre de normalité. Sauf que nos voix basses, la radio muette et le journal resté fermé n'étaient pas normaux du tout. D'ordinaire, Pam et moi nous disputions la dernière tartine grillée, mais ce jour-là, nous en avions laissé plusieurs intactes sur le porte-toasts.

Juste avant huit heures, Michael Lanyon avait été conduit à l'échafaud de la prison d'Exeter. À ce moment-là, j'étais sur le chemin de l'école, traînant la jambe dans Quay Street quand l'horloge de la mairie avait sonné l'heure derrière moi. Mes parents avaient déjà ouvert l'épicerie, tandis qu'à Crescent Road, Grand-mère se préparait à les rejoindre. Quelques minutes plus tard, Michael Lanyon était mort. À Truro, rien n'avait marqué son départ. La pluie avait persisté à tomber, mes pas à me porter vers l'avant. La vie continuait.

Le lundi matin, je me dirigeai vers le nord. Les éclaircies et les averses me poursuivirent le long de la ligne d'escarpement des Chilterns jusqu'à ce que j'atteigne l'autoroute 1, puis se laissèrent distancer au fil des longs kilomètres gris de bitume qui se déroulaient comme une bobine de fil : le ciel se plombait à mesure que le vent faiblissait, le jour déclinait.

Cet après-midi-là, le district de Calderdale, surplombé par une lande d'une docilité pittoresque, avait des airs d'automne candide. J'entrai dans Hebden Bridge par l'est et vis la ville au plus fort de sa léthargie : pas de fumée au-dessus des cheminées, aucun bruit venant des filatures. De fait, je la voyais comme le fantôme de pierre et d'ardoise d'une industrie morte. Géographiquement, oui, il s'agissait du même endroit où l'inspecteur Treffry s'était rendu trente-quatre ans plus tôt. Hormis cela, c'était un tout autre monde. L'entreprise familiale que Tully avait fuie devait sûrement avoir été enterrée par l'histoire. Mais l'histoire avait laissé nombre de traces dans les maisons à deux étages construites dos à dos qui s'accrochaient à même les parois de la vallée, et dans la succession des bâtiments rectangulaires des filatures entassés au bord de l'eau. Malgré la présence des panneaux À LOUER et À VENDRE, le passé d'Edmund Tully demeurait là, dans cette ville. Je le sentais autant que je le savais, traversant la lande pendant plus d'un kilomètre avant de redescendre dans l'enchevêtrement de marches, de rues et de passages secrets qu'il considérait jadis comme son pays. Edmund Tully était parti. Mais il avait laissé une part de lui.

Je pris une chambre au White Lion, puis sortis me balader en ville tandis qu'un soir gris commençait à envelopper les toits tel un linceul. Il y avait le groupe d'ados réglementaire assis sur un mur de la place centrale, mais ils n'auraient rien pu me dire, à part à quel point c'était triste d'être jeune à Hebden Bridge. C'était la mémoire de leurs parents, et celle des parents de leurs parents, qu'il me fallait sonder.

Le bar Albert, un petit établissement victorien enfumé au coin d'une rue, semblait constituer un bon départ.

« Tully, vous avez dit ? grogna un vieil homme vêtu d'un costume crasseux et d'un béret en interrompant son morne épluchage du *Halifax Courier*. Ça fait un sacré bout de temps que j'ai pas entendu quelqu'un demander après cette entreprise. Et encore plus longtemps que l'usine tourne plus. À ton avis, quand c'est qu'elle a calanché, la filature Tully, Bert ?

— Ça doit bien faire vingt ans, répondit l'homme debout à ses côtés, un type vaguement plus élégant mais tout aussi lugubre. Vingt ans que Henry Tully est mort, en tout cas. Et son lâcheur de fils a mis la clef sous la porte dans l'année qui a suivi.

— Henry Tully était le propriétaire historique ?

— Non, non. C'était son père, Abraham Tully. »

Henry Tully devait donc être le frère auquel Treffry avait parlé en 1947.

« Tu te rappelles le vieux Abe, Wilf ?

— Pour sûr ! Un dur, que c'était. Et l'équité, c'était pas son fort.

— Dans quelle branche étaient-ils ?

— La futaine, répondit Bert, qui se révélait être le plus loquace des deux. Comme toutes les autres filatures de la ville. Du tissu pour les manteaux, les pantalons et ce genre de chose. Mais tout ça vient de l'étranger, aujourd'hui. Tully faisait de sacrées affaires avant que la concurrence étrangère ne l'achève.

— Et le fils, où vit-il ?

— En Espagne, aux dernières nouvelles.

— Il ne reste plus personne de la famille dans le coin ?

— Pas âme qui vive.

— Attends un peu, Bert. Tu te trompes. Et la vieille, alors ?

— Ah oui. Miriam. Je l'avais oubliée.

— Qui est-ce ?

— La veuve de Henry Tully.

— Et elle habite encore ici ?

— Pas à Hebden, non. Dans une maison de retraite, du côté de Keighley. Vous ne voulez pas aller la voir, quand même ?

— Et pourquoi pas ? »

Les deux compères échangèrent un regard. Puis Bert expliqua :

« Elle a tourné la carte, mon garçon. C'est ce qui se dit.

— Connaîtriez-vous l'adresse de cette maison de retraite, par hasard ?

— Aucune idée. »

Wilf haussa les épaules pour signifier qu'il n'en savait rien non plus.

« Sûr, on risque pas de courir lui rendre visite. Les Tully étaient des propriétaires et nous autres des ouvriers avant que les Sud-Coréens nous piquent notre boulot. Les loups et les agneaux ne se mélangent pas, du moins pas dans cette ville. C'est pour quoi, déjà, que vous vous intéressez à eux ?

— Nous avons peut-être un vague lien de parenté.

— Alors vous avez un vague lien de parenté avec un meurtrier.

— Ah bon ?

— Le frère de Henry Tully, Edmund, a assassiné un type dans le Sud juste après la guerre. On pensait que ça lui vaudrait la corde, mais il s'en est tiré, tout comme il s'est tiré d'Hebden quand ça l'arrangeait.

— Vous le connaissiez ?

— De vue et de réputation, oui. Mais ça fait plus de quarante ans qu'il a foutu le camp et depuis il n'est jamais revenu. J'ai entendu dire qu'il avait été libéré il y a quelques années. Dieu seul sait pourquoi. Et seul Dieu sait ce qu'il est devenu depuis. On n'est pas prêt de le voir dans le coin en tout cas, ça, c'est sûr. »

Pas si sûr que ça, non. Votre ville natale est votre point de départ, et c'est le dernier endroit à vous oublier. Je me levai tôt le lendemain matin et montai voir l'ancienne maison des Tully dans Birchcliffe Road. Elle se trouvait parmi une rangée de villas victoriennes cossues qui surplombaient la ville : la « rangée des snobs », c'est comme ça que l'avaient qualifiée Bert et Wilf. Ils n'avaient pas précisé laquelle avait appartenu aux Tully, ni laquelle des innombrables filatures qui congestionnaient la vallée avait servi à la payer. J'aurais bien aimé le savoir, mais ça n'avait pas vraiment d'importance. Elles se ressemblaient toutes. Hebden Bridge, Oxford, Malaisie occidentale, Truro : telle était la carte géographique de la vie d'Edmund Tully. J'avais l'impression qu'il ne me restait plus qu'à suivre les flèches pour découvrir sa cachette.

De retour au White Lion, après le petit déjeuner, je me mis à appeler toutes les maisons de retraite qui avaient l'indicatif de Keighley. À la troisième, Ravensthorpe Lodge, on me confirma que Miriam Tully résidait là. Et que les visiteurs étaient toujours les bienvenus.

Le meurtre définit aussi bien le meurtrier que sa victime. Tout ce qu'ils ont été et accompli est balayé par cet événement final. Aucune autre façon de mourir ne marque autant les esprits. À Truro, on ne se rappelait pas Joshua Carnoweth comme un mineur qui avait fait fortune, un aventurier qui se languissait d'amour ou un solitaire sentimental, mais comme le vieil homme riche qui avait été poignardé à mort en haut de Lemon Street en août 1947. Pas plus qu'on ne se rappelait Michael Lanyon comme un héros de guerre séduisant ou un commissaire-priseur consciencieux, mais juste comme le cerveau cupide qui avait fomenté l'agression et avait fini à la potence quelques mois plus tard. Le reste – leur vie, leurs amours, leurs échecs et leurs succès – était discrédité comme autant de détails superflus.

J'avais senti ce processus s'enclencher autour de moi alors que l'automne cédait la place à l'hiver et que tous les débats, protestations et divergences jusqu'ici tenaces avaient été abandonnés au profit d'une vérité pragmatique. Les deux hommes étaient morts et enterrés. Aucun ne reviendrait à la vie, pas plus que les Lanyon ne reviendraient à Truro. Un trait avait été tiré, un épisode clos. C'était terminé.

Toutefois, restait encore à assimiler les conséquences de cet événement. J'ignore quand et comment j'avais réalisé que ma famille était devenue riche au-delà de ses estimations les plus optimistes de la fortune d'Oncle Joshua. Mr Cloke n'était pas homme à livrer facilement ses secrets. Et la gestion des biens d'une personne assassinée ne devait pas être une mince affaire. Ce qui est sûr, c'est que ce fameux mois de décembre, Grand-mère et mon père avaient passé de longues heures confinés dans les bureaux de Mr Cloke. Malgré tout, les informations avaient peu à peu filtré dans nos conversations au dîner et dans ma propre vision limitée de l'avenir. « Voilà qui va nous permettre de vivre confortablement », avait un jour prudemment reconnu mon père. Mais à Noël, la langue déliée par le porto, il s'était montré plus expansif – et relativement plus précis. « Nous allons vivre comme des rois. Quand je pense qu'il avait autant d'argent. Et que tout nous revient ! »

Pour être encore plus précis, l'argent revenait à Grand-mère. Et, même si elle allait prendre goût à la prodigalité, elle en userait comme elle en avait toujours usé : avec raison. Déménager à Tredower House et la meubler de façon à en faire une résidence élégante nous établirait comme une famille fortunée. Transformer une petite épicerie agrémentée à l'étage d'une pièce réservée à la vente de vêtements à crédit en une chaîne régionale de grands magasins scellerait notre réputation dans le secteur des affaires. Ses ambitions présidaient aux destinées de chacun d'entre nous, même si j'avais mis longtemps à comprendre de quoi il retournait exactement.

En attendant, des luxes inimaginables s'ouvraient à nous. En mars 1948, afin de célébrer mon douzième anniversaire, nous étions tous allés passer un week-end prolongé à Londres au début des vacances de Pâques, qui cette année-là commençaient tôt. Nous étions descendus au très chic hôtel Claridge, nous nous étions baladés en péniche sur la Tamise, nous avions visité la Tour de Londres et nous étions allés voir la nouvelle comédie musicale américaine à succès, *Annie du Far West.* Je me rappelle encore les images et les sons de cette soirée, l'énergie contagieuse et enivrante d'un grand divertissement urbain. Ce spectacle m'avait complètement sorti de la tête – c'était peut-être le but – tout souvenir conscient de la fête d'anniversaire commune qu'on nous avait organisée à Nicky et à moi l'année précédente à Tredower House. C'était notre maison, à présent, pas celle des Lanyon ; notre avenir, pas le leur. Et je commençais à apprécier cette transformation.

Dans la banlieue paisiblement boisée du nord-ouest de Keighley, Ravensthorpe Lodge comptait parmi plusieurs résidences victoriennes à haut pignon qui, en l'absence du manteau nuageux agrémenté de bruine qui s'était formé quand j'avais traversé la lande au départ d'Hebden Bridge, devaient jouir d'une vue panoramique sur Airedale et les Pennines.

Miriam Tully n'était pas dans le salon, où la plupart des résidents prenaient leur café du matin au bruit assourdissant d'un documentaire animalier diffusé à la télé. « C'est pas la plus sociable de ces dames », me confia l'infirmière qui m'accueillit. Tant mieux. Devoir crier pour couvrir des observations sur les habitudes ruminantes des gnous n'aurait pas favorisé la discussion que je voulais avoir.

Assise dans un fauteuil à la fenêtre de sa chambre, Miriam Tully lisait un roman de Dick Francis imprimé en gros caractères. Les cheveux blancs, les épaules tombantes, elle affichait certes un déclin physique manifeste, que confirmaient sa robe maladroitement boutonnée et le déambulateur à portée de main, mais elle avait néanmoins meilleure mine et semblait plus alerte que ce à quoi je m'attendais d'après les commentaires de Bert.

« De la visite pour vous, Miriam, lança l'infirmière. Le monsieur qui a téléphoné ce matin.

— Téléphoné ? s'agaça Miriam d'une voix fêlée. Je n'ai téléphoné à personne. Je n'ai pas les moyens au prix où vous facturez les communications.

— Je vous laisse, me murmura l'infirmière d'un ton quelque peu résigné en s'éclipsant.

— Vous êtes de la mairie ? » demanda Miriam en me regardant approcher.

Ses lunettes grossissaient de façon inquiétante ses yeux bleu clair.

« Il est grand temps que vous vous occupiez de ces gens.

— Je n'ai rien à voir avec la mairie, répondis-je en m'emparant d'une chaise sur laquelle je m'assis avec un sourire timide. Je m'appelle Mr Napier. J'espère que vous allez pouvoir m'aider.

— Je ne vois pas comment.

— Je suis à la recherche de votre beau-frère, Edmund Tully.

— Mon frère est mort. Et il ne s'appelait pas Edmund.

— Votre *beau*-frère. Je suis sûr que vous savez de qui je parle.

— Je ne comprends rien du tout. »

Elle fit la moue.

« La surveillante générale vous le dira.

— Allons, Miriam. Je ne pense pas qu'il y ait de mal à...

— Comment osez-vous m'appeler par mon prénom ? »

Elle me fusilla du regard.

« Vous y ai-je autorisé ? J'ai peut-être oublié. On me dit que j'oublie toujours tout. Ou peut-être n'ai-je pas oublié et que vous faites simplement preuve de l'arrogance typique de votre génération, auquel cas...

— Désolé, désolé. »

Je levai les mains, battu.

« Je mérite vos reproches. Vous avez raison – Mrs Tully.

— Vous avez dit que vous étiez qui, déjà ?

— Chris Napier.

— Jamais entendu parler de vous.

— Le neveu de Joshua Carnoweth.

— *Qui ça ?*

— L'homme que votre beau-frère a assassiné.

— Un meurtre ? »

Soudain elle devint pensive et reposa délicatement son livre.

« Quel horrible geste.

— Savez-vous où se trouve Edmund ?

— Il mériterait d'être mort. Mort. Comme mon pauvre cher Henry.

— Mais il ne l'est pas ? »

Elle haussa les épaules.

« Je ne sais pas. Je ne peux que l'espérer. Votre oncle n'a pas été sa seule victime. Il n'a pas assassiné Henry, mais c'est tout comme. Refouler la honte qu'il ressentait devant le geste de son frère l'a emporté dans la tombe avant l'heure. Il n'aurait pas fermé la filature, vous savez. Il aurait trouvé un moyen de la faire tourner. Et alors Richard n'aurait pas pu liquider l'argent de la famille et m'enfermer ici.

— Richard est votre fils ?

— Un enfant ingrat. Plus nocif qu'une dent de serpent. Il y a quelque chose de son oncle en lui. Il se la coule douce en Espagne, où il dirige une clinique du sport qu'il a montée en empochant l'argent récolté par deux générations de travailleurs consciencieux. Il est là à se prélasser devant sa piscine en sirotant du Pimm's pendant que moi je dois... »

Elle s'interrompit et fronça les sourcils, comme si elle avait conscience d'en avoir peut-être trop dit.

« Enfin, bon, cela ne nous mène nulle part.

— Quand avez-vous vu votre beau-frère pour la dernière fois, Mrs Tully ?

— Edmund ?

— Oui, répondis-je, m'efforçant à la patience. Edmund.

— Oh, il y a bien des années. Avant la guerre. Un jour il nous a annoncé qu'il partait à Londres pour occuper un poste qu'une connaissance d'Oxford lui avait proposé. Dans les assurances, il me semble. Domaine auquel Edmund ne devait strictement rien connaître. Il détestait Hebden Bridge. Il disait que l'environnement était trop exigu, trop hostile pour permettre à ses talents exotiques de s'épanouir. En réalité, ce qu'il ne pouvait pas supporter, c'était de travailler sous les ordres de Henry. Il estimait que ses études à l'université lui donnaient droit à un poste de direction dans l'entreprise, mais il ne faisait rien pour le mériter. Il n'a jamais été prêt à s'atteler à quoi que ce soit, d'ailleurs. Incapable dans sa jeunesse, bon à rien à l'âge adulte. J'ai toujours su qu'il tournerait mal.

— Vous souvenez-vous du nom de cet ami à Londres ? Ou de la compagnie pour laquelle il travaillait ?

— Oublié, j'en ai peur. Edmund n'y est pas resté longtemps.

— Mais il n'est pas revenu à Hebden Bridge ?

— Pas une seule fois. Pas même pour voir la tombe de sa mère. Elle est morte quand il était prisonnier de guerre. On aurait pu croire qu'il voudrait aller s'y recueillir quand il rentrerait, mais rien du tout. Il est resté dans son coin. Nous pensions ne plus jamais entendre parler de lui et j'imagine que c'est ce qui se serait passé... s'il n'y avait pas eu ce meurtre.

— Savez-vous qu'il a été libéré il y a douze ans ?

— Je l'ai entendu dire, oui.

— Mais toujours aucune nouvelle ?

— Pas même une lettre pour quémander, à mon grand soulagement.

— Aurait-il pu approcher votre fils ?

— Richard ? Il ne l'a jamais connu.

— Un autre parent, alors ?

— Ça m'étonnerait fort.

— Mais enfin...

— Il y a sa femme, bien sûr. J'imagine qu'il a dû la joindre. Cependant, si c'était la charité qu'il espérait...

— Sa femme ?

— Oui. Edmund Tully a épousé une fille à Londres juste avant de s'enrôler. Nous ne l'avons jamais rencontrée, mais il est bien possible qu'ils aient eu quelque affinité authentique vu ce dont elle s'est révélée capable, donc c'est possible qu'il soit allé ramper chez elle après sa libération.

— Qu'entendez-vous par : "ce dont elle s'est révélée capable" ? »

Miriam fixa un point sur le papier peint : peut-être une tache gênante dans sa mémoire.

« Ça ne peut pas nuire de vous le dire, j'imagine. Henry s'est donné beaucoup de mal pour garder le secret, mais il est parti depuis si longtemps, et puis désormais le nom de Tully ne représente plus rien à Hebden Bridge, alors, quelle importance ? Si ça met Richard dans l'embarras, tant pis. »

Cette idée la fit presque sourire.

« Ils sont cousins, après tout.

— Qui ça ?

— Richard et l'enfant d'Edmund.

— Il y avait un enfant ?

— Oh, oui. C'était là la moitié du problème. Je ne pense pas que Henry aurait accepté s'il ne s'était agi de sa nièce.

— Edmund avait une fille ?

— D'après sa femme. Même si je l'ai toujours soupçonnée d'avoir...

— Quel âge ? Quel âge aurait-elle ?

— Sa fille ? Dans les 35 ans, j'imagine. »

Elle secoua la tête, ébahie.

« Eh oui, tiens, déjà tant que ça. Comme le temps passe. »

Elle me regarda.

« Il y a un problème, Mr Napier ? »

12

Il n'y avait aucun problème. Au contraire, il y avait plutôt une solution – qui collait et semblait relativement logique – dans la révélation de l'existence de la fille d'Edmund Tully. Elle devait avoir dans les 35 ans : plus ou moins l'âge que j'aurais donné à Pauline Lucas. Tiens, tiens, tiens. Il fallait bien qu'elle soit la fille de quelqu'un, après tout. Et elle avait forcément un rapport avec le passé meurtrier d'Edmund Tully. Alors, pourquoi pas un lien de parenté plutôt qu'un lien tout court ? Pourquoi pas l'amour d'une enfant pour son père ?

Je ne confiai pas mes soupçons à Miriam. Inutile. Il était plus facile de rester assis là, près de sa fenêtre embuée par la bruine, dans les effluves écœurants d'un déjeuner à base de poisson bouilli qui se répandaient depuis le rez-de-chaussée, pendant qu'elle s'épanchait, effectuant des plongées dans une vie entière de regrets et de ressentiment. J'avais de la chance de l'avoir trouvée si vieille, si lasse, si amère. À l'époque où elle avait un statut et une réputation à défendre, elle aurait été beaucoup moins volubile. Mais c'était fini tout ça. Elle ne distribuait plus les prix du catéchisme à la chapelle baptiste de Birchcliffe. Son mari ne présidait plus les réunions de l'Association des drapiers grossistes d'Hebden Bridge. Et tous deux ne vivaient plus dans une grande maison de la « rangée des snobs » d'où ils apercevaient la cheminée fumante d'Abraham Tully SA. La chapelle était fermée, son mari mort, la maison vendue, l'entreprise familiale trépassée. Ainsi, n'ayant rien à perdre si ce n'est un fauteuil dans la salle de télévision de Ravensthorpe Lodge, elle était libre d'exprimer sa façon de penser. D'ailleurs, elle en était ravie.

Abraham Tully avait démarré son affaire à Hebden Bridge à la fin des années 1880, au moment où la position dominante de la ville dans le secteur industriel de la futaine devenait manifeste. Treffry m'avait décrit les usines comme des filatures de lin, mais que pouvait bien savoir un policier cornouaillais sur un sujet pareil ? En réalité, la futaine était l'étoffe avec laquelle on confectionnait les vêtements ultrarésistants des ouvriers. L'entreprise Tully fabriquait des pantalons, des vestes, des manteaux, des salopettes et des bleus de travail qu'elle vendait dans tout l'Empire britannique. Cette activité avait fait de son fondateur un homme riche et un ponte de la société locale. Il avait emménagé dans l'une des nouvelles maisons chic qui se construisaient dans Birchcliffe Road, épousé la fille d'un autre magnat de la futaine et eu trois fils : John, condamné à mourir de la dysenterie alors qu'il servait sur le front de la Première Guerre mondiale ; Henry, dont le père avait fait son poulain pour diriger l'entreprise familiale ; et Edmund, le benjamin de plusieurs années, adoré, pourri gâté et à qui, après la mort de son frère, on passait tout.

Telle était la version que Miriam donnait des événements, en tout cas. Son père dirigeait une teinturerie en ville, que l'entreprise Tully avait plus tard rachetée. Elle avait épousé Henry quand Edmund était à Oxford et avait connu ce dernier comme le jeune frère arrogant et agité qui ne mettait guère la main à la pâte, surtout quand, à la mort du vieil Abraham, Henry avait hérité des pleines responsabilités et d'une quantité d'ennuis et de tensions à la maison. Ses frasques alcoolisées et ses absences inexpliquées lui avaient taillé une mauvaise réputation parmi les ouvriers – et donc dans toute la ville. Quand il était parti pour les lumières de Londres à l'automne 1938, elle avait été grandement soulagée. Il avait annoncé son départ un dimanche après-midi, le jour où Miriam, Henry, le petit Richard et la vieille Mrs Tully avaient assisté à la cérémonie d'inauguration par Sir James O'Dowd d'un monument aux morts dédié aux soldats d'Hebden Bridge tombés pendant la guerre. Le fait que son propre frère comptait parmi les victimes n'avait pas persuadé Edmund d'y pointer son nez. Quand l'équipée était revenue à la maison, ils l'avaient trouvé prêt à partir, les valises bouclées. La dernière fois qu'elle l'avait vu, au volant de sa voiture, il descendait Birchcliffe Road à un train d'enfer, laissant sa mère en larmes et sa belle-sœur dans un état jubilatoire savamment déguisé.

Par la suite, Miriam avait reçu avec indifférence les nouvelles sporadiques des activités d'Edmund Tully. Sa carrière dans les assurances avait duré moins d'un an. Elle interprétait son enrôlement dans l'armée moins comme un geste patriotique que comme une alternative au chômage ; son mariage presque concomitant moins comme un engagement sérieux que comme une passade. De sa femme, Alice Graham, ils ne savaient rien et n'en entendaient jamais parler. C'était d'ailleurs le ministère de la Guerre et non la nouvelle Mrs Tully qui les avait prévenus qu'il avait été capturé par les Japonais lors de la chute de Singapour. Cette annonce avait porté à sa mère un grand coup, dont elle ne s'était jamais remise.

Quand, après la guerre, les journaux avaient décrit le traitement infligé aux prisonniers des Japonais, Miriam en avait conclu qu'il y avait peu de chances qu'Edmund ait survécu. Et pourtant ils avaient appris que si, par les canaux tortueux de la voie officielle, car sa femme, elle, était restée muette comme une carpe. Edmund lui-même avait gardé le silence. S'il était venu leur demander de l'aide, insista Miriam, il n'aurait pas été repoussé. En l'occurrence, il n'était jamais venu. Et de leur côté, ils ne s'étaient jamais mis à sa recherche. En lieu et place, lors de l'été 1947, un inspecteur leur avait rendu visite afin de leur annoncer qu'Edmund avait assassiné un homme en Cornouailles. Pour de l'argent, naturellement. Voilà qui ne faisait que confirmer, semblait-il, son indécrottable nature. Là encore, leur réaction avait été de ne rien faire. Bien sûr, il avait fallu balayer un certain nombre de rumeurs en ville. C'était inévitable. Mais Henry n'était pas le garant de son frère. Il avait déclaré qu'Edmund devait répondre de ses actes. Il était hors de question de prendre sa défense au tribunal puisque son comportement était indéfendable. D'ailleurs, Edmund ne le lui avait pas demandé. Il n'y avait eu ni lettre larmoyante venant de la prison d'Exeter le suppliant de se constituer témoin de moralité, ni message transmis par son avocat. Manifestement, Edmund ne voulait pas avoir affaire à eux.

Mais sa femme, c'était une autre histoire. Juste avant le début du procès, elle leur avait demandé par lettre de l'argent. Pas pour elle, naturellement, mais pour sa fille. C'est-à-dire la fille d'Edmund, conçue durant leurs brèves retrouvailles d'après guerre et qui était encore un bébé. Alice Tully souhaitait quitter Londres afin de prendre un nouveau départ, là où ses liens – et ceux de la petite Simone – avec un meurtrier pourraient être oubliés. La presse n'avait pas encore eu vent de leur relation avec Edmund mais, si aucun autre moyen de subsistance ne leur parvenait, elle devrait alors envisager de vendre son histoire aux journaux du dimanche.

« C'était du chantage, évidemment, déclara Miriam. Du chantage éhonté. Mais il aurait été terrible de se retrouver décrits dans la presse comme des gens qui laissaient la veuve d'Edmund et son enfant vivre dans la pauvreté. Nous pensions qu'il serait pendu, voyez-vous. Et puis ce bébé était la nièce de Henry, bien sûr. Il avait le sentiment d'avoir des obligations envers elle et n'avait jamais douté de la paternité d'Edmund – contrairement à moi, je dois l'avouer. Avec les femmes de ce genre, on ne sait jamais, n'est-ce pas ? »

Je me retins de lui faire remarquer qu'elle n'avait en réalité aucun moyen de savoir quel genre de femme était Alice Tully. Le désespoir avait peut-être guidé sa démarche, et peut-être Edmund avait-il décrit son frère et sa belle-sœur comme des gens plus susceptibles de répondre aux menaces qu'aux suppliques.

Quoi qu'il en soit, Henry avait payé et avait continué à le faire pendant le reste de sa vie, sous la forme d'une pension modeste. Alice s'était installée à Brighton, où elle avait repris son nom de jeune fille et s'était établie comme logeuse pour les touristes de bord de mer. Quelques mois après le procès, Henry avait écrit à Edmund en prison afin de lui expliquer les dispositions qu'il avait prises pour sa fille : il n'avait obtenu aucune réponse. Ingratitude typique, selon Miriam.

Edmund était encore en prison et Alice résidait toujours à Brighton avec Simone désormais adolescente, quand Henry avait été foudroyé par une crise cardiaque juste avant Noël 1961. Une fois remise du choc, Miriam avait écrit à Alice, lui énonçant clairement qu'elle ne recevrait plus d'indemnités. Après tout, Simone n'était pas sa nièce à elle. Et les temps étaient durs pour une veuve flanquée d'un fils dilapidateur et d'une entreprise en perte de vitesse. Alice n'avait pas répondu, admettant, supposait Miriam, que le temps avait neutralisé toute menace qu'elle et sa fille avaient pu un jour représenter pour les Tully. Et c'était là, en ce qui la concernait, que l'affaire se terminait.

« J'ignore ce qu'Alice Graham a raconté à sa fille au sujet de son père ou de sa famille, dit Miriam. Qu'il se soit agi peu ou prou de la vérité, en tout cas, ça ne l'a jamais conduite à me contacter. Or, comme vous l'avez découvert, Mr Napier, je ne suis pas dure à trouver.

— Mrs Graham vous a-t-elle... informée du devenir de sa fille ? »

Miriam ricana.

« Certainement pas.

— Elle pourrait donc être n'importe où à faire n'importe quoi, pour ce que vous en savez.

— Ou pour ce que ça me fait. N'est-ce pas plutôt ça que vous voulez dire ? »

Elle rejeta la tête en arrière.

« Ma foi, je ne le nie pas. Dès le début, j'étais déterminée à ne m'impliquer en aucune manière dans la vie d'Edmund. Tout ce qu'il touche, choses ou personnes, a tendance à être… »

Elle fronça le nez.

« … souillé.

— Mais Simone était la nièce de votre mari. N'a-t-il jamais pensé à lui rendre visite ? »

Miriam me regarda comme si j'étais fou.

« Ça ne lui a jamais traversé l'esprit. La pension était une reconnaissance déjà suffisante. Et même largement suffisante, selon moi. »

Opinion dont, je n'en doutais pas, elle avait dû gratifier Henry Tully à de nombreuses occasions.

« Richard était horrifié quand il a appris la somme que son père avait versée. »

Elle sourit.

« C'est l'un des rares points sur lesquels nous nous accordions.

— Il n'a jamais eu envie de voir sa cousine ?

— Il n'a jamais vraiment envie de me voir moi, Mr Napier, alors la fille d'un oncle qu'il ne se rappelle même plus, n'en parlons pas. Et puis il l'a bel et bien vue, au sens propre du terme. Alice Graham nous avait envoyé une photo du bébé la première fois qu'elle nous avait demandé de l'aide.

— Vous l'avez encore ? »

Les probabilités étaient faibles, mais si le bébé avait une vague ressemblance avec Pauline Lucas...

« J'ai bien peur que non. J'ai dû me débarrasser de la plupart de mes biens quand j'ai emménagé ici. Comme vous le voyez, mon logement n'est pas franchement spacieux. Je n'ai pu conserver que quelques souvenirs précieux d'une époque plus heureuse. Vous imaginez bien que la photo de la fille d'Edmund n'en faisait pas partie.

— Pensez-vous qu'Alice Graham vive toujours à Brighton ?

— Je n'en ai pas la moindre idée.

— C'est juste que si je veux avoir une petite chance de retrouver votre beau-frère...

— Tentez donc le coup à Brighton. Dame, vous êtes un obstiné, vous, hein ? D'un bout du pays à l'autre. Votre énergie est épuisante, je dois dire.

— Vous ne vous souvenez pas de son adresse, par hasard ?

— Si. »

Elle fronça les sourcils comme pour réprimander le sourire surpris qui s'était dessiné sur mon visage.

« C'est le signe que la sénilité approche, je crois, quand c'est pour des détails sans importance que la mémoire fonctionne le mieux. Il y a vingt ans, vous auriez pu trouver Alice Graham à la pension de famille du Jusant, Madeira Place, Brighton. Quant à aujourd'hui, qui sait ? Mais vous allez sûrement le découvrir très vite. En échange de cette information, est-ce que je pourrais vous demander une petite faveur ?

— Allez-y.

— Emmenez-moi déjeuner en ville avant de partir. Je propose le Brown Cow, à Bingley. Ce n'est pas loin et avec un peu de chance, il n'y aura pas de poisson bouilli au menu. »

Après que le percepteur des impôts eut pris sa part des biens d'Oncle Joshua, il était resté à Grand-mère environ un million de livres dans des comptes productifs d'intérêts et encore la moitié de cette somme en titres, actions et valeurs diverses, plus Tredower House et son contenu. Un million de l'époque en vaudrait probablement dix, voire plus aujourd'hui, bien sûr. Ce que je décris là, c'est l'acquisition, du jour au lendemain, d'une véritable fortune. Personne ne nous l'avait dit à Pam et moi et notre mode de vie n'en laissait rien paraître, mais le fait est qu'au début de 1948 nous étions devenus une famille immensément riche.

Grand-mère aurait-elle été tentée de se laisser aller à une folie dépensière, le rationnement et l'économie d'austérité étaient là pour l'en empêcher. Il n'y avait pas vraiment de quoi dilapider son argent dans l'Angleterre de l'après-guerre, et à cause du contrôle drastique des devises, on ne pouvait pas non plus placer grand-chose à l'étranger. C'est un monde qui me semble tellement loin du présent que je m'étonne qu'il soit aussi récent que mon enfance.

Cependant, lors de ce premier été de prospérité relativement discrète, Grand-mère et Grand-père avaient effectué la traversée jusqu'à New York sur le *Queen Mary* afin de célébrer leurs noces de vermeil. C'était à peu près le seul exemple de dépense hors du commun qu'un observateur aurait pu déceler : un couple de vieux mariés faisant leur premier voyage à l'étranger. Ils étaient revenus avec des histoires d'Empire State Building, de statue de la Liberté et de dîners à la table du capitaine, ainsi qu'avec la ferme conviction, pour Grand-mère, que l'avenir de la vente au détail était de proposer aux clients les bonnes choses de la vie qu'elle avait vues en quantités si abondantes à New York. C'était un peu ce qu'elle avait pressenti avec son commerce de vêtements à crédit, et désormais, elle proposait de mettre à profit son capital récemment acquis pour lier le nom des Napier à un nouveau concept de shopping.

Durant les quelques années qui avaient suivi, Napier's Department Stores, les Grands Magasins Napier, avaient ouvert des succursales à Truro, Plymouth, Torquay, Exeter, Taunton et Bournemouth. Papa avait délaissé la découpe du bacon et la pesée du fromage pour devenir président-directeur général d'une vaste et prestigieuse entreprise. Aux yeux du public, il incarnait Napier's et il s'était pris au jeu avec enthousiasme, acquérant une Daimler, un chauffeur, un siège au tribunal de commerce, un goût pour les costumes sur mesure, un penchant pour le golf et, au fil des années 1950, l'air guilleret d'un entrepreneur prospère.

Pas tout à fait self-made, bien sûr. Derrière son ascension vers l'éminence commerciale se dressait Grand-mère. Et derrière elle, l'argent d'Oncle Joshua. Non sans ironie, Napier's s'était révélé à long terme être un échec. Les bonnes années n'avaient jamais compensé les mauvaises. Il y avait beaucoup de personnel, de clients servis et d'affaires conclues, mais cela n'avait jamais fait la fortune de qui que ce soit. Heureusement que les investissements discrets de Grand-mère avaient rapporté tant d'intérêts.

Je vois tout ça avec du recul mais, à l'époque, Napier's avait des airs de Léviathan financier, dont la solidité et la fiabilité acquises étaient parfaitement représentées par la devanture de Boscawen Street. Le Harrods des Cornouailles, ainsi l'avaient-ils baptisé. Ma foi, il n'avait jamais vraiment atteint ce niveau, mais c'était *le* magasin de Truro. Et le nom écrit au-dessus de l'entrée avec autant de grandes lettres dorées qu'il y avait de hautes fenêtres décorées de part et d'autre était aussi bien littéralement que métaphoriquement ce que Grand-mère avait espéré qu'il devienne : le plus grand de la ville.

Il était aussi mon avenir, une carrière toute tracée qui pourrait un jour me voir succéder à mon père au poste de directeur. Alors que je franchissais les étapes : collège, lycée, service militaire et université, cet avenir était là devant moi à m'attendre, et ce, m'arrivait-il de songer, que je le veuille ou non. Quand Pam avait épousé Trevor Rutherford et qu'il avait été introduit dans l'entreprise tandis que je menais toujours une vie insouciante d'étudiant à Londres, il ne m'était pas apparu comme une menace. Je me disais que le moment venu, je pourrais toujours endosser le rôle de mon choix chez Napier's.

Je n'avais pas hâté ma décision. J'avais même réussi à persuader Grand-mère de me financer une petite année de voyages à travers le monde après mes études afin d'y réfléchir. Les mois que j'avais passés aux États-Unis durant cette période de liberté totale à parcourir les autoroutes dans une Chevrolet Corvette bleu électrique en écoutant à la radio Elvis Presley à plein volume avaient développé chez moi un penchant pour les décapotables au design élaboré, sans parler du rock'n'roll et des serveuses de bar blond platine, mais pas d'enthousiasme débordant pour la direction de grands magasins.

En vérité, je n'avais pas une idée très claire de ce que je voulais faire de ma vie ; c'est donc avec le sentiment exaspérant de quelque chose d'inéluctable que j'avais fini à 24 ans par prendre ma place dans l'entreprise familiale comme apprenti directeur. Cependant, je n'avais plus le statut d'héritier incontesté : Trevor s'était solidement ancré dans ce rôle-là. Mon père ayant levé le pied quand Napier's était entré dans sa deuxième décennie, Trevor était devenu l'homme fort de la compagnie. Il avait accueilli mon arrivée avec une hostilité à peine déguisée et avait manigancé mon départ rapide dans le magasin de Plymouth, où, selon sa formule alambiquée, j'allais être « façonné à la dure » par le directeur de la succursale, Humphrey Metcalfe.

La description que m'avait faite Miriam Tully du retour d'Oxford de son beau-frère m'avait donné un aperçu de ce que Trevor avait dû penser de moi : un intrus oisif et chouchouté qui s'était égaré dans son royaume à l'automne 1960. Ce devait être exactement ce que j'étais. Mais il n'y avait aucun moyen de rester oisif *ni* chouchouté sous la tutelle de Humphrey Metcalfe, un homme capable de lécher les bottes des bons clients aussi bien que de se déchaîner sur des employés défaillants. Le fils du patron était un phénomène qu'il redoutait autant qu'il haïssait, mais mon approche désenchantée et relativement détachée du monde du travail, plus je ne sais quel programme secret que Trevor lui avait assigné lui donnaient davantage matière à haïr qu'à redouter. Il en avait résulté pour moi un purgatoire de tâches avilissantes et de plaintes rentrées. Le magasin de Plymouth, un mégalithe d'un blanc éclatant qui dominait les vitrines d'Armada Way, était parfois comparé à un paquebot de croisière par les étudiants en architecture. Pour moi, c'était plutôt une galère, où je purgeais ma peine en faisant le coursier et le standardiste au service d'un petit dictateur. Dans son dos, les employés l'appelaient « Musso » Metcalfe, la référence à Mussolini impliquant qu'il était redevable à un Hitler quelque part. Je n'avais jamais vraiment fait partie des gars et des filles du personnel, bien sûr. Je ne leur inspirais pas une confiance absolue. Ils étaient loin d'imaginer, sous prétexte que pour grimper les échelons il fallait en passer par là, que je n'étais ni payé plus, ni mieux traité qu'eux. Nous étions dans le même bateau, et pourtant ce n'était pas l'impression que j'avais.

Don Prideaux était à peu près le seul ami que j'avais à Plymouth, à moins de compter les autres habitués de l'Abbey, le pub le plus proche de mon appartement, où j'avais pris le pli de noyer nombre de mes pulsions meurtrières envers Humphrey Metcalfe. Don avait débarqué au collège de Truro au début de la deuxième année : il avait été transféré de Daniell Road grâce à une bourse durement obtenue. Bien qu'il ne m'ait jamais laissé oublier que mon éducation et ma carrière m'avaient été apportées sur un plateau alors que lui avait dû gagner les siennes au prix d'un effort et d'une application de tous les instants, nous nous retrouvions régulièrement pour faire la tournée des pubs en milieu de semaine, des sorties en couple le vendredi soir et des excursions à Dartmoor le week-end dans la Sprite aux phares exorbités que je m'étais achetée avec la poignée d'argent liquide que Grand-père m'avait léguée. Ce vieux bonhomme sentimental savait qu'on me tenait la bride haute, trop haute peut-être à son goût, hélas, il ne pouvait pas y faire grand-chose.

Le dernier conseil qu'il m'avait donné, et maintenant que j'y pense, probablement aussi le premier, était d'ignorer les pressions unanimes de ma sœur, de mon père, de ma mère et de ma grand-mère qui tenaient à me voir marié, mener une vie rangée. La sérénité financière étant arrivée trop tard dans sa vie pour qu'il en profite pleinement, j'imagine qu'il me disait en réalité ce que lui, jeune, aurait fait s'il avait bénéficié des mêmes opportunités que moi.

Le seul problème, c'est que je n'étais plus si jeune que ça. J'avais 27 ans en 1963, l'année de l'affaire Profumo, des Beatles, de l'attaque du train postal Glasgow-Londres et des prémices de la société permissive. Je devais choisir entre faire ce qu'on attendait de moi de moins en moins patiemment et fuir ce que je considérais comme la comédie du stagiaire respectable : entre un avenir monotone, sécurisé et suffocant et le vaste et glorieux inconnu.

J'avais posé une semaine de congés en octobre afin de rejoindre d'anciens amis de fac à Londres et de me remémorer ce que la vie festive était censée être. La plupart d'entre eux étaient déjà mariés et engagés dans des carrières impliquant plus de responsabilités que la mienne. Il s'était révélé que pour eux aussi la fête devenait une inconnue. Mais ce n'était pas le cas de tous. Johnny Newman, mon colocataire durant ma dernière année d'études, s'était toujours pris pour un chanteur de rock. Quand je l'avais rencontré à une fête organisée à Hampstead par une ex-petite amie commune, j'avais appris qu'il s'apprêtait à partir en tournée à plein temps avec son groupe composé de trois guitaristes et d'un batteur : The Meteors. Johnny hésitait à s'engager avec un manager professionnel. Il se disait qu'ils s'en sortiraient mieux s'ils se géraient eux-mêmes. Mais il se disait aussi qu'eux cinq devaient pouvoir se concentrer sur la musique. Ce dont ils avaient besoin, c'était d'un membre non musicien pour louer des salles, organiser les transports, s'occuper du logement et tenir grossièrement les comptes.

Il m'avait fallu presque toute cette soirée très tardive plus une rencontre le lendemain avec les autres membres du groupe autour d'un café noir pour arriver à convaincre Johnny de m'embaucher comme le sixième Meteor sur la base de mon expérience de directeur *et* de vendeur chez Napier's. Heureusement qu'il n'était pas du genre à demander mes références à Humphrey Metcalfe. J'étais pris.

Et démissionnaire de l'entreprise familiale. Papa était horrifié, naturellement. « As-tu perdu la tête, mon garçon ? Tu plaisantes, j'espère. » Mais je ne plaisantais pas. Et lui non plus, quand il avait fait cette déclaration on ne peut plus claire : « Tu te débrouilleras tout seul si tu quittes ce boulot. Ni ta mère ni moi ne te ferons la charité. Tu n'auras rien pour retomber sur tes pattes. Tu comprends ? » Je lui avais assuré que oui, même si la vérité était plus ambiguë. Je ne pensais pas qu'il m'adressait là un ultimatum sans appel, ni que je me coupais de toute possibilité de repli. Ce n'est que plus tard que j'avais compris à quel point nous pouvions être entêtés tous les deux, à quel point nous manquions à la fois d'indulgence et de recul. Même lorsque le besoin s'en était fait cruellement sentir.

Il s'était trouvé que The Meteors avaient été baptisés fort à propos. Pendant quelques mois en 1964, ils étaient montés en flèche, ils avaient brillé. « Wasting the Night » était entrée au top vingt. La presse musicale leur prédisait un grand avenir. Une tournée lucrative et éreintante alternant salles de concerts et studios d'enregistrement les avait encore davantage rapprochés de la célébrité et de la fortune. J'avais prouvé mon utilité en maintenant un ordre précaire dans leur vie : gestion de l'argent, planification, interviews avec les journalistes, négociations avec les compagnies de disques. J'avais même à moi seul réussi à garder sur la route et en état de marche la camionnette dans laquelle nous voyagions à travers le pays : un exploit en soi.

Mais le défaut des Meteors était humain plus que mécanique. Le premier guitariste, Andy Wicks, était doté d'un véritable flair musical assorti d'un fort penchant à l'autodestruction. Il n'avait pas vraiment succombé à l'alcool et à la drogue : il les avait embrassés comme des amis. En ce sens, il était mort entouré de ses copains, en s'étranglant avec son vomi dans un appartement en sous-sol à Lewisham, à la fin d'une journée fichue en milieu de semaine.

Johnny et les autres avaient fait contre mauvaise fortune bon cœur, se disant qu'ils pouvaient continuer le groupe à quatre. Mais c'est Andy qui avait écrit leurs meilleures chansons et insufflé à leur manière de jouer presque tout son allant. Sans lui, The Meteors s'étaient consumés dans une longue nuit de déclin à l'issue sordide. Jamais je n'aurais imaginé que ça se passerait comme ça. Ni aucun de nous, d'ailleurs. Le monde s'était d'abord légèrement incliné sous nos pieds, puis la pente avait fini par se raidir et nous avions dégringolé.

Quelque part au milieu de cette descente, alors que la mort d'Andy remontait à moins d'un an et que nous avions encore de l'espoir en réserve – pas beaucoup, certes –, j'avais réussi à grand renfort de baratin à mettre sur pied une série de concerts le long de la côte sud. Faire suivre un itinéraire au groupe était devenu compliqué. L'enchevêtrement de leur vie amoureuse et de leur addiction à la drogue, sans parler de mon alcoolisme patent, combiné avec un sentiment croissant d'enlisement, avait entraîné plus de concerts bâclés, de désertion des spectateurs et de disputes malsaines avec des managers de boîtes de nuit que la réputation en chute libre des Meteors ne pouvait en supporter.

Brighton n'avait été qu'une énième ville où les choses s'étaient mal passées, mais Johnny avait tellement mal pris d'avoir été contraint de quitter la scène à l'université sous les huées d'un parterre d'étudiants, qu'il avait défoncé la chambre que je partageais avec lui. Pas une chambre d'hôtel traditionnelle digne des meilleures pop stars, mais un grenier meublé non loin de la gare. C'est là, je crois, que j'avais compris qu'il n'y aurait pas de come-back. En termes de désastre, cette soirée à Brighton avait surclassé toutes les autres.

Et j'avais mis seize ans à réaliser que ça aurait pu être pire. Nous aurions pu être hébergés à la pension de famille du Jusant, Madeira Place. Et alors là, la logeuse à qui j'aurais dû verser cinquante livres pour la dédommager et qu'elle ne dise rien à la police... aurait été la femme d'Edmund Tully.

« Mrs Graham ?
— C'est moi. »

Elle avait la soixantaine et essayait avec un certain succès d'avoir l'air beaucoup plus jeune : ses cheveux noirs tirés en arrière dégageaient un visage fin que l'âge commençait tout juste à raidir. Elle portait une jupe plissée à la coupe élégante et un chemisier blanc impeccable : il n'y avait rien de la logeuse balnéaire typique chez elle.

« Une chambre juste pour vous, c'est ça ?
— Oui. Juste pour moi. »

Nous nous tenions sous le porche de la pension de famille du Jusant, derrière nous, la lumière du soleil bas d'octobre inondait la rue et le bruit de la circulation se mêlait au cri des mouettes dans l'air de Brighton. J'étais rentré tard d'Hebden Bridge le soir précédent et j'étais descendu en voiture sur la côte du Sussex dans l'après-midi, élaborant ma stratégie en chemin.

« Vous avez de la place, alors ?
— Oh, oui. C'est calme en ce moment. Je peux même vous louer une chambre avec salle de bains au prix standard. Sept livres cinquante, petit déjeuner compris. Ça vous irait ?
— Ça me paraît très bien.
— Alors entrez. »

La façade du Jusant était assez chic : la courette et la rambarde du balcon brillaient, le stuc couleur crème était baigné d'une douce lumière. L'intérieur était lui aussi propre et accueillant, la moquette était épaisse sous mes pieds. Je suivis Alice Graham dans le couloir afin de voir la salle à manger claire et spacieuse, puis nous rebroussâmes chemin vers l'escalier.

« Quelqu'un vous a recommandé le lieu, c'est ça ?

— Pas exactement. Le... l'office du tourisme... m'a indiqué cette rue.

— C'est juste que, comme vous connaissiez mon nom, je pensais que quelqu'un vous avait dirigé chez moi.

— Oh, l'employée l'a mentionné.

— Vraiment ? »

Elle se retourna et me lança un regard dubitatif alors que nous arrivions sur le palier.

« Eh bien, c'est qu'il y a au moins une chose que je dois faire bien. C'est ici. »

Elle ouvrit une porte et s'effaça pour me laisser passer. C'était une petite chambre meublée avec soin, à l'odeur de désodorisant un peu trop prégnante. Cependant la fenêtre promettait une vue sur la mer et le lit un matelas ferme.

« Très jolie. Comme tout cet endroit, d'ailleurs. Vous êtes installée ici depuis longtemps, Mrs Graham ?

— Un bon moment, oui.

— Vous vous en occupez seule ? »

Devant son air perplexe, j'ajoutai :

« Je veux dire, tenez-vous ça en couple ?

— Je suis veuve.

— Oh. Vous m'en voyez désolé. Vous avez des enfants pour vous aider ? »

Sa bouche se crispa et tout son corps se raidit.

« Vous êtes sûr que c'est l'office du tourisme qui vous a envoyé ici, Mr...

— Napier.

— C'est que la plupart de mes hôtes ne m'interrogent que sur l'eau chaude et l'heure des repas, pas sur mon histoire familiale. Et en général, ils ne connaissent pas mon nom à moins d'être déjà venus, ce qui n'est pas votre cas.

— Je ferais mieux d'abattre mes cartes, alors.

— Faites donc ça.

— Je cherche votre mari, Edmund Tully. »

Elle ne bougea pas même un cil. Force m'était d'admirer son sang-froid. Mais, à sa façon de me dévisager, je voyais bien qu'elle réfléchissait vite pour tâcher de se tirer d'affaire.

« Ne me faites pas le coup de la veuve. Ça ne prendra pas.

— Qui êtes-vous ?

— Peu importe. Je veux juste savoir où se trouve Tully.

— Vous feriez mieux de partir. Cette chambre n'est plus disponible.

— Alors j'irai ailleurs. Cette rue est bourrée de bed & breakfasts, tous ont de la place. Vos voisins, Mrs Graham. Puisque vous utilisez votre nom de jeune fille, j'imagine que vous n'avez pas envie qu'ils sachent qui est votre mari et ce qu'il a fait. Si vous refusez de m'aider, il me faudra peut-être les éclairer.

— Salaud. »

Elle avait juré à mi-voix d'un air si absent que je n'étais pas sûr de qui elle parlait : de moi ou d'Edmund Tully.

« Dites-moi juste où il habite.

— Je vous l'ai dit. Je suis veuve.

— Prouvez-le.

— Je n'ai pas à prouver quoi que ce soit.

— Pourquoi le protégez-vous ?

— Je ne le protège pas.

— Alors dites-moi où il est.

— Impossible.

— Mais non. Voyez les choses sous cet angle : vous ne lui devez rien, alors pourquoi ne pas m'aider à le trouver ? N'est-ce pas préférable au fait que vos voisins et amis apprennent comment vous avez extorqué de l'argent au frère de Tully pour vous installer ici avec votre fille ?

— Ma fille ?

— La veuve de Henry Tully m'a tout raconté. Arrêtez de jouer la comédie. »

Quelque décision – l'identification rapide d'une opportunité – dissipa sa méfiance. Elle referma doucement la porte derrière elle, alla se mettre à la fenêtre, où elle plissa les yeux dans la lumière du soleil, puis se retourna vers moi.

« Vous avez dit vous appeler Napier. Comme les Grands Magasins Napier ?

— Oui. Puisque vous en parlez.

— Alors, pourquoi me demandez-vous où se trouve Edmund ? Pour qui agissez-vous ?

— Moi-même.

— C'est Melvyn Napier votre père ?

— Oui.

— Sait-il que vous êtes là ?

— Non. Mais je ne vois pas...

— Pourquoi cherchez-vous Edmund ?

— Pour apprendre la vérité au sujet du meurtre de Joshua Carnoweth.

— Écoutez, je ne peux pas vous aider. Ça fait des années que je n'ai pas vu Edmund. Il pourrait très bien être mort.

— Et votre fille ? Pourrait-elle être en contact avec lui ? »

Alice Graham eut un sourire amer.

« Aucune chance.

— Êtes-vous sûr de la connaître assez bien pour l'affirmer ?

— Oh, oui.

— J'ai l'impression de l'avoir rencontrée, voyez-vous. Tout récemment. Sous le nom de Pauline Lucas.

— Impossible.

— J'ai une photo d'elle. Pas très flatteuse, j'en ai peur. Pas flatteuse du tout. Mais vous la reconnaîtrez, j'en suis sûr.

— Non, Mr Napier. Je ne la reconnaîtrai pas.

— Jetez donc un œil. »

Je glissai la main dans la poche intérieure de ma veste.

« Comme ça vous...

— Je n'ai pas de fille.

— Quoi ?

— Je n'ai pas d'enfants, vivants ou morts. Je ne suis pas mère. Pigé ?

— Mais...

— J'ai menti aux Tully. Ils ne m'auraient jamais versé un centime si j'avais été seule. Pour une nièce, en revanche...

— Vous leur avez envoyé une photo de votre fille.

— La photo d'*une* fille. La fille d'un cousin, née juste après la guerre. Je savais qu'ils ne chercheraient jamais à la voir. Une photo, c'était plus que suffisant pour eux. Et pour moi.

— Je ne vous crois pas. »

Elle haussa les épaules.

« Libre à vous.

— Regardez ça. »

Je sortis la photo de son enveloppe et la lui mis sous le nez, aussi déterminé à enfoncer le clou que l'idée de voir Pauline Lucas me glisser à nouveau entre les doigts me mettait hors de moi.

« Vous la reconnaissez, n'est-ce pas ? »

Mais il était évident à sa moue de dégoût et son air indifférent que ce n'était pas le cas.

« Je n'ai jamais vu cette fille de ma vie. »

Puis, lisant la frustration sur mon visage, elle ajouta :

« Vous avez commis une grande erreur d'appréciation, on dirait, Mr Napier. J'imagine qu'obtenir ce genre de photo coûte cher. Ce doit être rageant d'apprendre que vous avez gaspillé votre argent.

— Vous mentez.

— Absolument pas. Je n'ai pas de fille. Et si j'en avais une, ce ne serait pas celle d'Edmund Tully. Lui et moi... Écoutez, je vais vous dire une chose. Quand il est revenu de la guerre, il était incapable de concevoir un enfant. Les Japonais... n'ont pas été très tendres avec lui. »

Elle fit un geste dédaigneux de la main, adressé à moi, au passé ou au reflet de l'un dans l'autre, retourna vers la porte et ouvrit.

« Vous feriez mieux de partir, maintenant. Je vous en ai assez dit.

— Vous ne m'avez rien dit du tout. Où est-il ?

— Qu'est-ce qui vous fait croire que je le sais ou que j'en ai quelque chose à faire ? J'ai épousé Edmund parce qu'il était séduisant et enjôleur et qu'à cet âge-là je manquais de jugeote. J'ai fait le genre d'erreurs que nombre de filles de ma génération ont faites, et je n'ai pas besoin que vous me le rappeliez.

— Je n'aurais peut-être pas été en mesure de le faire si vous n'aviez pas décidé de tirer profit de votre erreur.

— D'accord. »

Elle referma la porte – et brièvement les yeux.

« J'ai trompé Henry Tully. Mais son frère m'a joué un plus mauvais tour encore. Je n'ai aucune excuse à faire. Pas à vous, en tout cas.

— Comment pouviez-vous être sûre de vous en sortir comme ça ? demandai-je, caressant toujours l'espoir qu'il y ait vraiment eu une fille. Et s'il avait exigé de voir sa nièce ?

— Alors j'aurais été démasquée. Mais il ne s'était jamais soucié de me voir *moi* alors que j'étais mariée à son frère depuis sept ans. Sans compter que ni lui ni Edmund n'avaient jugé bon de révéler mon existence à la police. Voilà qui montrait assez clairement que j'étais une source d'embarras pour eux deux. Je m'étais donc dit que les chances que ça passe étaient assez bonnes. Et ce n'était pas très grave si j'échouais. Durant ces années d'après guerre à Londres, ma misère et mon désespoir étaient tels que je ne les aurais pas même souhaités à mon pire ennemi. Je n'avais rien à perdre et j'avais une vie meilleure à gagner. Alors j'ai tenté le coup. Et ça a marché.

— Mais Edmund devait savoir ce que vous aviez fait. Henry lui a écrit en prison.

— Oui. Et Edmund n'a rien dit. Il a toujours eu un sens de l'humour tordu. Il trouvait ça drôle que Henry paie pour subvenir aux besoins de sa fille imaginaire. Il trouvait la blague vraiment excellente. C'est ce qu'il m'a dit, en tout cas, quand il m'a pistée après sa libération. Je croyais m'être débarrassée de lui pour de bon, mais, grâce à Henry, il savait où me trouver.

— Alors ça a été un choc de voir Edmund rappliquer au bout de douze ans ?

— Oh, oui. Et particulièrement désagréable.

— Est-il resté longtemps ?

— Il n'est pas resté du tout. Il est venu me réclamer de l'argent, certain que je serais prête à payer pour le voir déguerpir. C'était la semaine de la Pentecôte. La maison était remplie de vacanciers. Je n'avais pas besoin d'un ex-détenu de mari dans les parages. Alors je lui ai rempli son portefeuille et je l'ai renvoyé.

— Renvoyé où ?

— C'est là que je ne comprends pas votre visite, Mr Napier. Je n'ai ni vu ni entendu Edmund depuis ce jour-là. Et je ne m'en plains pas, croyez-moi. Ce qu'il manigançait ne m'importait guère. Mais si vous voulez vraiment le savoir, ma foi, vous n'aviez pas besoin de vous donner autant de mal pour le découvrir. Posez donc la question à votre père.

— À mon père ? Que voulez-vous dire ?

— Je veux dire que je n'ai pas demandé à Edmund où il allait quand il est sorti de cette maison il y a douze ans, mais il me l'a révélé quand même. Il m'a dit qu'il se rendait à Truro. Pour voir Melvyn Napier. »

13

« Il m'a dit qu'il se rendait à Truro. Pour voir Melvyn Napier. » Tout en quittant Brighton tard cet après-midi-là, je me remémorais les mots d'Alice Graham et son regard perplexe. Elle avait forcément perçu mon mouvement de surprise et l'ironie d'une situation qui était du goût des plaisanteries dont Edmund Tully se délectait. « Vous n'étiez vraiment pas au courant, hein ? Vous ne vous doutiez de rien. » Absolument rien. Elle avait raison sur ce point. J'avais l'impression de m'être réveillé en sursaut et de découvrir que je n'étais plus dans la pièce où je m'étais endormi.

« J'ai bien peur que votre père vous ait maintenu dans l'ignorance, Mr Napier.

— Peut-être que Tully ne lui a pas rendu visite, finalement, étais-je parvenu à objecter.

— Il avait l'air bien déterminé. Il y avait de l'argent en jeu, qu'il disait. Et il a dû en obtenir parce que, s'il avait renoncé à son idée ou s'il s'était fait congédier les mains vides, il serait revenu ici me demander une rallonge. Mais il n'est jamais revenu.

— Pourquoi aurait-il cru que mon père lui donnerait quoi que ce soit ?

— Ça, c'est à votre père qu'il va falloir le demander, pas vrai ? »

Oui. Il allait falloir que je le lui demande. Mais pouvais-je être certain qu'il me répondrait franchement ?

« Edmund a toujours semblé penser qu'il y avait de l'argent à se faire à Truro. C'est d'ailleurs pour ça qu'il y était allé la première fois.

— Je croyais qu'il avait échoué là-bas par hasard.

— Pas du tout. Il m'a raconté une fois qu'il avait un vieux copain à Truro qu'il pouvait faire cracher au bassinet en cas de besoin. Quelqu'un qui, il en était sûr, ne lui opposerait pas de refus.

— Comment pouvait-il en être certain ?

— Il devait avoir les moyens de le faire chanter.

— Chanter ? Quelle information aurait-il bien pu avoir sur Michael Lanyon ?

— Qui sait ? »

À ces mots, ses joues avaient rosi : le souvenir de quelque grief devait continuer de l'écorcher.

« J'ai la nette impression que vous, vous le savez, Mrs Graham.

— Ma foi, je pourrais émettre une hypothèse, c'est vrai.

— Et quelle serait-elle ?

— Qu'il était l'un des nombreux "copains" d'Edmund. J'ai compris très vite après mon mariage qu'il préférait les hommes aux femmes. Il cachait un paquet de lettres à l'arrière de l'armoire dans la petite maison minable où nous avions emménagé à Stepney après les noces. Je suis tombée dessus en son absence. Elles avaient été écrites par des hommes avec lesquels il avait eu une liaison.

— Et Michael Lanyon en faisait partie ?

— Je ne sais pas. Mais ils étaient proches à Oxford. Et ils ont fait le tour de l'Europe ensemble. Ce serait plausible, non ? Quand Edmund est allé à Truro, Michael Lanyon était lui aussi marié, et il avait un fils. Et un boulot bien payé. La proie idéale pour Edmund. Surtout si Michael aimait sincèrement sa femme.

— Je crois que oui.

— Alors vous voyez. À son retour de la guerre, Edmund n'est resté avec moi que pendant quelques mois. Mais ça a suffi pour que je me rende compte à quel point le conflit l'avait changé. Il avait toujours été égoïste et fainéant. Désormais, il était cruel et vindicatif par-dessus le marché, comme s'il voulait se venger de ses tortionnaires en torturant les autres à son tour. Quand il est parti, il a emporté les lettres.

— Quand était-ce ?

— Décembre 1946. Juste avant Noël.

— Et ensuite, quand avez-vous eu de ses nouvelles ? »

À ce souvenir, elle avait eu un sourire amer.

« J'ai appris son arrestation neuf mois plus tard, simplement en lisant les journaux, comme tout le monde. Edmund n'a parlé de moi à personne, et j'étais ravie de faire de même. De toute façon, j'avais déménagé à ce moment-là, dans l'espoir qu'il ne me retrouverait pas, donc personne ne pouvait faire le lien entre nous.

— À votre avis, pourquoi a-t-il laissé croire à la police qu'il était célibataire ?

— À cause de ce que j'aurais pu leur raconter à son sujet. Je le soupçonne de s'être fait payer de vieilles dettes grâce au contenu de ces lettres pendant des mois.

La révélation de ce chantage n'aurait pas facilité sa défense, n'est-ce pas ?

— Mais elle aurait pu faciliter celle de Michael Lanyon.

— Ah oui ? »

Elle m'avait regardé d'un air de défi.

« Ma foi, ça n'était pas mon affaire. Pour moi, Edmund et son "copain" pouvaient...

— Aller se faire pendre ? »

Elle n'avait pas répondu tout de suite, comme si elle réfléchissait à la question.

« Oui. Exactement. »

Mais un seul d'entre eux avait été pendu. L'autre, pareil à un chien qui revient à son vomi, était revenu sur le meurtre dont il espérait encore tirer profit. Mais comment ? Quelle pression pouvait-il exercer ? Quelle menace pouvait-il proférer – si longtemps après l'événement ?

Mon père le savait, lui. Douze ans, qu'il savait. Voire plus. Le parjure de Sam Vigus et la complicité de Grand-mère dans l'affaire n'étaient pas suffisants. Il y avait eu quelque chose d'autre, susceptible de nuire gravement à notre famille et que Tully pouvait prouver au-delà de tout doute raisonnable. Rien de moins n'aurait marché. Or, à l'évidence, ça avait fonctionné. Suffisamment bien pour permettre à Tully de s'installer quelque part hors de portée de la loi et de payer à sa femme le luxe relatif d'avoir la paix.

Je téléphonai à mes parents dès mon arrivée chez moi, dans l'intention de leur dire que je descendrais le lendemain pour une affaire pressante, sans toutefois leur donner le moindre indice quant à la nature exacte de cette affaire. Cependant, et ce ne fut pas la première fois, je ne m'attendais pas au cours qu'allaient prendre les événements. Je n'étais pas le seul à essayer de forcer une porte depuis longtemps fermée.

« Chris ? aboya Papa. Qu'est-ce qui se passe, bordel ? D'abord Pam nous dit que je ne sais quelle foldingue exerce une vengeance contre toi, et ensuite... ensuite ça, bon Dieu.

— Quoi ? Que s'est-il passé ?

— Nous sommes allés déjeuner à Truro aujourd'hui avec Pam et Tabs pour voir comment régler ce satané bazar avec Trevor. Et quand on est revenus ici, il y a quelques heures à peine, on a trouvé la maison saccagée.

— Vous avez été cambriolés ?

— Oh, non. Rien d'aussi raisonnable. Pour autant qu'on sache, il ne manque rien. Pas même les bijoux de ta mère. Mais on dirait qu'une bombe a explosé dans le salon. Bibelots fracassés. Tableaux lacérés. Fauteuils éventrés. Et de la peinture rouge barbouillée partout. Comme si quelqu'un en avait balancé des seaux. Sur les rideaux, les tapis, les murs. Tu n'as pas idée. Elle n'a rien oublié, ça, non. Il n'y a pas grand-chose que cette emmerdeuse n'ait pas bousillé. Et moi, ce que je veux savoir, c'est...

— Qui elle est ?

— Exactement. D'après la police, c'est l'œuvre de vandales. Des loubards complètement camés. Mais ce n'est pas le cas, n'est-ce pas ?

— Probablement pas, non.

— Mrs Hannaford n'est pas venue aujourd'hui. Et nous, nous étions à Truro. Elle a sauté sur la première occasion. Alors qui est-elle ? Et que veut-elle ?

— Je ne sais pas. Mais peut-être que toi, oui.

— Moi ? Qu'est-ce que tu insinues, bordel ?

— Je ne peux pas t'expliquer au téléphone. Il y a trop en jeu.

— Alors tu ferais mieux de rappliquer et de m'*expliquer* ça en face.

— Pour une fois, Papa, je suis d'accord avec toi. Je partirai tôt demain matin. »

Semaine de la Pentecôte, 1969. D'après Alice Graham, c'est à cette période-là qu'Edmund Tully avait quitté Brighton, destination Truro et l'exécution d'un plan lucratif qu'il avait eu vingt-deux ans pour concevoir et mettre au point. En général, la Pentecôte tombait fin mai ou début juin, non loin de l'anniversaire de ma grand-mère. Cette année-là, elle avait eu 90 ans, l'occasion d'une fête de famille à grande échelle à Tredower House. J'aurais dû être présent. C'est ce qu'on attendait de moi, sinon ce qu'on exigeait.

Mais, à la fin des années 1960, attentes et exigences n'avaient pas beaucoup de prise sur moi. La lente et irrémédiable chute des Meteors vers la terre durant les deux années qui avaient suivi la mort d'Andy Wicks m'avait entraîné dans un problème de boisson qui s'était mué, à un moment indéfinissable, en alcoolisme pur et simple. Ensuite, Myfanwy Probin, alias Melody Farren, était venue à mon secours avec son corps lisse et sa voix douce. Mais ça avait été un sauvetage à court terme. Nous nous étions rencontrés durant la courte période où les Meteors avaient été ses musiciens, à l'automne 1966, et nous nous étions mariés le printemps suivant, peu avant qu'elle se rende compte qu'il y avait des propositions plus intéressantes et plus séduisantes que moi dans le monde de la pop music. Ma foi, il y en avait, c'est sûr, néanmoins, elle avait elle-même reconnu n'avoir pas fait un choix très intelligent, raison pour laquelle sa carrière de chanteuse était si vite partie en fumée.

Notre mariage s'était consumé encore plus tôt. Les dix-huit mois que nous avions théoriquement passés ensemble sont désormais stockés dans les tréfonds de ma mémoire, pas tant à cause de nos disputes incessantes qui nous épuisaient que de l'état de confusion pitoyable auquel elles me réduisaient. Durant l'hiver 1968-1969, dans ma chambre meublée à côté de la station de métro Archway, je me berçais de l'illusion, grâce à une bouteille de vodka par jour, que mon cas n'était pas désespéré au point que je ne puisse reprendre une existence normale et respectable quand bon me semblerait. J'avais perdu une femme et au moins deux carrières, alors le choix était vite fait entre me prendre en main et lever le coude.

Les appels occasionnels que je passais à ma mère et à ma sœur me permettaient de sauver les apparences aux yeux de ma famille. J'avais trop honte pour leur avouer jusqu'où j'avais sombré et j'étais trop fier pour leur demander de l'aide. Quand j'avais affirmé que je passerais Noël dans la villa de Johnny Newman sur la Costa del Sol – il n'en avait pas et, quand bien même, il ne m'y aurait pas invité –, m'avaient-ils cru ? Rien n'est moins sûr. Cependant, même dans mon état nébuleux, je savais que les 90 ans de Grand-mère le dernier jour du mois de mai 1969 constituaient un rassemblement familial que je ne pouvais pas esquiver.

D'ailleurs, j'avais l'intention d'y aller. J'avais même réussi à réduire mon absorption d'alcool pendant plusieurs jours avant l'événement, ma volonté ayant été renforcée à l'idée que mes proches pourraient éprouver de la honte en me voyant. Certes, il y avait d'ores et déjà trop de symptômes de ce que je me refusais encore à considérer comme une maladie pour que ma condition passe inaperçue, mais cet intermède de relative sobriété m'avait permis de maîtriser les plus manifestes. Le 30, j'avais pris le train à destination de Truro, la tête potable à l'extérieur, moisie à l'intérieur, déterminé à tous leur donner le change à Tredower House grâce à mon imitation travaillée d'un membre de la famille comblé et en bonne santé.

À peu près au même moment, Edmund Tully se dirigeait lui aussi vers Truro. Ma résolution avait fondu avant la moitié du parcours. Mais Tully, lui, n'avait pas fait demi-tour. J'en étais déjà certain.

Quand j'arrivai à Lanmartha le mercredi après-midi, ma mère dirigeait les opérations de nettoyage. Mrs Hannaford avait amené sa fille en renfort et elles m'annoncèrent que la maison avait déjà beaucoup plus fière allure : nombre des bibelots fracassés avaient été jetés ou rassemblés en vue d'une réparation, les meubles esquintés avaient été enveloppés dans des housses de protection et la majeure partie de la peinture, si elle n'avait pas été complètement effacée, était au moins passée d'un barbouillage rouge sang à des ombres saumon sur les murs et les tapis. La maison sentait le shampoing, l'encaustique et le désinfectant, mais elle dégageait aussi cette odeur de propreté ordinaire d'un endroit qui n'est plus un foyer.

Mon père avait passé la matinée sur le green, me raconta ma mère, sans aucun effet bénéfique notable sur son état d'esprit. Il était toujours d'une humeur massacrante, me considérant en partie responsable de ce qui s'était passé.

Je le trouvai dans son bureau, plongé dans un monceau de paperasses.

« Je vérifie qu'aucun de mes documents bancaires n'a été touché, m'expliqua-t-il en me voyant hausser un sourcil interrogateur devant les piles de relevés de compte, de certificats d'actions et de lettres de comptables. Il m'est apparu que cet acte de vandalisme aurait pu être une couverture pour découvrir la valeur totale de nos biens.

— Je ne pense pas, Papa.

— Alors, qu'est-ce que tu penses ?

— Je pense que c'était destiné à te nuire. C'est aussi simple que ça. Le mariage de Pam. Mon entreprise. Votre maison. Ce sont toutes des cibles naturelles à leur manière. Des choses auxquelles nous accordions de la valeur, des choses que Pauline Lucas avait la capacité d'attaquer.

— Alors maintenant que tu es là, vas-tu me dire qui elle est ?

— Je ne sais pas.

— Mais au téléphone tu m'avais dit...

— Que *toi* peut-être tu saurais. Oui. Il me semble que c'est plus que possible. »

Ses lèvres frémirent, mais il se retint de ricaner.

« Ah, eh bien explique-moi un peu ça, mon garçon, dit-il avec ce mouvement de tête qu'il m'avait déjà adressé tant de fois, dans lequel des doses soigneusement mesurées de déception et de désapprobation se mêlaient à un soupçon de mépris.

— Ça a un rapport avec Edmund Tully.

— Tully ?

— Sa femme m'a dit qu'il était venu te voir peu après sa libération de prison il y a douze ans.

— Quoi ?

— Tu ne peux pas avoir oublié sa visite.

— *Oublié ?* »

Il se leva d'un bond de son fauteuil et contourna le bureau pour me faire face.

« Mais qu'est-ce que tu racontes, bordel ? J'ai vu Tully au tribunal il y a trente-quatre ans, point barre. Je ne lui ai jamais parlé de ma vie.

— Il s'est rendu à Truro au printemps 1969. Il a dit à sa femme qu'il faisait affaire avec toi.

— Il ne faisait aucune "affaire" avec moi. Et si je me souviens bien, il n'avait pas de femme. As-tu perdu la tête ?

— Non, Papa. Je commence seulement à m'en servir. Rappelle-toi les 90 ans de Grand-mère en mai 1969. Ce doit être à peu près à cette période-là qu'il t'a rendu visite.

— Tully, Tully, Tully. Vas-tu arrêter de me bassiner avec ce nom ? Je m'étonne que tu veuilles déterrer les souvenirs des 90 ans de ta grand-mère vu la façon dont tu les as fêtés. Bourré dans un fossé, c'est ça ?

— Pas exactement.

— C'est tout comme. Qu'as-tu jamais apporté à cette famille, Chris ? Dis-moi un peu. Qu'as-tu jamais fait au juste qui te donne le droit de me soumettre à un interrogatoire ?

— Je n'appellerais pas ça un interrogatoire.

— Tu l'appellerais comment, alors ?

— J'appellerais ça une quête de la vérité.

— La vérité ? Mon Dieu. »

Il désigna les papiers derrière lui.

« La voilà la vérité, mon garçon. La voilà la réalité de ce que j'ai fait pour toi. Une gestion financière judicieuse et réaliste. Un jour, tu en bénéficieras. Un jour, tu seras riche. Pas grâce à tes efforts personnels, et Dieu sait qu'ils ont été faibles, mais grâce aux miens. *Mes* putain d'efforts. Alors épargne-moi tes sermons.

— Quel est le problème ? demandai-je doucement. Pourquoi te mets-tu en colère ?

— J'ai tous les droits d'être en colère. As-tu vu l'état de cette maison ?

— Oui. Et j'ai aussi vu l'état de mon atelier. C'est bien pire. Mais je ne te l'ai pas reproché, si ? Pas encore.

— Qu'est-ce que tu insinues ?

— J'insinue que j'attends toujours une réponse. Pourquoi Tully est-il venu te voir ?

— Tu l'as eue, ta réponse. Il n'est pas venu.

— Je ne te crois pas.

— *Quoi ?* »

S'il avait eu vingt ans de moins, voire dix, je crois qu'il m'aurait collé son poing dans la figure. Calmement, délibérément, je n'y étais pas allé par quatre chemins. Il mentait, et je n'étais pas prêt à le laisser s'en tirer avec son baratin. Il mentait, et nous le savions tous les deux.

« Tully faisait chanter Michael Lanyon avec des lettres qui prouvaient qu'ils avaient été à une époque amants. C'est pour cette raison que Michael lui avait versé cinq cents livres. Et pour cette raison aussi qu'il ne pouvait pas expliquer ses motivations.

— N'importe quoi. Il a été prouvé au procès...

— Sam Vigus a menti.

— Ah oui, il a menti, hein ? Et les preuves étaient truquées et la police corrompue ? C'est ça, ta super nouvelle théorie ?

— Non.

— Alors dis-moi, Chris. Pourquoi Sam Vigus aurait-il menti – sous serment ?

— Parce que Grand-mère l'y avait obligé.

— Grand-mère ? »

Il me fusilla du regard et je lus sur son visage la duplicité quasiment imperceptible que je cherchais. Il était en colère, ça, oui. Mais pas autant qu'il essayait de le paraître. Cet excès dissimulait quelque chose, que j'étais à deux doigts de découvrir.

« Vigus m'a tout raconté.

— Tu lui as parlé ?

— Oui. La semaine dernière.

— C'est ta mère qui t'a mis sur le coup, hein ?

— Elle m'a dit que Vigus vous avait téléphoné, oui. Mais c'était mon idée d'aller le voir pour entendre ce qu'il avait à dire. Il ne comprenait pas pourquoi tu n'avais pas répondu à ses appels.

— Pour quelle raison aurais-je voulu parler à ce vieux fou ?

— Aucune, j'imagine, si tu savais déjà ce qu'il allait dire.

— Tout ce que je sais, c'est qu'il ne mérite pas qu'on l'écoute.

— Aujourd'hui, tu veux dire – ou il y a trente-quatre ans ?

— Je veux dire n'importe quand. S'il s'est parjuré devant le tribunal, c'est son problème. Je n'ai rien à voir là-dedans.

— Mais si. Nous avons tous à y voir. Grand-mère a entraîné Vigus dans cette manœuvre pour être sûre d'hériter l'argent d'Oncle Joshua. Seulement elle a fait une erreur de jugement. Elle croyait que Michael Lanyon avait payé Tully pour commettre le meurtre. Moi, je ne pense pas. Or, qui mieux que Tully lui-même peut le savoir ? Si j'ai raison...

— Oui ? Et alors, si tu as raison ?

— Alors ce n'est guère étonnant qu'il soit allé à Truro après sa libération. Il savait que Sam Vigus était un parjure. Mais ce n'est pas Vigus qu'il est allé voir, hein ? C'est toi.

— Non.

— Si, forcément. Et tu l'as forcément payé pour qu'il la ferme, sinon il serait allé parler à Vigus.

— Tu dis vraiment n'importe quoi.

— Combien lui as-tu donné ? Et pourquoi, exactement ? Il n'avait aucun moyen de savoir que c'était Grand-mère qui avait manipulé les preuves. C'était tout simplement sa parole contre celle de Vigus. Et qui aurait cru un meurtrier condamné ? Ou l'aurait écouté tout court ? Personne n'aurait été... »

Je m'interrompis et fixai les yeux méfiants de mon père. Soudain, je compris. Et à cet instant-là, je ne pus que me demander pourquoi ça n'avait pas fait tilt plus tôt.

« Mais les Lanyon l'auraient écouté, eux, pas vrai ? C'est de ça qu'il t'avait menacé. De leur dire la vérité :

que Michael n'avait joué aucun rôle dans le meurtre, que la seule chose dont il était coupable, c'était d'avoir été homosexuel. Il n'a même pas eu à te le prouver. Il savait que tu préférerais payer plutôt que de risquer que les Lanyon essaient de rouvrir l'affaire. Ils n'auraient pas eu gain de cause, mais ils auraient pu nous mettre sacrément dans l'embarras.

— C'est toi la source d'embarras, Chris. Toi et cette... cette... croisade à la mords-moi-le-nœud. Qu'est-ce que tu cherches ? À soulager ta conscience vis-à-vis de Nicky ?

— Oui. Et pourquoi pas ? Je n'ai pas la conscience tranquille. Je ne prétends pas le contraire.

— Eh bien, moi, si. Et j'attends encore qu'on me dise qui a pénétré hier dans cette maison et a fait de son mieux pour la saccager. *Qui* et *pourquoi*.

— Moi aussi, j'attends. La seule façon de répondre à ta question, c'est de répondre à la mienne. Trouve Tully et m'est avis que tu trouveras Pauline Lucas. Alors l'as-tu payé pour qu'il quitte le pays ? C'était ça, le marché ? Cela expliquerait pourquoi...

— *Ça suffit !* »

Il asséna une gifle sur le bureau puis sembla s'y appuyer, sa baisse d'énergie et l'éraillement de sa voix trahissant son âge.

« Je ne supporterai pas ça plus longtemps. Tu es mon fils. Le moins que je puisse te demander, c'est de me croire sur parole. Je n'ai jamais parlé à Edmund Tully et je ne lui ai jamais versé un centime. Tu comprends ?

— Non, je ne comprends pas. Tu ne me dis pas la vérité.

— Si c'est ce que tu crois... alors va-t'en. »

Il fit lentement le tour du bureau pour rejoindre son fauteuil et il s'agrippa au dossier.

«Je refuse d'être traité de menteur dans ma propre maison, par mon propre fils.

— Très bien.»

Je me dirigeai vers la porte et me retournai, le laissant voir qu'il n'avait absolument pas réussi à m'ébranler. C'était une impasse temporaire, nous le savions tous les deux. Tôt ou tard, nous allions devoir la contourner, mais pour l'instant, il était impossible d'aller plus loin.

«Je ne laisserai pas tomber, Papa.

— Ah non ? lança-t-il, le menton en avant. À ta place, je n'en serais pas si sûr. Tu as passé ta vie à *laisser tomber*.

— Eh bien, c'est peut-être de là que vient ma certitude, rétorquai-je en lui décochant un sourire dont le sarcasme le visait autant lui que moi. Cette fois-ci, ça n'arrivera pas.»

L'addiction sape si profondément la volonté qu'elle dilue les plus fermes intentions en parodies d'espoir. Deux heures et demie passées dans le train au départ de Paddington ce vendredi après-midi de mai 1969 avaient suffi à miner la petite dose de détermination que je n'avais pas déjà noyée dans la vodka. Je m'étais mis à anticiper le genre d'atmosphère qui régnerait à Tredower House : lourde de l'implication muette que ma façon de vivre les avait tous déçus. J'avais commencé à imaginer les échanges de regards que je ne serais pas censé voir, les expressions désapprobatrices et les mouvements de tête désespérés. Je prenais conscience de ce que j'avais réussi à éluder quand eux étaient à

Truro et moi à Londres : je n'étais rien dont on pût être fier. Peu importe comment on me définissait – oncle, frère, fils ou petit-fils –, je n'étais pas à la hauteur.

J'étais descendu du train à Exeter, déjà à moitié saoul après une heure passée dans le wagon-bar. C'était l'heure d'ouverture des pubs en cette douce soirée printanière, et j'avais déambulé de zinc en zinc à travers la ville sans but précis, en me disant que je poursuivrais vers Truro plus tard, mais sachant au fond que je ne le ferais pas car j'avais glissé au bas de cette pente déjà trop de fois pour espérer que la chute soit réversible.

Cela avait été un choc de me retrouver à côté de la prison, dont j'avais longé l'entrée en me rappelant à travers les brumes de l'alcool que c'était là que Michael Lanyon avait été pendu – et enterré – vingt-deux ans auparavant. J'avais remonté la ruelle contiguë à l'imposante façade est, écoutant les bruits de voix indéchiffrables derrière les hautes fenêtres à barreaux. Il y avait un troquet au bout de la ruelle, où j'avais bu sans m'arrêter jusqu'à ce que tous les souvenirs de l'été et de l'automne 1947 eussent disparu. J'avais pris une chambre pour la nuit au pub suivant et m'étais réveillé tard le samedi matin, la mémoire en gruyère, comme d'habitude, mais parfaitement claire sur un point : j'étais censé être à Truro. Et j'aurais encore pu, tout juste, arriver à temps. Mais je n'avais déjà pas le courage de me regarder en face, alors ma famille, n'en parlons pas. J'avais gribouillé à la hâte une lettre d'excuses à Grand-mère, prétendant être cloué au lit par la grippe, et je l'avais postée avant de monter dans le train pour Londres.

Pitoyable, quand j'y repense. Ce serait drôle si ce n'était la preuve d'une lamentable inaptitude. L'alcool me rendait stupide, faillible. Après tout, le tampon d'Exeter sur ma lettre était à peu près la façon la plus sûre d'en décrédibiliser le contenu, et moi avec. Peut-être inconsciemment était-ce ce que je voulais faire. Peut-être m'étais-je désormais rendu compte que je ne pouvais guère tomber plus bas.

La dernière attaque en date de Pauline Lucas n'avait pas réussi à faire plier la détermination de Pam à mettre un terme à son mariage. Quand j'arrivai à Tredower House tard cet après-midi-là, ce fut pour la trouver qui rentrait tout juste d'une réunion avec son avocat. Tabitha l'avait accompagnée de façon à lui remonter le moral et à bien lui faire comprendre de quel côté elle plaçait sa compassion. Peu importe qui était Pauline Lucas et quelles étaient ses motivations, Trevor avait été une victime trop consentante pour être pardonnée. Mon père avait supplié Pam de réfléchir encore, ou du moins de repousser l'échéance, mais elle restait inflexible : il devait y avoir divorce.

Nous avions discuté des ramifications de ce choix pendant le dîner. Ou plutôt Pam et Tabitha en avaient discuté tandis que j'écoutais d'une oreille en me débattant mentalement avec un problème plus pernicieux. Quand enfin leurs palabres arrivèrent au point mort, je soulevai la question à laquelle ma visite à Lanmartha n'avait pas permis de répondre.

« Est-ce que l'une d'entre vous se rappelle quoi que ce soit d'étrange qui serait arrivé lors de la fête des 90 ans de Grand-mère ou dans ces eaux-là ?

— Pourquoi diable poses-tu cette question ? »

Pam était clairement interloquée par le manque d'à-propos de ma demande.

« Ça doit remonter à douze ans.

— Cela pourrait avoir un rapport avec les événements récents. Je crois qu'Edmund Tully est retourné à Truro après sa libération de prison en mai 1969.

— Ma foi, je suis sûre de ne pas l'avoir vu.

— Et moi, je ne l'aurais pas reconnu si ça avait été le cas, dit Tabitha. Il n'a jamais été qu'un nom pour moi.

— Quant aux 90 ans de Grand-mère, ajouta Pam, en fait, Chris, ce qui m'a le plus marquée, c'est qu'une certaine personne n'était *pas* rentrée à Truro. On t'avait gardé une place au repas d'anniversaire, tu sais. Jusqu'au dernier moment, Grand-mère avait semblé penser que tu pourrais arriver. Nous l'espérions tous, surtout Papa. Je ne suis pas sûre qu'il te l'ait jamais pardonné.

— Et il ne le fera jamais. »

J'eus un sourire amer.

« Mais oublie mon dérapage. Si j'ai mentionné l'anniversaire, ce n'est que pour vous aider à vous remémorer des... incidents inexpliqués.

— Comme quoi ?

— Je ne sais pas. Si ce n'est Tully qui aurait débarqué ici en plein jour, alors un appel téléphonique bizarre ou... »

Je haussai les épaules.

« Juste quelque chose qui sortait de l'ordinaire.

— Il n'y a rien qui me vient, répondit Pam. Et Tabs devait être à l'école jusqu'au jour de la fête, alors elle...

— Non, je n'étais pas à l'école, intervint Tabitha. L'anniversaire de Grand-mère était à la fin des petites vacances. J'avais passé toute cette semaine à la maison.

— Tu es sûre, ma chérie ?

— Oui. Tu ne te souviens pas ? Le vendredi, tu m'avais emmenée à une compétition à Wadebridge. Flossy et moi on avait remporté un prix. »

Flossy était l'un des poneys que Tabitha avait montés durant ses années d'adolescence où elle était fana de cheval. L'étable avait été intégrée à l'annexe de l'appartement privé quand Tredower House avait été convertie en hôtel.

« Tu ne peux pas avoir oublié. Ça avait été notre premier et notre seul prix. »

Elle rit.

« J'ai encore la cocarde.

— Mais oui, bien sûr. »

Ce souvenir fit sourire Pam.

« Nous étions si fiers de toi. »

Mais elle ne put s'empêcher d'ajouter :

« Enfin, *moi*, je l'étais.

— Allons, Maman. Papa aussi était fier de moi.

— Vraiment ? »

Pam paraissait sceptique.

« Il me semble me rappeler que tu étais très chagrinée ce soir-là parce qu'il s'était désintéressé, ou presque, de ta victoire.

— Oui, mais c'était inhabituel. En temps normal, il aurait... »

Tabitha s'interrompit et me regarda.

« Tu demandais s'il s'était passé quoi que ce soit d'inaccoutumé, Chris. Eh bien, cet épisode-là l'était. À sa manière.

— Que s'était-il passé ?

— Dès notre retour de Wadebridge, j'étais allée trouver Papa pour lui montrer ma cocarde. Il était dans son bureau avec Papy. Ils étaient… Tiens, c'est marrant maintenant que j'y repense. Il n'y avait aucun moyen d'attirer leur attention. Ils se… disputaient.

— À quel sujet ?

— Je ne sais pas. Ça ne m'intéressait pas. Moi, je voulais juste leur raconter comme Flossy avait bien sauté, mais c'est à peine s'ils avaient remarqué ma présence.

— La pauvre petite était revenue me voir en pleurs, continua Pam. Elle voulait impressionner son père avec son exploit, mais lui était incapable de lui accorder ne serait-ce que quelques minutes de son temps si précieux.

— Tout comme son grand-père, soulignai-je. Pourquoi ? Je me le demande.

— Ils devaient parler affaires, répliqua Pam avec un mouvement de tête dédaigneux. N'était-ce pas toujours ce qu'ils faisaient ? Ils devaient sûrement… »

Elle s'arrêta net et claqua des doigts.

« Ça y est, ça me revient maintenant. Oui. Quelle soirée ! Tabs bouleversée. Les derniers détails à régler pour la fête. Et là, Trevor annonce que Papa et lui doivent aller dîner avec un fournisseur à Plymouth. Apparemment, il ne restait dans le pays que quelques jours et il fallait le courtiser. Du coup, ils étaient partis, en me laissant faire des allers-retours à la gare chaque fois qu'un train en provenance de Londres était programmé, au cas où tu aurais été dedans.

— Alors, c'était peut-être ça la raison de leur désaccord, suggérai-je. Ils se disputaient pour savoir s'ils devaient vraiment y aller.

— Oh, ça n'aurait pas dérangé Trevor. Tout ce qui aurait pu lui fournir une excuse pour ne pas m'aider lui aurait convenu. Sans compter que, lorsqu'ils parlaient affaires, il ne disait jamais non à Papa.

— C'est vrai, renchérit Tabitha. Mais c'est pour ça que cette situation était vraiment bizarre. Papy lui avait demandé de faire quelque chose – j'ignore quoi – et lui ne voulait pas. Plus encore, il s'y opposait. Fortement. Ils étaient vraiment à couteaux tirés. Je ne les avais encore jamais vus comme ça.

— Et tu n'as aucune idée de la raison pour laquelle ils étaient à couteaux tirés ?

— Absolument aucune. »

Tabitha fronça les sourcils.

« Mais ce devait être important, ajouta-t-elle en jetant un œil à Pam avant de reporter son regard sur moi. Non ? »

14

Les disputes avec mon père avaient toujours été quelque chose dont Trevor était ravi de me laisser l'exclusivité. Le secret de sa réussite, aussi bien comme gendre que comme directeur adjoint, était un degré certain de complaisance qu'il aurait qualifiée de loyale et que j'aurais taxée de servile. En mai 1969, sortir du rang, ne serait-ce que d'un pas, était bien la dernière chose qu'il aurait souhaité faire.

Et pourtant, d'après les souvenirs de Tabitha, il était clair qu'il l'avait fait malgré tout. À en croire l'annonce subite de son intention d'accompagner Papa à Plymouth, sa résistance n'avait pas duré. Cependant, un dîner avec un fournisseur, quand bien même inopportun, n'était pas un motif de rébellion suffisant. Il devait y avoir autre chose. Selon Pam, ils étaient revenus tard, très tard. Le lendemain matin, la fête de Grand-mère ayant mis tout le monde au garde-à-vous, ils n'avaient eu aucune difficulté à camoufler leur désaccord, et le scandale provoqué par mon absence les y avait beaucoup aidés. Mais leur brouille devait tout de même avoir été là, frémissant sous la surface. Quoi qu'ait pu demander Papa à Trevor ce soir-là, ça avait été presque trop. Mais pas tout à fait. Et puis, il y avait cette faiblesse dans le refus qu'opposait Papa d'admettre avoir acheté le silence de Tully – car j'étais certain que c'était Tully qui était à l'origine de leur dispute. Et Trevor étant en plein apitoiement sur soi, j'avais une bonne chance de découvrir pourquoi.

Au moment de quitter Pam et Tabitha, je les laissai croire que j'allais dans ma chambre me coucher tôt, mais l'inverse semblait hautement plus probable. J'allai droit à ma voiture et me dirigeai vers Perranarworthal.

Au motel Trumouth, on me signifia que Trevor était sorti. Or, comme je m'étais garé à côté de sa voiture, il ne devait pas être allé très loin. L'auberge Norway, de l'autre côté de la route, me semblait une hypothèse réaliste.

Et en effet, Trevor était là, perché sur un tabouret à une extrémité du comptoir. Mon expérience personnelle m'ayant rendu les signes de l'ivresse très familiers, j'estimai qu'il était à mi-chemin entre bourré et très bourré : la tête et les épaules qui tanguent, les yeux vitreux, le cendrier qui déborde. Il grimaça en descendant la dernière lampée d'une bière extraforte, à en juger par son expression.

« Salut, Trevor.

— Oh, putain. »

Il me fusilla de son regard trouble.

« Tu peux pas me foutre la paix ?

— La solitude ne semble guère te réussir.

— Mieux vaut être seul que mal accompagné, crois-moi. »

Il s'efforça de réfléchir un moment.

« Tu peux me payer un autre verre, si tu tiens vraiment à rester. Carlsberg Special.

— D'accord. »

Inutile d'ergoter. Ça aussi, je le savais d'expérience. Je lui commandai ce qu'il voulait plus une eau pétillante pour moi, puis je m'assis sur le tabouret voisin.

« Où en sont les choses ?

— Tu devrais le savoir. Je parie que Pam t'a tout raconté. Dans les moindres détails croustillants.

— Elle a l'air déterminée à demander le divorce.

— Oui. Et je n'ai pas trop mon mot à dire là-dessus, hein ? Pas tant qu'elle a cette foutue photo. Que tu m'avais promis de lui faucher.

— Je n'avais rien promis du tout. Sans compter que l'incendie de mon atelier a tout remis en question. Tu n'es pas le seul à avoir souffert entre les mains de Pauline Lucas.

— Ah non ? Voilà qui me console un peu. Mais tu ne me feras pas avaler que c'est la raison pour laquelle tu as laissé Pam reprendre la photo. Tu n'en as jamais rien eu à foutre de moi. Je ne suis pas un Napier, pas vrai ? Je ne suis pas un pur-sang. Alors vous pouvez me jeter comme une vieille chaussette quand ça vous chante.

— Trevor...

— Mais je m'en fous. Je m'en fous maintenant. J'en ai ma claque de votre famille. Pam l'aura, son divorce. Elle aura tout ce qu'elle voudra. Sauf moi sur un plateau. Je me barre. Je largue les amarres.

— Comment ça ?

— Tu crois que je vais moisir ici tout l'hiver pendant que Pam me saigne à blanc ? Réfléchis. J'ai des copains sous des climats plus ensoleillés. Il est temps que je passe les voir.

— C'est quoi, ces copains ?

— De meilleurs potes que ce que tu voudrais croire. »

Il me tapota la poitrine pour souligner ses propos et ce faisant pencha son verre et renversa de la bière sur ma chemise.

« On m'accueillera à bras ouverts. »

Il se mit à glousser.

« Sans parler des jambes.

— Quand vas-tu partir ?

— Le plus tôt sera le mieux. On trinque à nos adieux, toi et moi, Chris, je te le dis sans aucun regret. D'ailleurs, à ce propos : mon verre est presque vide. »

Je lui payai une autre bière et lui tins son briquet le temps qu'il s'allume une cigarette.

« Avant que tu files, Trevor, risquai-je, il y a un petit mystère que tu pourrais peut-être m'aider à éclaircir.

— Qu'est-ce qui m'a pris d'épouser Pam, tu veux dire ? Ben, je vais te le dire. C'était pour son fric. Ou plutôt le fric de sa grand-mère. Dont je ne vais pas toucher un kopeck, maintenant.

— Ça concerne bien Grand-mère, en effet. Tu te rappelles la fête de ses 90 ans ?

— Ouais. Je me la rappelle. Toi non, hein ?

— Tu t'étais disputé avec Papa la veille au soir.

— Ah ouais ?

— C'était à quel sujet ? »

Il pointa sur moi ses yeux vaseux.

« Qu'est-ce que ça peut te foutre ?

— C'était en rapport avec Edmund Tully, n'est-ce pas ? »

Au trouble qui s'inscrivit mollement sur son visage, je sus que j'étais sur la bonne piste.

« Papa l'a acheté, c'est ça ? Il l'a payé pour qu'il la ferme au sujet de Michael Lanyon. Mais quel a été ton rôle, Trevor ? Que voulait-il que tu fasses ? Que tu livres l'argent ? Ou que tu fasses quitter le pays à Tully ? C'est pour ça que vous êtes allés à Plymouth ? »

Il me regarda longuement avant de répondre.

« Pourquoi tu demandes pas à ton vieux ?

— Je l'ai fait. Il nie tout en bloc.

— Tu m'étonnes.

— Mais j'ai raison, pas vrai ? C'était lié à Tully.

— Peut-être.

— Quel était le marché ?

— Il n'y en avait pas.

— Il devait bien y en avoir un. Sinon, il n'aurait pas disparu de la circulation aussi gentiment.

— C'est ce que tu crois.

— Si je me trompe...

— Tu te trompes. Comme toujours.

— Détrompe-moi alors. Dis-moi ce qui s'est vraiment passé.

— Impossible. »

Il but une grande gorgée de bière.

« Strictement impossible.

— Pourquoi ça ? »

Il eut un sourire en coin.

« Je ne pense pas que tu sois prêt à encaisser le choc.

— Mets-moi à l'épreuve. »

Son sourire se figea.

« Je te préférais alcoolique, Chris. Ça t'empêchait de poser des questions.

— Une réponse franche aurait le même effet.

— Peut-être bien. »

Il se pencha vers moi.

« Évidemment, c'est parce que tu étais alcoolique que tu n'es pas arrivé à Truro ce jour-là. Sinon...

— Oui ?

— Eh bien, tu aurais pu débarquer juste au mauvais moment.

— Et voir Tully ?

— S'il avait été là.

— Arrête ton petit jeu, Trevor. Il était là ou pas ?

— Les deux, peut-être.

— C'est l'un ou l'autre.

— Pas nécessairement.

— Dis-moi seulement ce que Papa voulait que tu fasses.

— Ton père ? Quel homme, hein ! Quel salopard. Après tout ce que j'ai fait pour lui, tout ce que j'ai supporté... il laisse Pam me larguer. Qui dit mieux ? À croire qu'il n'a pas conscience de tout ce qu'il me doit. Sans moi, il serait... »

Il s'interrompit et m'observa, son emportement l'avait légèrement dégrisé.

« Il est peut-être temps que tu saches quel genre de père tu as, de quoi il est capable.

— Que voulait-il que tu fasses, Trevor ?

— Que je l'aide. »

Il se rapprocha encore et ajouta dans un murmure :

« À enterrer Edmund Tully. »

Il s'était révélé que même après l'affreuse mascarade de mon apparition avortée à la fête de Grand-mère, je n'avais toujours pas touché le fond. Pour ça, il avait fallu que je coule encore davantage, l'hiver suivant, lors d'une journée de hallebardes dans Shaftesbury Avenue. La matinée n'était pas terminée que j'étais déjà ivre. Debout au milieu de la chaussée entre les deux bornes d'un îlot routier, alors que j'attendais une trouée dans la circulation, j'avais aperçu mon reflet dans la vitre d'un taxi qui s'était arrêté devant moi, ralenti par les bouchons. J'avais encore plus mauvaise mine que d'habitude, détrempé par la pluie, les traits tirés, et la peau sous mes yeux caves était si sombre qu'on l'aurait dite noircie au charbon de bois. J'avais l'air de ce que j'étais : un homme qui avait perdu pied.

C'est alors que j'avais vu la passagère sur la banquette arrière me dévisager avec horreur et consternation. C'était Miv. Elle était toujours aussi belle – et très élégamment mise, ce qui ne gâchait rien. Elle était restée bouche bée. Sa stupeur était réelle. Elle s'était avancée sur son siège et avait tendu la main vers la vitre, dans l'intention, je crois, de la baisser pour me parler. Mais, au même moment, la circulation s'était débloquée, le taxi avait démarré, et elle avait disparu. J'étais resté planté là, appuyé contre une borne pour garder l'équilibre : sous la pluie qui tombait à verse, la honte me transperçait.

Durant les mois qui avaient suivi, grâce à l'aide professionnelle dont j'avais enfin reconnu avoir besoin, j'avais arrêté de boire. Chaque fois que je voulais me remémorer le prix du relâchement, j'invoquais l'expression qu'avait eue Miv ce jour-là. Ça n'avait pas été facile. Dieu sait qu'il y avait eu des revers et des rechutes. Mais finalement, arrivé à Noël 1970 – la période de test la plus difficile pour tout alcoolique repenti –, je pouvais affirmer avoir mis K-O mon addiction, même si la certitude de l'avoir vaincue définitivement tenait au laps de temps qui s'était écoulé depuis mon dernier verre.

De fait, il s'était écoulé trois ans quand, avec l'aide de Miv, j'avais créé les Décapotables de collection Napier. J'avais également demandé à mon père d'investir un peu dans mon entreprise, mais bien que la mort de Grand-mère l'année précédente et la vente des Grands Magasins qui s'était ensuivie l'eussent laissé avec de l'argent à ne plus savoir qu'en faire, il avait refusé, mesquinerie dont j'avais fini par lui être reconnaissant.

Depuis mon installation à Pangbourne, j'avais gagné ma vie comme mécanicien automobile itinérant dans la vallée de la Tamise, où je réparais voitures, camionnettes, camions, tracteurs, voire des moissonneuses-batteuses. Il y avait quelque chose de merveilleusement thérapeutique à remettre des tas de ferraille en état de marche. Ma période Meteors ne m'avait pas franchement réussi, mais les heures que j'avais passées sur leur camionnette capricieuse avaient fini par payer. Je m'étais spécialisé dans les décapotables de collection parce qu'elles rapportaient davantage et étaient plus intéressantes qu'une banale Ford Escort. Afin de m'attaquer à des travaux plus ambitieux, j'avais loué un atelier à un agriculteur dont j'avais ressuscité la Land Rover à plusieurs reprises. Le bouche à oreille et une publicité sélective m'avaient apporté de plus en plus de clients. En 1973, j'avais décidé de monter une véritable entreprise. Et c'était allé de mieux en mieux. Jusqu'à ce que Pauline Lucas dépose une allumette sur ce que j'avais mis tant d'années à finaliser, me laissant farfouiller dans les débris, en quête de vérité, sur elle, sur Michael Lanyon et…

Edmund Tully. À présent, je savais où il se trouvait. Trevor me l'avait révélé. Ça, et plus encore peut-être que ce que j'aurais vraiment aimé savoir. Nous avions quitté l'auberge Norway et je l'avais conduit à Falmouth, où nous nous étions garés sur un parking désert à l'extrémité de la pointe de Pendennis. Nous étions allés nous appuyer contre le garde-fou, observant la nuit à travers son velouté humide tandis que les vagues se brisaient sur les rochers à nos pieds dans un murmure choral. Alors Trevor, que la fraîcheur d'octobre avait dégrisé et ramené à la cohérence, mais dont la langue était encore déliée par le ressentiment, avait avoué son secret vieux de douze ans.

« Manifestement, Michael Lanyon était vraiment innocent. Du meurtre, en tout cas. Tully et lui avaient été amants à Oxford – et encore après, j'imagine. Lanyon lui avait écrit des lettres d'amour très explicites, dont Tully ne s'était jamais séparé. Étant dans une mauvaise passe après la guerre et sachant que Lanyon s'était marié et vivait confortablement, il avait décidé de le faire chanter avec cette correspondance. Au départ, il devait ne s'agir que de ça – d'extorsion. Afin d'éviter que sa femme apprenne la vérité à son sujet, Lanyon avait déboursé : cinq cents livres. De l'argent facile. Mais Tully, qui avait laissé traîner ses oreilles pendant son séjour à Truro, avait appris que Joshua Carnoweth avait un paquet de pognon et que Michael Lanyon était la prunelle de ses yeux. Alors il avait décidé d'essorer le vieux à son tour. Ce n'étaient pas des lettres d'amour écrites par Cordelia Lanyon à son père à lui que Tully avait mises en vente. C'étaient les lettres d'amour écrites par Michael à Tully en personne. Il en avait gardé quelques-unes au cas où il aurait eu besoin de rejouer la même carte plus tard. Mais pourquoi attendre quand il y avait un tel océan de fric sous son nez ? Tully croyait avoir gagné le jackpot.

— Mais Oncle Joshua n'a pas joué le jeu ?

— Il était trop fort pour ça. Tu penses, on ne s'échine pas à faire fortune dans la toundra d'Alaska pour en donner ne serait-ce qu'une fraction à un maître chanteur. Il semblerait qu'Oncle Joshua lui ait dit d'aller se faire voir et qu'il ait ajouté que Michael Lanyon hériterait un jour de sa fortune, que son homosexualité ait été révélée ou non entre-temps.

— Pourquoi avait-il pris rendez-vous avec Cloke, alors ?

— Qui sait ? Peut-être que la tentative de Tully l'avait amené à repenser à son testament et qu'il avait résolu de partager sa fortune de façon plus équitable. De toute façon, il y a peu de chances qu'il ait été le raconter à Tully, hein ? Et étant donné qu'il est mort avant d'honorer son rendez-vous, tout ça n'est que pure spéculation.

— Pourquoi Tully l'a-t-il tué ?

— De rage, apparemment. Vexé d'avoir été débouté. Il l'a poignardé subitement et il s'est enfui.

— Et les lettres ?

— Il les a laissées dans son appartement. Cachées dans sa chambre, sous le plancher. Comme la police ne les a jamais trouvées, il y a de grandes chances qu'elles y soient encore. Où exactement, ça... Tully avait dit à Melvyn qu'il pourrait les récupérer en cas dc besoin. Mais il aurait très bien pu bluffer.

— Pourquoi ne les a-t-il pas prises avec lui ?

— Parce qu'elles le reliaient au meurtre et parce qu'elles sapaient l'histoire qu'il avait inventée cette nuit-là. Celle qu'il avait décidé de raconter s'il se faisait choper. Apparemment, il l'avait sacrément dans le nez, Lanyon. C'était de la jalousie pure et simple. Il savait que la mort d'Oncle Joshua faisait de Michael un homme riche, or il n'avait aucune envie d'être pendu avec cette perspective comme unique récompense de ses efforts. Du coup, il a échafaudé un autre mobile, de façon à ce que Lanyon écope encore plus que lui. Il aurait préféré s'en tirer à bon compte, bien sûr, mais si cela se révélait impossible, il pouvait au moins essayer d'entraîner Lanyon dans sa chute. Et ça a marché, pas vrai ? Tully savait que Lanyon ne se résoudrait jamais à reconnaître la vérité. Et même s'il l'avait fait, on ne l'aurait pas cru car, évidemment, il avait déjà détruit les lettres que Tully lui avait vendues. Il ne lui restait aucune explication plausible quant au versement de cet argent. Et ensuite, pour couronner le tout, il y avait eu Sam Vigus.

— Grâce à Grand-mère.

— Oui. Bah, elle a toujours été de celles qui prônent le corset *et* la gaine, pas vrai ? Elle avait l'argent en vue et, à sa décharge, elle était persuadée de la culpabilité de Michael. Épicer le témoignage de Vigus lui semblait dans son esprit tordu être une solution intelligente pour s'assurer à cent pour cent que la fortune d'Oncle Joshua reste dans la famille. Seulement voilà, Tully n'a pas été pendu. Or Tully était bien placé pour savoir que Vigus avait menti.

— C'est vrai que Grand-mère était fâchée de la commutation de peine de Tully.

— Parce qu'elle craignait que cette distorsion de preuve ne revienne la hanter. Et elle est revenue – quelques jours avant ses 90 ans.

— Tu veux dire que Tully avait pris contact avec elle ?

— Non, non. C'est Melvyn qu'il est allé voir : l'homme qui avait le plus à perdre. Tully a organisé un rendez-vous à Boscawen Park par téléphone. C'est à ce moment-là qu'il a révélé ce qui s'était vraiment passé en 1947 et ce qu'il avait l'intention de faire si Melvyn ne lui versait pas la bagatelle de cent mille livres pour qu'il prenne la tangente.

— Vendre la mèche aux Lanyon ?

— Exactement. Tully avait pensé à tout. Il avait étudié la loi durant son séjour à l'ombre et il avait découvert que, s'il parvenait à convaincre les autorités qu'il avait piégé Lanyon, elles devraient accorder à ce pauvre type un pardon à titre posthume. Ce qui aurait invalidé les raisons pour lesquelles le testament d'Oncle Joshua avait été mis de côté et signifié que ses biens allaient devoir être retournés aux héritiers du bénéficiaire originel. Tu me suis, Chris ? La maison, l'argent, tout serait revenu aux mains des Lanyon. Ainsi qu'une indemnisation, des dommages et intérêts et Dieu sait quoi encore.

— Et c'est vrai ?

— Il faudrait que tu consultes un avocat pour en avoir la certitude. Son discours avait paru assez convaincant à Melvyn, en tout cas. Et ce d'autant plus qu'il partageait le secret coupable de la preuve, pierre angulaire de l'envoi de Michael Lanyon à la potence. Grand-mère lui avait tout raconté. Il savait ce qu'elle avait fait. Son geste ne lui avait pas paru si terrible puisque c'était pour la bonne cause. Mais si Tully mettait sa menace à exécution, ils risquaient de se retrouver accusés de conspiration pour entrave à la justice – et fauchés, par-dessus le marché.

— Mais Tully serait retourné en prison s'il avait reconnu avoir menti au procès.

— C'est vrai. Mais il disait que, pour un récidiviste comme lui, la prison serait passée comme une lettre à la poste. Et il aurait fallu quelqu'un avec des nerfs plus solides que ceux de Melvyn pour le mettre au pied du mur.

— Donc Papa a accepté.

— Oui. Tully lui a laissé quarante-huit heures pour réunir l'argent. Le transfert devait avoir lieu le vendredi après-midi sur le parking de la gare de St Erth. »

St Erth est une gare de jonction presque au bout de la ligne de Penzance, où les passagers peuvent prendre une correspondance pour St Ives. Sachant que le choix de ce lieu de rendez-vous m'aurait interloqué, Trevor m'avait expliqué :

« Tully ne voulait pas traîner dans les parages de Truro au cas où on l'aurait reconnu. Il avait prévu de rester à Penzance jusqu'au vendredi et de récupérer l'argent au passage, lors de son retour à Londres. Entre deux trains, St Erth est déserte, ou presque, et comme aucune maison ne donne sur le parking, ça en fait un point de rencontre d'une discrétion idéale. Ce qui convenait à Melvyn aussi. Il n'avait aucune envie d'être vu en train de comploter avec un meurtrier condamné.

Il avait même emprunté ma voiture pour s'y rendre, en me débitant une histoire à dormir debout sur le démarreur de sa Daimler qui était détraqué.

— Tu n'avais aucune idée de ce qui se tramait ?

— Pas la moindre. Il ne m'avait pas encore entraîné dans l'histoire. Il l'avait dit à Grand-mère, évidemment. Elle, elle était d'avis de défier Tully de mettre ses menaces à exécution. Tel frère, telle sœur, comme on dit. Melvyn a fini par lui faire entendre raison et elle a allongé le fric. Il a quitté le bureau après le déjeuner, prétextant une partie de golf. Mais, à la place, il est allé à St Erth et a retrouvé Tully à la descente du train. Ça aurait dû être une transaction on ne peut plus simple. Réglée en l'espace de quelques minutes. Seulement... il y a eu un dérapage.

— Lequel ?

— Apparemment, ils étaient derrière la voiture, devant le coffre ouvert où se trouvait le sac avec l'argent. Tully en vérifiait le contenu, lentement, méthodiquement. Il n'y avait personne alentour. Le train à destination de Londres était parti depuis longtemps, tout comme les rares autres passagers à être descendus. Ils avaient les lieux plus ou moins pour eux tout seuls. Melvyn observait Tully qui passait en revue les liasses de billets et se demandait s'il finirait jamais. Il a quand même fini. "Tout est là, on dirait, a-t-il annoncé. C'est un bon départ." Dieu seul sait ce qu'il entendait par là. Insinuait-il qu'il reviendrait à la charge plus tard ? En tout cas, c'est ce qu'a compris Melvyn. Et tu sais comme il prend vite la mouche. Son sang n'a fait qu'un tour. »

Il avait marqué une pause.

« Il te filait souvent des volées quand tu étais petit, non ?

— De temps en temps.

— Mais pas à l'arrière du crâne avec une clef en croix, j'imagine.

— Grand Dieu. Es-tu en train de dire...

— Il a assommé Tully avec le premier truc qui lui tombait sous la main : ma clef en croix. Tully a basculé dans le coffre, K-O. Melvyn a paniqué – normal. Il a replié les jambes de Tully dans le coffre, rabattu le hayon et s'est carapaté en espérant que personne n'avait vu ce qu'il avait fait. Quelques kilomètres plus loin, il s'est garé à l'entrée d'une ferme et il est sorti voir comment allait Tully.

— Et il était mort ?

— Mort depuis que la clef lui avait frappé la nuque. Manifestement, Melvyn aurait dû faire partie des commandos, pas de la cantine de l'armée.

— Mon Dieu. Jamais je n'aurais cru...

— Qu'il en serait capable ? Non, moi non plus. Lui non plus, d'ailleurs, je suppose. Et pourtant. À ce stade, la situation ne pouvait qu'empirer avant de s'améliorer. Un cadavre dans le coffre de sa voiture, c'est pas franchement un truc qu'on peut ignorer, hein ? Pas longtemps en tout cas.

— Alors, qu'est-ce qu'il a fait ?

— Il est retourné à Truro pied au plancher et a raconté à Grand-mère ce qui s'était passé, dans l'espoir qu'elle fasse disparaître le cadavre d'un claquement de doigts. Au lieu de ça, elle lui a ordonné de claquer les siens – et de me faire rappliquer fissa du magasin. D'après elle, il fallait qu'on soit deux pour l'enterrer. Réfléchis. Si tu étais arrivé à Truro en temps voulu, tu aurais pu prendre ma place – et tu aurais été plus que bienvenu.

— Si tu crois...

— Non, Chris, je ne crois rien. J'imagine que tu aurais appelé la police et que tu aurais vu avec joie ton père se faire coffrer, ta sœur et ta nièce se faire virer de chez elles et les Grands Magasins Napier prendre le nom de Lanyon du jour au lendemain. Mais moi, je n'ai pas une conscience morale aussi ciselée que la tienne. Ce que Melvyn voulait que je fasse ne m'emballait pas, mais au bout du compte, je ne voyais pas trop quel autre choix on avait. Tully était mort. Et il n'allait manquer à personne. Personne ne viendrait le chercher. Et puis c'était bel et bien un meurtrier. Ne l'oublions pas. Celui de Michael Lanyon tout comme de Joshua Carnoweth. Nous ne pouvions pas le laisser où il était. Soit on avertissait la police, soit...

— Où l'avez-vous enterré ?

— Dans la forêt de Bishop, tard cette nuit-là. Alors qu'on était censés amadouer un fournisseur en lui payant un gueuleton à Plymouth. Ça a été un boulot éreintant, c'est moi qui te le dis. Comme il avait pas mal plu la semaine précédente, la terre était relativement meuble, mais quand même... »

Il avait soupiré.

« Depuis, j'ai un profond respect pour les fossoyeurs. Ils sont scandaleusement sous-payés.

— Tu trouves ça drôle ?

— Pas à l'époque en tout cas. J'avais l'impression de vivre un cauchemar éveillé, si tu veux tout savoir. Je me disais que ton père m'avait entraîné dans un trou encore plus profond que celui qu'on devait creuser pour Tully.

J'étais tellement flippé que je lui ai dit ce que je pensais. C'est à ça que Tabs a assisté. Mais ça ne changeait rien. Il fallait qu'on aille jusqu'au bout, à moins d'en affronter les terribles conséquences. C'est dans *ma* voiture que se trouvait le corps de Tully, tu te souviens ? Melvyn ne l'a jamais dit explicitement, mais le sous-entendu planait qu'à tout moment il pourrait essayer de me faire porter le chapeau. Pourtant on s'en est sortis, pas vrai ? Personne ne nous a vus. Personne n'a rien soupçonné. Et personne n'a jamais déterré Edmund Tully.

— C'est censé justifier ce que vous avez fait ?

— Ne joue pas les moralisateurs avec moi. J'aidais simplement à balayer les pots cassés. Les vôtres, en l'occurrence. Ne l'oublie pas. Je n'ai pas contribué à faire inculper un innocent, moi. Je n'ai pas assassiné qui que ce soit. Ta grand-mère a fait l'un, ton père l'autre. C'est à eux qu'il faut t'en prendre. Pas à moi. Et tu finiras par tirer profit de leurs crimes. N'oublie pas ça non plus. Je ne doute pas que tu jouiras d'une mention lucrative dans le testament de Melvyn. Alors que moi, *nada*, tu peux en être sûr. Vu le tour que prennent les choses, on dirait bien que je me suis pété les muscles à fourrer Tully six pieds sous terre dans la forêt de Bishop pour des nèfles.

— Qu'est-ce que tu veux : ma compassion ?

— Ce ne serait pas de trop. Mais ne t'inquiète pas, je ne m'attends pas à ce que tu me donnes l'accolade en me disant : “Bien joué, Trev. Tu as fait ce qu'il fallait. Je suis fier de toi.” Je n'attends même pas de toi que tu reconnaisses que je me suis retrouvé dans un sacré beau merdier. Seulement, tu pourrais assouvir ma curiosité sur un point. Maintenant que tu sais ce qui s'est vraiment passé, qu'est-ce que tu vas y faire, hein ? Que vas-tu faire au juste ? »

« Andi », m'avait marmonné Grand-mère sur son lit de mort à Tredower House en février 1972. « Andi. » Et à présent, l'interprétation de cet adieu poussif avait de nouveau changé. « Enfoui. » Était-ce ça ? « Enfoui dans la forêt de Bishop. » Possible. Tout à fait possible.

La forêt de Bishop s'étend sur une partie de la vallée de l'Allen au-dessus d'Idless, à quelques kilomètres au nord de Truro. Il y a au milieu des bois un fort très bien conservé datant de l'âge du fer, que Nicky et moi défendions contre les soldats romains, où nous aimions traîner lors de nos escapades à la journée loin de Truro. De nuit, ce doit être un endroit sombre et secret, où des gens à la détermination inflexible peuvent enterrer un cadavre dans l'espoir réaliste qu'il ne sera jamais découvert.

« C'était un petit vieux tout maigre, avait dit Trevor. Pourtant, on a eu un mal de chien à le transporter dans le trou qu'on avait mis des heures à creuser. Ensuite, il a fallu reboucher et camoufler. On a recouvert le tout avec des feuilles à la lumière d'une torche vacillante. Putain, un véritable enfer. »

Ça, je voulais bien le croire. Les conséquences d'un meurtre le sont souvent. Et c'est ainsi qu'elles m'apparaissaient alors que je retournais seul à Truro après avoir déposé Trevor au motel Trumouth : un innocent avait été pendu, son fils poussé au suicide, sa fille à mener la vie obscure d'une disparue fuyant sa propre identité. Et au bout du compte, ne restait qu'une seule question : « Que vas-tu faire au juste ? »

Je ne dormis pas beaucoup cette nuit-là. Allongé dans mon lit, je me demandais ce que j'aurais fait si j'avais appris la vérité du vivant de Nicky. Je voulais croire que je lui aurais tout raconté, que je lui aurais apporté la preuve qu'il désirait tant de l'innocence de son père. Mais l'aurais-je fait ? L'aurais-je vraiment fait quand il y avait tant en jeu ? J'en voulais beaucoup plus à mon père d'avoir dissimulé la responsabilité de Grand-mère dans la condamnation de Michael Lanyon que d'avoir assassiné Edmund Tully. Ça, je le jugeais tout à fait pardonnable. J'en étais presque content, content que l'homme qui aurait dû être pendu en 1947 ait fini par connaître une mort violente et être enterré comme un malpropre. Mais un meurtre est un meurtre. Révéler une partie de la vérité revient à tout révéler. Peut-être que, même si Nicky avait pu m'entendre, je me serais tu.

C'était pour rejeter cette idée, pour me distinguer de ce que les miens avaient fait aux siens, que j'avais quitté l'hôtel avant l'aube le lendemain matin afin de me rendre à Idless. En contemplant le lever du soleil strié de nuages au-dessus des collines verdoyantes, dont les mamelons se succédaient au-delà de la forêt de Bishop en direction de St Austell, je ruminai la situation jusqu'à être sûr de ce que je devais faire.

Je téléphonai à Emma depuis la cabine du village. On aurait dit qu'elle n'était pas complètement réveillée. Mais ce que je lui annonçai la mit vite en état d'alerte.

« Est-ce que tu peux prendre ta journée pour venir en Cornouailles ?

— Quoi ? Comme ça ?

— C'est important. De la plus haute importance, même.

— Je suppose que je pourrais me faire porter pâle, mais...

— Fais-le. Crois-moi, Emma, ta présence est vitale.

— D'accord, très bien. »

Sa voix changea.

« J'arrive.

— Il y a un train au départ de Paddington à sept heures quarante. Tu peux l'avoir ?

— Tout juste.

— Achète un aller simple pour St Erth. J'irai te chercher là-bas.

— St Erth ? Pourquoi pas Truro ?

— Tu comprendras sur place. Je te promets, Emma, tu vas bientôt tout comprendre. »

15

« Je suis heureuse que tu me l'aies dit », commenta Emma en fixant, les yeux plissés, les rouleaux de l'Atlantique qui se brisaient sur Chapel Rock. « Heureuse que tu te sois senti libre de le faire. »

Nous étions à Perranporth en cette fin d'après-midi fraîche d'octobre, un vent cinglant venait de l'océan alors qu'assis sur le muret de séparation entre le parking et le caillebotis nous regardions la marée grignoter lentement le sable. Le ciel était gris et agité, mais le passé était une ardoise lavée de tout secret. À présent, elle savait. Et à travers cette révélation, j'avais fait la paix avec Nicky.

« Merci, Chris. »

Elle posa sa main sur la mienne.

« C'était très important pour moi.

— Ce n'est pas joli joli comme histoire », remarquai-je tout haut, autant à son attention qu'à la mienne.

Le parking de la gare de St Erth, les allées boueuses de la forêt de Bishop, les jardins tirés au cordeau du crématorium de Penmount : nous avions parcouru tous ces lieux durant les quelques heures qui venaient de s'écouler, à mesure que je lui retraçais les étapes sordides de sa tragédie familiale.

« Mais tu avais le droit de l'entendre. »

Et elle avait tout entendu. J'y avais mis un point d'honneur. L'innocence de son père et la culpabilité du mien ne faisaient aucun doute entre nous. Il n'y avait plus rien à cacher.

« Maintenant tu connais la vérité, Emma. Tu peux en user... à ta guise.

— Et à ton avis, je vais faire quoi ?

— Je ne sais pas. Sans nous, les Napier, tu aurais grandi dorlotée par de riches parents aimants. Nous vous avons escroqués, Nicky et toi, et nous avons aidé Tully à tuer ton père. Nous avons beaucoup à nous reprocher.

— Tu n'étais pour rien dans tout ça.

— Mais j'en ai profité. Grand-mère cherchait à assurer les intérêts de la génération suivante, certes en se méprenant. Je faisais partie intégrante de sa justification.

— Ce qu'elle a fait, elle l'a fait pour des raisons personnelles. Si elle était encore en vie, je voudrais la faire souffrir. Je le reconnais. Et Tully aussi. *Surtout* Tully. Mais ils sont tous les deux morts. Il est trop tard pour chercher à se venger. Ton père et ton beau-frère sont coupables de s'être débarrassés d'un homme que j'aurais volontiers tué de mes propres mains dans les mêmes circonstances. Suis-je censée les haïr pour ce qu'ils ont fait ?

— Tu pourrais les haïr pour t'avoir volé ton héritage. C'est de plusieurs millions de livres qu'on parle, Emma.

— Ah oui ? Ma foi, si la vie que je mène m'a appris une leçon, c'est bien qu'il y a des choses plus importantes que l'argent.

— Quand bien même, il te revient de droit.

— Mais, pour l'obtenir, il me faudrait convaincre les tribunaux de réhabiliter la mémoire de mon père. Or ils n'en feront rien, pas vrai ? Il y a trop d'éléments à démêler. Et trop d'embarras qui les attend au tournant s'ils essaient. Merci quand même, Chris, mais je crois que je vais m'abstenir.

— Il existe peut-être un moyen plus simple.

— Tu penses à quoi ?

— L'idée m'est venue en t'attendant à St Erth. Enfin, je suis bien conscient que ça laisserait tout le monde s'en tirer à bon compte, mais...

— Quoi ? »

Elle se tourna vers moi.

« Mon père a 76 ans. Il n'est pas éternel. J'imagine que je vais hériter un paquet d'argent à sa mort.

— Et alors ?

— Tu pourras en disposer. Jusqu'au dernier centime.

— Quoi ?

— Je n'en veux pas. Je ne suis pas sûr d'en avoir jamais voulu, d'ailleurs. Et maintenant que je sais n'y avoir pas droit, eh bien, pourquoi ne pas t'en laisser la jouissance ?

— Tu es fou.

— Nous pourrions rédiger un document légal stipulant que tout legs que je recevrai de lui te sera transféré, si ça peut te tranquilliser.

— Je n'ai pas besoin d'être tranquillisée. »

Elle me dévisagea sans comprendre, presque avec colère.

« Tu dis ne pas vouloir de cet argent. Franchement, je suis blessée que tu puisses penser que moi j'en veuille.

— Mais il t'appartient.

— Je ne le répéterai pas, Chris. *Je n'en veux pas.* »

Sa colère s'adoucit. Elle contempla de nouveau la mer.

« Tu sais quoi ? C'est la première fois de ma vie que je vais en Cornouailles. Je n'avais jamais osé. Je suis contente que tu m'y aies obligée.

— C'est ici que tu aurais dû naître.

— C'est ce que disait Nicky. Il m'avait promis de m'emmener ici en vacances une fois le lycée terminé. Pour me montrer tous les endroits de son enfance dont il se souvenait. Je crois qu'il espérait que nous pourrions venir nous y installer quand j'aurais été assez grande pour ne plus craindre Considine. Mais le temps que... »

Elle haussa les épaules.

« Au début, nous aurions pu habiter chez tante Ethel, j'imagine. Ça aurait pu marcher.

— C'est toujours possible, risquai-je. Elle serait folle de joie de découvrir... »

Emma m'interrompit en pressant doucement ses doigts sur mes lèvres.

« Ne dis rien, murmura-t-elle. Il est encore trop tôt. »

Sa main retomba.

« Tu pourrais quand même venir ici. En vacances. Faire un séjour dans un endroit comme celui-là. C'est moi qui paie.

— Voilà qu'on reparle d'argent.

— Parce que j'en ai et toi non, voilà tout. J'aimerais te faire visiter les Cornouailles. Un peu comme voulait le faire Nicky. Je pourrais le faire... pour vous deux. »

Elle me dévisagea longuement d'un air songeur avant de répondre :

« C'est sûr, c'est tentant.

— En automne, c'est calme, ici. Et puis c'est beau.

— De fait, j'ai une semaine de congés à prendre.

— Prends-la, alors.

— Quand ?

— Après l'enquête ? »

Elle fronça les sourcils.

« Tu vas témoigner, c'est ça ?

— Oui.

— Ne dis rien sur... tout ça, d'accord ? Enfin, même si l'idée t'a traversé l'esprit... de tout révéler au grand jour... je n'en ai pas envie. Ça n'en vaut pas la peine, tout simplement. Sans compter que personne ne te croirait.

— Non, confirmai-je à regret. Je ne pense pas, en effet.

— Que vas-tu dire à ton père ?

— Rien. Je n'ai aucune envie d'entendre ses explications ni ses dérobades. Il a eu l'occasion de me dire lui-même la vérité, mais il a préféré mentir. En ce qui me concerne, ça met un terme à nos relations. »

Nos regards se croisèrent et elle haussa les épaules d'un air d'excuse.

« Désolée.

— Ne le sois pas. Je ne le suis pas.

— C'est vrai ?

— Pas aussi désolé en tout cas que si tu refusais de me laisser t'offrir des vacances dès que l'enquête sera derrière nous. Qu'en dis-tu ? »

« Peut-être », c'est ce qu'Emma avait fini par dire, alors que nous étions à mi-parcours sur la nationale 303 en direction de Londres ce soir-là. J'avais dû me contenter d'un « oui » tout court à la proposition d'un déjeuner dominical à Pangbourne le week-end suivant et de sa promesse de prendre une décision concernant les Cornouailles d'ici là.

Je l'aurais volontiers reconduite jusqu'à Battersea, mais elle avait insisté pour terminer le voyage en train. Sa réticence à accepter de l'aide était facilement explicable en termes psychologiques. On lui avait appris dès le plus jeune âge que les cadeaux ne venaient jamais sans contreparties, contreparties qui pouvaient aussi bien blesser qu'aliéner. Cependant, cette attitude lui prêtait aussi un air mystérieux que je commençais à trouver séduisant. J'avais fait ce qu'elle m'avait demandé par sens du devoir envers Nicky, et à présent elle n'exigeait plus rien de moi. La fin de notre étrange relation par procuration se profilait, à mon grand regret.

Quant à la vérité sur son père, intimement mêlée à la vérité sur le mien, comme elle, je ne voyais pas d'autre solution que de la taire. Papa se demanderait si j'allais honorer mon engagement : *Je ne laisserai pas tomber.* Pour le moment, je me contenterais de le laisser s'interroger. Il en viendrait à la conclusion que c'était lui qui avait vu juste. Mais un jour, me promis-je, il aurait un réveil douloureux.

Tout cela, bien sûr, supposait que j'étais libre de décider ce qui serait révélé ou pas. Mais c'était une supposition dangereuse, comme Emma me le fit remarquer le dimanche après le déjeuner, quand je l'emmenai faire un tour en voiture afin de lui montrer ce qui restait de mon atelier.

« Tu n'as toujours aucune idée de l'identité de cette Pauline Lucas ?

— Aucune.

— Ni de ce qu'elle veut ?

— Pas la moindre. Je croyais qu'elle avait un lien avec Tully, tu vois. Ça n'était pas très logique, mais il ne semblait y avoir aucune autre explication. Maintenant... je n'en sais rien du tout. »

Je souris malgré moi.

« C'est pour ça, je crois, que j'ai besoin de vacances. »

Emma me retourna mon sourire mais ne laissa rien paraître de ses intentions avant qu'on ne soit revenus à Harrow Croft. Elle me demanda si j'avais pu sauver quoi que ce soit des débris de l'atelier et je lui désignai dans le garage une boîte remplie d'outils, dont certains étaient encore noircis.

« C'est tout ce qu'il restait ? demanda-t-elle en se penchant dessus.

— Tout ce qui était encore utilisable.

— Elle a fait du bon boulot, hein ?

— J'en ai peur.

— Alors je crois que tu as raison. »

Elle se redressa et sourit.

« Tu as bien besoin de vacances. Que dirais-tu des Cornouailles – à la fin du mois ? »

Il en avait donc été décidé ainsi. Elle prendrait sa semaine de congés au moment de l'enquête et se trouverait un petit hôtel ou une pension de famille quelque part à bonne distance de Truro. Moi, je logerais à Tredower House et je passerais mes journées avec elle à explorer les environs de la pointe du Lézard et de Land's End, la pointe extrême sud-ouest de la Grande-Bretagne. Ce serait la première vraie coupure avec Londres qu'elle s'octroierait depuis des années et il était clair que cette perspective l'enchantait, malgré tous ses efforts pour le dissimuler. Moi aussi, je m'en réjouissais, pour tout un tas de raisons confuses que je n'étais pas prêt à analyser. Sa vie dans l'ombre l'avait tellement privée de confiance en elle qu'elle semblait plus jeune qu'elle ne l'était réellement, innocente aussi, vulnérable et souffrant selon moi d'un manque de protection fraternelle. Seulement, je n'étais pas son frère. Et je n'aspirais pas à l'être. Mais je ne voulais pas qu'elle sorte de ma vie.

Comme j'en eus bien vite le rappel, j'avais, en dépit des apparences, davantage besoin de protection qu'elle. Ce soir-là, à peine avais-je franchi la porte de chez moi après avoir reconduit Emma à la gare de Reading que le téléphone sonna et que je me retrouvai au bout du fil avec la femme qui semblait avoir décidé de devenir ma persécutrice.

« Pauline Lucas à l'appareil, Mr Napier. J'ai bien eu votre message.

— Quel message ?

— Celui que vous avez laissé à Frankie au Zenith Club. Je crois comprendre que vous m'avez cherchée.

— Ça vous étonne ?

— Rien de ce que vous faites ne m'étonne.

— Qu'est-ce que vous voulez ?

— Vous rencontrer.

— C'est ce que vous aviez dit la dernière fois.
— Je suis sincère. Vous êtes partant ?
— Ai-je le choix ?
— Évidemment. Mais si vous voulez me parler en tête à tête, rendez-vous à la station de métro Baker Street demain après-midi à cinq heures. Attendez-moi sur le quai de la ligne Circle en direction de l'ouest. Postez-vous à côté du placard à extincteur au milieu du quai.
— Attendez. Pourquoi...
— Si vous n'êtes pas à cet endroit précis à cette heure précise, vous ne me verrez pas. »
Elle marqua une brève pause avant d'ajouter :
« Mais si vous y êtes, vous me verrez. »
Sur ce, elle raccrocha.

Baker Street un lundi soir au début de l'heure de pointe est un labyrinthe d'escaliers et de quais bondés, la convergence de quatre lignes de métro différentes créant un enchevêtrement ahurissant de couloirs de communication. Je me postai à l'endroit indiqué, observant les rames arriver et repartir à grand bruit, passant en revue les visages confus des voyageurs qui montaient ou descendaient et jetant de temps à autre un œil à la passerelle qui reliait les quais est et ouest de la ligne. J'attendais patiemment, sachant que Pauline Lucas tiendrait parole à sa manière, laquelle me laissait songeur, attentif aux allées et venues des gens autour de moi et à l'écoulement régulier des minutes précédant cinq heures. J'étais arrivé en avance, naturellement. Elle non, tout aussi naturellement.

Une rame arriva juste avant dix-sept heures et repartit, me laissant momentanément seul, mais d'autres usagers se mirent presque aussitôt à descendre en masse les escaliers pour me rejoindre. Je levai les yeux : l'horloge affichait l'heure pile. « Où es-tu ? » marmonnai-je. Je parcourus le quai des yeux jusqu'à la passerelle et l'embouchure du tunnel, avant de laisser courir mon regard sur le quai opposé.

Elle était là, juste en face de moi, un léger sourire aux lèvres ; elle inclina la tête quand nos regards se croisèrent. Elle portait un imperméable clair et ressemblait à n'importe quelle autre femme active qui retourne chez elle après le travail, sauf qu'il n'y avait pas trace dans sa tenue du petit désordre typique de la fin de journée qu'on voyait chez la plupart des autres voyageuses.

« Bonjour, Mr Napier, lança-t-elle, sa voix franchissant le vide entre nous. Ravie de vous revoir.

— C'est ça que vous entendiez par tête à tête ? » me lamentai-je.

Dans la plupart des stations de métro, mon quai aurait donné sur un mur concave tapissé de publicités. Ici, les quais se faisaient face et elle pouvait me parler, certaine d'être hors de ma portée. Derrière elle se trouvait un accès au reste de la station. Si j'essayais de traverser la passerelle, elle aurait le temps de s'éclipser à travers la foule pour rejoindre l'une des autres lignes. Elle contrôlait aussi bien le moment de notre séparation que celui de notre rencontre.

« Je suis là, non ? Vous pouvez me voir. Et je vous écoute. »

Ainsi que plusieurs autres personnes autour de nous, tirées de leur *Evening Standard* par l'étrangeté de ce spectacle.

« N'avez-vous ricn à me dire ?

— J'aimerais une explication.

— Sur les récents désagréments subis par votre famille ? Qu'est-ce qui vous fait croire que vous avez le droit à une explication ? Après tout, ce n'était pas franchement démérité, si ?

— Qu'insinuez-vous ?

— Vous le savez très bien. Seulement vous ne pouvez pas vous résoudre à l'admettre.

— Cela a-t-il un quelconque rapport avec Nicky ?

— Qui est ce Nicky ? Un ami à vous ?

— Il l'était, oui.

— Pourquoi parlez-vous au passé ?

— Parce qu'il est mort.

— Vraiment ? Et comment ?

— Je crois que vous le savez.

— Dites-le-moi quand même.

— Il s'est suicidé.

— Ah oui ? »

Elle jeta un œil en direction du tunnel : un train venant de l'ouest approchait. Puis elle reporta son regard sur moi.

« Vous devriez peut-être faire davantage attention à vos amis, Mr Napier.

— Qui êtes-vous ? »

Mais la rame arriva avant qu'elle puisse répondre, à supposer qu'elle en ait eu l'intention. Les portes s'ouvrirent dans un sifflement et je n'eus plus en face de moi qu'un tumulte de silhouettes grouillantes. Je me contorsionnai vainement pour tâcher de l'apercevoir. Le train s'éloigna et je la vis de nouveau, toujours à la même place.

« Qu'est-ce que ça fait ? demanda-t-elle dès que sa voix fut de nouveau audible. De souffrir sans savoir pourquoi ?

— À votre avis ? J'ai travaillé dur pour faire marcher mon entreprise.

— Tout comme votre sœur avait travaillé dur pour faire marcher son mariage. Et vos parents leur maison. »

Elle hocha la tête.

« Oh, je vous crois. Je voulais que chacun de vous se languisse de ce que je lui avais pris.

— Pourquoi haïssez-vous ma famille ?

— Je ne la hais pas. Plus, en tout cas. C'est fini. Vous n'avez pas assez souffert, mais c'était impossible, n'est-ce pas ? Ça n'aurait pas été possible sans... »

À ma grande stupeur, sa voix se brisa et elle sembla soudain émue. Elle porta une main à son front. Un homme qui se tenait à quelques mètres d'elle la dévisageait, manifestement interloqué. La sérénité reprit le dessus.

« Ne vous inquiétez pas, Mr Napier. Je n'ai pas l'intention de transformer les méchants en victimes. »

Elle maîtrisait de nouveau sa voix.

« Ceci est un adieu. Vous n'entendrez plus parler de moi.

— Qui êtes-vous ? répétai-je.

— Une amie d'ami, disons. Et, au bout du compte, en cette qualité, je ne vaux guère mieux que vous. »

Sur ce, elle tourna les talons et emprunta l'accès vers la ligne Metropolitan d'un pas lent, comme pour me tenter de la suivre.

Je savais aussi bien qu'elle que la structure de la station jouait contre moi, mais je ne pouvais pas rester planté là à la regarder filer. Je me mis à courir, parcourant le quai, traversai la passerelle et dévalai l'escalier vers la sortie qu'elle avait empruntée. À première vue, il n'y avait pas trace d'elle, mais une silhouette brune en imperméable parmi tant d'autres passe facilement inaperçue. J'atteignis les quais de la ligne Metropolitan et me frayai lestement un passage dans la foule de façon à gravir les escaliers menant aux lignes Bakerloo et Jubilee.

Là, je m'arrêtai net, prenant conscience de la futilité de ma course. Je pouvais partir en chasse à l'aveuglette, mais je n'avais en réalité aucune chance de la rattraper. Elle aurait pu prendre n'importe lequel de ces innombrables couloirs. On aurait dit qu'elle voulait que je comprenne sa maîtrise de la situation. Et je la comprenais. Pourtant, il me restait bien une chance, aussi infime fût-elle : je pouvais deviner juste ou encore décoder sa supercherie. Elle allait sûrement opter pour le trajet le moins évident.

Me fiant à mon intuition, je retournai vers la ligne Circle et, à l'approche de la passerelle, je vis une rame venue de l'ouest immobilisée sur le quai. Je me précipitai, mais les portes s'étaient déjà refermées, le métro repartait. Et là, se tenant calmement à une poignée dans la deuxième voiture qui passait devant moi : Pauline Lucas. Elle sourit en m'apercevant et m'adressa un adieu ironique de la main.

Puis elle me dépassa, elle était partie. La rame s'éloigna en accélérant dans le tunnel, jusqu'à ce qu'on n'entende plus que le grondement faiblissant du moteur et les derniers grésillements d'électricité statique sur les rails. Un silence aussi bref que profond se fondit dans l'atmosphère confinée. Je regardais fixement l'embouchure du tunnel. Rien.

Le récit de Frankie, laborieusement extorqué le temps de trois verres d'eau minérale hors de prix au bar du Zenith Club, fut le suivant : il avait, comme promis, posé des questions à la cantonade au sujet de la femme que je connaissais sous le nom de Pauline Lucas – sans succès.

« Personne ne savait rien, mon pote. Ou s'ils savaient, ils l'ont bouclée.

— Alors, comment expliquez-vous qu'elle ait été au courant de notre petit marché ?

— Elle a dû avoir les oreilles qui sifflent. Ça ne m'étonne pas. Elle m'a tout l'air de faire partie de la communauté.

— Quelle communauté ?

— Celle des putes de luxe qui amènent leurs clients ici en guise de mise en bouche. Elles sont pas toutes là à patrouiller King's Cross en bas résille et minijupe. Y en a des plus chic pour le client plus délicat. On en a pas mal ici. Elles ont tendance à se serrer les coudes, si vous voyez ce que je veux dire.

— Donc, vous pensez qu'il s'agit d'une prostituée ?

— Ben, si je me rappelle bien la photo que vous m'avez montrée, c'est pas une instit' de maternelle. »

Il se fendit d'un grand sourire.

« À moins que ce soit son boulot de jour.

— Grand merci.

— Pas de quoi. Mais attendez, avant que vous partiez... »

D'un air de confidence, il se pencha par-dessus le comptoir dans une bouffée de chewing-gum à la menthe.

« Pourquoi vous tenez tant à la trouver ? Quand il s'agit de services spéciaux, y a toujours quelqu'un d'autre. »

Il m'adressa un clin d'œil.

« Je pourrais vous faire une recommandation personnelle. »

Qui était-elle ? Une amie d'ami, selon ses propres mots, ce qui devait sûrement signifier une amie de Nicky. Mais, parmi les connaissances de ce dernier, personne n'avait mentionné quiconque correspondant à sa description. Tout le monde s'accordait à dire qu'il avait eu très peu d'amis d'un sexe ou de l'autre, et Pauline Lucas semblait être une fréquentation singulièrement peu probable pour un bibliothécaire de Clacton à la sensibilité exacerbée. Mais peut-être la clef se trouvait-elle dans ses années de militantisme. Peut-être s'étaient-ils rencontrés lors d'une manifestation contre l'armement nucléaire. Considine n'avait-il pas évoqué une fille qui l'avait entraîné au départ dans cette croisade ? Néanmoins, cela aurait impliqué qu'elle eût à peu près le même âge que Nicky et moi, or je lui aurais donné une bonne dizaine d'années de moins. Il n'y avait de réponse évidente nulle part.

Le lendemain matin, alors que je prenais un petit déjeuner tardif, funeste privilège du chômeur, en me demandant comment ou si je pourrais découvrir des amitiés plus récentes qu'aurait contractées Nicky, une solution se présenta littéralement à ma porte.

En allant répondre à l'appel de la sonnette, je crus qu'il s'agissait du facteur. En lieu et place, je trouvai sur le seuil Neville Considine dans un imperméable défraîchi, le sourire narquois, comme s'il se réjouissait de la surprise désagréable que constituait sa visite.

« Bonjour, Mr Napier. Je reviens à l'instant de Grayson Motor. On m'a dit que je pourrais vous trouver ici. J'ai cru comprendre qu'il y avait eu un incendie dans votre atelier. Cette situation doit être fort pénible.

— Que puis-je faire pour vous ?

— Pouvez-vous m'accorder quelques minutes ?

— Sans doute. Entrez donc. »

Je retournai dans la cuisine et lui offris de mauvaise grâce du thé, ne pouvant guère faire autrement puisqu'une théière fumante trônait bien en vue sur la table. Il accepta et je sentis son regard peser sur moi quand je remplis sa tasse et la lui tendis. J'avais l'impression qu'il connaissait l'opinion que j'avais de lui et j'en étais presque à croire qu'il savait pourquoi je ne pouvais pas me permettre de la lui révéler ouvertement.

« Quel vent vous amène, Mr Considine ?

— J'envisage de revendre ma voiture. Vous vous souvenez de ma Fiat ?

— Je m'en souviens, oui.

— Il me faut quelque chose de plus fiable. Du coup, je me suis dit, puisque vous êtes dans cette branche, si l'on peut dire...

— La seule voiture que j'ai à vendre est une Bentley Continental. Vous l'avez sûrement vue en vitrine.

— En effet, oui. Très chic.

— Mais elle ne rentre probablement pas dans votre fourchette de prix. Je doute de pouvoir vous aider. En revanche, l'inverse est peut-être possible.

— Comment ça ?

— Vous m'aviez une fois parlé d'une fille que vous accusiez d'avoir introduit Nicky dans la campagne pour le désarmement nucléaire.

— Oui. Gillian Hendry. Elle avait une mauvaise influence sur lui.

— Quel âge aurait-elle aujourd'hui ?

— Grand Dieu, Mr Napier, quelle question ! Attendez voir. »

Il avala bruyamment une gorgée de thé.

« Elle était un peu plus jeune que Nicholas. Elle aurait la quarantaine.

— Pas moins que ça ?

— Pas beaucoup moins, non. Pourquoi ?

— Pourrait-il s'agir d'elle ? »

Je sortis la photo de la poche de ma veste suspendue derrière la porte et la lui tendis. Il y jeta un œil et son regard se fit insistant. L'espace d'une seconde, pas plus, il me sembla clair qu'il reconnaissait cette femme. Pourtant il ne dit rien.

« Alors, cela se pourrait-il ?

— Non. »

Il se racla la gorge.

« Absolument pas.

— Quelque autre amie de Nicky, peut-être ?

— Ça m'étonnerait. »

Il me retourna la photo et me regarda droit dans les yeux.

« Je ne connais pas cette femme.

— Vous êtes sûr ?

— Certain. »

Il engloutit une autre gorgée de thé.

« Puis-je vous demander quand cette photo a été prise ?

— Qu'est-ce que ça peut vous faire, s'il s'agit de la photo d'une parfaite inconnue ?

— Oh, simple curiosité. »

Il me refit le coup du sourire concupiscent.

« Après tout, ce n'est pas le genre de cliché qu'on voit tous les jours, n'est-ce pas ?

— Elle a été prise très récemment.

— Et avez-vous... rencontré cette femme ?

— Oui. D'ailleurs, je la crois responsable de la destruction de mon atelier.

— Vraiment ? Mais vous... ne connaissez pas son nom ?

— Pas le vrai, non.

— Dommage que je ne puisse pas vous aider.

— L'homme qui l'accompagne est mon beau-frère. Cette photo a conduit à briser son mariage. La maison de mes parents a également été dévastée. Tout cela ressemble horriblement à une vengeance, c'est la raison pour laquelle je me suis dit qu'il pourrait y avoir un lien avec Nicky.

— Si c'est le cas, je ne suis pas au courant. Je suis navré d'apprendre les difficultés de votre famille, Mr Napier, vraiment. Et je suis encore plus navré de devoir en rajouter, mais... »

Il éclusa sa tasse et la reposa sur la table.

« Nécessité fait loi.

— De quelle nécessité parle-t-on ?

— De la mienne. Et elle comprend davantage qu'une nouvelle voiture, j'en ai peur. C'est la raison de ma visite. Je n'ai jamais eu le plaisir de rencontrer votre père, mais j'ai cru comprendre qu'il s'agissait d'un homme aux biens conséquents, pour ne pas dire à l'immense fortune. Je me demandais si vous seriez en mesure de lui présenter une certaine requête en mon nom.

— Quel genre de requête ?

— Du genre financier. »

Il s'avança de quelques pas vers la fenêtre et contempla le jardin, tapotant pensivement ses mains derrière son dos, en rythme avec le robinet qui gouttait dans l'évier à côté de lui. Il semblait sur le point de me demander de négocier une sorte de prêt, mais cette idée était tellement grotesque que je savais devoir m'attendre à autre chose. Il fit volte-face et me gratifia d'un sourire crispé.

« J'exige un million de livres, Mr Napier.

— Vous *quoi* ?

— Un million, dûment livré dans un compte en banque précis, dont je vous donnerai les coordonnées. J'exige dix pour cent de cette somme avant la fin de la semaine, en guise d'acompte, pour ainsi dire, et le solde d'ici la semaine prochaine. Délai suffisant, à mon sens, pour permettre à votre père de liquider le nombre d'actifs nécessaires.

— Mais qu'est-ce que vous racontez, bon sang ?

— En cas de refus d'obtempérer, je me verrai dans l'obligation de signifier aux autorités la manière dont Edmund Tully a trouvé la mort il y a douze ans – et la raison de son meurtre. J'ai en ma possession les lettres que Tully a laissées dans son logement à Truro en août 1947 et j'ai, grâce à la contribution de votre beau-frère, une idée approximative de l'endroit où l'on peut trouver son cadavre dans la forêt de Bishop. J'ai également, en ma qualité de plus proche parent de la veuve de Michael Lanyon, un droit reconnu par la loi à l'ensemble des biens de feu Joshua Carnoweth. C'est pourquoi vous reconnaîtrez, je pense – et serez en mesure de persuader votre père de faire de même –, que la somme que je demande en solde de tout compte est... parfaitement raisonnable. »

16

À la base aéronavale de Culdrose, l'enceinte réservée aux spectateurs résonnait du vrombissement des hélicoptères, lequel allait jusqu'à se répercuter à travers les vitres fermées de la voiture de mon père. Deux jours s'étaient écoulés depuis que Neville Considine avait lancé son ultimatum, et mon père semblait avoir vieilli d'autant d'années. Assis à la place du conducteur, les épaules voûtées, le visage figé en une expression soucieuse, la lèvre inférieure poussée en avant, signe d'une colère rentrée, il suivait des yeux décollages et atterrissages avec une concentration vaine. Je lui avais annoncé la nouvelle par téléphone, tout en sachant qu'il me faudrait l'affronter en personne pour que la situation s'éclaircisse. Et à présent nous nous retrouvions à conférer en secret, sous couvert du prétexte improbable de l'observation d'hélicoptères. Chacun de nous en voulait si profondément à l'autre de la tournure des événements que nous aurions de loin préféré ne pas nous rencontrer, et alors parler… Mais Considine nous avait contraints à faire les deux.

« Un million de livres, maugréa Papa. Bon sang, il ne fait pas les choses à moitié, hein ?

— Ça dépend comment on voit les choses, rétorquai-je. Un million, c'est *grosso modo* la moitié de ce que Michael Lanyon aurait hérité d'Oncle Joshua.

— Et il s'attend sérieusement à ce que je lui paie une somme pareille ?

— En tout cas, il est sérieux quand il parle de ce qu'il fera si tu n'obtempères pas. Il agira au moment de l'enquête.

— Enfer et damnation. »

Il se frictionna le front et je remarquai une croûte sur sa mâchoire : il s'était coupé en se rasant. Il avait les nerfs à fleur de peau et je me surpris à ressentir momentanément de la peine pour lui, même si par bien des côtés il avait grandement mérité ce qui lui arrivait.

« Pourquoi Trevor a-t-il fait ça ?

— Tu le sais très bien. Parce qu'il ne supporte pas d'avoir été écarté, comme il dit, et parce qu'il y a de grandes chances que ce divorce lui coûte un bras. J'imagine qu'il considère le secret que vous partagez comme un atout monnayable.

— Mais, bon Dieu, il en sort aussi marron que moi !

— Pas autant, non. Sans compter qu'il doit être quasiment certain que tu vas raquer. Auquel cas il pourra s'en sortir avec la part du gâteau que Considine lui a promise.

— C'est un abruti de faire confiance à un homme pareil.

— Ma foi, ça, c'est son problème. J'ignore quel genre de marché ils ont passé et je m'en fiche. Franchement, tu devrais en faire autant.

— Ils ne peuvent strictement rien prouver. »

Il plissa le front, plongé dans des réflexions optimistes.

« En quoi consistent ces lettres – à supposer que Considine les possède réellement ? Comment Trevor peut-il être certain de l'endroit où nous avons enterré Tully – quand moi je ne saurais l'indiquer qu'à quatre cents ou cinq cents mètres près ? Qu'est-ce qui nous dit que ce n'est pas du bluff – juste une putain d'escroquerie ?

— Personne. Considine prétend avoir retrouvé l'adresse de la propriétaire de Tully grâce à de vieux articles de journaux relatant le témoignage qu'elle avait fourni au procès et prétend également avoir soudoyé le propriétaire actuel de la maison pour qu'il le laisse chercher ces lettres. Mais il pourrait mentir. De même que Trevor au sujet de son souvenir précis de l'endroit de l'inhumation. Ce pourrait être un coup de poker monumental. Si c'est ce que tu penses...

— Je pourrais dire à Considine d'aller en enfer.

— Exactement.

— Mais, dans ce cas, il risquerait de baver pendant l'enquête. Et même s'il n'a aucune preuve réelle, les journalistes se mettraient à fouiner et il y a de fortes chances qu'ils aillent chercher ce vieux fou de Vigus, qu'ils salivent au moindre de ses mots et partant... »

Il secoua la tête.

« Je ne peux pas courir ce risque. C'est tout bonnement impossible.

— Alors tu vas lâcher son million à Considine ?

— Tu te dis que je l'ai bien mérité, pas vrai, Chris ? »

Il me fusilla du regard.

« Je mérite d'être mis au supplice par un petit comploteur crasseux. Mais n'oublie pas une chose. Ce que je devrai payer à Considine, de fait, tu le paieras aussi. Ta mère et moi pouvons vivre très confortablement sur nos revenus, merci. Cette somme viendra donc de mon capital. Et ce qu'il en restera reviendra en priorité à Pam.

— Ça me convient parfaitement. En ce qui me concerne, tu peux très bien en faire don à la SPA. C'est l'argent qui est à l'origine de toute cette histoire, Papa. Tu ne comprends donc pas ? L'argent d'Oncle Joshua – et tout ce que Grand-mère était prête à faire pour s'assurer de l'empocher. Un mensonge. Et puis un autre. Et un autre, un autre et encore un autre. Tu aurais pu me dire la vérité la semaine dernière – aussi tard que ça – et j'aurais peut-être pu te pardonner. Mais tu m'as laissé l'entendre de la bouche de Trevor. À présent, la vérité, c'est qu'une part de moi souhaite que tu refuses de payer. Ainsi toute cette histoire sera-t-elle peut-être révélée au grand jour.

— Si ce sont là tes sentiments, pourquoi as-tu accepté de jouer les messagers pour Considine ?

— Parce que je suis tiraillé. L'autre part de moi redoute les conséquences de la vérité. Pour Pam et pour Tabs. Pour Maman. Et pour toi, bien sûr. Malgré tout, tu restes mon père.

— Dommage que tu ne te le sois pas rappelé plus tôt. Si tu n'avais pas remué ciel et terre...

— Considine ne t'aurait pas à sa merci ? C'est comme ça que tu vois les choses ? Tout est de ma faute, hein ?

— Dans une large mesure, oui, mon garçon. »

Je le dévisageai, conscient que ma colère aurait dû être plus grande que ce qu'elle n'était. Mais son empressement à me faire porter le chapeau était trop pitoyable pour être méprisable. C'était l'ultime sursaut du noyé. Je soupirai.

« Que veux-tu que je fasse, alors ?

— Trouve où se cache Trevor. Quand je pense à tout ce que j'ai fait pour lui...

— Personne ne le sait. Je te l'ai déjà dit. Il a quitté le motel Trumouth jeudi dernier en disant qu'il partait en vacances à l'étranger – quelque part au soleil, chez un ami, sous-entendu de sexe féminin. J'ai demandé à Pam si elle avait une idée de qui et de quelle destination il pouvait bien s'agir, mais elle n'en avait aucune, et je ne pouvais pas insister davantage sans qu'elle se doute de quelque chose. Tabs ne sait rien non plus, *idem* pour le personnel de l'hôtel : le bouche à oreille a ses limites, les ex-petites amies de Trevor les dépassent complètement.

— Les lettres, alors. On devrait vérifier l'histoire de Considine. S'il a pu retrouver l'adresse du logement de Tully grâce aux journaux, tu le peux aussi.

— D'accord. Je vais essayer. Mais ça pourrait prendre énormément de temps. Or tu n'as que jusqu'à demain pour lui verser les cent mille livres, sinon lundi il dira ce qu'il a à dire au coroner.

— Oui, oui, je sais, aboya-t-il. Tu me crois débile ou quoi ?

— Ce que je crois, c'est que tu es à court d'options. Veux-tu que je dise à Considine que tu acceptes ses conditions ?

— Et merde, oui. »

Il agrippa le volant et tendit lentement les bras en poussant sur l'appuie-tête.

«Je ferai transférer l'avance sur son compte demain à la fermeture des bureaux. Quant au reste, bah, une fois l'enquête derrière nous, il n'aura plus de public à l'écoute de ses déclarations et on aura le temps de respirer.

— Pas beaucoup.

— Un peu, c'est mieux que pas du tout. Laisse-le croire que je m'incline. Ça me laissera une chance de tâter le terrain pour découvrir où Trevor a filé, pendant que tu essaieras de voir si ces lettres existent vraiment et si Considine les a en sa possession. Si j'arrive à rallier Trevor à ma cause, elles n'auront plus autant d'importance. Et elles n'en auront pas du tout si Considine ne les a pas.

— D'accord. Si c'est comme ça que tu veux le jouer.

— Tu as une meilleure suggestion ?

— Je n'ai aucune suggestion. Sans compter qu'il y a peu de chances que tu rompes tes bonnes vieilles habitudes en écoutant mes conseils.

— J'ai besoin de ton aide, Chris.»

Il tâcha de rendre cette prière sincère, mais il ne parvint pas à débarrasser sa voix de l'inflexion qui suggérait que mon aide aurait dû aller de soi.

«Je ne peux pas tout faire moi-même sans que ta mère sente qu'il y a anguille sous roche.

— C'est bon. Dans la mesure du possible, je me chargerai de l'enquête de terrain.»

Je regardai ma montre et ouvris la portière.

«Je te tiens au courant si je découvre quoi que ce soit.

— Chris...

— Oui ?»

Je me retournai, le mettant au défi d'admettre que ses actes étaient indéfendables, mais je le connaissais trop bien pour y croire.

« Mets-toi à ma place. Le temps que je réalise ce que ta grand-mère avait fait, Michael Lanyon était mort et enterré. Je ne pouvais rien faire pour remettre les pendules à l'heure sans détruire la famille. Tu peux sûrement comprendre ça.

— Mais tu l'as détruite, Papa. C'est exactement ce que tu as fait. L'amour. La confiance. La loyauté. Que leur est-il donc arrivé, hein ? Nous avons vécu le mensonge de Grand-mère – et de Tully – pendant trente-quatre ans : un mensonge que tu essaies encore d'alimenter. Et maintenant, que Dieu me vienne en aide, je fais la même chose.

— Parce que tu sais que c'est pour le mieux.

— Non. C'est ça le pire. Je le fais parce que je ne peux rien faire d'autre. »

Je descendis de voiture.

« Je t'appelle », ajoutai-je.

Sur ce, je claquai la portière et rejoignis ma Stag.

La propriétaire de Tully n'était pas un témoin dont je me souvenais dans les articles de presse couvrant le procès. Elle ne devait pas avoir eu grand-chose à dire et aurait très bien pu passer complètement à la trappe. Aucun article, approfondi ou non, ne livrait de transcription de son témoignage. Les journaux archivés à la bibliothèque de Truro étaient des hebdomadaires cornouaillais, que j'avais passé deux heures à éplucher en vain cet après-midi-là. Le *Western Morning News* avait publié des rapports quotidiens et donc plus précis, mais les consulter impliquait un voyage jusqu'à Plymouth, et vu l'heure, le temps d'y arriver, la bibliothèque aurait déjà fermé.

Pam appréciait ma compagnie maintenant que Tabitha était rentrée chez elle, mais elle était clairement interloquée par ma curiosité au sujet de l'endroit où se trouvait Trevor, étant donné que j'avais revendiqué, à l'époque des 90 ans de Grand-mère, me désintéresser officiellement et définitivement des affaires de la famille. Elle fut encore davantage interloquée quand je la questionnai sur l'identité de la propriétaire de Tully en août 1947 – et parfaitement incapable de me renseigner.

Le lendemain, grâce à un départ matinal, je me retrouvais installé dans la bibliothèque municipale de Plymouth peu après son ouverture avec un volume cartonné des archives du *Western Morning News*. Les rapports d'audience ne me livrèrent aucune information, en revanche, le procès lui-même avait bénéficié d'une telle couverture que mes espoirs gonflèrent, pour aussitôt exploser quand j'ouvris l'édition du jeudi 23 octobre 1947 : le coin d'une page manquait. Les derniers paragraphes de l'article sur la séance de la veille aux assises de Bodmin avaient été déchirés. Considine avait appris ce qu'il voulait – et essayé d'empêcher quiconque d'en faire autant. Mais c'était sans compter sur mes entrées pour obtenir des informations en interne. Le journal avait sans nul doute ses propres archives, auxquelles Don Prideaux pouvait me donner accès. Je m'empressai de me rendre dans les bureaux, où l'on m'apprit que Don était parti suivre une affaire au tribunal toute la journée.

Évidemment, il eut l'air surpris de me voir l'attendre à la sortie quand il émergea au moment de la pause-déjeuner, mais après deux pintes dans mon ancien repaire, l'Abbey, il consentit à me gribouiller un laissez-passer à l'attention de l'archiviste. À condition que je partage avec lui toute découverte palpitante.

« Ce ne seraient pas l'été et l'automne 1947 qui t'intéressent, par hasard, Chris ?

— Comment as-tu deviné ?

— Facilement. En revanche, deviner ce que tu cherches précisément, c'est une autre paire de manches.

— Difficile à expliquer tant que je n'ai rien trouvé.

— Il va falloir que j'y retourne. Et si on se retrouvait ici plus tard ? Tu pourras tout me raconter à ce moment-là.

— D'accord. Rendez-vous à l'ouverture. »

Mais, à l'heure de l'ouverture, j'étais de retour à Truro, notre rendez-vous complètement oublié. La propriétaire de Tully, qui avait témoigné le troisième jour du procès sur les allées et venues de son locataire le soir du meurtre, s'appelait Mabel Berryman. Elle louait une mansarde chez elle dans Kenwyn Road à des commis voyageurs et autres professions du même genre, et avait tenu des propos accablants sur Tully, qui était parti – surprise, surprise – sans payer sa dernière semaine de loyer. Le numéro où elle habitait n'était pas mentionné, mais manifestement, cela n'avait pas arrêté Considine.

Et moi non plus. La vieille dame qui occupait la troisième maison à laquelle je sonnai dans Kenwyn Road se souvenait de Mabel Berryman – « Morte et enterrée depuis vingt ans, peut-être plus» – ainsi que de son adresse exacte. «C'est bizarre, quand même, ajouta-t-elle, vous êtes le deuxième à demander après elle cette semaine.»

Et c'est ainsi que la piste aboutit chez le voisin cupide de cette dame, «le jeune Warren Dobell», qui se trouvait être un homme de mon âge. Le train miniature qui occupait presque tout son rez-de-chaussée l'obnubilait assez pour qu'il considère le soulèvement de quelques lames de plancher dans sa mansarde inutilisée comme une affaire insignifiante, surtout quand la personne qui s'y était adonnée l'avait généreusement dédommagé pour le dérangement.

«Il m'a dit comme quoi Mabel Berryman, celle qu'habitait ici, c'était sa tante, et qu'il cherchait des lettres que son père lui avait envoyées depuis les tranchées. Les a trouvées, d'ailleurs, et il les a prises avec lui. Qu'est-ce que ça peut me fiche? Je connaissais personne qui les voulait, pas vrai? Vous êtes aussi de la famille?»

Quand bien même, ça n'aurait pas changé grand-chose, évidemment. Dobell avait de quoi se payer une belle portion de rails supplémentaire et Considine avait les lettres – comme je fus obligé d'en informer mon père plus tard dans la soirée lors d'une conversation téléphonique largement à sens unique.

«Les lettres existent et sont en sa possession.

— Merde.

— As-tu versé l'argent sur son compte?

— Oui.

— Et tu as eu des nouvelles de Trevor?

— Non.

— Alors lundi je dis à Considine qu'il touchera le solde d'ici vendredi ?
— Oui. Fais donc ça. »

Même alors, Papa gardait espoir de se sortir de ce guêpier. Derrière ses réponses sèches, un refus opiniâtre de céder battait obstinément la mesure. Pour ma part, j'étais enclin à me retirer de ce combat inégal. Considine nous avait menés exactement où il voulait, et rien ne semblait pouvoir renverser la situation.

Ce fut donc un soulagement de laisser mon père se débrouiller et pouvoir ainsi passer la majeure partie du week-end avec Emma, qui arriva de Londres le samedi et s'installa dans un petit hôtel que je lui avais dégotté à Penzance. J'avais payé sa chambre d'avance, ce qu'elle ne découvrirait qu'au moment de partir. En attendant, j'escomptais que plusieurs jours insouciants passés à faire du tourisme et des balades au bord des falaises nous permettraient à tous deux de nous détendre. Je ne lui avais pas parlé du coup de théâtre de Considine car il me semblait injuste de l'accabler avec une énième difficulté dont elle n'était pas responsable – et aussi parce que je craignais sa réaction. L'architecte des malheurs de son enfance était en passe de se faire la belle avec ce qui aurait dû lui revenir de plein droit.

Le dimanche fut, comme par une dérogation spéciale, une journée particulièrement ensoleillée. À Land's End, Emma, perdue dans la contemplation de l'infinité bleue de l'Atlantique, confessa être en proie à une espèce de choc des couleurs après la grisaille londonienne provoquée par l'activité humaine. Je comprenais ce qu'elle ressentait. Les Cornouailles ont toujours eu cette capacité à électrocuter nos sens. Alors que nous retraversions Penwith en sens inverse, l'émerveillement enfantin avec lequel elle scrutait le paysage et l'exubérance bouillonnante de sa conversation en illustraient les effets.

« Bon Dieu, Chris, je crois que j'avais oublié à quel point notre monde est beau. Maintenant que je suis là, je crois que je n'aurai plus jamais envie de partir. »

Nous déjeunâmes de sandwichs à la chair de crabe frais sur le port de Mousehole, puis nous poursuivîmes notre périple en contournant en voiture la baie de Marazion et parcourûmes à pied la route pavée submersible qui reliait St Michael's Mount à la terre ferme.

« Tu es déjà venu ici avec Nicky ? demanda-t-elle timidement.

— Oui. À l'occasion d'une sortie scolaire durant notre dernier trimestre de primaire.

— Je n'étais même pas encore née. Hé, qui aurait cru qu'un jour... »

Elle sourit.

« Pourquoi ne suis-je pas plus triste, Chris ?

— Je ne sais pas, mais ce que je sais en revanche, c'est qu'il ne voudrait pas que tu le sois. »

Cela ne faisait aucun doute. Nicky aurait voulu qu'il n'arrive jamais aucun mal à sa sœur, et je lui devais de m'assurer que rien ne la blesserait – et moi encore moins. Je savais que le charme de la voie que nous empruntions était traître. D'où ma détermination à y cheminer avec précaution.

Plus tard, tandis que nous retournions à Marazion par la route pavée, le bleu profond de la fin d'après-midi virant à l'or voilé du début de soirée, elle me déclara :

« Je suis contente que tu n'aies pas parlé de l'enquête, Chris. Faisons comme si elle n'avait pas lieu. Demain, je flânerai dans Penzance en me réjouissant de ma chance, c'est tout. Ensuite, mardi... où m'emmèneras-tu ?

— À la pointe du Lézard. C'est un lieu sans pareil. Tu vas adorer.

— Je sens que j'adore déjà. »

Elle s'arrêta et se retourna pour regarder l'île : les murs du château s'embrasaient au soleil, et derrière, la mer affable étincelait. Puis elle fit volte-face et me dévisagea quelques secondes d'un air grave.

« Qu'y a-t-il ?

— Rien. »

Elle sourit, se mit sur la pointe des pieds, m'embrassa, puis poursuivit sa route comme si de rien n'était. Je restai figé pendant quelques instants, la regardant s'éloigner. Jusqu'à ce que je m'aperçoive que l'eau léchait les pavés autour de mes pieds. La marée montait, cycle éternel, que vienne le chagrin ou le contentement.

« Ne t'inquiète pas, Nicky », murmurai-je.

Je hélai Emma et allai la rejoindre.

Ce soir-là, à mon retour à Tredower House, la réceptionniste m'informa que Pam tenait à me voir, je me rendis donc directement à son appartement.

« Papa est venu, m'annonça-t-elle. Il est allé rendre visite à Margaret Faull. Elle ne va pas bien, apparemment. »

Margaret Faull était la secrétaire qui était restée le plus longtemps au service de Papa aux Grands Magasins Napier. Pourtant, quelque chose dans l'intonation de Pam laissait penser qu'elle n'avait pas trouvé cette explication convaincante.

« Il espérait pouvoir te parler. Ça avait l'air très urgent. Il a traîné ici plusieurs heures à attendre ton retour.

— Eh bien, me voilà.

— Tu ferais mieux de lui téléphoner tout de suite.

— OK. »

J'essayai d'avoir l'air naturel quand j'ajoutai :

« Je l'appellerai de ma chambre. »

Mais, quand je partis, Pam semblait toujours perplexe.

Pas autant, néanmoins, que ma mère quand elle décrocha.

« Il va te prendre dans le bureau, mon chéri, expliqua-t-elle avant de s'empresser d'ajouter dans un mumure : Il y a un problème entre vous deux ? Il est vraiment dans tous ses états depuis quelques jours.

— Le saccage de la maison doit le travailler. Je vais essayer de lui changer les idées.

— Je t'en serais reconnaissante. »

Il y eut un cliquetis sur la ligne.

« Je te le passe, dit-elle d'une voix plus guillerette. Au revoir, mon chéri. »

Il y eut un autre cliquetis quand elle raccrocha.

« Salut, Papa. Des nouvelles ?

— Où étais-tu passé, bon Dieu ? »

S'il y en avait, elles n'étaient clairement pas bonnes.

« Je t'ai attendu tout l'après-midi.

— J'étais sorti. Je profitais du beau temps.

— Du beau temps ? Doux Jésus, mon garçon, tu te rends compte de la situation dans laquelle on est ?

— Dans laquelle *tu* es, oui, je me rends compte. Alors, que s'est-il passé ?

— J'ai retrouvé Trevor.

— Où est-il ?

— À Tenerife. C'est Margaret Faull qui m'a conduit à lui. Elle a toujours su beaucoup mieux que moi ce qui se tramait entre les membres du personnel. Trevor a eu une liaison avec Eileen Bishop, notre fournisseur de vêtements, à la fin des années 1960. Tout le monde était au courant, apparemment. Il est possible qu'ils aient continué à se voir après la vente de l'entreprise. Dans mes souvenirs, elle a toujours été du genre volage. Maintenant elle tient une boutique de maillots de bain.

— À Tenerife, je présume.

— Oui. C'est là que Trevor s'est terré.

— Tu en es sûr ?

— Oui. Je lui ai parlé. Margaret m'a mis en contact avec la mère d'Eileen Bishop, qui habite à Redruth. C'est elle qui m'a donné son numéro de téléphone.

— Qu'est-ce qu'il a dit ?

— Qu'il n'avait pas la moindre putain d'idée de ce dont je parlais.

— Vraiment ? »

Manifestement, Trevor était plus amer que ce que je croyais.

« En même temps, il fallait s'y attendre, dis-je.

— Ça, c'est parce qu'avec un appel longue distance il croit pouvoir s'en tirer. Face à face, ce sera différent.

— Tu veux dire que tu vas aller à Tenerife ?

— Bien sûr que non. C'est toi qui y vas.

— Moi ?

— Je veux que tu prennes un avion le plus vite possible après l'enquête pour expliquer très clairement à Trevor que s'il...

— Je ne peux pas y aller.

— Quoi ?

— Je dois rester en Cornouailles toute la semaine.

— N'importe quoi. C'est moi qui paie les frais, Chris. Toi, tout ce que tu as à faire, c'est...

— Je n'irai pas. »

Je songeais à Emma et aux grands yeux émerveillés avec lesquels elle avait dévoré les sites et les paysages que je lui avais montrés jusque-là. Rien au monde ne pourrait me persuader de lui – et de me – refuser le plaisir d'en voir davantage durant la semaine à venir.

« Je n'irai pas, un point c'est tout.

— Il le faut.

— C'est hors de question.

— Mais... »

Il commençait à bredouiller.

« Mais, bon sang, mon garçon, tu ne comprends donc pas... à quel point c'est important ?

— Vas-y, toi, Papa. Tu le convaincras.

— Mais, bon Dieu, comment j'expliquerais une virée pareille à ta mère, selon toi ?

— Dis-lui que tu travailles toujours à une réconciliation avec Pam.

— Elle ne gobera jamais ça.

— Et pourquoi ? Ce ne sera pas le premier mensonge que tu lui serviras, pas vrai ?

— Écoute-moi. Tu dois...

— Je ne dois rien du tout, Papa. Je jouerai le jeu devant le coroner demain et je dirai à Considine que tu vas coopérer. Pour le reste… tu es tout seul. Bonne nuit. »

Je raccrochai et mis un point d'honneur à ne pas répondre quand le téléphone sonna environ une minute plus tard. J'étais sûr que celui qui appelait comprendrait le message. Il était temps qu'il se charge lui-même du sale boulot.

L'enquête concernant la mort de Nicholas James Lanyon se tint dans la salle d'audience même où jadis les magistrats de Truro avaient envisagé une inculpation pour meurtre à l'encontre de son père. Dans l'ensemble, la séance menée par le coroner fut une affaire brève et nettement moins sensationnelle. Les amis et les proches du défunt dans la deuxième affaire à l'ordre du jour vinrent gonfler les rangs d'un public qui aurait autrement été réduit au nombre de quatre : Neville Considine, Ethel Jago, Don Prideaux et moi. De plus, Considine ne s'était probablement déplacé que parce qu'il avait été appelé comme témoin.

J'arrivai aussi tard que le permettait la bienséance, restreignant Don à un marmonnement – « Sympa de te pointer » – quand je pris place. Considine croisa mon regard sans un mot, même si son petit sourire crispé en disait long. Ethel Jago m'adressa un hochement de tête des plus timides, comme si elle n'était même pas sûre que j'admettrais la connaître.

Ensuite le jury fut invité à entrer, suivi de près par le coroner, et les opérations débutèrent de façon efficace. Le médecin légiste fut le premier témoin appelé à la barre. Il fit un compte rendu prosaïque des mécanismes de la pendaison et sembla presque élogieux quand il expliqua comment Nicky avait réussi, probablement très vite, à mettre fin à ses jours. Puis l'inspecteur Collins résuma ses maigres investigations et parvint à donner l'impression que le lien avec la condamnation et l'exécution pour meurtre de Michael Lanyon était à la fois inévitable et anodin. Personne, c'était déjà manifeste, ne voyait d'intérêt à faire une montagne de ce lugubre épilogue d'un crime presque oublié.

C'est moi qui fus ensuite appelé, et l'interrogatoire terne du coroner m'encouragea à suivre la même ligne. Je déclarai que j'avais connu Nicky quand nous étions enfants, sans révéler que nous avions été en réalité les amis les plus proches du monde. Ma description de son état d'esprit cet après-midi-là fut assez fidèle. Tout ce que j'avais découvert par la suite – ainsi que l'injustice qui avait eu lieu dans cette même salle poussiéreuse trente-quatre ans plus tôt – fut complètement passé sous silence.

La seule personne présente qui savait à quel point je me montrais réservé me suivit dans le box des témoins. Neville Considine, resplendissant dans le costume bon marché qu'il avait déjà porté aux funérailles de Nicky, se décrivit comme un beau-père particulièrement attentionné qui, tout peiné qu'il fût par le suicide de Nicky, n'en était malheureusement pas surpris. Il voyait dans ce geste l'apogée de plusieurs années de dépression et de vie recluse où l'obsession de Nicky au sujet de l'exécution de son père et le choc de la mort de sa mère jouaient le rôle de facteurs aggravants.

En écoutant Considine, j'en arrivais presque à croire que son beau-fils lui manquait sincèrement. Il était plus intelligent que ce qu'il laissait paraître : derrière son humilité vissée au corps, un cerveau d'une clairvoyance désarmante fomentait des complots. Je commençais seulement à comprendre quel ennemi redoutable il pouvait être – et à quel point Emma avait raison de le craindre.

Il fut le dernier témoin appelé, cependant avant d'inviter le jury à réfléchir au verdict, le coroner lut tout haut une lettre envoyée par le médecin de Nicky à Clacton, laquelle peignait un passé dépressif. Suicide « au moment où son équilibre mental était perturbé », telle fut la conclusion éclair du jury. Et, bien que les témoignages qu'il avait entendus eussent été au mieux sélectifs, au pire déformés, le verdict était juste. Son équilibre mental avait bel et bien été perturbé.

« Saluez votre père de ma part, me murmura Considine quand nous sortîmes du tribunal en file indienne. Je suis content qu'il ait pu accéder à ma requête. Aurai-je le plaisir d'avoir de ses nouvelles d'ici la fin de cette semaine ?

— Oui, répondis-je dans ma barbe. Vous en aurez.

— Excellent. Je vous remercie beaucoup, Mr Napier. »

Nous nous étions retrouvés dehors dans la lumière aveuglante de Back Quay, où chaque jour d'audience la foule s'était rassemblée pour conspuer Michael Lanyon et Edmund Tully. Nous, personne ne nous attendait. L'inspecteur Collins m'adressa un signe de tête, puis mit le grappin sur le médecin légiste, avec lequel il s'éloigna. Considine marmonna qu'il devait repartir pour Clacton et se dirigea d'un pas vif vers le parking. Je regardai alentour, en quête d'Ethel Jago, mais elle avait disparu. Je pris alors conscience que l'événement était terminé, le livre sur la vie et la mort de Nicky Lanyon refermé sans cérémonie.

« Ça a été plus rapide que ce que je pensais, commenta Don, non loin derrière moi. Il nous reste largement le temps de déjeuner, tu pourras en profiter pour éclaircir deux petits mystères : la sortie précipitée de l'ami Considine et ta non-apparition à l'Abbey vendredi soir, par exemple. Que se passe-t-il, Chris ? Tu peux tout me raconter. »

Après avoir passé une heure et demie avec moi au City Inn, Don n'était pas plus avancé. Il avait épluché les mêmes volumes cartonnés du *Western Morning News* à la suite du lapin que je lui avais posé à l'Abbey, mais ne sachant pas ce que je cherchais, il était resté bredouille. L'enquête ne lui avait pas davantage permis d'étayer ses soupçons. Mais le comportement de Considine – « Je me serais attendu à ce qu'il reste dans les parages dans l'espoir que je lui paie à déjeuner » – ajouté à ma prestation circonspecte dans le box des témoins – « On aurait dit que tu marchais sur des œufs » – l'avaient convaincu qu'ils ne pouvaient pas non plus être dissipés.

« Tu mijotes quelque chose, Chris, et je veux savoir de quoi il retourne.

— Je ne vois pas du tout de quoi tu parles.

— Mais si, alors épargne-moi tes dénégations en cul-de-poule. Tout ce que je demande, c'est une petite faveur pour un vieux copain. Si cette affaire – quelle qu'elle soit – devient un jour un truc monumental, refile-moi l'info en avance, d'accord ? Un scoop en une nationale, ça me ferait vraiment pas de mal. Tu comprends ? Juste un – avant que je raccroche définitivement mon calepin.

— Tu as encore plusieurs années devant toi.

— Et j'ai attendu des années pour être aussi près du feu de l'action.

— Comment sais-tu que tu en es près ?

— L'instinct du reporter. Il ne m'a jamais trompé jusqu'ici. Alors, marché conclu ?

— Oui – tant que tu ne comptes pas sérieusement dessus. »

L'instinct de Don fonctionnait à merveille. Il fallait bien lui reconnaître ça. Son foie, en revanche, était un pari plus risqué. Je le laissai l'agresser encore un peu et m'en retournai sur Lemon Quay, où était garée ma voiture. J'hésitais à aller directement à Penzance afin de livrer à Emma les résultats de l'enquête au lieu d'attendre jusqu'au lendemain matin, où j'avais prévu de passer la chercher à dix heures pour notre journée d'excursion sur la pointe du Lézard.

J'avais plus ou moins résolu de me rendre sans délai à Penzance quand j'aperçus Ethel Jago qui longeait les bureaux du *West Briton*. Elle se déplaçait lentement et avait l'air abattu. Deux sacs de courses bedonnants pendaient au bout de ses bras. Elle se dirigeait vers l'arrêt de bus, ce qui ne laissa pas de m'étonner car j'aurais pensé qu'elle serait venue de Nanceworthal en voiture. Le trajet en bus risquant fort d'être laborieux et m'en voulant de ne pas lui avoir parlé lors de l'audience, je la hélai et m'empressai de la rejoindre.

« Ah, Christian, c'est donc toi.

— Tu n'as pas la Land Rover, Ethel ?

— Elle n'est pas passée au contrôle technique. Dennis est en train de la réviser. Sinon il m'aurait accompagnée.

— Veux-tu que je te ramène ?

— Je ne voudrais pas te déranger.

— Ce n'est pas un problème, vraiment. Laisse-moi porter ces sacs. »

Elle était trop lasse pour protester davantage. Je les chargeai, elle et ses courses, dans la Stag, et nous partîmes. Elle avait appris que Pam avait mis Trevor à la porte et me confia à quel point elle était désolée. Je lui demandai comment ça se passait à la ferme et elle reconnut que Dennis avait du mal à suivre en vieillissant, mais elle n'évoqua pas la difficulté la plus évidente : l'absence d'un fils pour l'aider – et un jour lui succéder. Quand elle s'enquit de mon entreprise de voitures de collection, je lui parlai de l'incendie – sans mentionner qu'il s'agissait d'un acte criminel. Nous étions tous les deux un peu méfiants l'un envers l'autre, réticents à nous aventurer au-delà des échanges de nouvelles superficiels, craignant les rives où cette conversation risquait d'échouer.

C'est peut-être pour cela que nous ne parlâmes de l'enquête qu'une fois à bord du King Harry Ferry, en attendant que les autres voitures montent derrière nous : le Fal s'écoulait avec langueur sous la passerelle, l'ombre des nuages dansait sur la forêt aux couleurs automnales de la berge de Roseland.

« Et voilà, c'est terminé, dit Ethel. À présent le monde en a fini avec Nicky, enfin. Paix à son âme.

— Amen.

— Il me manque encore, même si je ne le voyais jamais d'un bout à l'autre de l'année. C'est bizarre. J'imagine que c'est de *savoir* que je ne le reverrai jamais qui fait la différence. Avec not' Tommy qu'est parti aussi, et Michaela... »

Elle secoua piteusement la tête et je résistai à la tentation de lui révéler sur-le-champ qu'au moins une tragédie ne s'était pas vraiment réalisée. Sa nièce vivait, respirait, au moment même où nous parlions. Je savais où elle était. Je lui avais parlé la veille. Nous avions ri et marché ensemble. Elle allait bien. Et très bientôt... Mais je me tus. J'avais juré de ne rien dire et j'étais bien déterminé à ne pas briser cette confiance. Ethel soupira.

« C'est à se demander, vraiment. Pauvre Nicky. Il était tellement triste, tellement seul, ce garçon. Je crois pas qu'il se soit fait d'autre véritable ami après toi, Christian.

— Voilà qui me peinerait vraiment, dis-je au moment où les portes de la cale se refermèrent derrière nous avec un bruit métallique avant que le ferry ne se mette en branle. Nous avons tous besoin d'amis. »

À cet instant, je me rappelai Pauline Lucas et son autodescription : « Une amie d'ami. » L'ultimatum de Considine m'avait détourné de la recherche de son identité. Il avait nié la connaître sans m'avoir convaincu. S'il avait menti, pour je ne sais quelle raison, alors il était fort possible qu'Ethel soit en mesure de me conduire à la vérité.

« Je vais vous montrer quelque chose, Ethel. Je voudrais que vous me disiez si vous reconnaissez cette femme. C'est peut-être une connaissance de Nicky. Les chances sont minces, mais sait-on jamais. »

Je sortis la photo de ma poche et la fis dépasser à moitié de l'enveloppe de façon à ce qu'Ethel puisse voir la femme sur le lit, mais pas l'homme qui s'apprêtait à la rejoindre. Ethel la regarda en plissant les yeux puis alla pêcher ses lunettes de lecture dans son sac à main et la scruta de plus près. Elle inspira bruyamment et la maintint de la main gauche pour l'empêcher de subir les vibrations du ferry. Mais aucune vibration ne pouvait expliquer le tremblement de ses doigts.

« Mon Dieu, murmura-t-elle. Doux Jésus.

— Qu'y a-t-il ? Vous la connaissez ?

— Où as-tu eu ça, Christian ?

— Peu importe. Vous savez qui elle est ?

— Elle a été prise récemment ?

— Il y a quelques semaines, mais...

— Alors elle est vivante ? Elle est bel et bien vivante ?

— Qui ? De qui parlez-vous ?

— Michaela. »

Elle me dévisagea.

« C'est elle.

— Michaela ?

— Oui. Je peux le jurer. »

Elle regarda de nouveau la photo et je vis des larmes miroiter dans ses yeux.

« C'est Michaela qui est de retour parmi nous. »

17

Elle devait m'avoir vu depuis sa chambre me garer dans la cour de l'hôtel car quelques minutes plus tard elle était sortie en souriant, vêtue d'une tenue décontractée : un jean, son blouson d'aviateur et un sweat-shirt jaune vif que je n'avais encore jamais vu. Il lui allait bien, ce que je lui aurais probablement fait remarquer si ça avait été la journée que nous espérions. Mais ça ne l'était pas. Même en faisant un gros effort d'imagination.

« Salut, Chris, lança-t-elle en montant dans la voiture. Ça va ?

— Bien.

— Tu as l'air... pensif.

— L'enquête a été particulièrement sinistre.

— Ouais. J'ai lu le compte rendu dans le journal. Son suicide n'a quand même pas pu être aussi insignifiant qu'ils l'ont laissé paraître.

— Certainement pas.

— Mais c'est fini maintenant.

— Oui, c'est fini.

— Alors, on va à la pointe du Lézard ? Peut-être qu'un peu d'air frais nous remontera le moral.

— Oui. Allons-y. »

Je me forçai à sourire et démarrai, quittant Penzance par l'est et contournant Mount's Bay en direction de Helston. Plus j'y réfléchissais, plus la situation empirait. Elle n'était pas Michaela. C'était un mensonge qu'elle avait manigancé avec Considine. Ils étaient de mèche depuis le début et étaient même allés jusqu'à introduire une photo d'Emma – ou quel que fût son vrai nom – enfant dans les affaires de Nicky. Depuis, j'avais vu une authentique photo d'enfance de Michaela, qu'Ethel Jago avait sortie du grenier à Nanceworthal afin de balayer mes doutes persistants au sujet de l'identification de sa nièce. Près de trente ans séparaient ce cliché de celui de la femme sur le lit, mais le visage était le même. C'était celui de Michaela.

Tous les morceaux du puzzle s'étaient alors emboîtés. Emma avait joué le rôle de la sœur de Nicky de façon à faire pression sur ma conscience et ainsi me persuader de percer le secret familial dont Considine se servait désormais pour faire chanter mon père. Considine lui avait fourni les informations dont elle avait besoin pour réussir son coup, persuadé que Michaela avait été assassinée par Brian Jakes. Mais leurs plans avaient mal tourné. Michaela n'était pas morte. Le suicide de Nicky l'avait si profondément touchée qu'elle avait décidé de punir ma famille d'avoir mené la belle vie aux dépens de son frère. Je ne pouvais pas franchement lui en vouloir. D'ailleurs, d'un certain côté, je lui étais reconnaissant. Sans la photo dont elle s'était servie pour briser le mariage de Pam, je n'aurais jamais vu clair dans le jeu d'Emma. Avant qu'ils l'aient décidé eux, bien sûr. À un moment donné, qui ne devait plus être très loin, j'aurais été amené à découvrir l'étendue de ma manipulation. Mais ce moment venu, ça n'aurait plus eu d'importance. Considine et elle auraient empoché le million et disparu.

Il ne leur fallait plus que quelques jours. Juste quelques jours, durant lesquels j'aurais pu continuer à croire que Trevor était l'informateur de Considine et que j'étais la meilleure chose qui soit jamais arrivée à Michaela Lanyon. Logiquement, ils auraient pu s'en tirer et me laisser payer les pots cassés. Je n'avais aucune preuve de l'existence d'Emma. Comme elle me l'avait demandé, je n'avais parlé d'elle à personne. Quand Trevor réussirait enfin à convaincre mon père qu'il n'avait pris aucune part à ce complot et qu'ils en viendraient à la conclusion que j'étais la seule personne qui aurait pu raconter le meurtre de Tully à Considine, qu'est-ce que je pourrais bien dire ? Comment pourrais-je expliquer ce que j'avais fait malgré moi ?

J'étais amer, furieux, stupéfait de la façon dont je m'étais laissé berner. Si seulement je n'avais pas eu si lamentablement envie de croire qu'elle était Michaela.

Néanmoins subsistait une maigre consolation. Tout n'était pas encore perdu. Maintenant que Trevor était hors de cause, la connaissance de l'emplacement de la tombe de Tully se révélait être du bluff. Ne restaient donc que les lettres. Si je parvenais à effrayer Emma en la menaçant de la dénoncer à la police pour chantage, peut-être accepterait-elle de nous les rendre et de s'en tenir là. Je n'avais aucun moyen de savoir ce qui la liait à Considine, mais je doutais qu'il s'agît d'une relation de confiance. Peut-être l'avait-il forcée à participer. Peut-être avait-il je ne sais quelle emprise sur elle que je pouvais me proposer de désamorcer. Il avait reconnu Michaela quand je lui avais montré la photo. C'était évident à présent. Pourtant, il n'avait pas alerté Emma du danger qu'elle courait désormais, sinon elle n'aurait sûrement pas pris le risque de venir passer cette semaine en Cornouailles. Et connaissait-elle le montant exact de la somme qu'il exigeait ? Ça n'aurait pas ressemblé à Considine de jouer franc jeu avec qui que ce soit, même sa partenaire de crime.

Tandis que je me dirigeais vers le sud-est, traversant Helston puis empruntant la route de Coverack qui longeait les antennes paraboliques de Goonhilly, je passais en revue différents moyens de semer la discorde entre les deux acolytes. En chemin, je racontai à Emma ce qui s'était passé à l'enquête de façon aussi naturelle et méthodique que possible, priant pour qu'elle ne remarque pas la platitude de ma voix ni la sévérité de mes regards en coin. J'avais l'intention de bifurquer sur la route secondaire longue et droite qui traversait Goonhilly Downs en direction de Cadgwith, me disant qu'elle n'aurait nulle part où aller ni personne vers qui se réfugier si je m'arrêtais sur le bas-côté. La matinée était fraîche et nuageuse ; au loin, sur la vaste lande couverte de bruyère du Lézard, la lumière revêtait d'étranges reflets argentés. Nous étions isolés, sans témoins, à découvert, seuls à connaître notre destination.

« Où va-t-on ? s'enquit-elle quand mon récit de l'enquête finit par se fondre dans un silence inéluctable.

— Ce n'est pas loin.

— Mais où ? Sur la côte ?

— Non. Pas sur la côte.

— Il y a quelque chose qui ne va pas, Chris. Dis-moi donc ce que c'est.

— Qu'est-ce qui pourrait ne pas aller ?

— Je ne sais pas. C'est bien là le problème.

— Tu ne sais pas ? »

Nous dépassâmes une petite plantation de conifères et je me mis à ralentir.

« Moi, je crois bien que si.

— Qu'est-ce qu'il y a ? Tu parles par énigmes.

— Par énigmes ? Vraiment ? »

Je ralentis au maximum, m'engageai sur l'accotement herbeux et stoppai la voiture. Quand j'éteignis le moteur, soudain il n'y avait plus que le murmure du vent dans les ajoncs, la bruyère aplatie de part et d'autre de la route, le ruban de goudron devant et derrière la voiture, le ciel gris au-dessus de nos têtes et un espace étroit entre nous.

« Résous donc celle-là pour moi, Emma. Si tu peux. »

Je me tournai et la regardai droit dans les yeux.

« Tu te souviens de Pauline Lucas ? Je t'ai montré sa photo.

— Ouais. Ben, quoi ?

— Tu ne l'as pas reconnue, n'est-ce pas ?

— Non. Bien sûr que non.

— C'est bizarre.

— Pourquoi ?

— Parce que vous avez dû vous connaître enfants. »

Elle me dévisagea, clignant rapidement des yeux.

« Pardon ?

— C'est obligé. Vois-tu, ta tante a une photo de Pauline, prise quand elle était gamine.

— Je ne comprends pas.

— Moi non plus. Mais, comme pour toutes les énigmes, il y a une réponse. Seulement, elle ne devient évidente qu'une fois qu'on l'a résolue. Et quand c'est le cas, tout le reste s'éclaire.

— Que veux-tu dire ?

— Pauline Lucas est Michaela Lanyon, Emma. C'est pour ça qu'elle se livre à une vengeance contre ma famille et c'est pour ça que votre petite combine vient de dérailler. »

Son visage se figea. Il y avait de la surprise mais aussi de l'ingéniosité dans son regard. Elle ne dit rien, mais je sentais son cerveau s'activer en quête d'une solution au problème que je venais de soulever. Quelle serait-elle ? Un déni catégorique ou quelque manœuvre plus perfide ? Continuerait-elle à jouer son rôle jusqu'au bout, ou tomberait-elle le masque sur-le-champ ?

« Considine t'avait assuré qu'elle était morte, n'est-ce pas ? Ensuite il a inventé cette version ô combien plausible de sa vie et t'a persuadée de me la faire avaler. Rien ne pouvait déraper, pas vrai ? Pas quand tu avais réussi à me convaincre que tu étais Michaela et à me faire jurer de garder le secret sous prétexte que tu avais encore peur de l'homme qui t'avait violée enfant. Joli coup. Très joli. Basé sur la vérité, peut-être. Considine déteste le gâchis – y compris des détails de sa propre perversion. Tu n'avais aucune raison de t'inquiéter, toi. Tout ça, c'était du passé. Sauf que Michaela n'est pas morte. Ce qui rend ton usurpation d'identité encore plus écœurante et ce qui signifie – juste au cas où tu l'aurais envisagé – que continuer à faire semblant est parfaitement inutile. »

Elle persista à se taire. Elle s'humecta les lèvres et jeta un œil par le pare-brise avant de se retourner vers moi, soupesant soigneusement ses options, manifestement trop préoccupée par la mauvaise passe où elle se trouvait pour manifester ne serait-ce qu'un soupçon de honte.

« Je sais ce que tu as fait et toi aussi. Tu m'as poussé à te faire confiance, à t'apprécier et à te considérer comme une amie. Tu as exploité un homme mort et une femme abîmée par la vie afin d'échafauder une escroquerie sordide. Alors, ce que je voudrais savoir, c'est pourquoi ? Ne me dis pas que c'était juste pour l'argent. D'abord, parce que tu serais stupide de croire que Considine va le partager avec toi. Ensuite parce que ça rendrait toute cette histoire complètement abjecte. Or j'aimerais croire – j'aimerais vraiment – que tes motivations n'étaient pas uniquement mercantiles.

— Elles ne l'étaient pas. »

Elle baissa les yeux en parlant.

« Je suis désolée, Chris. Mon Dieu, je suis désolée. »

L'espace d'un instant, je la crus sur le point de pleurer.

« C'est un peu tard pour être désolée.

— Oui. Je sais. Mais... »

Elle me regarda de nouveau.

« Il y a tellement de choses que tu ne comprends pas.

— Quoi ?

— Tiens, je vais te montrer. »

Elle se pencha en avant, s'empara de son sac à main posé sur le plancher de la voiture et le mit sur ses genoux.

« Toute cette histoire est complètement folle, vraiment.

— Considine sait-il quelque chose de compromettant sur toi ? demandai-je, me préparant à faire preuve de compassion.

— Pas vraiment. »

Elle ouvrit la fermeture éclair de son sac et y glissa la main.

« C'est plutôt l'inverse, en fait. »

Elle sourit alors et je vis le pistolet dans sa main, pointé droit sur moi. Elle fit sauter le cran de sécurité.

« Tu ferais mieux de croire qu'il est chargé, Chris. Je n'hésiterai pas à m'en servir s'il le faut. »

Je restai bouche bée devant le canon parfaitement immobile de l'arme, me demandant une seconde si je n'étais pas en train de rêver. Mais son regard cruel me rappela à la réalité.

« Tu ne le ferais pas, répliquai-je sans trop y croire.

— Oh, que si. Et je crois que tu le sais. Je n'aurais pas été aussi loin sans être prête à prendre une décision radicale en cas de besoin. »

Sa voix avait changé. Elle s'était débarrassée du personnage fragile de Michaela Lanyon comme un serpent de sa peau. La femme dure et calculatrice qui pointait un pistolet sur ma tempe était la véritable Emma Moresco.

« Pose ton portefeuille sur le tableau de bord, sors de la voiture et avance droit devant toi. Laisse les clefs sur le contact. Je prends la voiture. Nos chemins se séparent ici, j'en ai peur.

— Attends...

— Vas-y. Pas de discussion. Pas de chichis. »

Je sortis lentement mon portefeuille de ma poche et le jetai à l'angle du pare-brise.

« À court de liquide, Emma ?

— Je te le rendrai. La voiture aussi. Je les laisserai à Pangbourne. J'ai juste besoin de te ralentir. Suffisamment pour rendre toute poursuite inutile.

— Je te retrouverai tôt ou tard.

— Mais non. Le boulot au supermarché, l'appartement dans la tour, le numéro de téléphone londonien : tout ça va bientôt disparaître. Et moi avec.

— Et Considine, alors ?

— Contente-toi de t'assurer qu'il ait le reste de l'argent d'ici vendredi. Il détruira les lettres dès reception.

— Comment puis-je en être sûr ?

— Tu ne peux pas. Mais, une fois que vous aurez fait de lui un millionnaire, il pourra difficilement révéler le meurtre commis par ton père sans dévoiler sa propre extorsion. Ce dont tu peux être sûr, en revanche, c'est qu'il se servira de ces lettres pour détruire ta famille s'il n'est pas payé à l'heure. Maintenant sors de la voiture. »

J'ouvris la portière et descendis, la conscience de mon erreur monumentale gonflant à mesure que la peur retombait. J'avais choisi cet endroit pour la désavantager, mais tout à coup le piège se retournait contre moi.

Entre-temps, elle était discrètement sortie de la voiture et me visait par-dessus le toit.

« Commence à marcher.

— Ça ne se finira pas comme ça, tu sais.

— Pour toi et moi, si. Bouge. »

Je m'éloignai, écoutant le bruit de mes pas sur le bitume, évaluant l'écart qui grandissait derrière moi.

Environ une minute s'écoula. Puis j'entendis le timbre familier du moteur de la Stag au démarrage. Je fis volte-face et vis ma voiture effectuer un demi-tour cahotant avant de décamper dans un rugissement.

Je restai figé un bon moment à la regarder rapetisser au loin, puis à écouter le bruit étouffé de l'accélération du moteur. Finalement, il n'y eut plus qu'un horizon vide et un ciel muet. Je jurai, tournai les talons et partis à grandes enjambées.

Près d'un kilomètre et demi me séparait du premier hameau. J'avais assez de monnaie pour y appeler un taxi depuis la cabine téléphonique, mais il mit trente minutes à arriver, et le temps que j'atteigne Tredower House, Emma avait presque deux heures d'avance sur moi. Je réussis à convaincre Pam de payer le chauffeur de taxi, de me prêter de l'argent pour le billet de train jusqu'à Pangbourne et de me conduire à la gare. Mon histoire de vol de voiture la laissait clairement sceptique car si j'avais été victime d'un tel acte, je l'aurais déclaré à la police au lieu de courir prendre le prochain train qui me ramènerait chez moi. Et elle soupçonnait également quelque rapport avec le comportement étrange d'un autre de ses proches.

« Papa est parti à Tenerife ce matin même, annonça-t-elle tandis que nous roulions à toute vitesse sur la bretelle de contournement. Pour voir Trevor, d'après Maman. Tu sais quelque chose à ce sujet ?

— J'ai bien peur que non.

— Apparemment, il a un comportement bizarre ces derniers temps. J'imagine que tu ne sais rien à ce sujet-là non plus.

— Tout à fait. Je ne suis au courant de rien.
— Qu'est-ce que vous manigancez tous les deux ?
— Rien.
— Je ne te crois pas.
— Bon Dieu, Pam. Qu'est-ce qu'on pourrait bien manigancer ?
— Je ne sais pas. Mais je ne te crois pas quand même. »

J'arrivai à Pangbourne en début de soirée, me demandant si Emma y avait réellement laissé la voiture. Comme les clefs de chez moi étaient sur le même trousseau que celle de la Stag, je risquais d'être dans un beau pétrin. Mais, là-dessus au moins, elle avait tenu parole. Les clefs pendaient à la serrure de la porte d'entrée, la Stag était remisée dans le garage et mon portefeuille gisait sur le siège passager. Le voyage en train avait été suffisamment long pour me permettre de planifier ma prochaine initiative, qui me semblait toujours être la meilleure chose – la seule – à faire. Ainsi donc, malgré la lassitude qui commençait à empeser ma réflexion, je sortis la voiture et me dirigeai vers Clacton. Où que j'entreprenne mes recherches, Emma serait partie depuis longtemps. Je le savais. Mais je savais aussi que l'implacabilité de son caractère avait dépassé tout ce à quoi je m'attendais. Autrement dit, dans cette affaire elle n'était pas une simple associée, elle était bien trop maîtresse d'elle-même pour être le pion de Considine. Leur collaboration, comme elle me l'avait dit, fonctionnait peut-être plutôt en sens inverse. Si tel était le cas, Considine était le maillon faible. Et il lui serait beaucoup plus difficile qu'à elle de s'évaporer dans la nature.

Quatre heures plus tard, quand je descendis de voiture et marchai sur le trottoir humide et désert en direction du 17 Wharfedale Road à Clacton, la bruine estompait le halo ambré des lampadaires. Les fenêtres de la maison de Considine étaient plongées dans l'obscurité, les rideaux étaient ouverts mais ils ne révélaient rien si ce n'est dans l'une des chambres à coucher le dos d'une coiffeuse éclaboussé par la lumière d'un réverbère. J'appuyai sur la sonnette et l'entendis résonner à l'intérieur ; aucun mouvement ne s'ensuivit. On avait l'impression d'une maison vide. On avait l'impression, de fait, que Neville Considine avait mis les voiles.

Je sonnai encore plusieurs fois et essayai le heurtoir, en vain. Puis j'entrouvris le rabat de la boîte aux lettres afin d'espionner à l'intérieur, mais je ne vis que le contour vague de la cage d'escalier. Il n'y avait aucun signe de vie.

Chez les voisins, en revanche, c'était une autre histoire. Alors que je m'éloignais du porche, la fenêtre d'une chambre au numéro dix-neuf s'ouvrit dans un grincement et une voix irritée me parvint.

« Arrêtez un peu, bon sang ! Il n'y a personne.

— Je suis désolé de vous avoir dérangé, répliquai-je en discernant une silhouette en pyjama. Je cherche Neville Considine.

— J'avais compris.

— C'est extrêmement urgent.

— Eh bien, il est parti.

— Savez-vous où – ou pour combien de temps ?

— Pour quelques jours, il a dit. Aucune idée de l'endroit. Vous voulez que je lui dise que vous êtes passé ? »

Ainsi donc Considine aussi s'était mis au vert, Emma l'avait sûrement prévenu que je risquais de venir le chercher. Mes espoirs de découvrir une faille dans leur alliance s'amenuisaient, tout comme ceux de repérer au moins l'un d'eux avant vendredi. Je repartis en voiture au bord de la mer et arpentai la plage, où les vagues se brisaient mollement sous un ciel sans étoiles. À l'instar des Lanyon dans leur fuite de Truro, arrivé à ce point où la côte de l'Essex s'abandonne doucement dans la mer du Nord, je ne pouvais pas aller plus loin. Considine devait avoir deviné qu'il y avait un secret qui n'attendait que d'être dévoilé dans le passé tragique des Lanyon, mais il avait eu besoin de l'aide d'un proche de la famille pour en découvrir la nature. C'était moi qu'il avait choisi, et il s'était associé avec Emma Moresco afin de me recruter. J'avais largement récompensé ses efforts ! Oh, que oui, j'avais bien fait son boulot. Trop bien. En échange, j'avais obtenu de connaître enfin la vérité et de regarder les autres en tirer profit. Il y avait là une forme de justice : de celle impitoyable et arbitraire qui avait emporté Michael Lanyon. Il y avait presque une moralité dans cette histoire, mais le goût qu'elle me laissait dans la bouche était amer. Et cette amertume ne cessait de se renforcer.

Je savais ce qui allait se passer ensuite. Je rentrai chez moi et attendis, pressentant que ce ne serait pas long. Et j'avais raison. Dès le jeudi, de retour de Tenerife, mon père exigeait des réponses. Cet après-midi-là, il arriva à Pangbourne directement depuis l'aéroport, et dès que je lui ouvris la porte, il fut clair qu'il était beaucoup plus en rogne que ce que je craignais.

« Trevor n'a rien dit à Considine.

— Je sais.

— Alors, comment il l'a découvert, bon sang ?

— C'est moi qui le lui ai dit.

— *Toi ?*

— Il y avait une fille. À eux deux ils m'ont piégé. Je n'ai aucune excuse et je ne pense pas que tu veuilles entendre d'explications. Le fait est que... je suis responsable.

— Bon Dieu, je n'arrive pas à y croire. Même de ta part.

— Il va bien falloir.

— Comment as-tu pu être aussi stupide ? Une fille. C'est tout ce qu'il a fallu ?

— Tu peux dire ce que tu veux. Ça ne changera rien. J'ai été amené à me confier à quelqu'un qui travaillait en fait pour Considine. Le résultat est le même. Paie, ou subis les conséquences.

— Un million de livres parce que tu n'as pas su tenir ta langue ?

— Si c'est comme ça que tu veux voir les choses, oui. Ils ne savent pas où est enterré Tully, mais ils ont les lettres et la capacité de te faire beaucoup de mal. Le choix t'appartient.

— Tu parles d'un choix !

— Tu dois y faire face.

— Grâce à toi. »

Je haussai les épaules.

« Et quelle garantie ai-je qu'ils détruiront les lettres ?

— Aucune.

— Formidable. Eh bien, une chose est sûre, après ça, tu peux dire adieu à toute forme d'héritage, mon garçon.

— C'est déjà fait.

— À partir de maintenant, tu n'obtiendras pas un centime de ma part.

— Je n'ai jamais espéré le contraire.

— Je suis sérieux, Chris. Je peux fermer les yeux sur beaucoup de choses. Mais trahir ta propre famille. C'est trop. C'est beaucoup trop.

— Question trahison, nous sommes peut-être à égalité, désormais. De toute façon, je n'ai pas besoin de tes sermons. La porte est par là.

— Espèce d'imbécile ingrat.

— Tu en as assez dit, Papa, et moi aussi. Va-t'en. Laisse-moi tranquille.

— C'est exactement ce que je compte faire. À l'avenir, je te laisserai bien tranquille. Mieux que ça, je ferai de mon mieux pour faire comme si tu n'existais même pas.

— Parfait.

— Je ne te comprends absolument pas, tu le sais, ça ?

— Tu ne m'as jamais compris.

— En ce qui me concerne, mon garçon, tu peux aller en enfer.

— Au revoir, Papa. »

Mon père parti, je fis quelque chose que je n'avais pas fait depuis plus de dix ans : je sortis me saouler. On n'est jamais guéri, juste réformé, à ce qu'on dit, et ce soir-là en fut la preuve. Je me sentais humilié par mon échec à comprendre quels intérêts j'avais vraiment servis durant les quelques semaines qui venaient de s'écouler, diminué par la perte de ce qui s'était révélé n'être qu'une parodie de tendresse grandissante, et surtout terrassé par le vide dans lequel je me retrouvais. L'alcoolisme est en partie la perte du respect de soi. Ma foi, je ne l'avais pas tant perdu qu'il m'avait été volé, mais le résultat était le même. Je pris un verre en sachant que j'en prendrais un autre, et encore un autre. Ensuite, rien n'importa plus. L'avenir ne comptait pas, le passé ne pouvait m'atteindre et le présent n'était qu'une masse indistincte.

Je croisai Mark Foster dans l'un des pubs du coin. Il avait envie de discuter de ses perspectives d'emploi, mais vu mon état, il dut les juger assez maigres du côté des Décapotables de collection Napier. Il finit par me raccompagner chez moi et c'est tout juste s'il ne me borda pas.

Le lendemain, je me réveillai avec une gueule de bois carabinée, plombé par le dégoût que je m'inspirais. J'étais horrifié par la facilité avec laquelle j'avais recommencé à me servir de l'alcool comme d'une béquille et par ce que trahissait cette rechute. N'étais-je qu'un abstinent des beaux jours ? Si tel était le cas, alors chaque jour passé depuis que je m'étais extirpé du caniveau avait été une perte de temps et d'efforts.

Je ne pouvais pas me laisser aller à croire une chose pareille. Cette possibilité était non seulement effroyable mais dégrisante. Dès qu'un litre de thé eut émoussé ma gueule de bois, je me rendis en voiture à Lambourn Downs et marchai pendant près de deux kilomètres le long de Ridgeway, secoué par un vent d'ouest à la morsure purifiante. Cette promenade me donna le recul dont j'avais besoin. Certes, j'avais été crédule et blâmable au plus haut point, mais je n'avais fait que me ridiculiser davantage en m'abandonnant à l'apitoiement. Il était temps que je balaie devant ma porte.

De retour à Pangbourne cet après-midi-là, je téléphonai à ma banque afin de prendre rendez-vous lundi avec le gestionnaire de prêts : si je voulais remettre mon entreprise à flot, il me fallait une avance sur la somme, quelle qu'elle soit, que ma compagnie d'assurances finirait par lâcher. J'allai ensuite expliquer la situation à Mark. Il était visiblement soulagé que je me secoue et tout à fait prêt à oublier ma débauche de la veille.

Je prévoyais de consacrer le week-end à repérer de nouveaux lieux d'installation possibles et à préparer des chiffres réalistes à présenter à la banque. Devoir grappiller un peu partout en quête de fonds alors que mon père venait de verser un million de livres à un inconnu était empreint d'une ironie qui ne m'échappait pas. Du moins, je supposais qu'il l'avait versé. Vu les circonstances, je ne m'attendais pas à ce qu'il me tienne informé. Quant à la destruction des lettres, ce n'était, comme Emma l'avait insinué, qu'une formalité. Si l'affaire venait à être dévoilée, le versement parfaitement traçable d'un million de livres ressemblerait bien trop au prix du silence pour qu'ils se risquent à demander plus. Et puis a-t-on vraiment besoin de plus qu'un million ? Ils se satisferaient sûrement de cette somme, tout comme je devais me satisfaire de ce que l'avenir réservait à un restaurateur de voitures sur la paille qui frisait la cinquantaine.

Toutefois, si je croyais qu'il n'appartenait qu'à moi de tracer un trait sur le passé récent, le réveil fut brutal. Le samedi après-midi, je revenais tout juste d'un tour des sites potentiels pour un nouvel atelier quand le téléphone sonna. Abasourdi, je reconnus aussitôt la voix familière.

« Tu as réussi à rentrer des Cornouailles, finalement ?

— Emma ?

— Ouais. Ne raccroche pas, Chris.

— Donne-moi une seule bonne raison de ne pas le faire.

— Tu ne connais pas toute l'histoire. Je suis autant victime que toi.

— Tu as déjà dit quelque chose dans ce goût-là mardi. Une seconde avant de me pointer une arme sur la tempe.

— Je n'avais pas le choix. Il fallait que je m'enfuie. Sinon Considine aurait...

— Aurait quoi ?

— Je peux t'expliquer maintenant qu'il a l'argent. Et j'aimerais beaucoup le faire. Franchement. Je ne veux pas que tu me détestes. S'il te plaît, écoute-moi.

— Je t'écoute.

— Je ne peux rien dire au téléphone. Est-ce que je... Bon, est-ce que je peux venir chez toi ce soir ? Il faut qu'on parle. S'il te plaît, Chris. Donne-moi une dernière chance.

— Je ne peux pas t'empêcher de venir.

— Mais est-ce que tu m'écouteras si je le fais ?

— Peut-être.

— J'imagine qu'il faut me contenter de cette réponse. Seras-tu seul ?

— Oui.

— Très bien. Écoute, il se pourrait que j'arrive tard. Il faut que je m'assure… Bref, je serai là. D'accord ?

— Si tu le dis.

— Alors à tout à l'heure. Et, Chris…

— Oui ?

— Je suis sincèrement désolée. »

Et il s'avéra qu'elle pouvait bien l'être, car son appel n'était à l'évidence qu'un canular d'adieu. J'attendis toute la soirée, ma patience s'effondrant d'heure en heure, et toujours aucun signe d'elle. Le téléphone sonna juste après minuit, alors que je m'apprêtais à laisser tomber et à aller me coucher, et à peine eus-je répondu qu'à l'autre bout du fil on raccrocha.

Je ne savais pas quoi penser de ce lapin. Jusque-là, tout ce qu'elle avait fait l'avait été dans un but précis, si retors fût-il. Mais maintenant que la rançon avait été payée, quel pouvait bien être le but de me faire marcher ? Je ne voyais qu'une seule façon de la contrarier, ne pas m'épuiser à ressasser des hypothèses. Je ne pouvais pas la bannir de mon esprit. Pas encore. Mais je pouvais au moins faire semblant.

Le lundi matin venu, je pensais davantage à mon rendez-vous imminent à la banque qu'aux machinations d'Emma Moresco. J'étais sur le point de partir, vêtu d'un costume qui à mon sens me donnait l'air professionnel mais modeste, et j'ajustais une dernière fois ma cravate dans le miroir de l'entrée, quand la sonnette retentit.

Mon visiteur était un homme trapu au visage dur, drapé dans un imperméable, dont le vent ébouriffait les cheveux noirs striés de gris qui surplombaient des yeux aux paupières lourdes, lesquels lui donnaient un air d'ennui mêlé de scepticisme.

« Mr Napier ?

— Oui, c'est moi. Que puis-je faire pour vous ?

— Commissaire Jordan, police judiciaire de l'Essex. »

Il brandit sa carte.

« Je peux vous toucher un mot ?

— Ma foi, je suis un peu pressé, en fait.

— Je ferai court.

— Très bien. Entrez.

— Merci. »

Il me suivit dans le salon après avoir refermé la porte d'entrée.

« L'Essex, avez-vous dit, commissaire ? N'êtes-vous pas un peu loin de chez vous ? »

N'obtenant pas de réponse, j'ajoutai :

« En quoi puis-je vous aider ? »

J'angoissais déjà. L'Essex ne m'évoquait qu'une seule chose : Neville Considine.

« C'est à vous, monsieur ? »

Jordan me tendit l'une de mes cartes de visite. Étant donné que j'en distribuais des dizaines durant les Salons de l'automobile, ce n'était pas franchement une pièce de collection. Je hochai la tête.

« Et c'est vous le propriétaire ?

— Oui.

— Mais pas de grand-chose pour le moment, si j'ai bien compris. Je suis allé à l'adresse de votre vitrine dans Station Road. On m'a dit que votre atelier avait subi un incendie récemment. Il ne reste que les murs, apparemment.

— C'est exact. Mais je ne vois pas trop...

— Nous avons trouvé votre carte dans le portefeuille d'un homme assassiné dans l'Essex ce week-end. Je me demandais s'il aurait pu s'agir d'un de vos clients.

— Comment s'appelle-t-il ?

— Neville Frederick Considine. »

Devant l'expression de surprise qui s'afficha fugitivement sur mon visage, il poursuivit :

« Dois-je en conclure que vous le connaissiez, monsieur ?

— Oui, en effet. Mais pas comme client. Que... que s'est-il passé ?

— Nous sommes encore en pleine enquête. Vous connaissez Clacton ?

— Un peu.

— Jaywick ?

— Je... j'y ai été.

— Vraiment ? Ce n'est pas franchement sur la route touristique.

— Je n'y suis pas allé comme touriste.

— Comme quoi, alors, monsieur ?

— Je connaissais quelqu'un qui habitait là-bas. Écoutez, êtes-vous...

— Mr Considine a été retrouvé à Jaywick. Près du vieux mur de la plage, là où les bungalows finissent et où commencent les marécages. Un homme qui promenait son chien est tombé sur le corps hier matin.

— Depuis combien de temps était-il... je veux dire...

— Nous pensons qu'il a été tué tard dans la nuit de samedi. À ce propos, où étiez-vous samedi soir, monsieur ?

— Ici.

— Seul ?

— Oui.

— Y a-t-il quelqu'un susceptible de corroborer cette affirmation, par hasard ?

— Non. Mais c'est normal. Je vis seul, commissaire.

— Tout à fait, monsieur, oui. Très juste.

— Où Considine a-t-il... Je veux dire, a-t-il été tué à Jaywick ou déposé là après coup ?

— Pourquoi cette question, monsieur ?

— Je ne vois vraiment pas quelle raison il aurait eue d'aller là-bas.

— Vous le connaissez bien, alors, n'est-ce pas, monsieur ?

— Je ne dirais pas ça. Seulement...

— Nous sommes plus ou moins certains qu'il a été tué *in situ*. Sa voiture était garée un peu plus bas sur la route. Si on peut appeler ça une route. Puisque vous connaissez Jaywick, vous voyez ce que je veux dire.

— On ne peut pas dire que je co...

— Quand avez-vous vu Mr Considine pour la dernière fois, monsieur ?

— Il y a une semaine.

— À Clacton ?

— Non, à Truro.

— Qu'est-ce qui vous avait amenés là-bas tous les deux ?

— Une enquête. Nous étions témoins.

— Vraiment ?

— Le beau-fils de Considine était un vieil ami à moi. Il s'est suicidé à Truro il y a deux mois. Vous avez probablement lu des articles sur cette affaire. Elle avait fait pas mal de bruit.

— Nicky Lanyon ! »

Jordan claqua des doigts.

« Bien sûr. Le fils de Michael Lanyon. Je ne savais pas que Neville Considine était son beau-père.

— Eh bien, si.

— Vraiment ? »

Il fronça les sourcils.

« Avez-vous été à Clacton depuis l'enquête, par hasard, monsieur ?

— Il se trouve que oui. Le lendemain.

— Voir Mr Considine ?

— Oui, mais il...

— Était parti ? »

Jordan sortit vivement son calepin et le feuilleta.

« Un voisin nous a rapporté qu'un homme tambourinait à la porte de Mr Considine dans Wharfedale Road tard la nuit du 27. C'était vous, monsieur ?

— Je ne tambourinais pas. Simplement je...

— C'était vous ?

— Oui.

— C'était "extrêmement urgent". C'est ce que vous avez affirmé au voisin. Vous avez refusé de développer. Voudriez-vous bien le faire maintenant ?

— Je... j'espérais pouvoir... obtenir un souvenir de Nicky.

— Voilà qui n'a rien d'urgent, monsieur.

— J'imagine que non. C'était juste une... façon de parler.

— Vous n'y êtes pas retourné depuis ?

— Non. J'ai téléphoné à plusieurs reprises, mais... »

Je risquai un sourire.

« Chou blanc.

— Vraiment ? D'après le voisin, Mr Considine est rentré chez lui vendredi. Mais vous n'avez pas réussi à l'avoir ?

— Manifestement non.

— Voyez-vous une raison pour laquelle Mr Considine aurait pu être en danger ?

— Non.

— Quelqu'un aurait-il pu vouloir lui nuire ?

— Non.

— Ou nourrir des sentiments violents à son encontre ?

— Non.

— Assez pour lui fracasser le crâne avec un démonte-pneu et le laisser mourir dans un fossé ?

— Je vous l'ai dit. Non, je ne vois pas. »

Dans mon cerveau, des sonnettes d'alarme retentissaient un peu plus fort à chaque question.

« Comment... savez-vous qu'il s'agissait d'un démonte-pneu ?

— Abandonné près du corps, monsieur. Le meurtrier a dû le laisser tomber dans la panique. Vous voyez de quel outil je veux parler ?

— Naturellement.

— Bien sûr, puisque vous êtes vous-même dans la restauration de voitures. Oui, monsieur, je comprends bien. Vous devez sans doute en posséder plusieurs.

— Juste un.

— Il a survécu à l'incendie ?

— Oui. J'ai... récupéré un bon nombre d'outils... dans les débris.

— Et parmi eux un démonte-pneu ?

— Oui.

— Où est-il à présent ?

— Dans le garage.

— Ça vous dérange si j'y jette un œil ? Juste pour vérifier qu'il est toujours là, je veux dire.

— Pas du tout. Suivez-moi. »

Nous sortîmes lentement de la maison, et tandis que nous la contournions pour aller au garage, je réfléchissais à toute vitesse. Je n'avais aucun alibi pour samedi soir. En organisant un rendez-vous avec moi, Emma s'en était assurée. C'était peut-être elle, l'appel anonyme tardif, destiné à vérifier que j'avais attendu chez moi. Et elle avait eu accès au garage quand elle avait déposé ma voiture. Un très vilain coup monté commençait à se dessiner.

« Nous y voilà, annonçai-je en déverrouillant la porte du garage. Je crois me rappeler où je l'ai laissé.

— Espérons-le, monsieur. »

J'ouvris la porte sectionnelle, allumai la lumière et longeai la voiture de façon à atteindre la boîte posée dans un coin contre le mur. Les outils ne semblaient pas avoir été dérangés, et pourtant, tout en les passant en revue, je savais déjà que le démonte-pneu n'y serait pas. Il était dans l'Essex, dans un laboratoire de la médecine légale, emballé, étiqueté, barbouillé du sang de Considine et de mes empreintes. Emma Moresco s'était révélée trop intelligente pour nous deux.

« Vous l'avez trouvé, monsieur ? demanda Jordan depuis le seuil.

— Non. »

Je me relevai et me tournai face à lui.

« J'ai bien peur que non. »

18

Il allait m'arrêter. C'est cette pensée-là qui dominait, réclamant mon attention à grands cris tandis que je regardais approcher la silhouette du commissaire Jordan. Il allait m'arrêter pour suspicion de meurtre, et avant la fin de la journée, je me retrouverais officiellement accusé d'avoir tabassé Neville Considine à mort. L'arme du crime m'appartenait, je ne pouvais pas prouver où je me trouvais la nuit des faits et on m'avait vu me comporter de manière suspecte devant le domicile de la victime. La solution de l'affaire crevait déjà les yeux et Jordan allait bientôt être aveuglé.

« Le démonte-pneu n'est pas là ? » demanda-t-il.

Son expression s'était durcie dans la lumière vaseuse que diffusait le néon fluorescent du plafonnier poussiéreux.

« Non.

— Alors où est-il ?

— Je n'en sais trop rien.

— Êtes-vous en train de me dire que vous ne l'avez pas ?

— Non. »

Mes idées s'embrouillaient. Que faire ? Lui raconter toute l'histoire en espérant qu'il me croie ? Ne rien reconnaître, tout nier ? Aucune de ces solutions ne me paraissait susceptible de servir ma cause. Emma Moresco semblait être le fruit de mon imagination, même à mes yeux. Pourtant je savais qu'elle existait, et ma seule chance était de faire ce qu'elle n'avait pas anticipé.

« Il est là, quelque part. Je ne suis pas... un type très organisé.

— Il n'y a pas trente-six endroits où chercher. »

Jordan jeta un œil aux coins tissés de toiles d'araignées et je compris que lui aussi avait du mal à suivre les événements. Il était venu ici afin d'écarter une piste, pas pour épingler le suspect numéro un.

« Je vais devoir insister, Mr Napier.

— Bien sûr. »

Je m'assénai une tape sur la tempe.

« Ça y est, je me souviens. Il est dans le placard.

— Quel placard ?

— Là. Sous l'établi. »

Je désignai la table qui occupait presque tout le mur du fond et le meuble à deux portes placé en dessous. Le pare-chocs avant de la Stag se trouvait à quelques centimètres des poignées.

« J'ai nettoyé une partie de mes outils ce week-end et je les ai rangés là. Le démonte-pneu doit en faire partie. Je vais reculer la voiture pour que vous puissiez jeter un œil vous-même.

— D'accord. »

Il me regarda d'un air sceptique.

« Si vous êtes sûr qu'il est là.

— Certain. Attendez. »

Je me faufilai à côté de lui, montai dans la voiture et allumai le moteur, conscient de son regard fixé sur moi et m'efforçant d'effectuer des gestes lents. Puis il reporta son attention sur le placard tandis que je faisais marche arrière.

« Ça ira », lança-t-il, levant la main afin de me signaler que l'espace était suffisant.

Mais ce fut aussi pour moi le signal d'écraser l'accélérateur. La Stag recula dans la ruelle en mugissant, et alors que j'opérais un quart de tour, j'entendis l'aile arrière gauche percuter une voiture garée. J'enclenchai la première et passai en trombe sur les nids-de-poule. Dans le rétroviseur, je vis Jordan sortir du garage en courant et s'engouffrer dans la voiture que je venais d'enfoncer. Il allait voir de quel côté j'allais tourner sur la route principale. J'optai pour la droite, direction Reading, et ce faisant faillis rentrer dans une camionnette de la Poste. Je n'avais pas assez d'avance. Jordan allait alerter la police locale avec sa radio, et très vite, toutes les voitures de patrouille de Reading seraient à l'affût de ma Stag. Cette course-poursuite vers nulle part allait tourner court. À moins que...

Je pris la première à gauche en m'assurant dans le rétroviseur qu'il n'était pas encore en vue et ralentis à une vitesse de cinquante kilomètres heure à peine supportable pour parcourir la route de cette zone résidentielle paisible jusqu'à son cul-de-sac. Là, si je me souvenais bien, il y avait une piste qui passait sous la ligne de chemin de fer et débouchait sur un terrain d'épandage au-delà duquel un sentier traversait les champs en direction de la rivière, où il rejoignait le chemin de halage. Je pourrais ainsi retourner à Pangbourne à pied sans être vu de la route et prendre un train à la gare, soit à destination de Londres, soit vers Oxford et ensuite... Mais peu importait la direction pour le moment. Il fallait juste que je garde mon sang-froid et que j'évacue les lieux avant que Jordan et ses renforts se rendent compte que j'avais abandonné ma voiture.

Je me garai devant la dernière maison de la rue, verrouillai les portières et me dirigeai tranquillement vers le pont du chemin de fer en me demandant si j'allais entendre à un moment donné Jordan me crier de m'arrêter. Mais je n'entendis rien. Il était tombé dans le panneau. Une fois hors de vue des maisons, j'accélérai le pas tout en forçant mon cerveau à continuer de réfléchir. Décamper comme je l'avais fait confirmerait ma culpabilité dans l'esprit de la police. En l'espace d'une demi-heure, d'homme d'affaires local respectable sur le point de négocier un prêt à la banque, j'étais devenu un fugitif qui serait bientôt la cible d'une chasse à l'homme nationale. Difficile de ne pas paniquer. Que pouvais-je bien espérer ? Que diable pouvais-je bien accomplir en me livrant à une telle folie ?

Je n'avais pas de réponse, sauf que je savais qui était le véritable meurtrier de Neville Considine : Emma Moresco. Personne à part moi ne croirait ne serait-ce qu'à son existence, alors pour ce qui était d'essayer de la trouver... À partir du moment où je serais en garde à vue, elle serait libre et moi foutu. Mais si je parvenais à garder suffisamment longtemps une longueur d'avance sur la loi, j'arriverais peut-être à la doubler. J'étais furieux et j'avais peur. M'utiliser pour soutirer de l'argent à mon père, c'était une chose, mais me faire porter le chapeau pour le meurtre de son complice, c'était l'étape au-dessus. Désormais, j'avais soif de revanche autant que de justice. Je voulais effacer à jamais de son visage ce sourire que je ne m'imaginais que trop bien, en finir entre nous selon mes conditions et non les siennes.

C'était une matinée grise et lugubre, la brise était glaciale, la pluie menaçait. N'étant pas habillé pour une balade au bord de l'eau, j'avais l'impression qu'on me voyait comme le nez au milieu de la figure. Mais ce n'était pas vraiment le cas. Les rares promeneurs avec ou sans chien que je croisai sur le chemin de halage me dépassèrent sans même se retourner. Personne ne s'intéressait à moi, même si plus tard, quand mon nom et mon portrait seraient diffusés au journal télé local, ils réaliseraient peut-être qui j'étais. Mais, pour l'instant, j'avais une bonne chance de mettre beaucoup de kilomètres entre les endroits où on me connaissait et moi.

Tant que je gardais mon sang-froid, en tout cas. Quand j'atteignis le pont où la route de Whitchurch traverse la rivière, je regardai longuement à droite et à gauche avant de traverser à toute vitesse et de couper vers la gare. Le calme de ce milieu de matinée était presque trop profond pour être honnête. Le premier train annoncé était à destination de Londres. Cependant, passer par Reading où les recherches seraient les plus actives me paraissait encore plus risqué que d'attendre dix minutes de plus sur le quai afin de prendre le train pour Oxford. Ces dix minutes s'écoulèrent au compte-gouttes mais sans incident, puis un train arriva à une allure de gastéropode. Je montai à bord et laissai enfin Pangbourne derrière moi.

Il fallait compter une demi-heure pour arriver à Oxford, et en chemin, je me mis à élaborer un plan d'action. Je me disais que la police n'était probablement pas encore au courant de la richesse que Considine avait récemment acquise. Le compte sur lequel il avait voulu qu'on verse l'argent se trouvait dans l'agence londonienne d'une banque internationale: la discrétion devait sans aucun doute être leur mantra. Emma avait sûrement accès à l'argent puisqu'à l'évidence le mobile du meurtre était de supplanter son partenaire. Il s'agissait donc probablement d'un compte commun. Toutefois, elle ne pouvait pas tranquillement retirer le tout maintenant car, si jamais l'affaire venait à éclater, cette coïncidence temporelle semblerait hautement suspecte. À sa place, n'importe qui aurait pris son mal en patience et attendu que je sois arrêté et inculpé et que le soufflé retombe avant de disparaître avec le pactole. Tant que j'étais en cavale, elle était vulnérable, si seulement j'arrivais à la trouver ainsi que la preuve matérielle de son implication avec Considine. Alors peut-être la police accepterait-elle de m'écouter. Mais où allais-je bien pouvoir débuter mes recherches? Comment la traquer alors que je l'étais moi-même?

Arrivé à Oxford, je me rendis dans le centre-ville, retirai le plus de liquide possible avec ma carte de crédit, achetai un imperméable, un sac, quelques articles de toilette et des sous-vêtements, puis retournai à la gare et pris le premier train à destination de Birmingham. Je ne voyais pas de meilleur refuge que l'anonymat d'une grande ville, et avec un peu de chance, mes transactions à Oxford dérouteraient la police pendant un moment.

Parvenu à la gare de New Street, je marchai sans direction précise et pris une chambre sous un faux nom dans un Holiday Inn. Je m'y terrai le reste de la journée en regardant la grisaille de l'après-midi s'obscurcir sur la ville et résistai à la tentation puissante de me mettre minable avec le contenu du minibar. À la télé, le journal du début de soirée ne parla ni de moi ni de Considine, néanmoins je savais que tous les moyens seraient mis en œuvre pour me retrouver.

Je sortis à la nuit tombée et contemplai le flot de circulation tourner autour de Paradise Circus à l'heure de pointe, puis j'allai dîner dans un fast-food avant d'errer au hasard des rues. Seule l'idée que m'imbiber le cerveau reviendrait à donner la victoire sur un plateau à Emma m'insuffla la force de résister au chant des sirènes qui résonnait chaque fois que je passais devant un pub. Quand enfin la lassitude prit le pas sur mes angoisses, je retournai discrètement dormir à l'hôtel.

Certes, je n'étais pas passé au journal télé national, mais la presse nationale, elle, ne m'avait pas raté. Le lendemain matin, les journaux que j'avais achetés dans un kiosque près de l'hôtel bien avant l'aube contenaient tous des articles en pages intérieures relatant que la police recherchait « un homme d'affaires du Berkshire susceptible de les aider dans leurs investigations concernant le meurtre sauvage d'un vieux retraité de Clacton qui avait eu lieu durant le week-end ». Les mots du commissaire Jordan de la PJ de l'Essex étaient abondamment cités quand il pressait

« Christian Terence Napier, 45 ans » de les « contacter sans délai ». Deux journaux avaient également publié une mauvaise photo de moi, que j'identifiai comme le Christian Napier de 42 ans qui avait assisté à la fête d'anniversaire des 21 ans de sa nièce. Une seule source possible : l'album photo familial. Je m'imaginais très bien le désespoir de ma mère quand elle avait dû la céder. Mon père, en revanche, demeurait manifestement flegmatique. À la fin de l'un des articles, il y avait une citation de lui, en soutien à Jordan. « Nous voulons que notre fils contacte la police et aide à démêler cette affaire le plus vite possible. » Une petite phrase de foi en mon innocence n'aurait pas fait de mal, mais s'il l'avait formulée, elle avait été supprimée au montage.

Évidemment, mon père devait subir presque autant de pression que moi à devoir tenir scrupuleusement sa langue et ses secrets tout en faisant face à l'affolement certain de ma mère vis-à-vis des événements. Il ne tarderait pas, songeai-je, à se précipiter dans son refuge habituel en période de stress : le club de golf. Tôt ou tard, je pourrais le joindre à la buvette. Je fis ma première tentative dans une cabine téléphonique aux alentours de midi. Ma troisième, deux heures plus tard, fut récompensée : je me présentai au barman comme le comptable de Papa et on me mit en relation sans hésiter.

« Anton ?

— Non, Papa. C'est moi. Écoute, j'ai bien conscience que tu ne peux pas parler librement, mais fais de ton mieux. Je suis dans un sacré pétrin. Ce n'est pas moi qui ai tué Considine.

— Je... n'ai jamais cru à ta culpabilité.

— Dommage que tu ne l'aies pas dit aux journalistes.

— Je suis moi-même dans une position délicate.

— La police est-elle au courant pour l'argent ?

— Apparemment non.

— Et tu ne leur as rien dit ?

— Non.

— Eh bien, je vais peut-être devoir le faire. Tu t'en rends compte, n'est-ce pas ?

— Je ne suis pas sûr, non.

— C'est cette fille qui l'a tué, Papa. Celle qui m'a piégé. Pour l'argent, probablement. Alors je ne vois pas bien comment me tirer d'affaire sans révéler que Considine te faisait chanter.

— Il va bien falloir que tu trouves une solution.

— J'essaie de t'expliquer que ça risque tout simplement de ne pas être possible.

— Je ferai tout ce qui est en mon pouvoir... pour m'assurer que ça le soit.

— Qu'est-ce que tu veux dire ?

— J'ai pris la précaution d'utiliser un intermédiaire dans la transaction. J'ai fait en sorte de pouvoir décliner toute responsabilité, si tu vois ce que je veux dire.

— *Décliner toute responsabilité ?*

— Je subis une lourde perte financière, et à mon sens, en toute justice, c'est là que s'arrête mon implication.

— Tu as fait quoi ?

— Au vu des circonstances, je ne peux rien dire de plus. »

Sur ce, calmement, catégoriquement, il raccrocha le téléphone.

À situation extrême, solution extrême. Dans la cabine téléphonique, alors que les mots d'adieu de mon père résonnaient dans ma tête, je savais qu'il me fallait faire un geste décisif. Rôder dans Birmingham en attendant de voir si ma chance s'épuiserait avant mon argent ne servirait à rien. Je n'avais qu'un infime espoir d'épingler Emma Moresco, il était temps de le saisir. Je décrochai le téléphone et composai le numéro.

« Hello, répondit Miv.

— C'est moi. Chris.

— *Chris ?*

— Tu as lu les journaux, on dirait.

— Oui. Et j'ai eu du mal à croire ce que je lisais.

— Très bien, car je ne suis pas coupable, Miv, crois-moi.

— Alors, pourquoi es-tu en cavale ?

— Parce que je suis la seule personne à connaître le véritable meurtrier et je dois rester en liberté tant que je ne l'ai pas trouvé.

— Ne pourrais-tu pas juste en informer la police ?

— On ne me croirait pas. Mais j'espère qu'avec toi ce sera différent – si tu veux bien écouter mon histoire. J'ai besoin de ton aide, Miv. Tu es la seule vers qui je peux me tourner.

— Et ta famille, alors ?

— La police doit les surveiller. Alors que ton existence n'a peut-être pas encore été découverte. Tu as déjà été contactée ?

— Non.

— Ah, tu vois. Et puis pourquoi me tournerais-je vers mon ex-femme dans un moment de détresse

– après les choses qu'elle a dites sur moi au tribunal de grande instance ?

— Exactement. Pourquoi ?

— Tu te rappelles le jour où tu m'as aperçu bourré dans Shaftesbury Avenue alors que tu passais en taxi ?

— Je me rappelle, oui.

— La voilà la raison. Je ne suis pas bourré, mais je suis dans une merde noire. J'ai besoin que tu arrêtes le taxi et que tu descendes, Miv. Tu ferais ça ? M'accorderais-tu une chance ? C'est tout ce que je demande. »

« Tu as vraiment une sale tête », me dit Miv trois heures plus tard en guise de salut.

Voyant mon reflet derrière son épaule dans la vitre obscurcie par la nuit du buffet de la gare de Crewe, j'en déduisis qu'elle avait le sens de la litote, mais je me consolai en me disant que plus j'avais mauvaise mine, moins je ressemblais à ma photo parue dans les journaux. Miv, par un contraste radieux, était la preuve vivante des effets bénéfiques de la vie en plein air et du régime végétarien, sa beauté diaphane défiant toute tentative de camouflage. Ses vêtements mélangeaient bizarrement le style hippie et militaire, mais elle se débrouillait pour les porter comme s'il s'agissait d'une robe de cocktail.

« Merci d'être venue, marmonnai-je en sirotant mon café. Je me demandais si tu changerais d'avis après que j'ai raccroché.

— Tu avais raison de te poser la question.

— Mais tu es venue quand même.

— Tu m'as plantée un paquet de fois quand on était mariés, Chris. Je n'ai aucune envie de faire vivre ça à quelqu'un. »

Je grimaçai.

« Si c'est ce que tu ressens...

— C'est comme ça, oui, mais je suis là, alors vas-y, dis ce que tu as à dire. La situation doit être encore pire que ce que laissaient entendre les journaux pour que tu viennes me demander de l'aide.

— Pire, tu meurs, répondis-je, penché sur la table pour me rapprocher d'elle. Je me suis fait entuber par une professionnelle, murmurai-je.

— Et cette professionnelle serait-elle la femme qui s'est fait passer pour mon avocate ?

— Non. Mais on pourrait dire qu'elles sont liées.

— Donc je suis en partie responsable de tes ennuis, c'est ça ?

— Pas vraiment. Mais si le croire peut te pousser à m'aider... »

Elle soupira.

« Que veux-tu que je fasse ?

— Je veux que tu appelles la PJ de l'Essex en rentrant chez toi pour leur dire que je t'ai contactée. Dis-leur que je suis à court d'argent parce que j'ai peur de faire des retraits qui pourraient les aider à me localiser et que je t'ai demandé de me dépanner. Dis-leur que tu as accepté de venir demain après-midi au débarcadère du ferry d'Holyhead pour me donner un peu de liquide.

— *Holyhead ?*

— Invente les détails que tu veux. Dis-leur que j'envisage de me faire la belle en Irlande ou un truc dans ce genre. Peu importe. Tant que tu attires leur attention très loin de là où je serai.

— À savoir ?

— Clacton. »

Elle haussa les sourcils.

« Le lieu du crime.

— Ça te convaincra peut-être de mon innocence.

— Oh, j'en suis convaincue. Mais toi ? Es-tu convaincu que je ne leur raconterai pas la vérité, je veux dire ? »

Je la regardai droit dans les yeux.

« Oui. Je le suis.

— Comment peux-tu être aussi confiant ?

— Parce que tu as toujours été d'une franchise douloureuse. C'est pour ça que tu m'as quitté, souviens-toi. »

Elle ne put retenir un petit sourire.

« Que se passera-t-il si je craque sous leurs questions une fois qu'ils verront que tu ne t'es pas pointé à Holyhead ?

— Tu ne craqueras pas. Ils croiront juste que je me suis dégonflé ou que j'ai repéré l'équipe de surveillance. Ils ne te soupçonneront pas. Surtout si tu en fais des tonnes dans le rôle de l'ex-femme aigrie.

— Et après : s'ils découvrent que tu étais à Clacton ?

— Ils penseront que c'était une ruse de ma part. Sans compter que d'ici là, ce sera fini.

— Comment ça ?

— Je n'aurai qu'une seule chance, Miv. Si je la fiche en l'air, alors autant me rendre. Voilà où j'en suis. Ça passe ou ça casse. »

Après avoir raccompagné Miv au train qui la ramènerait à Llandudno, je montai dans un omnibus en direction de Nottingham et me calfeutrai dans un hôtel bon marché à proximité de la gare. Le lendemain, je poursuivis ma route vers l'est jusqu'à Norwich, puis virai au sud jusqu'à Colchester et, de là, empruntai la ligne qui passe à Clacton. Ce fut un voyage étrange, fait de ciels de novembre plombés et de trains vides, où j'avançais doucement vers ma destination tout en ayant l'impression de ne pas véritablement m'en approcher. J'évitai sciemment Londres et les endroits où j'étais ne serait-ce que vaguement connu, mais je retardais aussi inconsciemment le moment où mon plan mûrement réfléchi prendrait effet. Une fois les options soupesées, je les avais réduites à cet unique coup de dés. Mais les chances étaient contre moi. Je doutais de mon succès tout en sachant que je ne pouvais pas me permettre de perdre.

Je fondais tous mes espoirs sur la nature suspicieuse et cachottière de Considine. J'étais convaincu qu'il avait anticipé la possibilité qu'Emma se retourne contre lui et je me disais que lui aussi, de son côté, pouvait très bien avoir prévu de se retourner contre elle. L'avantage crucial d'Emma étant son anonymat, c'est logiquement ça qu'il aurait dû essayer de saper. Si tel était le cas, quelque part chez lui devait se trouver un indice quant à son identité et à son adresse : un bout de papier compromettant, un confetti concluant. Bien sûr, il se pouvait que la police l'ait emporté en fouillant à la recherche de preuves contre moi. Mais j'étais tenté de parier qu'ils attendaient patiemment ma capture avant d'approfondir la question du mobile. Quatre jours s'étaient écoulés depuis le meurtre. S'ils avaient malgré tout perquisitionné le 17 Wharfedale Road, la procédure devait sûrement être terminée à présent. Avec un peu de chance, l'équipe d'enquêteurs serait à Holyhead en train de surveiller le débarcadère du ferry. Me laissant le champ libre pour mettre à l'épreuve ma fragile théorie.

J'atteignis Clacton par un début de mercredi après-midi indolent et morne, mon angoisse exacerbée par le fait de savoir que ma photo avait sûrement été diffusée plus massivement ici qu'à Birmingham ou à Nottingham. La veille, avant de quitter Birmingham, afin de cacher un peu mes traits, j'avais acheté un chapeau mou en tweed qu'autrement je n'aurais même pas porté sous la menace. Mais en réalité je misais davantage sur l'improbabilité de ma venue. Personne n'aurait pu raisonnablement s'attendre à ce que je me balade dans les rues de Clacton.

D'ailleurs, lorsque vingt minutes plus tard je faisais face de sang-froid aux maisons mitoyennes qui s'alignaient dans Wharfedale Road et me mis à parcourir la rue du côté des numéros pairs, ma démarche n'était pas loin de me sembler démentielle. Une femme accompagnée d'un enfant en poussette sortit précipitamment d'un portail devant moi et passa son chemin comme si je n'existais pas. Puis j'arrivai au numéro dix-sept. Il n'y avait pas de policier en faction, ni aucun autre signe de meurtre récemment commis. Si Considine avait été battu à mort sur place, la situation aurait été différente, bien sûr. Mais en l'occurrence...

Je poursuivis ma route avant que quiconque derrière le rideau de sa fenêtre puisse commencer à penser que je rôdais avec des intentions malveillantes et comptai en chemin le nombre de numéros qu'il y avait après le dix-sept. Wharfedale Road se terminait par une intersection en T, où je bifurquai à gauche en traversant de façon à longer par le côté les jardins des maisons aux numéros impairs. Entre ces jardins et ceux des propriétés situées dans la rue parallèle à Wharfedale Road se trouvait une étroite allée de service qui courait, droite comme un *i*, entre les deux murs de séparation. Ces derniers étaient jalonnés de portes en bois donnant accès aux jardins sans permettre de les voir. Cependant, je n'aurais qu'à compter les portes pour trouver celle qui desservait le numéro dix-sept. Soulagé de constater que l'allée était vide hormis des poubelles cabossées, des sacs plastique déchirés par des chats et des restes écœurants de plats chinois à emporter, je m'y engouffrai.

Une fois devant la porte de Considine, j'essayai la poignée. Sans surprise, elle était verrouillée. Je jetai un œil prudent à droite et à gauche puis m'agrippai au sommet du chambranle et me hissai de façon à voir de l'autre côté : personne dehors chez les voisins. Je m'assurai une dernière fois que la voie était libre, pris appui sur la poignée de porte et passai de l'autre côté.

Je m'attendais à ce que le jardin de Considine fût une jungle, il était en réalité net et bien entretenu : une serre, un carré de potager, une pelouse tondue et un cabanon en bois récemment enduit de créosote. Autrement dit, je n'avais d'autre choix que de remonter directement l'allée en béton jusqu'à la porte de derrière en priant pour que personne ne me voie depuis les maisons adjacentes.

J'eus l'impression d'y parvenir en toute discrétion. Ensuite, ce fut le début des complications. La porte elle-même étant solidement bâtie, il ne restait que deux options : le jardin d'hiver ou la fenêtre de l'arrière-cuisine. Je choisis le jardin d'hiver. Je me saisis d'un balai appuyé contre une gouttière et m'apprêtais à fracasser un carreau quand je m'aperçus qu'à l'intérieur le renfort n'avait pas été fixé. La vitre était légèrement sortie du chambranle, comme si le bois avait gonflé et qu'elle ne rentrait plus tout à fait. Soulagé de pouvoir opérer dans un silence relatif, je délaissai le balai, sortis de ma poche un tournevis que j'avais apporté pour parer à une telle éventualité et entrouvris la fenêtre en faisant levier. Puis je l'ouvris en grand sans plus de bruit qu'un grincement et me glissai maladroitement à l'intérieur.

Le jardin d'hiver semblait être un territoire frontalier entre la méticulosité horticole de Considine et son intérieur crasseux : une forêt épineuse de cactus rondouillards luxuriait au milieu de cages à oiseaux en proie à la rouille et de chaises longues à moitié pourries. Vite, je le traversai et rejoignis le salon, où le toit du jardin d'hiver moisi donnait à l'obscurité un aspect cireux. Il était meublé tant bien que mal, mais les chaises et les tables se noyaient sous un amoncellement de cartons. À en croire les étiquettes, ces derniers contenaient des provisions : haricots blancs en sauce, soupe de tomates, fruits en conserve, jambon, thé, savon, sel, sucre et Dieu sait quoi d'autre encore, stockés pour faire face à l'inflation, une famine mondiale ou je ne sais quelle obscure calamité germée dans l'imagination de Considine. Je me frayai un passage, ne voyant rien qui ressemblât à des vitrines ni à des placards, où ce que je cherchais aurait pu être caché, débouchai dans l'entrée et me dirigeai vers la première pièce de la maison, dans laquelle il m'avait reçu un mois auparavant.

Elle était fidèle à mes souvenirs. À première vue, la police ne l'avait pas fouillée. Le secrétaire qui était disposé dans un coin constituait le point de départ évident de ma quête. Pourtant, je tentai d'abord ma chance avec la caisse à thé rangée dans l'alcôve à côté du manteau de la cheminée. Elle était toujours là, toujours remplie du bric-à-brac que Considine avait récupéré dans l'appartement de Nicky. Mais il manquait au moins un objet : l'album. La police l'avait-elle embarqué ? Si oui, pourquoi ? Sinon, qu'était-il donc devenu ?

C'est alors que je repérai le cadre en écaille contenant le trio de photos que Considine m'avait montrées : Nicky jeune homme, Freda bébé et Michaela. Je le sortis de la boîte et l'orientai vers la lumière.

Le cliché de Michaela avait changé. Disparue, l'adolescente en maillot de bain qui avait évolué en Emma Moresco. De retour, la fillette qui était devenue Pauline Lucas. Elle était là, sur la photo dont Ethel Jago avait un double, à la place qu'elle occupait quand ce cadre trônait sur la table de chevet de sa mère et où elle aurait continué de se trouver sans les impératifs de la duperie dont j'avais été victime.

Je laissai retomber le cadre dans la boîte et me dirigeai vers le secrétaire, dont je baissai l'abattant. Son contenu semblait tout ce qu'il y a de plus innocent : des factures domestiques, une pile de catalogues, un monceau de vieilles enveloppes sur lesquelles Considine semblait s'être adonné à de longs exercices de divisions et de multiplications, et un fouillis de trombones, de moignons de crayons et de gommes. Le tiroir sous l'abattant paraissait à première vue plus prometteur. Il contenait six cahiers cornés, dans lesquels des bouts de papier avaient été glissés entre les pages. Mais ils se révélèrent être des livres de comptes relatifs à l'activité libérale d'électricien qu'il avait exercée durant ces quarante ou cinquante dernières années, et les feuilles volantes des notes où étaient inscrits les noms et les adresses de ses clients. Le petit placard sous le tiroir n'offrit pas mieux, engorgé qu'il était par ce qui ressemblait à plusieurs dizaines d'années d'abonnement au *Reader's Digest*.

Je m'attelai ensuite aux vitrines, vérifiant que les vases de Chine, les théières en étain et les boîtes vernies décoratives ne dissimulaient pas de documents. Ils étaient tous vides.

Je sortis dans l'entrée, ouvris le placard sous l'escalier et jetai un œil : un aspirateur datant de Mathusalem se terrait dans un fatras de tuyaux, de câbles et de boîtes de dérivation tapissés de toiles d'araignées. Pas de quoi se réjouir ici. Je refermai la porte et rejoignis l'escalier, que je gravis quatre à quatre.

Là-haut, toutes les portes étaient ouvertes. Derrière l'une d'elles, une baignoire, des W-C derrière une autre. La pièce qui m'apparut ensuite en arrivant sur le palier contenait un lit et une armoire. Je m'y dirigeai. Ce faisant, un petit bruit sur ma droite me figea dans mon élan.

La vive inspiration d'un être humain, aussi caractéristique qu'alarmante. Pendant une fraction de seconde, je crus que mes oreilles m'avaient joué des tours. Je tournai alors mon regard vers la chambre à l'extrémité du couloir, où j'aperçus une silhouette assise sur le lit. Ma nuque se hérissa. Il y avait quelqu'un dans cette maison, qui à présent se levait et me dévisageait :

une femme, dont le visage était plongé dans l'ombre projetée par la fenêtre derrière elle.

« Vous », dit-elle presque dans un murmure.

Et je reconnus aussitôt sa voix.

19

Elle avait une tenue décontractée : un jean et un sweat-shirt noirs. Ses cheveux foncés me paraissaient encore plus courts que dans mon souvenir. Elle ne portait ni bijoux ni maquillage et son visage semblait d'une pâleur anormale. Le souffle court, les yeux écarquillés, elle avait peur. Elle ignorait pourquoi j'étais là et ce que je pouvais lui faire. Il n'y avait pas de rails électrifiés pour nous séparer. C'était elle qui avait été surprise cette fois-ci. Un homme recherché pour meurtre, dont elle avait causé en partie la ruine, se tenait entre elle et l'escalier, barrant le seuil de la chambre où elle avait choisi de se cacher. Potentiellement, je représentais une lourde menace. Mais elle n'était pas intimidée. Ni près de céder. À l'évidence, c'était bien la dernière chose qu'elle ferait.

De toute façon, elle n'avait aucune raison de s'inquiéter. Je ne représentais aucune menace ni pour elle, ni pour personne d'autre. Pas maintenant que je connaissais sa véritable identité.

« Bonjour Michaela, lançai-je le plus posément possible en avançant dans la chambre. Qu'est-ce que vous faites là ?

— Michaela ? murmura-t-elle sans y croire.

— Oui. Michaela Lanyon. Votre nom jusqu'à il y a seize ans. »

Je regardai alentour. C'était une petite pièce, qui tenait davantage du débarras que de la chambre. La seule fenêtre donnait sur la rue. Les meubles consistaient en un lit étroit protégé par une housse, une vitrine à côté, un bureau à l'air branlant placé sous la fenêtre et quelques étagères vides le long du mur. Le papier peint délavé arborait la reproduction d'un dessin de Mabel Lucie Attwell, une fillette en pyjama et pantoufles avec une auréole au-dessus de la tête. En m'attardant sur cette image, soudain je compris.

« Et votre chambre, ajoutai-je, jusqu'à il y a seize ans. »

Elle me dévisagea pendant de longues secondes silencieuses, puis demanda :

« Comment l'avez-vous découvert ?

— Ethel Jago vous a reconnue sur la photo.

— Je ne pensais pas que votre sœur aurait le cran de la montrer à qui que ce soit.

— Et moi je ne pensais pas que votre tante reconnaîtrait la femme sur le cliché.

— Vous auriez pu deviner.

— C'est ce qui serait peut-être arrivé, sauf que vous n'êtes pas la seule à m'en avoir fait voir de toutes les couleurs ces dernières semaines.

— Pourquoi avez-vous tué Considine ?

— Je ne l'ai pas tué.

— La police semble penser le contraire.

— C'est fait exprès.

— *Fait exprès ?* »

Une expression de stupeur manifestement authentique traversa son visage.

« Qu'est-ce que vous racontez ?

— J'ai été victime d'un coup monté. Piégé par quelqu'un qui opère encore plus habilement que vous.

— Qui ?

— C'est une excellente question. Elle m'a roulé en se faisant passer pour... vous. »

Elle sursauta.

« C'est pour ça que je suis là. Pour découvrir qui elle est vraiment. Si j'y arrive.

— Vous êtes fou.

— J'aurais de bonnes raisons de l'être après tout ce que vous m'avez fait subir toutes les deux. Mais il se trouve que je suis aussi sain d'esprit que vous. Et je dis la stricte vérité. »

Elle secoua la tête.

« Je ne crois pas.

— Dites-moi ce qui vous amène ici, Michaela.

— Je n'ai rien à vous dire. »

Elle voulut me contourner, je lui barrai le passage d'un bras.

« Dégagez de mon chemin, lança-t-elle en me regardant froidement.

— Pas tant que vous ne m'aurez pas écouté. Voyez-vous, je crois savoir pourquoi vous êtes là. C'est parce que Considine est mort, n'est-ce pas ? Donc revenir chez vous ne présente plus aucun danger. Ni ouvrir la porte avec la clef que vous avez gardée toutes ces années et pénétrer dans la maison où vous avez passé votre enfance. Si on peut parler d'enfance avec Considine comme beau-père. »

À cette remarque, ses yeux accusèrent le coup.

« C'était lui que vous fuyiez, n'est-ce pas ? Lui – et les choses qu'il vous faisait. Mais en fuyant vous laissiez Nicky faire front tout seul – et croire que vous étiez morte. Vous ne vous êtes pas lancée dans l'offensive contre ma famille juste parce qu'on avait ce que vous et Nicky auriez dû avoir. Vous l'avez fait pour soulager votre conscience de l'avoir abandonné. N'ai-je pas raison ?

— Vous n'en savez rien, rétorqua-t-elle, farouche.

— Qu'avez-vous pensé quand vous m'avez entendu m'affairer au rez-de-chaussée ? Que c'était Considine qui revenait d'entre les morts vous tourmenter ? Est-ce pour ça que vous aviez trop peur pour vous enfuir ? »

Elle frémit et détourna le regard. Elle n'était pas facile à déstabiliser, pourtant Considine y parvenait, même dans la mort. Cette pensée me rendit soudain terriblement triste pour ses deux beaux-enfants.

« Nicky savait-il que Considine vous faisait subir des abus sexuels, Michaela ? Et votre mère ? Avait-elle idée du genre d'homme auquel elle vous avait confiée ? »

Les yeux plissés, elle me dévisagea.

« Qui vous a raconté ça ? demanda-t-elle à voix basse d'un air méfiant.

— Emma Moresco. Votre usurpatrice d'identité. Et qui le lui a dit ? Mais Considine, voyons. Qui d'autre ?

— C'est impossible.

— Bien sûr que non. Et l'histoire ne s'arrête pas là. Posez-vous donc cette question : pourquoi irais-je tuer Considine ? Quel pourrait bien être mon mobile ? Et si je l'avais tué, pourquoi viendrais-je ici en pleine journée après seulement quelques jours ? Il n'y aurait aucune logique. À moins qu'Emma Moresco ne l'ait assassiné et me fasse porter le chapeau. À moins que je ne sois là dans l'espoir que Considine ait caché dans cette maison un indice sur son identité. À moins, autrement dit, que je ne dise vraiment la vérité.»

Je laissai lentement retomber mon bras ; elle ne bougea pas.

« Descendez et appelez la police, si ça vous chante. Je ne vous en empêcherai pas. Ou bien restez écouter ce que j'ai à dire.

— Et pourquoi ça ?

— Parce que vous serez aussi sa victime. Si vous la laissez se tirer d'affaire.

— Comment puis-je savoir que vous n'avez pas inventé toute cette histoire ?

— Vous ne le pouvez pas. En revanche, vous savez que Considine est mort et quelque chose me dit que vous ne me croyez plus coupable. J'ai besoin de votre aide, Michaela. J'ai besoin de découvrir la cachette la plus secrète de Considine. J'ai besoin que vous m'y conduisiez.

— Qui vous dit que j'en suis capable ? »

Je risquai un sourire contrit.

« Le désespoir. »

Il s'écoula un moment. Puis elle recula prudemment. Son expression s'adoucit très légèrement.

Je l'observais.

« Cela veut-il dire que vous allez m'aider ?

— Ça veut dire que je vais vous écouter, répondit-elle posément. Point final. »

Et c'était là tout ce que je demandais.

Elle écouta mon récit en silence, assise sur le lit, les bras serrés autour de la taille, oscillant d'avant en arrière, tandis qu'à la fenêtre je scrutais nerveusement la rue en lui décrivant la danse sinistre dans laquelle Emma Moresco m'avait entraîné. Je lui racontai tout, comme j'avais tout raconté à Emma, et pour la même raison. Seulement cette fois-ci je savais le risque que j'encourais. Elle pouvait refuser de me croire et appeler la police. Elle pouvait même accepter la vérité de mon récit et téléphoner malgré tout. Au fond, Emma avait vengé Nicky de façon plus extensive que sa véritable sœur avait rêvé de le faire. Pourquoi Michaela prendrait-elle mon parti contre la meurtrière de Considine ? Pourquoi voudrait-elle aider quelqu'un qu'elle avait essayé de détruire auparavant ? Pourquoi lèverait-elle le petit doigt pour sauver de l'injustice un membre de ma famille après ce que nous avions infligé à son père ?

Finalement, quand j'eus dit tout ce que j'avais à dire et qu'elle fut au fait de toutes mes découvertes, c'est elle qui me donna des explications.

Toujours sur le lit, le visage détourné, elle parla d'une voix étrangement basse qui ne lui ressemblait guère, empreinte d'une férocité exaspérée.

« J'aurais cru pouvoir vous tourner le dos sans problème dans une situation pareille. Je devrais vous haïr maintenant que vous avez reconnu que Nicky avait raison depuis le début et que votre propre grand-mère avait falsifié l'une des preuves qui avaient conduit à la pendaison de notre père. Je devrais vous jeter aux loups en espérant que toute votre famille soit déchirée au passage. Mais c'est impossible. Il se trouve, comble de l'ironie... »

Elle marqua une pause et me regarda par-dessus son épaule. « ... que vous me faites de la peine. Il semblerait que Nicky n'ait pas aussi mal choisi ses amis que je le croyais.

— J'aurais dû rechercher la vérité il y a déjà bien longtemps, Michaela.

— Oui, vous auriez dû. Mais de mon côté j'aurais dû faire ouvertement et franchement ce qu'Emma a accompli à ma place de manière si retorse, non ? Seulement la colère m'aveuglait. Et la peur aussi, j'imagine, après toutes ces années à avoir vécu une autre vie. Résultat, une femme que je n'ai jamais rencontrée s'est jouée de nous deux. Cela dit, elle a commis une erreur cruciale.

— Laquelle ?

— Elle s'est montrée trop gourmande. Elle s'est lancée dans cette machination en croyant que j'étais morte et elle a refusé de s'avouer vaincue en apprenant que ce n'était pas le cas. Elle croit toujours pouvoir s'en tirer. Et c'est ce qui serait peut-être arrivé si elle s'était contentée de partager les recettes avec Considine. Mais elle voulait tout. Ou alors Considine ne lui a pas laissé le choix. Dans tous les cas, elle a risqué le paquet. Et ça ne marchera pas.

— Pourquoi ça ?

— Parce que vous avez raison. Considine était un as en matière de secrets. Il adorait les accumuler comme des trophées. C'est pour ça que je suis venue ici aujourd'hui. Pour récupérer... les trophées qu'il avait de moi. »

Elle se pencha en avant et sortit de dessous le lit un attaché-case en cuir que la couverture dissimulait. Avec le temps, le cuir s'était usé et tout éraflé. Les initiales NFC étaient peintes au pochoir sur le rabat.

« Il avait barricadé le grenier et l'avait transformé en chambre noire pour s'adonner à son passe-temps photographique. Mais la photo constituait juste une excuse pour s'enfermer seul. »

Elle s'interrompit, inspira profondément et, apaisée, poursuivit :

« Et parfois avec moi. »

Elle déglutit bruyamment.

« Je me rappelle la toute première fois qu'il avait ouvert cette mallette pour me montrer les photos et les magazines qu'il y conservait. Je ne comprenais pas. Je n'avais pas idée. Plus tard... il y avait ajouté des photos de moi. Elles étaient sa garantie que je ne raconterais jamais à Maman ce qu'il me faisait. Il disait qu'elle penserait que je l'avais aguiché, que ces photos en étaient la preuve, et moi j'étais assez bête pour le croire.

— Vous n'êtes pas obligée de me raconter ça, Michaela.

— Non, en effet. Mais c'est pour ça que je n'ai jamais réussi à revenir avant, vous comprenez ? J'avais toujours peur que Considine meure et que ma mère ou Nicky trouvent cette mallette, l'ouvrent, me voient et... »

Elle poussa un long soupir tremblotant.

« Tant de peur pendant si longtemps – et pour rien, maintenant qu'ils sont tous morts. Maman, Nicky... et Considine aussi.

— Vous êtes venue chercher le contenu de la mallette, l'encourageai-je en douceur, désireux qu'elle me révèle ce que je devinais caché sous ses mots, sans pour autant faire peu de cas des années de souffrance qu'ils évoquaient. Je comprends.

— Oui. »

Elle hocha la tête.

« Elle se trouvait à sa place habituelle, remisée dans un renfoncement dissimulé par des planches dans le grenier. En revanche, elle n'était pas fermée à clef. »

Cette réflexion lui fit froncer les sourcils et elle ouvrit les fermoirs d'un geste sec.

« Considine a dû arrêter de le faire quand il s'est retrouvé seul. »

Elle souleva lentement le rabat.

« Je craignais que la police l'ait emportée, mais apparemment, ils ne sont même pas montés là-haut. Je l'ai descendue pour vérifier qu'elle contenait toujours... ce qu'elle contenait avant. Et c'était le cas. Mais il y avait aussi autre chose. »

Elle plongea la main dans l'attaché-case et s'empara d'une enveloppe en papier bulle qu'elle me tendit, laissant le rabat retomber lourdement.

C'était une lettre postée récemment, portant l'adresse manuscrite de Considine. Le contenu semblait mince au toucher : pas plus qu'une feuille de papier pliée en deux.

« Qu'est-ce que c'est ? demandai-je.

— Regardez vous-même. Sans cela, je ne suis pas sûre que je vous aurais écouté. Voilà qui répond à votre question. Et en soulève d'autres. »

J'ouvris l'enveloppe d'une pression des doigts, sortis la feuille de papier et la dépliai. Je découvris alors un acte de naissance, ou plutôt un extrait de naissance, délivré seulement quelques semaines auparavant par un officier de l'état civil londonien, établissant une naissance remontant à février 1947, quelque part à Stepney. Le père était inscrit sous le nom d'Edmund Abraham Tully et la mère sous celui d'Alice Jane Tully, anciennement Graham. L'enfant était une fille. Son premier prénom était Simone, son deuxième... Emma.

La MG de Michaela avalait les kilomètres sur l'A12 en direction du sud-ouest, traversant l'Essex tandis que l'après-midi gris cédait rapidement place au crépuscule. Nous ne nous parlions pas, ou presque, une trêve tacite mettant de côté réminiscences et récriminations jusqu'à ce que le problème brûlant fût résolu. Le moment viendrait où nous devrions affronter les torts que nous nous étions mutuellement causés ainsi qu'aux êtres qui nous étaient chers, mais ce moment n'était pas arrivé.

Nous atteignîmes le tunnel de Dartford à la nuit tombée et quand nous repartîmes à pied d'un parking non loin de Palace Pier à Brighton pour nous diriger vers Madeira Place, une soirée froide et humide typique de la Manche venait de commencer. Alice Graham m'avait menti une fois, à présent, il ne faudrait rien moins que la vérité.

Mais, évidemment, les mensonges ne sont qu'un moyen parmi d'autres d'éviter la foudre. Dès que je vis la porte fermée et la façade obscurcie de la pension de famille du Jusant, je compris qu'elle avait eu recours à un autre stratagème.

« L'oiseau s'est envolé, commenta Michaela quand je la rejoignis au pied de l'escalier de la courette après avoir enfoncé plusieurs fois en vain la sonnette. Il fallait s'y attendre.

— Mais envolé où ? m'agaçai-je.

— Les logeuses du voisinage le savent peut-être, répliqua-t-elle, contrant mon exaspération par une logique tranquille. Elle a peut-être dû reloger quelques hôtes s'il s'agissait d'un départ précipité.

— Ce qui a sûrement été le cas, dis-je, un tantinet plus optimiste.

— Exactement. Attendez-moi près de la jetée, je vais voir ce que je peux découvrir. »

Je m'exécutai, rôdant pendant vingt longues minutes dans l'obscurité anonyme et quasi déserte du caillebotis près de l'accès à la jetée, jusqu'à ce que Michaela, apparaisse en bas de Madeira Place et me fasse signe de la rejoindre.

« D'après Mrs Beavis, du Rock Pool, Alice Graham est partie en vacances sur un coup de tête dimanche dernier. Aucune idée de l'endroit – ni de la durée.

— Ça colle.

— J'ai dit que je cherchais sa fille.

— Et ?

— Mrs Beavis a répondu que ça faisait des années qu'elle ne l'avait pas vue. Mais il n'y a aucun doute sur le fait qu'elle existe.

— Je le sais bien, soupirai-je. Désolé. Ce n'est pas votre faute. Mais le fait est que nous tournons en rond, non ? Elles ont mis les bouts. Et Emma a sûrement pris grand soin d'effacer leurs traces.

— Elle n'est pas infaillible. Et n'oubliez pas qu'elle utilise son premier prénom : Simone.

— Vous en êtes sûre ?

— Oui, parce que je l'ai essayé sur Mrs Beavis et elle a mordu. Une vraie commère ! C'est pour ça que j'ai été si longue. Je lui ai raconté que j'avais été à l'école avec Simone mais que je l'avais perdue de vue depuis et que j'essayais d'organiser une réunion d'anciens élèves. Sans s'en rendre compte, elle m'a gentiment fourni le nom de l'école et a comblé mes lacunes sur la vie de Simone. Elle ne savait pas grand-chose, c'était couru. Simone est un peu un mystère. Mais, quand je lui ai demandé si elle s'était jamais mariée, la réponse a été oui. Et divorcée. Avec un fils pour fruit de cette union. La grand-mère en est gaga. Devinez comment il s'appelle.

— Aucune idée. Est-ce que... »

Je m'interrompis et crus voir ses yeux pétiller dans l'obscurité.

« Edmund, murmurai-je.

— C'est ça. Il a onze ou douze ans, apparemment. Il vit avec son père.

— Où ça ?

— Dans une banlieue résidentielle du Surrey.

— Il nous faut plus de détails.

— Je sais. Mais Mrs Beavis est une commère, pas un carnet d'adresses.

— Alors il faut qu'on en trouve un. Je me demande si Alice Graham a emporté le sien.

— Difficile à dire.

— C'est vrai. Mais il va bien falloir trouver.
— Oui. »
Michaela hocha la tête.
« C'est exactement ce que je pense. »

Six heures plus tard, nous passâmes à l'action. Michaela faisait le guet pendant qu'armé d'un morceau de tube d'échafaudage que j'avais récupéré dans la benne d'un constructeur sur le front de mer, je descendais l'escalier étroit qui menait à la porte d'entrée de l'appartement en rez-de-chaussée d'Alice Graham. En fracassant le panneau vitré enchâssé sur la partie supérieure de la porte, j'eus l'impression de faire un vacarme à réveiller jusqu'aux occupants de la morgue locale, pourtant rien ne bougea, alors je continuai, j'actionnai le loquet en passant le bras par l'ouverture et entrai. L'effraction, ça commençait à me connaître.

La chance était avec moi car la première chose, ou presque, que je vis à la lumière de la lampe torche de Michaela fut un téléphone qui trônait sur une console juste à côté de la porte. Et en dessous, sur une étagère, se trouvait un carnet d'adresses relié en cuir. Je m'en emparai et battis en retraite, me disant que je pourrais toujours revenir s'il ne nous menait nulle part, mais espérant de toutes mes forces que ce ne serait pas nécessaire.

Et ce ne le fut pas. Il nous fallut un certain temps pour trouver ce que nous cherchions, car Alice Graham avait noté cette information – il fallait s'y attendre – à la première lettre du nom de famille de son petit-fils, Morrison. Le petit Edmund était listé avec son père, Ian, et sa belle-mère, Sally, à Larchdale Avenue, Weybridge.

Il n'y avait pas moins de sept adresses successives avec leurs numéros de téléphone répertoriées pour la fille d'Alice : la première à Brighton, une autre à Horsham, deux à Londres, une à Paris, une à Amsterdam et encore une autre à Londres. Mais toutes avaient été rayées et je savais pertinemment qu'aucune d'elles n'avait la moindre valeur. Elle serait partie depuis longtemps du dernier endroit où elle avait vécu. Le lien du sang, en revanche, elle ne pouvait le rompre, et il y avait de fortes chances qu'il la mène à sa perte.

Tandis que nous quittions Brighton en cette seconde moitié sombre et déserte de la nuit, la mention de l'adresse parisienne me travaillait. Le fameux jour où nous nous étions retrouvés à Battersea Park, je me rappelais lui avoir demandé si elle y avait jamais été. Et je me rappelais sa réponse : « Paris ? Jamais. » Ce mensonge lui était venu spontanément, lestement, à l'instar de tous les autres, sûrement. Mais, à présent, elle bafouillait. Un mensonge de trop, un risque de trop, un pas de trop. Nous la pourchassions et nous allions la trouver.

Nous fîmes halte pour le reste de la nuit et la majeure partie du lendemain matin dans un vaste hôtel anonyme desservant l'aéroport de Gatwick. J'essayai vainement de dormir, résistai à la tentation d'appeler Miv de peur que son téléphone fût désormais sur écoutes, regardai la télévision, parcourus les journaux en quête de nouvelles de ma personne – il n'y en avait pas – et tâchai d'élaborer un plan de campagne détaillé.

Finalement, nous reconnûmes tous les deux qu'il faudrait marcher à l'instinct. Il y avait peu de chances que l'ex-mari d'Emma – ou plutôt de Simone – fût au courant de ses machinations ou disposé à la protéger. Je ne sais trop pourquoi, je ne le voyais pas refuser de nous aider si nous parvenions à le convaincre de l'urgence de notre affaire. D'un autre côté, il constituait une inconnue, et je ne pouvais pas me permettre de commettre ne serait-ce qu'une seule erreur. S'il me reconnaissait ou nous prenait en grippe, c'en était fini de nous avant même qu'on ait commencé.

C'est pourquoi j'acceptai à contrecœur de laisser à Michaela le soin du tête-à-tête. Nous quittâmes l'hôtel, allâmes jusqu'à Weybridge et repérâmes l'adresse des Morrison dans une vaste avenue de pavillons cossus du côté aisé de St George's Hill. Leur maison était une grande résidence familiale en briques rouges à façade double, bâtie suffisamment en retrait de la route pour être largement dissimulée par son jardin luxuriant. Nous nous garâmes légèrement à l'écart de l'entrée, contemplâmes les feuilles dorées tomber des arbres en bordure du trottoir et attendîmes que Ian Morrison revienne du travail. Il y avait une voiture stationnée devant le garage à côté de la maison qui aurait pu être celle de sa femme, mais il n'y avait aucun signe d'elle et même s'il y en avait eu, nous étions convenus de ne pas l'approcher seule. Que ce soit pour elle ou pour Ian, Simone n'était sûrement pas un bon souvenir. La meilleure façon d'exploiter cette hypothèse semblait de les cueillir ensemble de façon à tirer parti de la gêne qu'engendrerait son évocation. Nous n'avions aucun moyen de savoir depuis combien de temps ils étaient mariés, ni si Sally avait fait partie du paysage avant le divorce. Pour nous, ils étaient de parfaits inconnus : des noms dans un carnet d'adresses, c'est tout. Mais ils constituaient une part fondamentale du passé de Simone Graham – et du présent d'Emma Moresco.

Notre attente ne fut pas aussi longue que prévu, car bien avant l'heure où les écoliers prennent le chemin de la maison, un homme blond et trapu, la quarantaine, costume sombre et pardessus, serviette à la main, déboucha à grandes enjambées dans la rue depuis la gare et bifurqua dans l'allée des Morrison. Normalement il n'aurait pas dû rentrer du bureau si tôt, et pourtant il était là. Michaela lui laissa dix minutes d'avance, puis le suivit.

Elle ressortit un quart d'heure plus tard, se dirigea nonchalamment vers la voiture, monta et démarra.

« Alors ?

— Gentil couple, répondit-elle. Des gens simples et agréables. Il est rentré tôt pour fabriquer un feu de joie en vue de la fête de ce soir. On est le 5 novembre[1], vous vous rappelez ?

— Mais oui, c'est vrai.

— La vie continue.

— Pour les gens gentils, simples et agréables, vous voulez dire ?

1. Le 5 novembre, les Britanniques célèbrent avec des feux d'artifice et des feux de joie la « Guy Fawkes Night » en mémoire de l'exécution du principal conjuré de la conspiration des Poudres (1605). (*N.d.T.*)

— Probablement. J'espère qu'ils vont bien s'amuser. Et ça, ce doit être Edmund. »

Un garçon vêtu d'un uniforme scolaire mal ajusté déboucha à notre hauteur du virage au bout de la rue et se dirigea vers la maison des Morrison. Il avait la blondeur de son père, la silhouette fine de sa mère. Il me rappelait Nicky et moi quand nous avions à peu près son âge, cet été 1947, quand son grand-père avait tué un vieil homme à Truro et avec lui une amitié d'enfance.

« Au fait, ils ne sont pas au courant, poursuivit Michaela. Pour Tully. Je leur ai mentionné ce nom, mais ils m'ont regardée sans comprendre. Simone s'est toujours fait appeler Graham. Même mariée.

— Savent-ils où elle est ?

— Non. Apparemment, elle est devenue de plus en plus difficile à joindre ces derniers temps. Pas d'adresse, pas de numéro de téléphone. C'est elle qui les contacte. Sinon ils peuvent passer par sa mère. Mais j'ai eu l'impression qu'ils n'étaient pas pressés de le faire. D'après ce que j'ai cru comprendre, le divorce remonte à très longtemps et le mariage avec Simone a été aussi bref que douloureux. Aucun d'eux n'a voulu dire grand-chose sur Simone, mais ils ont échangé beaucoup de regards très parlants. C'est une femme qu'ils préféreraient oublier.

— Moi aussi. Si je pouvais.

— Alors les Morrison et vous êtes dans le même bateau. À leur grand dam, Simone exerce son droit de visite un dimanche sur deux. Sauf que dernièrement elle en a raté plusieurs d'affilée.

— Trop occupée à tisser sa toile autour de moi.

— Sûrement. Mais ce ne sera sans doute pas le cas ce dimanche. Sans compter qu'elle a promis à Edmund de l'emmener voir la Tour de Londres. »

Elle me regarda en attendant qu'une brèche dans la circulation lui permette de tourner dans la rue principale.

« Avec Mamy.

— Ah oui ?

— Les Morrison m'ont dit qu'ils lui demanderaient de me contacter quand elle passerait prendre le garçon. Je leur ai laissé mon numéro de téléphone, même s'ils n'avaient pas l'air convaincus qu'elle m'appellerait. C'est aussi bien, d'ailleurs, car de toute façon, je ne serai pas chez moi pour lui répondre.

— Non. »

J'approuvai d'un hochement de tête son sous-entendu.

« Je ne pense pas, en effet.

— Elle ne décevra pas son fils. »

Michaela s'inséra dans la circulation et nous nous dirigeâmes vers le nord : elle avait manifestement une destination en tête, bien que, pour ma part, la seule se trouvât non loin derrière nous.

« Et nous ne la décevrons pas non plus. »

Elle pénétra dans Londres alors que la nuit tombait de nouveau très vite, m'expliquant en chemin qu'elle jugeait préférable que je fasse le mort dans son appartement jusqu'au dimanche. Comme c'était étrange, ne pouvais-je m'empêcher de songer, qu'après toutes ces semaines de jeu du chat et de la souris les circonstances nous amènent à nous allier. Nous avions nos raisons, comme nous les avions eues avant, mais je n'en étais pas moins perplexe. À la fin de cette histoire, nous nous connaîtrions mieux que ce qu'elle avait jamais voulu et que ce que j'aurais jamais rêvé possible. Cependant, quelle forme cette fin prendrait-elle, ça, je n'avais aucun moyen de le prévoir. Aucun de nous deux n'aurait le dernier mot.

Son appartement, élégamment meublé, était construit au dernier étage d'un petit immeuble dans un quartier résidentiel ultracossu non loin de Sloane Square. Elle avait dû voir la surprise sur mon visage quand elle m'avait fait entrer. On était très loin de la vie inventée par Emma Moresco dans une tour à Battersea.

« Mes débuts n'ont pas été très différents de ce qu'on vous a fait croire, dit-elle, lisant dans mes pensées, mais pour le reste, Considine prenait ses désirs pour des réalités. Il aurait voulu que ma vie soit un échec.

— Au lieu de quoi... »

Elle haussa les épaules.

« Je me débrouille.

— Comment ? »

Je souris, mal à l'aise.

« Si je peux me permettre.

— Et sinon ?

— Le temps va être long jusqu'à dimanche.

— Je suis désolée, mais je ne me sens pas prête à mettre mon cœur à nu devant qui que ce soit.

— Si vous le dites.

— Je le dis.

— C'est bizarre, quand même.

— Quoi ? »

Le regard qu'elle me lança était du Nicky tout craché.

« J'ai la nette impression que vous le serez. D'ici dimanche. »

Pure fanfaronnade, mais il se trouva que j'avais raison. Mettre son cœur à nu, c'était beaucoup dire, mais en tout cas, le samedi soir venu, Michaela était prête à m'en raconter davantage sur elle qu'elle ne l'avait jamais fait avec personne. Nous avions alors passé quarante-huit heures cloîtrés dans son appartement et la pression de l'attente nous avait ébranlés. Elle était sortie quelques fois acheter de quoi manger et avait passé plusieurs coups de fil derrière la porte close de sa chambre, mais aucun autre élément de son quotidien n'avait filtré. J'avais arpenté l'appartement, bu du café, feuilleté sans les regarder des magazines et contemplé de mauvaise grâce le paysage londonien en me demandant si nous arriverions à avoir le dessus sur Emma Moresco, endurant du mieux que je pouvais l'excès d'inactivité physique et d'agitation cérébrale désastreux pour les nerfs.

Je m'étais délibérément abstenu d'interroger Michaela sur sa vie et j'avais ignoré les rares indices qui s'étaient présentés : l'arrivée au courrier de lettres adressées à Miss CA Forbes ; une collection de livres ayant trait au mobilier, à l'architecture et à la décoration d'intérieur ; l'accumulation sur le manteau de la cheminée d'invitations aux contours dorés destinées à Caroline Forbes pour assister ici à une fête chic, là à une réception d'élite. J'en avais déduit qu'elle devait avoir une place de choix dans le monde du design, mais j'étais déterminé à la laisser garder pour elle autant d'éléments de sa vie privée durement gagnée qu'elle le souhaitait. Elle ne me haïssait plus et j'avais cessé de lui en vouloir du mal qu'elle m'avait fait. Quant à savoir ce qui remplaçait ces sentiments – hormis le désir partagé de contre-attaquer la femme qui s'était jouée de nous –, c'était loin d'être clair.

Néanmoins le samedi soir apporta un fragment de réponse. Nous devions décider de ce que nous ferions le lendemain matin quand nous irions à Weybridge. Décision qui dépendait de la personnalité d'Emma Moresco, dont nous ignorions tout l'un comme l'autre au-delà de sa propension à la duperie.

« Je crois qu'elle me ressemble un peu, reconnut Michaela.

— Comment ça ?

— Elle est habituée à feindre. Même vis-à-vis d'elle-même.

— Qu'est-ce qu'elle feint ?

— Qu'elle n'a pas besoin des autres.

— Et c'est aussi ce que fait Caroline Forbes, n'est-ce pas ?

— Elle n'a pas le choix.

— Pourquoi ?

— Parce qu'elle l'a toujours fait. Depuis son enfance.

— Quand avez-vous décidé de vous enfuir ?

— Pourquoi tenez-vous tant à le savoir ?

— Je ne tiens pas à le savoir. Ce à quoi je tiens, c'est que vous ayez le sentiment de pouvoir vous confier à moi. Demain, nous allons devoir nous faire confiance, et vous savez déjà tout sur mon compte.

— Vous voyez donc ça comme une réciprocité ?

— Je vois ça comme quelque chose d'inévitable. Emma Moresco m'a raconté l'histoire de votre vie.

Mais c'était un mensonge. Ne pensez-vous pas que vous devriez rétablir la vérité ? »

Elle se leva et regarda par la fenêtre, croisant les bras dans un geste défensif.

« Il est parfois préférable de laisser des blancs.

— Mais pas toujours.

— Toujours... d'après mon expérience.

— Justement, c'est bien ça le problème avec l'expérience. »

Elle fit volte-face et me dévisagea.

« Que voulez-vous dire ?

— Elle ne nous prépare pas à l'inattendu. »

Il y eut un silence qui dura plusieurs secondes, pendant lesquelles un feu d'artifice, vestige du jeudi précédent, exécuta derrière elle une étoile muette, quelque part au-dessus de Belgravia. Puis elle déclara :

« Allons nous promener, Chris. »

C'était la première fois qu'elle m'appelait par mon prénom, je n'aurais pu souhaiter signe plus manifeste de sa décision de baisser doucement la garde.

« J'ai besoin de prendre l'air. »

Et c'est ainsi que j'appris enfin la vérité sur Michaela Lanyon, en marchant le long du quai de Chelsea à minuit, tandis que de l'autre côté de la Tamise, Battersea Park nous narguait sombrement. Et avec la vérité vint la certitude de ce que je devais faire. Quand nous quittâmes les berges du fleuve, le jour J se rapprochait. J'étais prêt.

20

Le dimanche matin à Weybridge était immobile et grisâtre, sous ces couches de silence que seuls l'automne et le jour du Seigneur réunis ont le pouvoir d'entasser sur la banlieue anglaise. Nous nous garâmes dans une impasse perpendiculaire à Larchdale Avenue, d'où l'on voyait l'allée des Morrison de l'autre côté de la rue, et observâmes le ballet des livreurs de journaux, des vieux messieurs élégants tenant en laisse des chiens gâteux et des voitures rutilantes roulant au pas pour quelques achats dominicaux. Le rythme était lent et vain, l'endroit discret et sans surprise. Rien ne se passait, rien ne semblait susceptible de se passer. Jusqu'à ce que, tel un requin laissant soudainement émerger son aileron furtif, elle apparût.

Une Ford Granada blanche s'arrêta juste à côté de la maison des Morrison. Puis, à peine eus-je identifié le passager comme étant Alice Graham, sa fille – la femme que je connaissais sous le nom d'Emma Moresco – émergea du côté conducteur et s'éloigna d'un pas vif sur le trottoir. Elle portait des bottes en daim grises et un manteau noir doublé de fourrure.

Ses cheveux étaient moins frisés que dans mes souvenirs et coiffés de façon plus élaborée. C'était Simone Graham à l'état pur.

« Allons-y », dis-je dès qu'elle eut bifurqué dans l'allée des Morrison et disparu de notre champ de vision.

Michaela hocha la tête et nous descendîmes de voiture.

Nous pressions le pas, conscients que Simone ne s'attarderait pas, mais nous comptions tout de même sur le mystérieux message que Michaela avait confié aux Morrison pour la retenir quelques minutes de plus. Michaela se dirigea vers le siège conducteur de la Ford, moi vers la portière passager, et je fis sursauter Alice Graham en toquant à la vitre. Elle pâlit, puis se détourna brusquement en voyant Michaela se glisser sur le siège conducteur. Avant qu'elle puisse réagir, je m'installai derrière elle.

« Bonjour, Mrs Graham, murmurai-je. Surprise de me voir ? »

Elle me jeta un bref regard, écarquillant des yeux inquiets.

« Vous serez peut-être encore plus surprise d'apprendre que ma camarade est la femme dont votre fille a usurpé l'identité : Michaela Lanyon.

— Je ne sais pas de quoi vous parlez, rétorqua-t-elle d'une voix rauque.

— En temps normal vous devriez nier avoir une fille et encore plus une fille qui usurpe l'identité des gens, mais je suis ravi que nous n'ayons pas besoin de perdre de temps avec ça.

— Sortez de cette voiture.

— Dites-moi, vous êtes complice par instigation ou par assistance ? Je veux dire, saviez-vous qu'elle avait l'intention de tuer Considine ? »

Elle prit une inspiration étranglée et elle se tourna vers moi avec perplexité.

« Ou ignoriez-vous complètement qu'elle l'avait tué ? »

Elle avait peur désormais, et de quelque chose de pire que le piège que nous venions de refermer sur elle. Elle avait peur de la vérité au sujet de sa fille.

« Tuer Considine pourrait être considéré comme un service public, mais croyez-moi, je n'ai pas l'intention de payer les pots cassés.

— Laissez-moi tranquille.

— Je le ferais avec grand plaisir si seulement votre fille avait fait de même avec moi. Mais non. Elle m'a ridiculisé. D'accord, je peux survivre à cette humiliation, mais me faire porter le chapeau d'un meurtre entre dans une autre catégorie, n'est-ce pas ? Il s'agit de ce qu'on pourrait qualifier d'ingérence grave dans ma vie.

— Si vous avez le moindre doute sur ce point, Mrs Graham, contribua Michaela, laissez-moi vous dire qu'il vous raconte la stricte vérité. Peut-être pensiez-vous qu'il ne s'agissait que d'aider votre fille à tromper les Napier, mais j'ai bien peur que ce soit allé beaucoup plus loin que ça.

— C'est pour cette raison qu'il faut y mettre un terme ici et maintenant, repris-je. Il faut l'arrêter. Pour son propre bien et celui de son fils. »

La voix d'Alice Graham se mua en un murmure défaitiste.

« Que voulez-vous que je fasse ?

— Nous voulons que vous restiez là et que vous m'aidiez à divertir votre petit-fils, répondit Michaela. Pendant que Mr Napier aura une petite conversation avec votre fille.

— Et que vous répondiez à une question, ajoutai-je.

— Ça attendra, intervint précipitamment Michaela. Les voilà. »

Je levai les yeux et vis Simone Graham aux côtés de son petit Edmund en jean, baskets et duffle-coat. Ils étaient en haut de l'allée. Ils se tournèrent vers nous. Simone, qui ébouriffait les cheveux de son fils, arrêta net son geste. Elle nous avait vus. J'ouvris la portière, descendis et marchai lentement vers elle.

« Vous êtes qui ? pépia Edmund à mon approche.

— Un ami de ta mère. »

Il regarda celle-ci d'un air inquiet et elle le rassura d'un tapotement sur l'épaule.

« Tout va bien, Edmund. Tu n'as rien à craindre.

— Il y a une autre amie dans la voiture, lui dis-je dans un sourire. Va donc attendre avec elle et Mamy pendant que ta mère et moi... on discute un peu. »

Il regarda de nouveau Simone.

« Oui, lança-t-elle d'un ton enjoué. Fais donc ça, Edmund. Nous n'en avons pas pour longtemps. »

Mais il hésitait, me toisant d'un air incertain.

« Vas-y. Je crois que Mamy a un cadeau pour toi. »

Obéissant à contrecœur, il me dépassa lentement ; elle le regarda partir, je la regardais. Puis j'entendis derrière moi la portière s'ouvrir et se refermer.

« Qu'est-ce que tu veux ? » aboya Simone.

Une fois son attention reportée sur moi, sa voix et son expression étaient devenues glaciales.

« À ton avis ?

— Davantage qu'une simple discussion, j'imagine.

— Marchons un peu.

— D'accord. »

Nous avançâmes côte à côte sur le trottoir, dépassâmes la maison des Morrison et poursuivîmes d'un même pas lent.

« Comment m'as-tu trouvée ?

— C'est une longue histoire.

— Qui est cette femme dans la voiture ?

— Michaela.

— J'aurais dû le deviner.

— La vraie Michaela. Tout comme tu es la vraie Simone.

— Je t'ai sous-estimé. Je le reconnais.

— Il y a d'autres choses que tu vas devoir reconnaître.

— À ta place, je n'en serais pas si sûr.

— Nous ne sommes pas à Goonhilly Downs. Il y a plein de témoins, et parmi eux ton propre fils. Me tirer dessus ne faciliterait pas ton droit de visite.

— Je n'ai pas d'arme sur moi. Les membres respectables de la société n'emportent pas d'objets pareils les jours de sortie avec leurs enfants.

— Et c'est ce que tu es, hein : un membre respectable de la société ?

— Oui. Et je compte bien le prouver en dénonçant à la police un homme recherché pour meurtre.

— J'ai bien peur que ce ne soit pas aussi simple.

— Et pourquoi ça ?

— Parce qu'on est deux contre un. Michaela confirmera mes dires dans les moindres détails – et me fournira un alibi pour la nuit du meurtre de Considine. Nous pouvons prouver qui tu es. Nous avons même ton extrait de naissance. Et franchement, je ne pense pas que tu puisses trop compter sur le silence de ta mère durant l'interrogatoire.

— Tu ne peux pas me relier au meurtre.

— Ne t'avance pas trop. Tant que la police ne connaît pas ton existence, c'est vrai. Mais c'est différent à présent. Et il y a de fortes chances qu'il y ait un fragment de toi sur le corps de Considine, ou dans sa voiture, ou chez lui : quelque minuscule molécule d'ADN que tu seras incapable de justifier.

— Ça ne suffira pas.

— Je crois que si. Et je crois que tu le sais.

— Non.

— Tu t'enfonces, Simone. Ne sens-tu pas le sol se dérober sous tes pieds ?

— Si je m'enfonce, j'emporterai toute ta famille avec moi – les morts comme les vivants.

— À ta place, je n'y compterais pas trop. Mon père est un expert en matière de limitation des dégâts. Il se sortira de n'importe laquelle de tes allégations.

— Les journaux le crucifieront. Et toi avec.

— Ce sont là des mots creux, basés sur l'hypothèse erronée que je tiens à lui. Or, grâce à toi, je ne suis pas sûr de l'aimer encore.

— Tu bluffes.

— Non, je négocie. Je reconnais que tu as le pouvoir de faire passer un très mauvais quart d'heure à ma famille : un vilain goût de scandale et de malaise, voire pire. Et je reconnais qu'il va me falloir argumenter beaucoup pour me sortir de ce mauvais pas. Mais les chances que tu t'en sortes indemne sont infimes. C'est la raison pour laquelle je suis prêt à te faire une proposition.

— Quel genre de proposition ?

— Du genre généreux, vu les circonstances. »

Nous avançâmes de quelques pas en silence, nos pieds faisaient de légers bruits de succion en écrasant les feuilles mortes humides éparpillées sur le trottoir. Puis elle me dit :

« Je t'écoute.

— Va voir la police et avoue le meurtre de Considine. Plaide la circonstance atténuante qu'il te faisait chanter avec des photos indécentes qu'il avait prises de toi adolescente. Il t'a ramassée alors que tu passais des vacances hors saison à Clacton avec ta mère à la fin des années 1950 ou au début des années 1960. Il faudra qu'elle corrobore cette information, bien entendu. Mais ce qu'ils trouveront chez lui confirmera déjà pas mal de choses en soi.

— Et elles sont où, ces photos ?

— Tu les as brûlées aussitôt après le meurtre.

— Et le démonte-pneu – ton démonte-pneu ?

— Tu l'as volé dans mon garage. Je suis un ami à toi.

— Ce que tu confirmeras, bien entendu.

— Oui.

— Pourquoi t'es-tu enfui ?

— J'ai paniqué quand j'ai compris ce qui avait dû se passer. Et puis j'ai fini par retrouver ta trace et te persuader d'avouer.

— Et l'argent ? C'est quand même drôlement bizarre qu'un maître chanteur et sa victime aient un compte en banque commun où dort un million de livres.

— La police n'a aucune raison d'aller chercher des comptes en banque cachés. De toute façon, le million ne dormira pas dessus. Tu vas demander à la banque de reverser le tout à mon père.

— Ah oui ? »

Elle me jeta un regard en coin.

« J'en ai peur.

— La police va flairer l'embrouille. Surtout quand ils se rendront compte que mon "ami" et moi connaissions Considine indépendamment l'un de l'autre. La coïncidence est trop grosse.

— Ce n'est pas du tout une coïncidence. Nous nous sommes rencontrés chez lui. J'étais là pour parler de Nicky. Tu étais là pour le supplier de te rendre les photos. On s'est retrouvés par la suite et tu m'as raconté qu'il te faisait chanter.

— Et les lettres ? Je les ai toujours, tu sais.

— Fais ce que tu veux avec. Elles n'ont plus d'importance, désormais.

— Je vois que tu as pensé à tout.

— C'est l'option la moins mauvaise pour toi. Je te suggère de l'accepter.

— Et pourquoi donc ? Qu'est-ce que j'ai à y gagner ?

— Une peine bien plus courte que ce dont tu écoperais si la police apprenait la vérité – ce dont je m'assurerais en cas de besoin. À toi de choisir. »

Nous étions parvenus à une intersection en T au bout de Larchdale Avenue. Après avoir traversé, nous revînmes lentement sur nos pas.

« Alors, quelle est ta réponse ?

— Dis-moi d'abord comment tu m'as retrouvée.

— Considine s'était procuré ton extrait de naissance. Il était caché chez lui. Michaela savait où chercher.

— Évidemment.

— Oui. Tu aurais dû arrêter quand tu avais de l'avance, Simone, tu aurais vraiment dû. Enchaîner avec le meurtre et le coup monté alors que tu savais que Michaela était en vie, c'était de la folie douce.

— Je n'avais pas le choix. Considine aurait essayé de m'extorquer ma part si je l'avais laissé en vie. Il n'a pas gardé précieusement mon extrait de naissance par pure curiosité généalogique. Il préparait je ne sais quelle manœuvre perfide contre moi, tu peux en être sûr.

— Mais probablement rien d'aussi radical qu'un meurtre.

— Il méritait de mourir. Tu le sais très bien. Michaela aussi, j'imagine. Je n'ai eu aucun scrupule à le tuer.

— Je n'en ai jamais douté une seconde.

— Sans compter que, si je l'avais épargné, tu te serais tiré d'affaire. Je ne me suis pas lancée dans cette entreprise juste pour l'argent.

— Pourquoi, alors ?

— Pour découvrir ce qui était arrivé à mon père. Je ne l'ai jamais rencontré. Pas une seule fois. Ma mère m'a expliqué qu'il l'avait quittée quand elle était enceinte de moi et qu'il avait disparu sans laisser de trace. Elle ne m'avait jamais parlé du meurtre, ni de ses proches dans le Yorkshire. Elle avait soigneusement gardé le secret. Et comme j'étais à l'étranger quand il lui avait rendu visite après sa sortie de prison, ça aussi elle avait réussi à le garder pour elle.

— Quand as-tu découvert la vérité ?

— Seulement quand son nom a été placardé dans tous les journaux après le suicide de Nicky Lanyon. Là, ma mère n'a pas eu d'autre choix que de tout me raconter. Et dès que j'ai appris où il était allé la dernière fois qu'elle l'avait vu, j'ai compris que vous, les Napier, vous étiez débrouillés pour vous débarrasser de lui.

— Et c'est moi que tu as choisi pour obtenir la vérité.

— Non. Ça, c'est l'œuvre de Considine. Je suis allée le trouver parce que j'ai réalisé que, si j'avais vu juste sur les raisons qu'avait eues mon père de retourner à Truro, alors il aurait une motivation financière pour m'aider. Usurper l'identité de sa belle-fille supposée morte de façon à ébranler ta conscience, c'était son idée. Nous ne risquions pas d'aller bien loin sans avoir accès aux secrets de ta famille.

— Et qui mieux qu'un membre de cette famille pour vous fournir cet accès ?

— Exactement. Tu étais le maillon faible, Chris : l'ami d'enfance de Nicky. Cela faisait de toi un choix évident.

— Et le candidat idéal d'une inculpation pour meurtre.

— Comme ça, vous souffriez tous. Tes parents, ta sœur et ton beau-frère auraient tous été salis par voie d'association. Vous auriez tous goûté à votre propre spécialité.

— Mais ton père était bel et bien un meurtrier, Simone. Il n'a pas été victime d'un coup monté. Pourquoi le venger ?

— Parce que, lorsqu'il est revenu de la guerre, il méritait mieux que d'être poussé au chantage. C'est d'aide et de compassion qu'il avait besoin, pas d'être rejeté. Vous en avez fait un meurtrier, et ensuite vous l'avez laissé moisir en prison pendant vingt ans avant de l'abattre.

— Je ne discuterai pas avec toi. Je n'accepte pas ce portrait d'Edmund Tully. On dirait la vision idéalisée d'un père que tu n'as jamais eu la malchance de connaître. Mais, si tu tiens à t'accrocher à cette illusion, fort bien. Je ne pense pas que ça ait grand-chose à voir avec tes motivations, de toute façon. À mon avis, tout était question d'argent. C'est pour ça que tu as pris le risque de tuer Considine. Pour tout rafler.

— Et pourquoi pas ? Ma prise de risque aurait payé si tu n'avais pas échappé à la police et si tu ne t'étais pas associé avec quelqu'un dont Considine m'avait assuré la mort. J'avoue que la toute première fois que tu m'as parlé de Pauline Lucas, j'ai eu le mauvais pressentiment qu'elle se révélerait être Michaela. Mais, à ce moment-là, j'étais déjà trop mouillée pour me retirer. Et puis je me rassurais en me disant que ce n'était pas vraiment plausible. Enfin, elle était passée où toutes ces années ?

— Ça ne te regarde pas. Mais c'est intéressant de voir comme elle a beaucoup mieux couvert sa piste que toi.

— Qu'est-ce que tu veux dire ?

— Elle a fui toute forme d'engagement personnel. C'est ça la clef, Simone : l'isolement. Or toi, tu as une mère, un ex-mari et un fils. Et tu es restée en contact avec tous. Trop de liens à dissimuler. Bien trop.

— Donc je dois ma chute au fait d'avoir un fils que j'aime ?

— En un sens, oui. Sans lui, tu aurais pu garder une longueur d'avance. Mais venir ici aujourd'hui le chercher comme d'habitude...

— ... c'était chercher les ennuis. »

Elle soupira et jeta un regard à la voiture.

« C'est ça le truc avec les enfants, Chris. On a du mal à s'en détacher. Il attendait avec impatience notre sortie. Et tu sais quoi ? Moi aussi. »

Elle s'immobilisa, comme si elle rechignait à atteindre le point, désormais proche, à partir duquel les occupants de la voiture deviendraient clairement visibles : l'expression de leurs visages, de leurs yeux.

« Je me disais qu'avec tous les trucs qu'on peut acheter avec un million de livres je pourrais peut-être rétablir une fois pour toutes ma crédibilité de mère.

— Pourquoi était-elle mise en doute ?

— À cause d'un casier judiciaire, si tu veux tout savoir. Il y a quelques condamnations précédentes qui risquent de revenir me hanter au tribunal.

— Des condamnations pour quoi ?

— Trafic de drogue. Et une ou deux autres choses. Ce n'est pas la première fois que j'essaie de rafler un million. Ni que j'échoue.

— Là-dessus, je ne peux rien faire.

— *Personne* ne peut rien faire.

— Quelle est ta réponse, Simone ? Ton temps imparti est presque écoulé.

— Ma réponse ? »

Elle se tourna vers moi, un sourire cynique d'autodérision se dessinait au coin de ses lèvres.

« Oh, tu la connaissais depuis le début, Chris, non ? Avant même d'avoir posé la question. »

21

Et c'est ainsi que le marché avait été conclu – marché que j'en suis venu à regretter depuis. Malgré tout, encore aujourd'hui, je ne vois pas comment j'aurais pu mieux jouer les cartes qui m'avaient été distribuées. Les mensonges que j'avais été contraint de débiter onze mois plus tard au procès pour meurtre de Simone Graham me paraissaient nécessaires afin d'éviter la révélation au public de mensonges plus anciens et beaucoup plus funestes. De son côté, Simone avait tellement bien joué sa partition qu'il m'était arrivé de croire que sa rencontre imaginaire avec Considine durant son adolescence avait vraiment eu lieu. Évidemment, elle bénéficiait de l'avantage de pouvoir décrire avec une précision déconcertante le foyer Considine-Lanyon tel qu'il avait dû être vingt ans auparavant. Un stock de magazines porno hard découvert dans le cabanon du jardin au 17 Wharfedale Road et le témoignage de différents voisins n'avaient laissé personne se lamenter sur la mort de la victime. Simone avait néanmoins été condamnée à purger une peine automatique d'emprisonnement à perpétuité, mais les circonstances atténuantes étaient si nombreuses que d'après son avocat – qui avait cru bon de m'en informer – elle n'aurait sûrement pas à passer plus de cinq ou six ans derrière les barreaux.

Alice Graham m'avait livré beaucoup de choses au sujet de sa fille avant et pendant le procès – y compris la réponse à la question que je n'avais pas eu le temps de lui poser à Weybridge. Son plus grand regret était de ne pas lui avoir dit dès le début la vérité sur Edmund Tully, car cela l'aurait empêchée de se former une opinion de lui aussi romanesque. Il ne faisait aucun doute que l'absence d'un père expliquait, au moins en partie, sa nature farouche et impitoyable. Son mariage avec Ian Morrison et les responsabilités engendrées par la maternité n'avaient fait qu'aiguiser son appétit pour le glamour et l'excès. Quand son mariage s'était effondré et que son mode de vie instable lui avait coûté la garde de son fils, elle avait réactivé les contacts criminels qu'elle s'était faits dans le milieu de la drogue à Brighton et s'était lancée à la poursuite de la richesse facile par les voies illégales. Mais, dans son cas, le crime n'avait pas payé.

Du moins, pas avant son emprisonnement pour meurtre. Le procès avait fait de plus en plus de bruit et le verdict avait déclenché un déluge de compassion envers une femme décrite dans les médias comme une espèce d'héroïne de notre temps, qui avait survécu à des abus sexuels subis à l'adolescence et qui, adulte, avait refusé de céder au chantage, tout ça pour de nouveau être persécutée par la loi. Quelle sorte de crime était-ce, s'interrogeaient les éditoriaux, de se retourner enfin contre l'homme qui l'avait harcelée ? Quelle sorte de pays, demandaient haut et fort les groupes de pression féministes, était incapable d'envisager un acte de cette nature autrement que comme un pure et simple crime ? Des questions avaient été posées au Parlement. Des évêques interrogés à la télévision. Tout le monde avait une opinion. Sauf ceux qui connaissaient la vérité. Nous avions de très bonnes raisons de garder le silence, tandis que la planète transformait Simone Graham et son beau sourire si photogénique en un symbole poignant des maux de la société et des injustices de la loi. Don Prideaux était à peu près le seul journaliste du pays à ne pas avoir gobé toute cette histoire. Mais même lui avait été incapable de deviner ce qui s'était réellement passé. Il avait continué à espérer son scoop en une nationale. En vain.

Le temps que la date de l'appel arrive, une vaste campagne en faveur de l'acquittement de Simone s'était mise en branle. Les juges ne pliant pas, les gens qui s'étaient dévoués à sa cause s'étaient mis à réclamer une libération anticipée. Au début, ils avaient semblé se heurter à un mur, mais je ne doutais guère que les autorités finiraient par céder. Et, en effet, Simone avait été relâchée un an plus tôt que l'estimation la plus optimiste de son avocat. En l'espace de quelques semaines, elle avait vendu son histoire à un journal dominical en échange d'une somme gardée secrète, dont bizarrement, en dépit de mon rôle créatif dans la fiction de son passé, elle ne m'avait offert aucune part. Elle était parvenue à m'effacer presque entièrement du tableau – ce dont je lui étais reconnaissant.

Je ne l'ai jamais oubliée, évidemment, mais elle avait glissé progressivement au fond de ma mémoire, à mesure que son nom disparaissait des grands titres. Une fois qu'elle avait été libérée et que tout ce pour quoi ses supporters s'étaient battus avait été obtenu, on s'était désintéressé d'elle à une vitesse surprenante. Les années étaient passées, et je n'en avais plus entendu parler.

Durant ces mêmes années, la vraie Michaela avait hanté mes pensées pour des raisons qui m'avaient d'abord semblé étrangement déroutantes, avant de devenir d'une évidence jubilatoire. J'avais consacré beaucoup de temps et d'efforts à l'extirper du cocon de son anonymat et à orchestrer ses retrouvailles avec les Jago et avec sa véritable identité. Je me disais que mon dévouement à cette tâche s'expliquait par ma culpabilité d'avoir abandonné Nicky, mais j'avais fini par m'avouer que je tombais amoureux d'elle. Et c'est à peu près en même temps que j'avais découvert, à mon grand étonnement et à mon ravissement, qu'elle, de son côté, tombait amoureuse de moi.

Je restais la seule personne à qui elle avait jamais confié la vérité sur sa fuite de Clacton quand elle était une lycéenne de 17 ans et son triomphe contre une série de douleurs et de mésaventures en devenant Caroline Forbes, une trentenaire architecte d'intérieur à la réputation considérable et à la clientèle en expansion parmi la gentry londonienne. Ce secret partagé de son passé était devenu un lien entre nous, que le temps avait semblé renforcer. Par une succession de transitions non préméditées, nous étions devenus meilleurs amis, puis amants, puis mari et femme. Et ce n'est que plus tard que nous nous étions demandé pourquoi il nous avait fallu aussi longtemps.

Mon mariage avec Michaela avait dressé une barrière entre ma famille et moi que j'aurais davantage regrettée si j'avais moins aimé ma femme. À ce moment-là, Pam avait divorcé de Trevor et s'était joyeusement lancée dans une seconde union avec le propriétaire d'une entreprise de construction navale florissante à Falmouth. Néanmoins, elle considérait toujours Michaela en partie responsable – et elle l'était – de sa rupture avec Trevor et n'arrivait tout simplement pas à se faire à l'idée de l'avoir comme belle-sœur. Ma mère partageait cette désapprobation mêlée d'incompréhension, bien que je sois convaincu que nous l'aurions ralliée à notre cause si elle avait été encore en vie lors de la naissance de son petit-fils. Quelle opinion Trevor avait de la situation, je ne l'ai jamais su. Il ne s'était pas attardé à Tenerife, ni dans aucun autre endroit lors des quelques années qui avaient suivi. D'après Tabitha, le seul membre de la famille qui ne m'avait pas renié, il dirige aujourd'hui une espèce de club de loisirs au Kenya. Dernièrement, Dominic et elle lui ont amené ses petits-enfants et sont revenus avec la nouvelle peu étonnante que le climat et son penchant pour l'alcool ne faisaient pas bon ménage. Tabitha semblait inquiète à son sujet, mais peut-être pas autant qu'elle aurait dû.

Une part de moi se serait délectée de la réaction de mon père à l'annonce qu'il avait une Lanyon comme belle-fille, mais il était mort quand nous tenions encore notre relation secrète, succombant à une attaque foudroyante au beau milieu d'un parcours de golf. Il ne s'était jamais résolu à me remercier d'avoir récupéré l'argent qu'il avait versé à Considine, mais avait néanmoins manifesté sa gratitude en s'abstenant de me déshériter. Grâce aux clauses de son testament, j'étais devenu un homme riche et, peu après, encore plus riche quand Pam, en vendant Tredower House, m'avait permis de capitaliser la part de l'hôtel que Grand-mère m'avait léguée. Moi qui tenais à donner le tout à Michaela, je m'étais heurté à son refus inébranlable d'en accepter un seul centime. Pourtant, au final, son refus s'était révélé vain. Ce qui m'appartenait et qui aurait dû lui appartenir avait fini par nous appartenir à tous les deux. Et à notre fils, évidemment. Il était né durant la deuxième année de notre mariage, quelques mois après la mort de ma mère. Nous l'avions baptisé Nicholas Joshua, et très vite, nous en étions venus à l'appeler Nicky.

Peu après notre mariage, nous avions acheté un vieux corps de ferme sur les hauteurs des Chilterns, non loin de Nettlebed, où nous vivions depuis, menant une vie de famille joyeuse et comblée ; chose que n'ayant ni l'un ni l'autre jamais espérée, nous savourions d'autant plus. Michaela avait cessé son activité d'architecte d'intérieur à la naissance de Nicky, j'avais conservé mon entreprise de restauration de voitures, m'y consacrant désormais davantage comme à un loisir que pour une quelconque nécessité financière. La ferme comprenait suffisamment de granges spacieuses et de dépendances pour que je me mette à rêver de fonder un musée de voitures de collection que j'aurais dirigé en même temps que l'atelier, même si Dieu seul sait pourquoi j'aurais eu envie de partager la paix et la tranquillité dont je jouissais avec des bus entiers de visiteurs. Peut-être cela ne restera-t-il qu'un rêve.

C'est ce que Miv semblait me recommander quand elle est récemment descendue de sa forteresse de Snowdon pour s'assurer du bien-être de son ex-mari.

« Après toutes ces années passées à tomber, tu devais bien finir par atterrir sur tes pieds, mon chou. Tu jouis là d'une belle réussite. Une femme et un fils ravissants, un cadre de vie magnifique. À ta place, je ne changerais absolument rien. »

Cela dit, le changement n'est pas toujours volontaire, ni même évitable. Notre vie – à Michaela et moi – est tout ce dont on pourrait rêver. Pourtant, ce qui fonde en partie sa perfection, c'est la conscience que nous avons de sa fragilité. J'avais passé un marché avec Simone Graham, mais jamais je n'aurais pu affirmer avec certitude que les choses s'arrêteraient là. J'espérais, je priais, sachant pertinemment que l'espoir et les prières ne seraient pas à coup sûr suffisants. Pas sur le long terme. C'est pourquoi ce qui s'est passé hier matin n'était pas complètement inattendu. Car après tout, nous y sommes, maintenant, dans le long terme.

Nous louons un petit chalet dans les Alpes suisses, près de Montreux, où nous skions l'hiver et faisons des randonnées dans les pâturages l'été. Pour Nicky, les vacances de Pâques venaient juste de commencer et nous avions décidé de nous échapper en Suisse pour toute la durée de ses congés. Il faisait beau et j'avais prévu de traverser la France avec ma Stag afin d'assister en chemin à l'événement annuel de Reims intitulé *Avant-hier Mobile,* pendant que Michaela et Nicky prendraient un avion pour Genève avant de se rendre en train à Montreux. J'étais dans l'atelier, occupé à réviser ma voiture en vue de son long périple, quand le téléphone a sonné – sans s'arrêter. Michaela était allée à Reading avec Nicky lui acheter de nouvelles chaussures. J'avais les lieux pour moi tout seul et guère envie de répondre, mais comme on insistait, j'ai fini par céder.

« Allô », ai-je lancé en décrochant.

Et durant l'étrange seconde en suspens qui s'est écoulée avant que mon interlocuteur ne réponde, j'ai compris quelle voix j'allais entendre.

« Chris, je suis sûre que tu sais qui est à l'appareil. Il faut qu'on se voie.

— Pourquoi ? ai-je demandé après une longue pause de vaine réflexion.

— Je t'expliquerai quand on se verra.

— Explique-toi maintenant.

— Non. Truro, demain après-midi, au cimetière où ton grand-oncle est enterré. Rendez-vous devant sa tombe à seize heures. Viens seul.

— Écoute, Simone, ce que tu as à dire peut certainement...

— Sois là, c'est tout. Ou prépare-toi à en subir les conséquences. »

Sur ce, la ligne a sonné occupé.

Je regardais la lumière saturée de particules de poussière qui filtrait par la porte de l'atelier. Je devinais fort bien ce qu'elle voulait. J'avais eu suffisamment de temps pour anticiper sa requête. Et pourtant je ne parvenais toujours pas à discerner ce qu'allait être ma réponse.

Je n'ai pas parlé de cet appel à Michaela. J'étais persuadé qu'elle refuserait de me laisser y aller seul, et s'agissant là d'un problème que je m'étais créé, je voulais qu'elle et Nicky soient loin quand je tâcherais de le résoudre de manière pleine et définitive. La date du rendez-vous fixée par Simone m'en avait donné l'opportunité, je n'étais pas près de la laisser passer.

Tôt ce matin-là, j'ai conduit Michaela et Nicky à l'aéroport d'Heathrow, les laissant croire que je me rendrais à Douvres aussitôt après leur départ. En réalité, ma destination se trouvait à l'ouest, pas au sud. J'ai rapidement avalé la longue route tant de fois parcourue qui traversait le Wessex et suis arrivé en Cornouailles à midi. J'ai atteint Truro en début d'après-midi, réservé une chambre pour la nuit à l'hôtel Tredower House et suis parti à pied au cimetière, largement dans les temps pour mon rendez-vous. Je ne savais toujours pas quoi faire. Mais bientôt le passé et le présent allaient se rencontrer – pour devenir le futur. Et là, je saurais.

Demain

Je me suis réveillé tôt ce matin, alors que l'aube n'était encore qu'un léger grisonnement de la nuit. J'ai cru une fraction de seconde que Michaela était endormie à mes côtés. Puis je me suis rappelé où j'étais – et pourquoi. Les besoins du présent se sont précipités dans ma tête avant que le passé ne puisse jeter les derniers pièges d'un rêve. J'étais aux aguets, parfaitement réveillé, et plus prêt que jamais à affronter la journée qui m'attendait.

J'ai quitté Tredower House dans une lumière grise qui tirait sur le blanc, des lapins faisaient leur toilette et grignotaient sur la pelouse, un écureuil sautait de branche en branche dans le marronnier. L'air frais sentait le renouveau printanier, la ville était aussi sereine et déserte qu'un musée fermé. Presque malgré moi, j'ai refait le trajet que j'avais effectué avec Oncle Joshua le dernier après-midi de sa vie près de cinquante ans auparavant, descendant la colline et faisant un détour par Old Bridge Street pour arriver à la cathédrale, où nous nous étions séparés.

Mais, ce matin, il n'y aurait pas de séparation. J'ai suivi sa silhouette invisible qui parcourait Cathedral Lane à grandes enjambées, traversait Boscawen Street puis montait le grand virage que dessinait Lemon

Street en direction du doigt incurvé de la statue du Lander Monument, que l'aube estompait.

Et là, presque au sommet de la colline, je constate que je ne suis pas le seul à m'être réveillé tôt et à avoir été conduit dans cette direction. À mon approche, une silhouette se découpe de l'autre côté du monument. Nos regards se croisent et, en cet instant de reconnaissance mutuelle, je me sens soudain immensément soulagé. Inutile d'attendre jusqu'à cet après-midi. Elle peut avoir sa réponse ici et maintenant.

J'ai bien réfléchi hier soir. J'ai pris mon temps. J'ai pris en compte tous les enjeux. J'ai laissé la certitude croître en moi dans l'obscurité grandissante jusqu'à ce qu'il ne reste plus le moindre doute. Tout dévoiler aujourd'hui, exhumer bien davantage qu'un cadavre depuis longtemps enterré dans la forêt de Bishop, comporte plus de risques pour Simone que pour moi. Certes, nous sommes tous les deux coupables de parjure, mais elle risque de se voir retirer sa liberté conditionnelle et de retourner en prison à perpétuité pour meurtre, alors que l'assassin d'Edmund Tully, lui, est hors de sa portée et de celle de la loi. L'avantage de Simone – son moteur –, c'est sa détermination à avoir le dessus sur moi. Tout ce qui ne sera pas une victoire totale aura pour elle le goût de la défaite. C'est l'argent qu'elle veut. Évidemment. Mais ce qu'elle veut au-delà de tout, c'est le plaisir de me l'extorquer. Elle veut gagner là où Edmund Tully a échoué.

Et je pourrais la laisser faire, je crois vraiment que je pourrais la laisser faire, mais ce faisant, je céderais ce qui ne m'appartient pas. Cet argent n'est à moi que techniquement parlant. Moralement, il revient à Michaela. Et à Oncle Joshua, bien sûr. Il l'a arraché aux terres sauvages d'Alaska il y a quatre-vingt-dix ans et est mort pour avoir eu la satisfaction considérable de refuser de lâcher le moindre centime à un maître chanteur. En vieillissant, je me sens plus proche de lui – et encore plus réticent à le trahir.

Tout bien réfléchi, ce n'était pas à moi qu'incombait ce choix. Cette décision, tout comme l'argent, appartenait à Michaela. Je lui ai téléphoné au chalet dès que j'ai jugé qu'il était suffisamment tard pour que Nicky dorme dans son lit et je lui ai annoncé la nouvelle. Au début elle m'en voulait de lui avoir caché la vérité. Mais sa colère n'a pas duré. Elle savait qui j'avais essayé de protéger et elle savait, tout comme moi, qu'il n'y avait qu'une seule façon de procéder.

« Qu'est-ce que tu fais là ? » me demande Simone quand nous nous confrontons à un angle du socle de la statue.

Elle semble presque m'en vouloir d'être ici, me considérer comme un intrus sur son territoire.

« Tu n'arrivais pas à dormir ?

— Je n'arrivais pas à *attendre*.

— Alors n'attends pas plus longtemps. Accepte maintenant ma proposition et nous n'aurons pas besoin de nous voir cet après-midi – ni plus jamais.

— Si seulement je pouvais y croire.

— Tu peux.

— Non. Si je paie cette fois-ci, il y aura une autre fois, et une autre fois encore. Tu en voudras toujours plus. Tu ne peux pas t'en empêcher. »

Elle sourit comme si je venais de lui adresser un compliment.

« Il va falloir que tu prennes le risque.

— J'ai bien peur de ne pas être prêt à le faire. Tu as raison. Nous n'avons pas besoin de nous voir cet après-midi – ni plus jamais. Mais seulement parce que je ne céderai pas au chantage. Ni maintenant – ni à l'avenir.

— Qu'est-ce que tu racontes ?

— Je raconte qu'il n'y a pas de marché. Tu ne m'extorqueras pas un demi-million de livres. Tu ne m'extorqueras même pas la monnaie que j'ai dans la poche.

— Tu refuses ?

— Absolument et irrévocablement. »

Elle me dévisage, perplexe.

« Tu ne le penses pas.

— Si.

— Je peux faire s'écrouler ton petit monde douillet sur ta tête. Tu l'as oublié, ça ?

— Non.

— Alors tu dois accepter.

— Mais je choisis de ne pas le faire. Vois-tu, je crois que tu bluffes. Tu peux me nuire, c'est vrai, mais pour ce faire, tu seras obligée de te blesser toi-même. Or tu es trop intelligente pour foutre en l'air ce que tu as.

— Et qu'est-ce que j'ai ?

— La liberté. À un certain prix. »

Elle se rapproche. Plisse les yeux.

« Tu te trompes. J'irai jusqu'au bout. Et je te ferai couler avec moi. Ça vaudra le coup. Pour l'argent. Pour l'excitation de voir si je peux m'en sortir. Et pour la satisfaction que mon père soit enterré dignement.

— Ça, tu n'y arriveras jamais.

— Ah non ? Trevor Rutherford pourrait montrer à la police l'endroit où il faut creuser. Et à mon avis il y sera obligé une fois que j'aurai dit ce que j'avais à dire.

— Ça ne changera rien. »

Je m'interromps, me demandant encore maintenant si je dois lui révéler ce que sa mère a toujours tu. Et puis le reflet glacial et implacable dans ses yeux finit par clore le débat.

« Edmund Tully n'était pas ton père.

— Quoi ?

— C'était juste un nom que ta mère avait écrit sur l'acte de naissance. Il était bien son mari, mais ce n'était ton père que légalement. C'est pour ça qu'il l'avait quittée à son retour de la guerre. Parce qu'elle portait l'enfant d'un autre.

— Tu mens.

— C'est elle-même qui me l'a dit. Demande-le-lui si tu ne me crois pas.

— Tu sais bien que c'est impossible. »

Un spasme à mi-chemin entre le chagrin et la haine ébranle son visage.

« Ma mère est morte il y a trois mois.

— Ah bon ? »

Ma surprise n'est pas feinte.

« Je suis désolé. Je n'étais pas au courant.

— Ça m'étonnerait.

— Je t'assure. Mais cela explique pourquoi tu as attendu jusqu'à maintenant, évidemment. Tout comme moi, elle avait commis un parjure pour toi. Mais moi, je suis une bonne affaire, alors qu'elle...

— Ça explique pourquoi tu es libre de me mentir, oui. Point final. »

La colère empourpre son visage, sa voix chevrote.

« Je ne mens pas, Simone. Ta mère m'a confié la vérité dans la plus stricte confidentialité. Et j'aurais respecté cette confidentialité – si tu avais respecté ton marché. Mais tu as choisi de ne pas le faire, tu dois donc en accepter les conséquences, aussi déplaisantes soient-elles.

— Et c'était qui mon père, alors, selon toi ?

— Je l'ignore. Ta mère a refusé de me le dire. Un vacancier ? Un commis voyageur ? Un voisin ? On ne le saura jamais. Elle a emporté son secret dans sa tombe. »

J'approche d'un pas et baisse d'un ton.

« Quant à notre secret, je te suggère de faire de même. Pour le bien de ton père.

— Salaud, murmure-t-elle. Ça ne change rien.

— Je crois que si. En toi. Ça sectionne un lien qui n'a jamais vraiment existé. »

Elle me dévisage, me haïssant davantage à cause de cette seule révélation qu'elle ne le pourrait de m'être montré plus malin qu'elle par le passé ou de la défier dans le présent.

« J'irai quand même jusqu'au bout. C'est une promesse. Je le ferai – ne serait-ce que pour me venger.

— La vengeance ne te mènera pas loin.

— Assez loin pour te ruiner.

— Je ne pense pas. Je nierai tout en bloc.

— Tu ne pourras pas. J'ai toujours les lettres.

— Très bien. Publie-les. Soulève des doutes quant à la culpabilité de Michael Lanyon. Je m'en fiche. Balance autant de boue que tu veux. Elle ne salira pas les morts. Mon père, ta mère, Sam Vigus, Miriam Tully : ils ne sont plus là pour avouer quoi que ce soit. Quant à moi, je prends le risque. Ce sera ta parole contre la mienne. Je me demande qui on croira. Une menteuse repentie qui s'est tirée avec le blé ? Ou – comment m'as-tu appelé déjà ? – un père de famille dévoué ? La mort de ta mère augmente mes chances. Tu peux vendre ton histoire et ridiculiser tous ceux qui ont milité en faveur de ta libération. Tu peux nous rendre la vie difficile à Michaela et moi. Mais pas impossible. C'est là que je veux en venir. Quoi que tu fasses, nous survivrons. Et tu sais pourquoi ?

— Dis-moi.

— Parce que, elle, c'est la vraie histoire.

— Et moi non, j'imagine ?

— Tu l'as dit.

— Et ça, alors ? »

Elle glisse lestement sa main dans son manteau et soudain elle pointe un pistolet droit sur moi. Je me surprends à me demander, absurdité passagère, s'il s'agit de la même arme avec laquelle elle m'avait braqué à Goonhilly bien des années auparavant. En tout cas, ça y ressemble beaucoup.

« C'est assez vrai pour toi, Chris ?

— Tu ne vas pas me tirer dessus, Simone.

— Ah non ? Ça ferait une sacrée histoire pourtant.

— Personne ne te paierait pour l'avoir.

— Non. Mais on m'écouterait, pas vrai ? On me croirait. Obligé, puisque tu ne serais pas là pour me contredire.

— Tu ne le feras pas quand même.

— Pourquoi ça ?

— Parce que être écoutée n'a pas tant d'importance à tes yeux. Ça en aurait peut-être pour la fille d'Edmund Tully, mais pas pour toi.

— N'en sois pas si sûr. J'ai été célèbre à une époque. Une véritable héroïne. Maintenant... que suis-je ? Pauvre, seule, quinquagénaire. Ma mère est morte. Mon fils me délaisse. Personne ne fait attention à moi. Tout le monde se fiche de ce que je fais ou de ce que je pense. Eh bien, je n'aime pas ça, Chris. Je n'aime pas qu'on m'ignore. »

Dans les rides de son visage et le voile sur ses yeux je perçois son moi intérieur qui chancelle et je comprends alors que l'appât du gain n'est peut-être plus le moteur de ses actes.

« Grâce à ça, je serai de nouveau célèbre.

— Mais pas une héroïne.

— Bah, je n'ai jamais vraiment aimé ce rôle de toute façon. »

Elle stabilise le pistolet à deux mains, le tend à bout de bras et enlève le cran de sécurité.

« Celui-ci me va mieux. Tel père, telle fille. Tu crois toujours que je bluffe ?

— C'est fini, Simone. Tu ne comprends donc pas ? C'est terminé. »

Elle hoche la tête.

« Pour l'un de nous.

— Pour tous les deux, je dirais. »

À la périphérie de mon champ de vision, je vois la camionnette d'un laitier approcher, cahotant dans Daniell Road. Je sens la normalité qui s'éveille lentement derrière moi dans la ville à mes pieds. Demain est devenu aujourd'hui. Et hier. Compressé en un seul temps.

« Au revoir. »

Je tourne lentement les talons et commence à descendre la colline, le regard fixé sur l'œil grand ouvert de l'horloge de la mairie qui jadis sonna l'heure de l'exécution de Michael Lanyon.

« Arrête-toi ! » me crie Simone d'une voix brisée.

Mais je ne m'arrête pas. Je ne me retourne même pas. Je continue de marcher d'un pas régulier, redressant les épaules et m'emplissant les poumons de l'air pur et intact de tous les matins qu'il me sera donné de vivre.

Remerciements

Je suis redevable aux personnes suivantes de l'aide et des conseils qui m'ont été généreusement donnés durant l'élaboration et l'écriture de ce roman : Christopher Street, qui m'a transmis des connaissances élémentaires sur le commerce de restauration des voitures de collection ; Charles et Thelma North, dont les souvenirs d'épiceries et de magasins de vêtements à crédit avant, pendant et après la Seconde Guerre mondiale se sont révélés inestimables ; et surtout Malcolm McCarraher, qui a vérifié inlassablement les ramifications légales de l'intrigue et a même eu la gentillesse de me proposer des solutions ingénieuses aux problèmes qu'il identifiait.

Robert Goddard
dans Le Livre de Poche

Heather Mallender a disparu n° 32874

Venue séjourner sur l'île de Rhodes, Heather Mallender disparaît au cours d'une balade en montagne. Harry Barnett, le gardien de la villa où elle résidait, soupçonné de l'avoir assassinée, décide de mener l'enquête à partir des vingt-quatre dernières photos prises par la jeune femme.

Par un matin d'automne n° 32050

Fin des années 1990. Leonora Galloway part en France avec sa fille près d'Amiens, au mémorial franco-britannique qui honore les soldats tombés durant la bataille de la Somme, lors de la Grande Guerre. Sur le monument, la date officielle du décès de son père est le 30 avril 1916. Or Leonora est née près d'un an plus tard.

Le Secret d'Edwin Strafford n° 33278

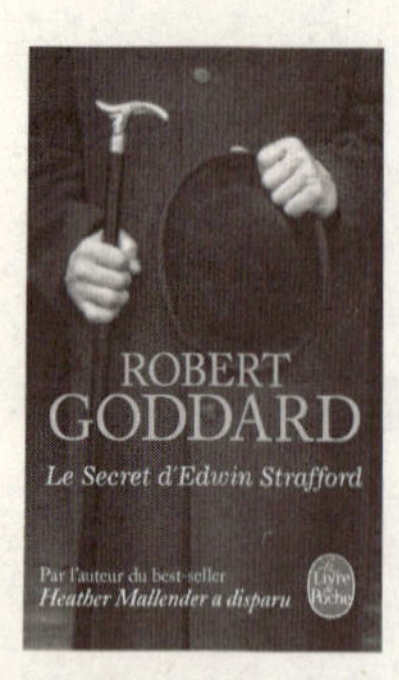

1977. Martin Radford, jeune historien, arrive sur l'île de Madère. Il y rencontre Leo Sellick, qui habite la propriété d'Edwin Strafford, qui fut ministre de l'Intérieur avant de démissionner en 1910. Le manuscrit de ses mémoires, retrouvé dans la villa, devrait pouvoir expliquer cette mystérieure rupture, mais la lecture qu'en fait Martin pose de nouvelles questions.

Le Temps d'un autre n° 33657

Robin Timariot randonne seul sur la levée d'Offa, près de Knighton, lorsqu'il croise une femme avec laquelle il échange quelques mots. Plusieurs jours plus tard, il apprend qu'elle a été violée et étranglée, le jour même de leur rencontre. Il se rend au commissariat sans se douter qu'il va être propulsé dans un sombre tourbillon de mort et de vengeance.

Du même auteur
chez Sonatine éditions :

Par un matin d'automne, traduit de l'anglais par Marie-Jo Demoulin-Astre, 2010.

Heather Mallender a disparu, traduit de l'anglais par Catherine Orsot Cochard, 2012.

Le Secret d'Edwin Strafford, traduit de l'anglais par Catherine Orsot Cochard, 2013.

Composition réalisée par INOVCOM

Achevé d'imprimer en août 2015 en France par
CPI BRODARD ET TAUPIN
La Flèche (Sarthe)
N° d'impression : 3012677
Dépôt légal 1re publication : septembre 2015
LIBRAIRIE GÉNÉRALE FRANÇAISE
31, rue de Fleurus – 75278 Paris Cedex 06